미국식
결혼

이 도서의 국립중앙도서관 출판예정도서목록(CIP)은
서지정보유통지원시스템 홈페이지(http://seoji.nl.go.kr)와
국가자료종합목록 구축시스템(http://kolis-net.nl.go.kr)에서 이용하실 수 있습니다.
(CIP제어번호: CIP2020038067)

미국식 결혼

AN AMERICAN MARRIAGE

TAYARI JONES

타야리 존스
장편소설

민은영 옮김

문학동네

내 어머니의 자매 앨마 페이,
그리고 내 자매 맥신과 마샤를 위해

차례

네게 일어나는 일이 다 네 소관은 아니야.
기껏해야 반 정도만 너와 상관이 있지. 네 일이 아니야. 너만의 일이 아니야.
―클로디아 랭킨

| 1부 |

다리의 음악

로이

세상에는 두 종류의 사람이 있다. 집을 떠나는 사람과 떠나지 않는 사람. 나는 첫번째 범주의 자랑스러운 일원이다. 내 아내 셀레스철은 내가 뼛속까지 시골 소년이라고 말하곤 했지만, 나는 그렇게 불리는 게 늘 달갑지 않았다. 첫째로, 내가 자란 곳은 엄밀히 말하면 시골이 아니다. 루이지애나주 일로는 작은 타운이니까. '시골'이라는 말을 들으면 다들 곡식을 키우고 건초를 묶고 소젖을 짜는 모습을 떠올린다. 아빠라면 몰라도, 나는 일평생 목화송이를 따본 적이 없다. 말이나 염소나 돼지를 만져본 적도 없고, 그리고 싶지도 않다. 그러면 셀레스철은 웃음을 터트리며 자기 말은 내가 농부라는 게 아니라 그냥 시골 출신이라는 뜻이라고 설명했다. 셀레스철은 애틀랜타에서 나고 자랐으니 그녀도 시골 출신이라는 주장을 펴볼 수 있었다. 하지만 본인의 표현에 따르면, 그녀는 '남부 여성'이며 그 말은 '남부 미녀'*라는 말과 혼동되어선 안 된다. 어떤 이유에선지 그녀는 '조지아 복숭아'**라는 말에는 불만이 없고, 나 역시 그 말에 불만이 없어 그 정도로 정리가 된다.

셀레스철은 자신을 코즈모폴리턴이라 여기는데, 그게 아예 틀린 생각은 아니다. 하지만 그녀는 어릴 적에 살던 바로 그 집에서 매일 밤 잠이 든다. 반면에 나는 고등학교 졸업식이 끝나고 정확히 일흔한 시간 후에 가장 빨리 출발하는 버스를 타고 무조건 고향을 떠났다. 더 일찍 떠날 수도 있었지만 일로에는 트레일웨이스 버스가 날마다 들어오지 않았다. 집배원이 내 졸업장이 든 두꺼운 종이 원통을 엄마에게 배달할 무렵, 나는 이미 모어하우스대학의 기숙사에 입주해 1세대 장학생***들을 위한 특별 프로그램에 참가하고 있었다. 같은 대학을 나온 부모를 둔 학생들보다 두 달 반 먼저 학교에 와서 전반적인 분위기를 파악하고 기초 과목을 미리 공부하라는 학교측의 권유에 따른 것이었다. 젊은 흑인 남자 스물세 명이 스파이크 리의 〈스쿨 데이즈〉와 시드니 포이티어의 〈언제나 마음은 태양〉을 연속해서 관람하는 모습을 상상해보라. 그러면 그 상황이 그려질 수도, 아닐 수도 있을 것이다. 사상 주입이 항상 나쁜 것만은 아니다.

나는 지원 프로그램의 도움을 평생 받아왔다. 다섯 살 때는 헤드스타트, 그뒤로는 계속 업워드바운드****의 수혜자였다. 내가 아이

---

* Southern belle. 과거 미국 남부 상류층의 젊고 아름다운 백인 여성을 이르던 말.
** 조지아주 출신의 아름다운 여성을 일컫는 말. 조지아주는 미국 최대의 복숭아 산지다.
*** 가족 중에 최초로 대학에 진학한 학생을 위한 장학제도의 수혜자.
**** 헤드스타트와 업워드바운드는 저소득층 자녀 교육을 지원하는 복지 프로그램

를 갖는다면 그 아이들은 인생을 연습용 바퀴 없이도 씽씽 달려나 갈 수 있을 테지만, 나로서는 인정할 건 인정하고 싶다.

애틀랜타는 내가 인생의 규칙을 배운 곳이며, 나는 배우는 속도가 빨랐다. 내게 멍청하다고 말하는 사람은 아무도 없었다. 하지만 고향은 착륙하는 곳이 아니다. 고향은 출발하는 곳이다. 가족을 선택할 수 없는 것처럼 고향도 선택할 수 없다. 포커를 칠 때 카드를 다섯 장 받는다. 세 장은 바꿀 수 있지만 두 장은 계속 지녀야 한다. 가족과 출생지가 그것이다.

일로에 대해 나쁘게 말하려는 게 아니다. 이보다 더 나쁜 출생지도 있다. 넓은 시각에서 바라보면 그 점을 잘 알 수 있다. 우선, 일로는 기회가 넘치는 곳이라고 할 수는 없는 루이지애나주에 있지만 어쨌든 미국의 일부이며, 흑인인데다 형편이 곤란하기까지 할 거라면 그나마 미국에서 태어나는 게 최선이다. 하지만 우리는 가난하지 않았다. 그 점은 특히 강조하고 지나가야겠다. 아빠는 낮에는 벅스 스포츠용품점에서 열심히 일하고 그도 모자라 저녁에는 잡역부 일을 했고, 어머니는 미트앤드스리***** 음식점에서 종일 음식을 담으며 일했기 때문에, 나는 냄비도 창문도 없는 집 자식처럼 굴지 않을 수 있었다. 우리집엔 두 가지 다 있었다는 사실을 확실히 기록해두기로 하자.

나, 올리브, 빅로이, 이렇게 세 식구는 안전한 동네의 튼튼한 벽돌집에서 살았다. 내 방도 따로 있었고, 빅로이가 집을 증축한 뒤

으로 전자는 조기 유아교육을, 후자는 대학 입시 교육을 지원한다.

***** meat-and-three. 미국 남부에서 유행하는 음식점 유형으로 손님이 육류 한 가지와 곁들이는 음식 세 가지를 골라 주문하는 방식으로 운영한다.

로는 나 혼자 쓰는 욕실까지 생겼다. 신발이 작아졌는데 새 신발을 사줄 때까지 기다려야 했던 적도 없다. 내가 학자금 지원을 받는 동안에도 부모님은 나를 대학에 보내기 위해 자신들이 해야 할 몫을 했다.

그렇긴 하지만, 사실 남는 것은 없었다. 내 유년기를 샌드위치에 비유한다면, 빵 바깥으로 삐져나온 고기는 없었다고 할 수 있다. 꼭 필요한 것만 있었을 뿐 그 이상은 없었다. "부족하지도 않았잖아." 엄마라면 그렇게 말하면서 특유의 레몬 사탕 같은 포옹으로 나를 감쌌을 것이다.

애틀랜타에 도착했을 때, 나는 창창한 미래가 펼쳐질 거라는 인상을 받았다—끝없이 풀려나오는 빈 종이처럼. 이런 말도 있지 않은가, 모어하우스맨에게는 항상 펜이 있다. 그로부터 십 년이 지난 후 내 인생은 정점에 도달했다. 누군가가 "고향이 어디예요?" 하고 물으면 나는 "디 에이The A!"* 하고 대답했다. 별칭으로 부를 만큼 그 도시와 너무도 친밀해졌던 것이다. 가족에 대한 질문을 받으면 셀레스철 얘기를 했다.

우리는 정식으로 결혼한 지 일 년 반이 되었고, 그 시간은 행복했다. 적어도 나는 그랬다. 우리가 행복한 방식이 다른 사람들과 달랐을 수는 있다. 우리는 애틀랜타의 흔해빠진 부르주아 니그로**, 즉 남편은 베개 밑에 노트북을 둔 채 잠들고 아내는 파란 상자 속

---

* 애틀랜타(Atlanta)의 별칭.
** '니그로(Negro)'는 일상적 맥락에서는 흑인을 비하하는 강력한 금기어이지만 역사적 맥락에서는 중립적인 의미로 쓰이기도 하며, 특히 흑인 사회에서는 자신이나 타인을 니그로라고 지칭하기도 한다.

에 든 보석 꿈을 꾸는 그런 부부는 아니다. 나는 젊고 허기졌으며 사다리를 오르고 있었다. 셀레스철은 강렬하고 매혹적인 예술가였다. 우리는 나이가 더 많다는 점만 다를 뿐 〈러브 존스〉*의 주인공들 같았다. 뭐라고 해야 할까? 난 항상 유성처럼 확 타오르는 여자에게 약했다. 그런 여자와 함께할 때면, 가볍게 만났다 헤어지는 것과는 다른 아주 깊은 관계를 맺고 있다는 사실을 알게 된다. 셀레스철을 만나기 전에, 역시 디 에이에서 나고 자란 다른 여자와 데이트한 적이 있다. 이보다 더 반듯할 순 없을 듯하던 그 여자가 도시연맹** 경축 행사에서 내게 총을 들이댔다! 은색 몸체에 분홍색 자개 장식 손잡이가 달린 그 22구경 권총을 나는 절대로 잊지 못할 거다. 나와 함께 스테이크와 감자그라탱을 맛있게 먹고 있던 그녀가 테이블 아래에서 핸드백에 든 권총을 획 내보였다. 그러면서 내가 흑인변호사협회 소속의 어느 계집애랑 바람을 피운다는 사실을 안다고 말했다. 이걸 어떻게 설명해야 할까? 나는 처음엔 무서웠고, 곧이어 무섭지 않았다. 오직 애틀랜타 아가씨만이 그런 깡패짓을 하면서도 그토록 세련될 수 있을 것이다. 다 사랑의 논리에 따라 일어난 일이었다. 인정한다. 하지만 난 청혼을 해야 할지 경찰에 신고를 해야 할지 알 수 없었다. 우리는 그날 날이 밝기도 전에 결별했고, 그건 내 결정이 아니었다.

권총 아가씨 이후 잠시 여자들과의 접촉이 끊겼다. 나도 여느 사람들처럼 뉴스를 읽었으므로 이른바 흑인 남자 부족 현상에 대해

---

* 젊은 흑인 예술가들의 사랑을 그린 1997년 영화.
** 흑인 인권 향상과 인종차별 철폐를 목적으로 하는 시민단체.

들어봤지만, 그런 좋은 뉴스가 내 사교생활에는 아직 영향을 미치지 않는 듯했다. 내가 반한 여자에게는 하나같이 어딘가에서 대기 중인 다른 사람이 있었다.

약간의 경쟁은 당사자 모두에게 이로운 법이라지만, 권총 아가씨가 떠난 일로 나는 은근한 속앓이를 했고, 결국 빅로이와 그 이야기를 나누려고 며칠간 일로에 갔다. 아버지는 모든 일의 시작과 끝을 통달한 듯한 느낌, 누군가는 나타났다가 떠나도 그는 오래도록 그 똑같은 안락의자에 그대로 앉아 있을 것 같은 느낌을 주는 사람이다.

"무기를 휘두르는 여자는 영 아니다, 아들아."

나는 그 상황이 대단한 것은 권총이 주는 뒷골목 분위기와 그 저녁의 화려함이 이루는 대조 때문이라고 설명하려 했다. 게다가, "그 여자는 장난을 친 거예요, 아빠."

빅로이는 고개를 끄덕이며 맥주잔에서 거품을 빨아들였다. "그 정도가 장난이면 화났을 땐 무슨 일이 벌어지겠냐?"

부엌에서 마치 통역사를 거쳐 말하는 것처럼 어머니가 외쳤다. "그 여자가 지금 누굴 만나는지 그 녀석한테 좀 물어봐. 그 여자가 미친 것 같아도, 아예 미치진 않았어. 줄 서 있는 다른 사람이 없는데도 리틀로이를 차버릴 여자는 없으니까."

빅로이가 말했다. "지금 그 여자가 누굴 만나는지 네 어머니가 알고 싶단다." 우리 셋 다 영어로 말하고 있는데도.

"변호사인 어떤 자식요. 페리 메이슨* 같은 느낌은 아니고요. 계

---

* 1960년대 법정 드라마 〈페리 메이슨〉의 주인공으로 형사사건을 담당하는 변호사다.

약 담당이죠. 문서를 주로 다루는 유형."

"넌 문서를 주로 다루는 사람이 아니고?" 빅로이가 물었다.

"완전히 다르죠. 영업 일은 잠깐만 할 거예요. 게다가 문서 업무는 내 천직이 아니에요. 어쩌다보니 지금 하고 있을 뿐이죠."

"알겠다." 빅로이가 말했다.

어머니는 여전히 부엌에서 잡다한 논평을 이어갔다. "그애한테 말해. 맨날 피부색이 밝은 그런 여자애들 때문에 마음만 상하지 않느냐고. 바로 여기 앨런 교구에 있는 아가씨들을 기억하라고도 말하고. 저뿐만 아니라 다른 사람의 인생도 함께 나아지는 길을 찾으라고 말해줘."

빅로이가 "네 어머니가……" 하고 입을 열자 나는 말을 끊었다.

"저도 들었고요, 그 여자 피부색이 밝다고 한 적 없어요."

하지만 물론 그 여자의 피부색은 밝았고, 어머니는 늘 그 문제에 신경을 곤두세웠다.

이제 올리브가 줄무늬 행주에 손을 닦으며 부엌에서 나왔다. "열 내지 마. 네 문제에 관여하려는 건 아니니까."

여자 문제에 관해 자기 엄마를 완전히 만족시킬 수 있는 사람은 없다. 내 친구들은 다들 어머니에게 끊임없는 경고를 받는다고 말했다. "네 빗을 쓸 수 없는 여자는 집에 데려오지 마라."* 〈에버니〉와 〈제트〉** 모두 장담하기를, 돈푼깨나 만지는 흑인 남자는 모두 초콜릿-바닐라 혼합을 택한다고 한다. 나로 말하자면 엄격한 갈색

---

* 다른 인종과 사귀지 말라는 경고를 담은 흑인 사회의 관용적 표현.
** 흑인 독자를 대상으로 한 월간지.

파인데, 그런데도 어머니는 내가 어떤 농도의 갈색 누이를 선택할
지 안달을 낸다.

하지만 셀레스철이라면 어머니가 좋아할 만하다고 할 수 있었
다. 서로 얼마나 닮았는지, 두 사람이야말로 혈연관계로 보일 지경
이었다. 두 사람의 깔끔한 미모는 내가 처음으로 흠뻑 빠졌던 텔레
비전 드라마 〈굿 타임스〉에 나오는 셀마 같았다. 하지만 웬걸, 우
리 엄마 생각에 셀레스철은 생김새는 나무랄 데 없지만 다른 세상
에 속한 사람—버나뎃의 옷을 입은 재스민*—이었다. 반면에 빅로
이는 셀레스철을 어찌나 좋아하는지 내가 결혼하지 않는다면 본인
이 하겠다고 나설 기세였다. 그 모든 게 올리브에게는 감점 요인이
었다.

"내가 어머님에게 점수를 딸 방법은 딱 하나야." 언젠가 셀레스
철이 말했다.

"그게 뭔데?"

"아기." 그녀가 한숨을 쉬며 말했다. "어머님은 만날 때마다 날
위아래로 훑어보셔. 마치 내가 몸안에 당신 손주를 인질로 잡고 있
기라도 한 것처럼."

"그건 과장이다." 하지만 사실을 말하자면, 나는 어머니가 무슨
의도로 그러는지 알았다. 결혼하고 일 년이 지났을 때, 나는 갱신
된 법칙과 규정 아래 새로운 세대를 만들어낸다는 계획을 실행에
옮길 준비가 되었다.

---

* 프랑스어에서 기원한 이름 '버나뎃'은 백인에게 흔하고 아랍어 '야스민'에서 기원
한 이름 '재스민'은 흑인에게 흔하다는 선입견에 근거한 표현.

우리 부부가 경험한 양육 방식에 어떤 문제가 있었다는 건 아니지만, 그래도 세상은 변하고 있으니 아이를 키우는 방식도 변해야 했다. 목화송이를 딴다는 말은 절대 입에 올리지 않겠다는 다짐도 내 계획의 일부였다. 부모님은 실제 대상으로서든 그 개념으로서든 항상 목화송이를 거론했다. 백인은 "시궁창을 파는 것보단 낫지"라고 말하고, 흑인은 "목화송이를 따는 것보단 낫지"라고 말한다. 난 누군가가 죽음으로써 내가 일상적인 삶을 누릴 수 있게 되었다는 사실을 아이들에게 자꾸 일깨우지 않을 것이다. 극장에 간 로이 3세가 〈스타워즈〉든 뭐든 영화를 보려다, 자기가 팝콘을 먹으며 거기 앉아 있는 것이 누군가의 죽음으로 얻어낸 권리라는 사실을 떠올리지 않기를 바란다. 그런 말은 일절 하지 않겠다. 아니, 너무 많이 하지는 않겠다. 우리는 적절한 기준을 마련해야 할 것이다. 그러면 셀레스철은 다짐한다. 절대 아이들에게 너희는 두 배로 잘해야 반이라도 얻을 수 있다는 말을 하지 않을 거라고. "설령 그게 사실이더라도," 그녀는 말했다. "다섯 살 아이에게 할 말이야?"

셀레스철은 완벽한 균형을 갖춘 여자였다. 고루한 회사원 유형은 아니지만 좋은 집안 배경이 에나멜가죽 구두의 광택처럼 드러났다. 게다가 예술가처럼 통통 튀면서도, 도가 지나쳐 정신 나간 사람 같은 느낌을 주지는 않았다. 다시 말해, 핸드백 속에 분홍색 권총은 없었으나 그렇다고 열정이 부족하지도 않았다. 그녀는 자기 방식대로 행동하려는 사람이었고 그런 성향은 겉모습만 봐도 알 수 있었다. 키가 175센티미터로 자기 아버지보다 컸고 평발이었다. 키는 제비뽑기의 행운과도 같다는 사실을 알지만, 그녀를 보면 그런 높이마저도 선택의 결과인 듯한 느낌이 들었다. 옆에 서면 수북하고 제멋대로 뻗친 머리칼이 내 머리보다 살짝 더 높이 솟았다. 셀레스철이 바늘과 실의 천재라는 사실을 아직 모르는 이들도, 그녀가 아주 독특한 사람이라는 사실만큼은 감지했다. 비록 어떤 사람은—여기서 '어떤 사람'이란 우리 어머니를 말한다—알지 못했지만, 그 모든 것이 훌륭한 어머니가 될 자질이었다.

나는 그녀에게 우리 아이—아들이든 딸이든—의 이름을 '퓨처 Future'라고 지으면 어떻겠냐고 물어볼까 생각중이다.

내가 결정할 수 있는 문제였다면, 우리는 신혼여행 때 이미 아기 기차에 올라타 있었을 것이다. 바닥이 유리로 된 바다 위 오두막에 누워 있는 우리를 그려보자. 난 그런 개떡 같은 게 있다는 사실조차 몰랐지만, 셀레스철이 안내책자를 보여주었을 때 엄청나게 흥분하는 척하며 그런 여행이 내 버킷리스트에 들어 있다고 말했다. 그렇게 우리는 바다 위에서 서로를 즐기며 느긋하게 휴식을 취했다. 일등석을 타고 스물세 시간을 날아가 발리에 도착했으므로, 결혼식을 올린 지 이미 하루가 넘게 지난 뒤였다. 결혼식에서 예쁘게 꾸민 셀레스철은 자기 모습을 본뜬 아기 인형 같았다. 그 정신없는 머리칼을 한데 끌어모아 발레리나처럼 말아올렸고, 화장 때문에 볼은 상기된 것처럼 보였다. 그녀가 식장 복도에서 나를 향해 미끄러지듯 다가올 때, 신부와 그녀의 아버지 둘 다 이 모든 게 최종 리허설쯤 되는 듯 키득키득 웃었다. 그런데 나는 심장 발작 네 번과 뇌졸중 한 번을 겪은 사람처럼 심각했다. 하지만 그녀가 고개를 들어 나를 보고 분홍색으로 칠한 입술을 오므려 살짝 입맞추는 시늉을 했을 때 나는 그 농담을 이해했다. 그녀는 이 모든 것—드레스 자락을 잡은 어린 소녀들, 내 연미복, 심지어 주머니 속의 반지까지—이 그저 쇼에 불과하다는 사실을 내게 일깨워주었다. 진짜는 빛이 춤추듯 일렁이는 그녀의 눈, 피가 빠르게 도는 우리의 몸이었다. 그러자 나도 웃음이 나왔다.

발리에서 그 매끈한 머리는 사라진 지 오래였고, 그녀는 1970년대 〈제트〉 잡지에 나올 법한 아프로헤어를 뽐내며 몸에 반짝이 장식 말고는 아무것도 걸치지 않은 모습이었다.

"우리 아기 만들자."

셀레스철이 웃음을 터트렸다. "그런 식으로 내 뜻을 묻고 싶은 거야?"

"나 진지해."

"아직 안 돼요, 아빠." 그녀가 말했다. "하지만 곧."

결혼 일주년 기념일에 나는 쪽지에 썼다. "'곧'이란 지금?"

그녀가 쪽지를 뒤집어 답장을 썼다. "'곧'이란 어제. 병원에 갔는데 의사가 준비 완료래."

하지만 다른 종잇조각 하나가 우리 발목을 잡았다. 바로 내 명함. 캐스케이드 로드에 있는 식당 겸 카페테리아인 뷰티풀 레스토랑에서 기념일 식사를 하고 집에 돌아왔을 때였다. 그 식당은 고급스럽지는 않았지만 내가 청혼을 한 곳이었다. 당시에 그녀는 말했었다. "좋아, 하지만 우리가 꽐라가 되기 전에 그 반지는 잘 챙겨놔!" 결혼기념일에 우리는 그 식당에 다시 가서 갈비와 마카로니 앤드치즈, 콘푸딩으로 이루어진 진수성찬을 먹었다. 그러고는 우리가 첫 일 년을 잘 헤쳐가기를 기원하며 삼백육십오 일 동안 냉동실에 보관해둔 웨딩케이크 두 조각을 디저트로 먹기 위해 집에 돌아왔다. 그 정도로 충분히 좋았을 텐데, 나는 군이 지갑을 열어 그 안에 넣어둔 그녀의 사진을 보여주려 했다. 사진을 당겨 꺼내는데 명함이 딸려 나와 아마레토 케이크 조각 옆에 부드럽게 내려앉았다. 뒷면에 보라색 잉크로 여자의 이름과 전화번호가 적혀 있었다. 그것으로도 모자라 셀레스철은 거기에 숫자 세 개가 더 적힌 걸 봤고 그것이 호텔방 번호일 거라고 짐작했다.

"내가 설명할 수 있어." 진실은 간단했다. 내가 여자를 좋아한다는 것. 나는 여자와의 가벼운 장난질을, 소위 떨림을 즐겼다. 때로 아직도 내가 대학생이라도 되는 듯 전화번호를 따기도 했지만 99.997퍼센트는 거기에서 끝났다. 난 그저 아직 내게 매력이 있음을 확인하는 게 좋았다. 해로울 것 없지 않나?

"그럼 설명해봐." 그녀가 말했다.

"그 여자가 이걸 내 주머니에 슬쩍 넣었어."

"어떻게 네 명함을 너한테 슬쩍 주었다는 거야?" 셀레스철은 화가 났고, 그 모습이 나를 약간 흥분시켰다. 레인지에서 불꽃이 붙기 전에 딱 소리가 나는 것처럼.

"그 여자가 내 명함을 달라고 했어. 난 별 뜻 없다고 생각했고."

셀레스철이 일어서서 케이크가 수북이 담긴 접시를 한데 모으더니 결혼 예물이든 뭐든 상관없다는 듯 쓰레기통에 던져넣었다. 그런 다음 식탁으로 다시 와서 핑크 샴페인이 든 긴 유리잔을 집어들고 거품이 이는 술을 테킬라처럼 한입에 털어넣었다. 그러고는 내가 들고 있던 잔을 낚아채 내 몫까지 들이켜더니 목이 긴 그 유리잔 역시 쓰레기통 속으로 던졌다. 유리잔 깨지는 소리가 종소리처럼 울렸다.

"넌 정말 거짓말만 지껄이는구나." 그녀가 말했다.

"하지만 지금 내가 어디 있지?" 내가 말했다. "바로 여기에 너랑 함께 있잖아. 우리집에서. 밤마다 너와 같은 베개를 베고 눕잖아."

"하필이면 망할 놈의 결혼기념일에." 셀레스철이 말했다. 이제 그녀의 분노는 슬픔으로 녹아내렸다. 그녀가 아일랜드 식탁의 높은 의자에 앉았다. "그렇게 외도하고 싶은데 결혼은 왜 했니?"

나는 결혼해야만 외도도 할 수 있다는 점을 지적하지는 않았다. 대신 진실을 말했다. "그 여자와 전화 통화도 한 적 없어." 나는 그녀 곁에 앉았다. "사랑해." 마법의 주문을 외우듯 그 말을 했다. "결혼기념일 축하해."

셀레스철은 키스를 거부하지 않았고 그건 긍정적인 신호였다. 입술에서 핑크 샴페인 맛이 났다. 둘 다 옷을 벗었을 때 그녀가 내 귀를 세게 깨물었다. "못 말리는 거짓말쟁이." 그러더니 내 쪽 협탁으로 손을 뻗어 빛나는 은박 포장을 꺼냈다. "끼우세요, 아저씨."

누군가는 우리의 결혼생활이 순탄치 않았다고 말할 것임을 나는 안다. 사람들은 닫힌 문 뒤에서, 이불 속에서, 밤과 아침 사이에 무슨 일이 일어나는지도 모르면서 많은 말을 지껄인다. 하지만 나는 우리 관계의 증인이자 그 일원으로서, 실상은 그 반대였다고 확신한다. 내가 종이 쪼가리 하나로 그녀를 분개하게 할 수 있고 그녀가 고무 조각 하나로 날 미치게 할 수 있다는 사실에는 큰 의미가 있었다.

맞다, 우리는 결혼한 사이였다. 하지만 여전히 젊고 서로에게 빠져 있었다. 일 년이 지났어도 불꽃은 뜨겁고 푸르게 타오르고 있었다.

요점은 이렇다. 버전 2.0이 되는 일은 쉽지 않다. 신문 기사에서 우리를 묘사한다면 "〈다른 세상〉* 주인공들은 지금쯤 어떻게 변했을까?" 정도가 적당할 것이다. 훌쩍 자란 휘틀리와 드웨인. 하지만 셀레스철과 나는 할리우드가 상상하지 못한 존재다. 그녀는 예술적 재능을 지녔고 나는 그녀의 매니저이자 뮤즈였다. 그렇다고 내가 세상에 막 태어났을 때와 같은 차림으로 드러누운 채 그녀의 그림 모델이 되었다는 말은 아니다. 아니, 나는 그저 내 삶을 살았고 그녀는 나를 지켜보았다. 우리가 약혼한 동안에 그녀는 유리 조각 작품으로 대회에서 상을 받았다. 멀리서 보면 장난감 구슬 같지만 가까이 다가가 딱 맞는 각도에서 보면 그 안에서 소용돌이치는 무늬가 그려내는 내 옆모습을 분간할 수 있었다. 5천 달러에 사겠다고 나선 사람이 있었는데도 그녀는 그 작품을 내놓으려 하지 않았다. 그건 결혼생활이 위기에 처했을 때 일어날 법한 일이 아니다.

셀레스철은 나를 도왔고 나도 그녀를 도왔다. 옛날에 남편들은 자기가 열심히 일해서 아내는 밖에 나가 일하지 않아도 될 경우 '내 여자를 집에 앉혀놓는다'고 표현했다. 빅로이도 올리브를 집에 앉혀놓겠다는 목표가 있었지만 결국에는 그렇게 되지 않았다. 아버지를 기리며, 그리고 아마도 나 자신의 명예를 위해, 나는 종일 열심히 일하며 셀레스철이 집에 앉아 인형을 만들 수 있도록 했다. 인형은 그녀의 주요한 예술 매체였다. 나는 박물관 소장품 수준에 달하는 그녀의 구슬 작품과 섬세한 선화線畫를 좋아하지만, 보통 사람도 쉽게 접근할 수 있는 건 인형이었다. 내 계획은 하나의 제

---

* 1980년대 말에 방영된 흑인 대학생들의 삶을 그린 시트콤으로, 휘틀리와 드웨인 이라는 두 주인공을 중심으로 이야기가 펼쳐진다.

품군을 이루는 형겊 인형을 다양하게 제작해 도매로 판매하는 것
이었다. 선반을 장식할 수도 있고 충전재가 빠져나오도록 끌어안
고 다닐 수도 있는 인형. 이에 더해 최고급 주문 제작품이나 예술
작품도 함께 만드는 것이다. 그런 작품은 수만 달러에도 쉽사리 팔
릴 수 있다. 하지만 이름을 알리기에 좋은 제품은 일상적인 인형일
거라고 나는 셀레스철에게 말했다. 그리고 보라, 내 생각이 결국
옳았다.

이 모든 것이 다리 밑으로 흘러가버린 물이라는 것을, 게다가 그
물은 어여쁜 작은 시냇물도 아니라는 것을 나도 안다. 하지만 공정
을 기하기 위해서는 이 모든 이야기를 해야만 한다. 우리의 결혼생
활은 고작 일 년 남짓에 불과했지만 그 일 년은 좋은 시간이었다.
셀레스철도 그 점은 인정해야 할 것이다.

유성이 날아와 우리의 인생을 박살낸 때는 내 부모님을 보러 둘
이서 함께 일로에 갔던 노동절* 주말이었다. 도로 여행을 좋아하는
나 때문에 우리는 자동차를 타고 갔다. 비행기는 내게 일을 연상시
켰다. 당시 나는 수학책 전문 교과서 회사의 영업사원이었다. 비
록 나의 숫자 감각은 12단 곱셈 수준을 넘지 못했지만, 물건을 파
는 방법을 알았기 때문에 성과가 좋았다. 바로 전주에는 모교에서
괜찮은 채택 계약을 맺었고 조지아주에서 진행중인 계약도 승산이
있었다. 그 일로 거물 부호가 되지는 못하더라도 새집을 사자는 얘
기를 꺼낼 수 있을 만큼 두둑한 액수의 보너스를 기대하고 있었다.

---

*9월 첫째 월요일로 공휴일이다.

조용한 동네에 있는 견고한 랜치하우스*인 지금의 집에 무슨 문제가 있어서는 아니었다. 셀레스철이 어린 시절을 보낸 그 집을 그녀의 부모님이 결혼 선물로 주었다는 점, 소유권을 그들의 외동딸에게만 단독으로 이전해주었다는 점이 마음에 걸렸다. 백인이 자식에게 해주는 것과 같은 새 출발 지원, 다분히 미국적인 관습이었다. 하지만 나는 내 모자를 내 이름이 적힌 못에 걸고 싶었다.

일로로 가는 I-10 고속도로를 달릴 때 그런 생각이 떠올랐지만 기분이 가라앉지는 않았다. 결혼기념일의 작은 충돌은 진정되었고 우리는 다시 조화를 찾았다. 오디오에서 올드스쿨 힙합 음악이 쿵쿵 나오는 우리의 혼다 어코드는 아이가 있는 가족에게 적합한 차로, 뒤에 빈자리가 두 개나 있었다.

차로 여섯 시간을 달린 후 나는 163번 출구에서 깜빡이를 켰다. 2차선 고속도로로 들어섰을 때 셀레스철이 어딘가 달라진 느낌이 들었다. 그녀는 어깨를 살짝 올린 채 머리카락 끝을 잘근잘근 씹고 있었다.

"왜 그래?" 내가 역사상 가장 위대한 힙합 앨범의 음량을 낮추며 물었다.

"그냥 초조해서."

"뭣 때문에?"

"레인지에 불을 켜놓고 온 것 같은 기분이 들 때 없어?"

나는 오디오 음량을 '쿵쿵'과 '쾅쾅' 사이 어딘가로 다시 높였다. "그럼 네 친구 안드레한테 전화해."

---

* 옆으로 길고 지붕이 낮은 단층 주택.

안전띠가 불편하게 목에 쓸리는지 셀레스철이 더듬더듬 위치를 조절했다. "난 네 부모님 근처에 있으면 항상 이래. 자꾸 나 자신을 의식하게 돼."

"우리 부모님?" 올리브와 빅로이는 세상에서 가장 수수한 사람들이다. 반면에 셀레스철의 부모는 가까이하기 편하다고 말할 수는 없었다. 그녀의 아버지는 사과 세 개를 쌓아놓은 정도의 자그만 키에 프레더릭 더글러스*의 거대한 아프로헤어를 옆가르마까지 완벽하게 재현했으며, 그도 모자라 일종의 천재 발명가였다. 교육 분야에서 일하는 그녀의 어머니는 교사나 교장 정도가 아니라 교육청의 부교육감이었다. 셀레스철의 아버지가 십 년인가 십이 년 전에 오렌지주스가 급격히 분리되는 현상을 막는 화합물을 발명해 대박을 터트렸다는 얘기는 이미 했던가? 그는 그놈의 물건을 미닛메이드에 팔았고 그뒤로 온 가족이 돈으로 가득찬 욕조에서 홀딱 벗고 첨벙거리며 살아왔다. 그녀의 엄마와 아빠―그들이야말로 불편한 방 같은 사람들이지. 그들과 비교하면 올리브와 빅로이는 케이크다. "우리 부모님이 널 사랑하는 거 알잖아." 내가 말했다.

"너를 사랑하시지."

"나는 너를 사랑하고, 그러니까 부모님은 너를 사랑하는 거야. 기본적인 수학이지."

셀레스철은 비쩍 마른 소나무가 휙휙 지나가는 창밖을 내다보았다. "왠지 느낌이 안 좋아, 로이. 집에 가자."

내 아내는 극적인 과장에 일가견이 있다. 그렇다 해도 나는 그녀

---

* 19세기 미국의 정치가, 사회개혁가, 노예제도 폐지론자.

의 말에서 두려움이라고밖에 묘사할 수 없는 어떤 돌부리 같은 것을 느꼈다.

"뭔데 그래?"

"모르겠어." 그녀가 말했다. "그래도 돌아가자."

"어머니한테는 뭐라고 말해? 알잖아, 지금쯤 저녁 준비하시느라 한창 난리가 났을 텐데."

"나를 탓해." 셀레스철이 말했다. "다 내 잘못이라고 말씀드려."

이때를 되돌아보면 공포영화를 보면서 등장인물들이 왜 그리 고집스럽게 위험신호를 무시하는지 의아할 때와 같은 기분을 느낀다. 유령 같은 목소리가 나가 하고 말하면 우리는 그 말에 따라야 한다. 하지만 현실에서는 우리가 무서운 영화 속에 있다는 사실을 알지 못한다. 아내가 과하게 감정적이라고 생각할 뿐이다. 아내가 임신해서 그런 것이기를 은근히 바란다. 이런 상황이 더이상 일어나지 않도록 자물쇠를 채운 후 열쇠를 던져버리기 위해 필요한 것이 바로 아기이기 때문이다.

부모님 댁에 도착하자 올리브가 포치에 나와 기다리고 있었다. 가발을 좋아하는 어머니는 이번엔 복숭아잼 색깔의 곱슬머리 가발을 쓰고 있었다. 마당으로 차를 몰고 들어간 나는 아빠의 크라이슬러 범퍼에 바짝 붙여 주차하고 차문을 열어젖힌 다음, 계단을 한번에 두 단씩 올라 중간쯤에서 팔을 벌려 엄마를 맞았다. 내가 허리를 굽히고 아주 자그마한 엄마를 바닥에서 발이 들리도록 휙 안아올렸더니 엄마는 실로폰처럼 낭랑한 소리로 웃었다.

"리틀로이," 어머니가 말했다. "집에 돌아왔구나."

어머니를 내려놓고 어깨 너머로 돌아보니 정체된 공기 말고는 아무것도 없어서 다시 계단을 한 번에 두 단씩 총총 내려갔다. 차 문을 열자 셀레스철이 팔을 뻗었다. 내가 혼다에서 내리는 아내를 도와주는 동안 어머니가 눈을 흘기는 소리가 들렸다고 장담한다.

"삼각관계야." 빅로이가 말했다. 우리 둘은 서재 구석에서 코냑을 마시던 참이었다. 올리브는 부엌에서 바쁘게 움직이고 셀레스철은 씻는 중이었다. "난 운이 좋았지." 아버지가 말했다. "네 엄마를 만났을 때 우린 둘 다 자유로운 몸이었거든. 나는 양친 다 돌아가셔서 안 계셨고 네 외조부모는 멀리 오클라호마에서 딸이 있었던 적도 없는 사람들처럼 살았으니까."

"결국 두 사람 다 마음을 돌릴 거예요." 나는 빅로이에게 말했다. "셀레스철은 사람들과 친해지기까지 시간이 좀 걸려요."

"네 엄마도 도리스 데이*는 아니지." 아버지가 동의의 뜻으로 말했고, 우리는 각자가 무턱대고 좋아하는 까다로운 여자들을 위하여 건배했다.

"아이가 생기면 나아질 거예요." 내가 말했다.

"맞아. 손주가 야수를 달랠 수도 있지."

"누가 야수라는 거야?" 어머니가 부엌에서 나타나 십대 아이처럼 빅로이의 무릎에 앉았다.

다른 쪽 문에서 셀레스철이 상큼하고 사랑스러운 모습으로 귤냄새를 풍기며 들어왔다. 안락의자는 내가 차지했고 소파에서는 부

---

* 미국의 가수이자 영화배우. 밝고 서민적인 이미지로 유명했다.

모님이 애정 행각을 벌이는 터라 셀레스철이 앉을 곳이 없었다. 나는 내 무릎을 톡톡 두드렸다. 그녀가 대담하게 내 무릎에 앉자, 우리는 1952년경의 어색한 더블데이트를 연출하는 사람들 같았다.

어머니가 자세를 바로잡았다. "셀레스철, 너 참 유명하더라."

"네?" 셀레스철이 말하며 무릎에서 일어나려고 움찔했고, 나는 그녀를 꽉 잡아 앉혔다.

"잡지에서 봤다." 어머니가 말했다. "세상을 들썩이게 했다는 얘기를 우리에겐 왜 안 한 거니?"

셀레스철은 부끄러워하는 듯 보였다. "겨우 동창회보일 뿐인걸요."

"잡지가 맞는데." 어머니가 대꾸하며 커피 테이블 아래에서 광택 나는 책자를 꺼내 귀퉁이를 접은 곳을 펼치자, 조세핀 베이커*를 표현한 헝겊 인형을 든 셀레스철의 사진이 나왔다. '주목할 만한 예술가.' 굵은 서체가 선언했다.

"내가 보내드렸어." 나는 인정했다. "어쩌겠어? 자랑스러운데."

"사람들이 네 인형을 5천 달러나 주고 산다는 게 사실이냐?" 올리브가 입을 꼭 다물며 실눈을 뜨고 노려보았다.

"늘 그런 건 아니에요." 셀레스철이 대답했지만, 내 목소리가 그 대답을 덮었다.

"맞아요." 나는 말했다. "내가 셀레스철의 매니저잖아요. 아내를 푸대접하게 놔둘 사람이야, 내가?"

---

* 미국에서 태어나 프랑스로 귀화한 공연예술가이자 시민운동가. 1920년대에 흑인 여성 최초로 대중 영화에 출연했다.

"아기 인형 하나에 5천 달러?" 올리브가 잡지로 부채질을 하자 복숭아잼 색깔 머리가 펄럭거렸다. "하느님이 그래서 백인을 만드셨나보다."

빅로이가 킬킬 웃었고 셀레스철은 뒤집힌 딱정벌레처럼 버둥거리며 내 무릎에서 벗어나려 했다. "사진에는 제대로 표현되지 않았어요." 그녀가 어린 여자애 같은 말투로 말했다. "머리를 장식한 구슬은 모두 손으로 꿴 거고……"

"5천 달러면 구슬을 엄청나게 많이 사겠구나." 어머니가 한마디 했다.

셀레스철이 나를 쳐다보았고, 나는 중재하려는 의도로 말했다. "엄마, 선수를 미워하지 말고 시합을 미워하세요." 여자와 함께 있을 때 말을 잘못하면 바로 깨달을 수 있다. 어떻게인지는 몰라도 여자는 공기 중의 이온을 재정렬하고 남자는 숨을 잘 쉴 수 없게 된다.

"시합이 아니야, 예술이지." 셀레스철의 시선이 거실 벽 곳곳에 걸린 아프리카를 주제로 한 그림 액자에 가닿았다. "진짜 예술 말이야."

노련한 외교관 빅로이가 말했다. "우리가 인형을 직접 볼 수 있다면 어떨까."

"차에 하나 있어요." 내가 말했다. "가서 가져올게요."

부드러운 담요에 싸인 인형은 진짜 아기처럼 보였다. 이것이 셀레스철의 별난 점이었다. 엄마가 되기를 그토록, 뭐랄까, 두려워하는 사람이 헝겊으로 만든 이 창조물은 굉장히 애지중지했다. 나는 종종 그녀에게 우리가 상점을 열게 되면 인형을 다루는 태도가 달라져야 한다고 타일렀다. 푸페*—그 인형들에 붙인 이름—는 내가 들고 있던 것과 같은 예술 작품보다 훨씬 싼 가격에 팔릴 예정이었다. 제작 속도를 높여야 하고 일단 인기를 얻으면 그뒤로는 대량생산을 해야 할 것이었다. 이런 캐시미어 담요 같은 건 빼고. 하지만 이 작품은 그냥 만들던 대로 만들게 놔두었다. 애틀랜타 시장이 추수감사절 즈음에 태어날 아이를 기다리는 수석 참모에게 줄 선물로 주문한 인형이었다.

내가 담요를 젖혀 인형의 얼굴을 보여주자 어머니는 숨을 크게 들이쉬었다. 나는 셀레스철에게 살짝 윙크를 했고, 그녀는 친절하게도 공기 중의 이온을 다시 원래대로 정렬해 내가 숨을 쉴 수 있게 해주었다.

"이건 너구나." 올리브가 내게서 인형을 가져가 머리를 조심스럽게 받쳐들며 말했다.

"저이 사진을 썼어요." 셀레스철이 목소리를 높여 말했다. "로이가 제게 영감을 주거든요."

"그래서 나랑 결혼했죠." 내가 농담했다.

"그 이유만은 아니고요." 그녀가 말했다.

어머니가 말문이 막혀 아무 말도 못한다는 건 만사가 잘 풀릴 수 있는 순간이라는 뜻이었다. 어머니는 팔에 안은 꾸러미에서 눈을 떼지 못했고 아버지도 다가가 그녀의 어깨 너머로 함께 바라보았다.

---

* '인형'이라는 뜻의 프랑스어.

"머리카락은 오스트리아산 크리스털로 표현했어요." 셀레스철이 흥분해서 말을 이어갔다. "빛을 받을 수 있게 인형을 돌려보세요."

어머니가 그 말대로 하자 우리집의 평범한 전구 불빛이 작고 검은 구슬에 반사되면서 인형의 머리가 반짝반짝 빛났다. "꼭 후광 같구나." 어머니가 말했다. "정말로 아기를 가지면 이렇게 되지. 나만의 천사가 생기는 거야."

이제 어머니는 소파로 다가가 인형을 쿠션 위에 내려놓았다. 그 모습을 보고 있자니 기분이 묘했다. 그 인형은 나를, 아니 적어도 내 아기 때 사진을 정말로 많이 닮았기 때문이었다. 꼭 마법에 걸린 거울을 들여다보는 기분이었다. 어머니에게서 열여섯 살의 올리브, 너무 빨리 어머니가 되었지만 봄날처럼 다정한 올리브가 엿보였다. "내가 이걸 사도 될까?"

"안 돼요, 엄마." 가슴에 차오르는 긍지를 느끼며 내가 대답했다. "특별 의뢰품이거든요. 만 달러. 빠르고 간단한 거래. 중개인은 바로 본인이올시다!"

"그렇겠지." 어머니가 인형 위로 담요를 수의처럼 덮으며 말했다. "내가 인형은 가져서 뭐하겠니? 나 같은 늙은 여자가?"

"가지셔도 돼요." 셀레스철이 말했다.

나는 셀레스철이 게리 콜먼* 얼굴이라고 이름 붙인 표정으로 그녀를 바라보았다. 계약서에 명시된 납기일은 이달 말이었다. 검은 잉크로 세 부를 작성해 공증을 받은 계약서상 납기일은 확고부동했다. 추후 정정 단서 조항도 없었다.

---

* 1980년대에 아역 스타로 유명했던 미국의 배우이자 코미디언.

셀레스철은 나를 쳐다보지 않은 채 말했다. "새로 하나 만들면 돼요."

올리브가 말했다. "아니다, 부담 지우긴 싫구나. 난 그냥 이게 리틀로이를 너무 닮아서 그런 것뿐이야."

나는 인형을 가져오려고 손을 뻗었지만 어머니는 놓아줄 마음이 없는 듯했고 셀레스철도 일을 더 어렵게 했다. 그녀는 자기 작품을 인정하는 사람에겐 사족을 못 썼다. 우리가 이걸로 진짜 사업을 할 거라면 이 또한 해결해야 할 문제였다.

"가지세요." 셀레스철이 말했다. 그것을 만들기 위해 애쓴 지난 석 달이 아무것도 아니라는 듯. "시장님께 드릴 건 다시 만들면 돼요."

이제 올리브가 이온을 흘트릴 차례였다.

"아, 시장님이라니. 이런, 실례가 많았구나!" 어머니가 인형을 내게 넘겼다. "내가 때라도 묻히기 전에 어서 차에 갖다놓으럼. 만 달러 청구서를 받긴 싫다."

"그런 뜻이 아니었어요." 셀레스철이 미안한 표정으로 나를 보았다.

"엄마." 내가 말했다.

"올리브." 빅로이가 말했다.

"미시즈 해밀턴." 셀레스철이 말했다.

"식사 시간이네." 어머니가 말했다. "다들 설탕에 조린 고구마와 겨자잎 따위를 아직도 먹는다면 좋겠다만."

우리는 저녁을 먹었다. 정적이 흐른 정도는 아니었지만 아무도 대화를 하지 않았다. 올리브는 너무 화가 나서 아이스티를 망쳐버렸다. 나는 설탕의 부드러운 끝맛을 기대하며 크게 한 모금 마셨다가 코셔 소금의 따가운 맛에 사레가 들렸다. 바로 뒤이어 내 고등학교 졸업장이 벽에서 떨어져 액자 유리에 별 모양으로 금이 갔다. 징조였을까? 아마도. 하지만 나는 하늘에서 보내는 메시지에 대해서는 생각하지 않았다. 어쩌다보니 이루 말할 수 없이 소중한 두 여자 사이에서 가랑이가 찢어지는 신세가 되어 정신이 없었다. 곤란한 상황에 대처하는 방법을 몰라서는 아니다. 남자라면 누구나 자신을 넓게 펼치는 방법을 안다. 하지만 어머니와 셀레스철이 함께 있으면 실제로 나는 반으로 갈라졌다. 올리브는 나를 이 세상에 데려와주었고 한 남자가 된 지금의 나로 길러주었다. 하지만 셀레스철은 나머지 인생으로 통하는 문, 다음 단계를 향해 열린 빛나는 문이었다.

디저트는 내가 가장 좋아하는 사킷투미sock-it-to-me 케이크였지만, 만 달러짜리 인형을 두고 벌인 실랑이가 식욕을 앗아갔다. 그런데도 나는 계피가 소용돌이처럼 섞인 케이크를 두 조각이나 먹었다. 남부 여자와 문제가 생겼을 때 그 여자의 음식을 거부하면 문제가 더 심각해진다는 사실은 누구나 안다. 그래서 나는 흡사 피난민처럼 먹었고 셀레스철도 마찬가지였다. 우리 둘 다 정제 설탕은 멀리하기로 약속했지만 어쩔 수 없었다.

식탁을 치우고 나자 빅로이가 말했다. "이제 가방을 들여놓을 거냐?"

"아닙니다, 대장님." 나는 경쾌한 목소리로 말했다. "파이니 우즈에 방을 잡아놨습니다."

"네 집을 놔두고 그런 쓰레기장에서 자겠다는 거니?" 올리브가 말했다.

"셀레스철을 제 이야기의 시초로 데려가고 싶어요."

"그건 거기서 자지 않아도 할 수 있잖아."

하지만 진실을 말하자면 거기에서 자야만 했다. 부모님의 수정주의적 경향으로부터 멀리 떨어진 곳에서 털어놓아야 하는 이야기였다. 결혼하고 일 년이나 지났으니 그녀도 자기가 결혼한 사람이 어떤 사람인지 알 자격이 있었다.

"네가 그러자고 했니?" 어머니가 셀레스철에게 물었다.

"아니에요, 어머님. 저는 여기에서 자는 게 좋아요."

"다 제 생각이에요." 나는 말했다. 호텔에서 자자고 하니 셀레스철이 좋아하긴 했지만. 그녀는 우리가 법적으로 결혼한 사이인데도 양가 어디든 부모님의 집에서 동침하는 게 옳지 않게 느껴진다고 말했다. 지난번에 여기서 잘 때는 〈초원의 집〉*에 나올 법한 잠옷을 입었다. 보통 때는 자연 그대로의 모습으로 자는 여자가.

"방도 다 치워놨는데." 올리브가 갑자기 셀레스철에게 손을 뻗으며 말했다. 두 여자는 남자가 다른 남자를 볼 때와는 완전히 다른 방식으로 서로를 바라보았다. 아주 잠깐, 이 집에는 그 두 사람만 존재했다.

"로이." 셀레스철이 이상하게 겁먹은 얼굴로 나를 보았다. "어떻게 할까?"

"내일 아침에 다시 올게요, 엄마." 내가 입을 맞추며 말했다. "비스킷과 꿀 먹고 싶어요."

---

* 19세기 후반 미국의 서부개척시대 농촌 가족의 삶을 그린 드라마.

어머니 집을 나오기까지 시간이 얼마나 걸렸을까? 아마도 지나고 나서 얘기하니 그렇겠지만, 그날은 나 빼고 모두가 주머니에 돌을 가득 담고 있는 것 같았다. 마침내 현관문을 나왔을 때, 아버지가 담요로 꽁꽁 싸맨 인형을 셀레스철에게 건넸다. 그게 물건인지 생명체인지 판단이 서지 않는다는 듯 어색한 동작이었다.

"공기를 좀 쐬게 해야지." 어머니가 말하며 담요를 젖히자 황혼녘의 주황색 해가 인형의 후광을 밝혔다.

"가지셔도 돼요." 셀레스철이 말했다. "진짜로요."

"그건 시장님 거라면서." 올리브가 말했다. "내겐 다른 걸 만들어줘."

"진짜면 더 좋지." 빅로이가 커다란 두 손으로 눈에 보이지 않는 임신한 배를 그리며 말했다. 아버지의 웃음이 우리를 집에 잡아두었던 끈적한 주문을 깨트렸고, 비로소 우리는 떠날 수 있었다.

셀레스철은 차에 타자마자 긴장을 풀었다. 그게 뭐였든 그녀를 괴롭히던 나쁜 기운 혹은 불안한 소름은 차가 고속도로에 들어서자 곧 사라졌다. 그녀는 귀 뒤로 땋은 머리채를 풀더니 무릎 사이에 머리를 묻고 머리칼을 다시 부풀리느라 바빴다. 다시 고개를 들었을 때는 폭탄 맞은 듯한 머리, 짓궂은 미소와 함께 본연의 모습으로 돌아와 있었다. "아 세상에, 진짜 어색했어." 그녀가 말했다.

"맞아." 내가 동의했다. "도대체 왜 그러시는 건지 모르겠어."

"아기 때문이야." 그녀가 말했다. "손주 욕심을 품으면 멀쩡한 사람도 이상해지는 법이거든."

"네 부모님은 아니지." 내가 냉장 파이처럼 냉철한 그녀의 부모를 생각하며 말했다.

"아, 아냐, 우리 부모님도 마찬가지야." 그녀가 말했다. "네 앞에서 자제하시는 거지. 다들 심리 상담을 받을 필요가 있어."

"하지만 우리도 아이를 가지려고 하잖아." 내가 말했다. "부모님들 역시 아이를 원한다고 해서 뭐가 달라져? 서로 공통점이 있으면 좋은 거 아니야?"

호텔로 가는 길에 나는 도로변에 차를 세웠다. 지도상엔 앨드리지강이라고 쓰여 있지만 실상 널찍한 개울에 지나지 않는 물 위로 난데없이 크게 놓인 현수교를 건너기 직전이었다.

"지금 어떤 신발 신었어?"

"웨지힐." 셀레스철이 얼굴을 찌푸리며 말했다.

"그거 신고 걸을 수 있겠어?"

그녀는 물방울무늬 리본과 코르크 굽이 건축물 같은 구조를 이루고 있는 신발이 민망한 듯했다. "단화를 신고 어떻게 어머님한테 강한 인상을 줄 수 있겠어?"

"걱정 마, 가까워." 내가 말하며 완만한 강둑을 엉거주춤 내려가자 그녀가 종종걸음으로 내 뒤를 따라왔다. "내 목을 잡아." 나는 그녀를 신부처럼 안아올리고 계속 걸어갔다. 셀레스철은 내 목에 얼굴을 묻고 한숨을 쉬었다. 절대로 그녀에게 말하지는 않겠지만, 나는 내가 더 강할 때, 말 그대로 그녀를 땅에서 번쩍 들어올릴 수 있을 때를 즐긴다. 그녀 역시 내게 말하지 않겠지만 그럴 때를 즐긴다는 사실을 나는 안다. 강변에 도착해 부드러운 흙 위에 그녀를 내려놓았다. "점점 무거워지네요, 아가씨. 임신 안 한 거 맞아?"

"하하, 참 재미있군요." 그녀가 대꾸하며 위를 올려다보았다. "실개천에 놓인 다리가 크기도 하네."

나는 땅바닥에 앉아 다리의 쇠기둥이 우리집 앞마당의 커다란 히커리나무라도 되는 양 등을 기댔다. 다리를 옆으로 벌리고 그 사이 공간을 툭툭 쳤다. 셀레스철이 거기 앉자 나는 팔로 그녀의 가슴을 감싸고 그녀의 목과 어깨가 만나는 지점에 턱을 기댔다. 우리 옆으로 흐르는 개울은 맑았다. 부드러운 바위 위로 물이 세차게 흘렀고 석양을 받은 잔물결의 테두리가 은빛으로 빛났다. 아내에게서 라벤더와 코코넛 케이크 냄새가 났다.

나는 말했다. "댐이 생겨 수심이 낮아지기 전에는, 토요일마다 아빠와 함께 낚싯대와 미끼를 챙겨 여기로 왔어. 어떤 면에서 아빠 노릇이란 그런 거야. 볼로냐 샌드위치와 포도맛 소다." 내가 얼마나 진지한지 알지 못하는 그녀가 키득키득 웃었다. 머리 위 철망 너머로 차 한 대가 지나갔고, 철망을 통과하는 바람이 입으로 병을 부드럽게 불 때처럼 선율을 띤 소리를 냈다. "차가 여러 대 지나가면 거의 노랫소리처럼 들려."

그렇게 우리는 거기 앉아 차가 지나가기를 기다리며 다리의 음악에 귀를 기울였다. 우리의 결혼생활은 좋았다. 이건 그저 추억에 젖어서 하는 말이 아니다.

"조지아," 내가 그녀를 애칭으로 불렀다. "우리 가족은 네 생각보다 훨씬 복잡해. 어머니가……" 하지만 나머지 말은 미처 하지 못했다.

"괜찮아," 그녀가 장담했다. "속상하지 않아. 어머님은 널 사랑해서 그러시는 것뿐이야."

그녀가 몸을 돌렸고 우리는 십대 아이들처럼 다리 밑에서 몸을 더듬으며 키스했다. 정말이지 멋진 기분이었다. 어른이면서도 아직 젊다는 건. 결혼은 했지만 안주하지는 않는다는 건. 묶여 있으면서도 자유롭다는 건.

*

어머니의 말은 과장이었다. 파이니 우즈는 모텔 식스* 정도는 되는 곳이었다. 객관적 척도로 별 하나 반 수준이지만 시내의 유일한 호텔이라는 점에서 별 한 개를 더 붙여야 마땅하다. 아주 오래전에 학교 졸업 파티가 끝나고 숫총각 딱지를 떼어버리고 싶어서 여자애와 여기 온 적이 있었다. 호텔비와 아스티스푸만테 샴페인과 그 외 몇 가지 로맨스를 위한 장비를 마련하기 위해 피글리위글리 계산대에서 일하며 수많은 식료품을 봉지에 담았다. 심지어 매직핑거스**를 작동시키려고 빨래방에 들러 25센트짜리 동전을 잔뜩 바꿔가기까지 했다. 그날 밤은 실수로 점철된 코미디로 끝났다. 침대 마사지기는 동전 여섯 개를 삼켜버리고 나서야 마침내 작동했으나 잔디 깎는 기계만큼이나 요란하게 우르릉거렸다. 게다가 내 데이트 상대는 남북전쟁 이전 대농장시대 남부 여자들의 후프 드레스***를 입었는데, 도대체 어디가 어딘지 좀 알아보려 했더니 치마가 확 뒤집히며 내 코를 때렸다.

---

* 미국 전역과 캐나다에서 운영하는 모텔 체인.
** 미국에서 유행했던 진동 침대 브랜드.
*** 속치마에 둥근 살을 넣어 치마를 부풀린 드레스.

호텔에 들어가 방을 잡은 뒤에 나는 셀레스철을 웃게 해주려고 그 이야기를 했다. 그런데 그녀는 "이리 와, 자기야" 하더니 내 머리를 끌어당겨 자기 가슴에 기대었다. 예전의 내 데이트 상대도 정확히 그렇게 했었다.

"캠핑 온 것 같다." 내가 말했다.

"그보단 외국에 유학 온 느낌인데."

거울 속 그녀와 눈을 맞추며 내가 말했다. "난 이 호텔에서 태어날 뻔했어. 올리브가 여기에서 청소부로 일한 적이 있거든." 당시에 파이니 우즈 인의 이름은 레블스 루스트Rebel's Roost였는데, 깨끗하기는 했어도 방마다 남부연합기*가 걸려 있었다. 욕조를 닦다 진통을 느낀 엄마는 내가 남부연합기 아래에서 인생을 시작하게 하지는 않겠다고 결심했다. 실내장식은 그렇게 했어도 사람은 괜찮았던 모텔 주인이 알렉산드리아까지 30마일을 차로 데려다줄 때까지, 엄마는 양 무릎을 꽉 붙이고 버텼다. 1969년 4월 5일, 그날**로부터 일 년 후였고, 나는 세상에 나온 첫날밤에 흑백 통합 신생아실에서 잤다. 엄마는 그 점을 자랑스러워했다.

"빅로이는 어디 계셨는데?" 예상대로 셀레스철이 물었다.

바로 그 질문이 우리가 애초에 거기 있는 이유였는데, 나는 왜 대답하기가 그토록 어려웠을까? 그 질문을 하게끔 유도해놓고도 정작 질문이 나오자 나는 돌덩이처럼 아무 소리도 내지 못했다.

---

* 남북전쟁 때 남부연합군 총사령관 로버트 리 장군이 사용했던 깃발로, 이후 KKK가 사용하며 인종차별과 백인우월주의의 상징물이 되었다.

** 마틴 루서 킹 목사가 총을 맞고 사망한 다음날인 1968년 4월 5일, 시카고를 중심으로 이에 항의하는 대규모 시위가 벌어졌다.

"일하시는 중이었어?"

그때까지 셀레스철은 침대에 앉아 시장의 인형에 구슬을 더 달고 있었지만 내가 말이 없자 나에게로 관심을 돌렸다. 그녀는 실을 물어 끊고 매듭을 지은 후 몸을 틀어 나를 보았다. "왜 그래?"

나는 여전히 입술만 움직일 뿐 소리를 내지 못했다. 이 이야기의 올바른 시작은 그 부분이 아니었다. 내 이야기의 시작은 내가 태어난 날일지 몰라도 이 이야기는 그보다 더 전에 시작된다.

"로이, 왜 그래? 무슨 문제 있어?"

"빅로이는 내 친아버지가 아니야." 나는 이 짧은 문장을 절대 입 밖에 내지 않겠다고 어머니와 약속했었다.

"뭐라고?"

"생물학적으로 말이야."

"하지만 네 이름은?"

"내가 아기였을 때 빅로이가 자기 이름을 붙여주었어."

나는 침대에서 일어나 캔에 든 주스와 보드카를 섞어 술을 두 잔 만들었다. 손가락으로 컵 안의 술을 젓는 동안, 거울을 통해서조차 차마 그녀의 눈을 마주볼 수 없었다.

셀레스철이 말했다. "넌 이 사실을 언제부터 알고 있었어?"

"내가 유치원에 가기 전에 부모님이 얘기해주셨어. 일로는 작은 타운이라, 그런 얘기를 학교 운동장에서 듣게 하고 싶지는 않았던 거야."

"나한테도 그래서 얘기하는 거야? 내가 길거리에서 듣게 될까 봐?"

"아니야," 나는 말했다. "너와 내 모든 비밀을 나누고 싶어서 말하는 거야." 나는 침대로 돌아가 얇은 플라스틱 컵을 그녀에게 건 넸다. "건배."

셸레스철은 내 초라한 건배에 응하지 않고 흠집이 난 협탁에 컵을 내려놓은 다음 시장의 인형을 담요로 다시 조심스럽게 감쌌다. "로이, 너는 왜 이런 식이야? 우리가 결혼한 지 일 년도 넘었는데, 지금까지 내게 이 이야기를 해야겠다는 생각이 한 번도 들지 않았다는 거야?"

나는 이어질 반응을 기다렸다. 퉁명스러운 말과 눈물. 어쩌면 심지어 그걸 고대했을지도 모른다. 하지만 셸레스철은 그저 시선을 위로 향한 채 고개를 저을 뿐이었다. 그녀는 숨을 들이쉬었고, 다시 내쉬었다.

"로이, 넌 일부러 이러는 거야."

"이러다니? 뭘 이런다는 거야?"

"내게 함께 가족을 이루자고 말하고, 내가 너와 가장 가까운 사람이라고 말하고, 그러다 이렇게 폭탄을 떨어뜨리는 거."

"이건 폭탄이 아니야. 달라질 게 뭐가 있어?" 수사적인 질문처럼 던진 말이었지만 나는 정말로 진정한 답을 듣고 싶었다. 그녀가 달라질 건 아무것도 없다고, 중요한 건 나 자신이지 비틀린 가계도가 아니라고 말해주기를 바랐다.

"이번 일뿐만이 아니잖아. 네 지갑 속의 전화번호들도 그렇고 결혼반지를 항상 끼고 다니지 않는 것도 그렇고. 거기다 또 이런 일까지. 한 가지를 극복하고 나면 바로 다른 일이 생겨. 내가 더 어리석었다면, 네가 우리 결혼생활이나 아이 문제나 다른 모든 일에 일부러 해코지를 하려는 건가 싶었을 거야." 그녀는 모든 게 내 잘못인 것처럼, 탱고를 혼자서 추는 게 가능한 것처럼 말했다.

나는 화가 날 때 큰 소리를 내지 않았다. 오히려 목소리를 낮춰 귀가 아니라 뼈로 들을 수 있을 만한 음역으로 말했다. "너야말로 정말 원하는 게 이런 거야? 빠져나갈 기회를 기다렸는데 드디어 찾은 거 아냐? 진짜 문제는 바로 그거지. 나는 그저 아빠를 모른다고 말했는데, 너는 우리 관계 전체를 다시 생각한다고? 이봐, 그 이야기를 하지 않은 건 우리와는 무관한 일이기 때문이었어."

"넌 뭔가 문제가 있어." 셀레스철이 말했다. 잠기운이 확 달아나고 노기가 서린 그녀의 얼굴이 물줄기 얼룩이 진 거울에 비쳤다.

"이것 봐." 내가 말했다. "이래서 말하고 싶지 않았던 거라고. 그래서 지금 뭐야? 내 정확한 유전자 프로필을 몰라서 나란 사람을 모르겠다는 거잖아. 그게 무슨 부르주아 개똥 같은 소리야?"

"내게 말하지 않았다는 사실이 문제라는 거야. 네 아빠가 누군지 모른다는 건 상관 안 해."

"누군지 모른다고 말하진 않았어. 내 어머니에 대해 무슨 말을 하고 싶은 거야? 뱃속 아이의 아빠가 누군지도 몰랐다고? 정말이야, 셀레스철? 거기까지 가고 싶은 거야?"

"말꼬리 잡고 늘어지지 마." 셀레스철이 말했다. "알래스카만큼 어마어마한 비밀을 숨긴 장본인은 바로 너잖아."

"말할 게 뭐가 있어? 내 진짜 아빠는 오새니얼 젱킨스야. 그게 내가 아는 전부라고. 그러니 이제 너도 내가 아는 모든 걸 알게 됐네. 그게 알래스카만큼 어마어마한 비밀이야? 코네티컷이라면 모를까. 로드아일랜드 정도거나."

"궤변 늘어놓지 마." 그녀가 말했다.

"이봐." 내가 말했다. "동정심을 좀 가져봐. 올리브는 그때 열일곱도 채 안 된 나이였어. 그 사람이 엄마를 이용한 거야. 이미 성인이었던 사람이."

"난 나와 너의 얘길 하는 거야. 우리는 결혼했어. 결혼한 사이라고. 그 사람 이름이 뭔지는 쥐뿔도 관심 없어. 네 눈엔 내가 관심이 있는 것 같아? 어머님이……"

거울의 중재 없이 그녀를 보려고 뒤로 돌아섰는데 우려스러운 광경이 눈에 들어왔다. 눈을 반쯤 감고 입술을 꼭 다문 그녀가 무언가를 말하려 하는데, 뭐가 되었든 듣고 싶지 않은 말이라는 사실을 나는 직감했다.

"11월 17일." 그녀가 생각을 정리하기 전에 내가 말했다.

다른 부부들은 거친 섹스를 중단시킬 목적으로 정지 구호를 정해 사용하지만 우리는 거친 말을 중단시키는 데 그것을 사용했다. 우리 중 하나가 첫 데이트 기념일인 '11월 17일'을 말하면 모든 대화를 십오 분간 멈춰야 한다. 내가 방아쇠를 당긴 이유는 셀레스철이 엄마에 관해 한마디라도 더 하면 우리 중 하나가 다시는 돌이킬 수 없는 말을 내뱉을 게 뻔했기 때문이다.

셀레스철이 두 손을 들어올렸다. "좋아. 십오 분."

나는 일어서서 플라스틱 얼음통을 집어들었다. "가서 채워올게."

십오 분은 그냥 때우기엔 상당히 긴 시간이다. 내가 문을 나서자마자 셀레스철은 안드레에게 전화를 할 터였다. 둘은 앉지도 못할 만큼 어린 나이에 아기용 놀이 울타리 안에서 만난 사이라 남매처럼 끈끈하다. 나는 대학 때 드레를 알게 되었고 셀레스철을 처음 만난 것도 그를 통해서였다.

그녀가 열을 내며 드레와 통화하는 사이에 나는 2층으로 올라가 제빙기에 얼음통을 올려놓고 손잡이를 당겼다. 얼음이 덜그럭덜그럭 굴러나왔다. 기다리는 동안 보조개가 팬 다정한 얼굴에 몸집이 크고 올리브와 연배가 비슷한 여자를 만났다. 한쪽 팔에 헝겊 보호대를 두르고 있었다. "회전근개 손상이에요." 그녀가 말했다. 운전하기가 꽤 힘들지만 휴스턴에서 손주가 기다리고 있다고, 만나면 성한 한쪽 팔로 안아줄 생각이라고 설명을 덧붙였다. 엄마의 훈육에 따라 신사로 자란 나는 그 여자의 방 206호로 얼음통을 옮겨주었다. 부상 때문에 창문을 열지 못하는 여자를 대신해 창문을 올린 후 닫히지 않도록 성경책으로 받쳐두었다. 때울 시간이 아직 칠 분이나 남은 터라, 그 방 화장실에 들어가 나이아가라폭포처럼 물이 흐르는 변기를 배관공이라도 되는 양 고쳐주기도 했다. 방을 나올 때는 문손잡이가 헐거우니 내가 가고 나서 자물쇠가 잠겼는지 다시 확인하라고 경고했다. 여자가 내게 고맙다고 했고, 나는 말끝에 '부인'이라는 경칭도 붙였다. 오후 여덟시 사십팔분이었다. 아내에게 돌아가도 될 만큼 시간이 흘렀는지 보려고 시계를 확인했기 때문에 안다.

나는 여덟시 오십삼분에 문을 두드렸다. 셀레스철이 케이프카더 칵테일을 두 잔 만들어놓았다. 그녀는 맨손으로 얼음통에서 얼음을 집어 우리 잔에 세 조각씩 넣었다. 음료를 흔들어 냉기를 퍼트리고는 아름다운 팔을 내게 뻗었다.

그리고 그때를 마지막으로 그런 행복한 저녁은 오래도록 다시 오지 않았다.

셀레스철

기억이란 기이한 생물이자 별난 큐레이터다. 예전만큼 자주는 아니지만 아직도 그날 밤을 돌이켜본다. 어깨 너머로 얼굴을 돌린 채 살아가는 일을 얼마나 오래 지속할 수 있을까? 하지만 사람들이 뭐라고 하든, 나는 잊지 않았다. 이건 기억의 실패가 아니었다. 실패이기는 한 건지도 잘 모르겠다.

내가 깨어 있을 때도 파이니 우즈 인을 찾아가는 꿈을 꾼다고 말하는 건 나를 방어하기 위해서가 아니다. 진실이 그럴 뿐이다. 어리사 프랭클린이 노래했듯, 여자도 사람일 뿐…… 그녀의 남자와 마찬가지로 피와 살로 된 인간이라네. 그 이상도 이하도 아닌.

나는 그날 우리가 다른 일도 아니고 그의 부모님 일로 너무 심하게 다퉜다는 사실을 후회한다. 우리는 결혼 전에도 사랑 싸움을 하며 그보다 더 심하게 다툰 적이 있지만, 그건 우리의 관계를 두고 벌인 실랑이였다. 파이니 우즈에서 우리는 역사를 놓고 뒤엉켰는데, 과거가 도마에 오르면 공정한 싸움이란 있을 수 없다. 내가 모르는 무언가를 아는 로이가 "11월 17일"을 외치며 시간을 정지시켰다. 로이가 얼음통을 들고 나갔을 때 나는 그가 가버려 속이 후련했다.

안드레에게 전화를 걸었더니 신호음 세 번 만에 전화를 받아, 항상 그렇듯이 이성적이고 반듯하게 이야기하며 나를 진정시켰다. "로이에게 좀 살살해." 그가 말했다. "그 녀석이 뭔가 털어놓으려 할 때마다 네가 그렇게 폭발하면 거짓말하라고 부추기는 셈이잖아."

"하지만," 아직 물러날 생각이 없던 내가 말했다. "로이는 심지어 내게……"

"내 말이 옳다는 거 너도 알잖아." 안드레는 잘난 체하는 기색 없이 말했다. "하지만 이건 모를 거야. 내가 오늘 저녁에 어떤 아가씨를 즐겁게 해주고 있다는 사실."

"파르동 무아."* 나는 기쁜 마음에 말했다.

"지골로**도 외로움을 느낀다네." 그가 말했다.

나는 미소가 가시지 않은 얼굴로 전화를 끊었다.

그리고 로이가 문간에 나타났을 때도 여전히 미소를 띠고 있었다. 그가 팔을 뻗어 얼음통을 장미 꽃다발처럼 내밀 무렵 내 분노는 어딘가에 놔두고 잊어버린 커피처럼 식은 뒤였다.

"조지아, 미안해." 그가 내 손에서 술을 받아들며 말했다. "주머니 속의 뜨거운 동전처럼 이 문제가 늘 마음에 걸렸어. 내 기분을

---

* '미안해'라는 뜻의 프랑스어.
** '제비족' 혹은 '놈팡이'라는 뜻.

생각해봐. 네겐 완벽한 가족이 있잖아. 아버님은 백만장자이고."

"아버지가 항상 부자였던 건 아니야." 나는 말했다. 이 말을 적어도 일주일에 한 번은 하는 듯했다. 아버지가 미닛메이드에 오렌지주스용 용액을 팔기 전에 우리는 캐스케이드하이츠의 여느 가족과 다르지 않았다. 나머지 미국 사회에서는 중류층이라고 생각하고 흑인 사회에서는 중상류층이라고 부르는 수준. 가정부 없고. 사립학교 안 보내고. 신탁자금 없고. 그저 부모가 다 있고, 그들이 각자 학위 두 개와 번듯한 직업을 가진 정도.

"뭐, 넌 우리가 알고 지낸 동안은 계속 부유한 아버지의 딸이었어."

"백만 달러가 있다고 대단한 부자인 건 아니야." 나는 말했다. "진짜로 부유한 사람은 돈을 벌 필요도 없지."

"대단한 부자, 신흥 부자, 깜둥이 부자. 어떤 부자든 내가 있는 곳에서 보면 다 부자야. 저택에 사는 아버님에게 슬그머니 다가가서 난 아빠를 만난 적도 없다고 말할 수는 없었어."

로이가 한 발짝 다가왔고 나도 한 발짝 다가갔다.

"저택 아니야." 내가 부드러운 목소리로 말했다. "그리고 말했잖아, 우리 아빠는 말 그대로 소작농의 아들이었다고. 그것도 앨라배마의 소작농."

이런 대화는 항상 내 허를 찌른다. 일 년이나 지났으니 이제 이런 괴로운 노래와 춤에 익숙해져야 마땅한데도. 우리가 결혼하기 전에 어머니는 나와 로이가 살아온 환경이 다르다는 점을 지적했다. 우리는 사실 '같은 멍에를 메고 있다'*고 끊임없이 그를 안심시켜야 할 거라고도 말했다. 그 표현이 우스워 로이에게 전하며 쟁기질에 관한 농담까지 곁들였지만 로이는 웃는 시늉조차 하지 않았다.

"셀레스철, 아버님은 지금 소작농이 아니잖아. 그리고 어머님은 어떻고? 어머님이 올리브를 길가에 버려진 십대 미혼모로 보게 할 순 없었어. 우리 엄마를 그런 식으로 곤란하게 할 수는 없었다고."

나는 로이에게 가까이 다가가 그의 머리에 두 손을 올리고 두피의 곡선을 어루만졌다. "봐." 나는 그의 귀에 입술을 바짝 대고 말했다. "우리 가족은 〈비버는 해결사〉**의 흑인판 주인공들이 아니야. 우리 엄마가 아빠의 둘째 부인이라는 거 알잖아."

"그게 무슨 대단한 충격이라도 된다고 생각해?"

"그건 네가 사정을 다 알지 못하기 때문이야." 나는 숨을 한 번 들이쉰 다음, 너무 많은 생각에 가로막히기 전에 재빨리 말을 밀어냈다. "우리 부모님은 아빠가 이혼하기 전부터 함께했어."

"아버지가 별거중이었다거나…… 그런 얘기?"

"어머니가 아버지의 내연녀였다는 얘기야. 아주 오랫동안. 삼 년쯤인가 그럴 거야. 6월의 신부였던 어머니는 다니던 교회 목사님이 주례를 거부해 법원에서 결혼식을 올렸어." 그 사진을 본 적이 있다. 어머니 글로리아는 황백색 정장을 입고 베일이 달린 원통형 모자를 썼다. 아버지는 젊고 들뜬 모습이다. 두 사람의 미소에는 저절로 우러나는 헌신 외에 다른 어떤 암시도 없다. 내가 있었

---

* 고린도후서 6장 14절의 구절 '믿지 않는 자와 멍에를 함께 메지 말라'에서 비롯한 표현으로, 사람들 간 종교, 계층, 경제 능력, 외모 등의 균형을 의미하는 말로도 쓰인다.
** 1957년부터 1963년까지 방영된 미국의 텔레비전 드라마로, 주인공 클리버 가족은 20세기 중반의 이상적인 교외 거주 가족의 전형으로 인식되었다.

다는 증거 또한 없지만, 사실 나는 어머니의 노란 국화 부케 뒤에 숨어 그 사진 속에 들어가 있다.

"젠장." 로이가 낮게 휘파람을 불며 말했다. "미스터 D에게 그런 면이 있을 줄이야. 글로리아가 그럴 거라곤……"

"엄마 얘긴 하지 마." 내가 말했다. "네가 내 엄마 얘기 안 하면 나도 네 엄마 얘기 안 할 거야."

"글로리아를 나쁘게 생각하지 않아. 네가 올리브를 나쁘게 생각하지 않을 것도 알고, 맞지?"

"아빠를 나쁘게 생각할 만한 부분은 있어. 글로리아 얘기로는 한 달 내내 데이트를 하면서도 결혼한 사실을 말하지 않았대."

어머니가 이 이야기를 해준 것은 내가 열여덟 살에 엉망이 된 연애 사건을 뒤로하고 하워드대학교를 떠나려 했을 때였다. 나를 도와 판지상자를 봉하며 어머니가 말했다. "사랑은 건전한 판단의 적이지. 그래도 때론 그게 좋은 결과를 가져오기도 해. 엄마랑 아빠가 만났을 때 아빠는 일정한 의무를 진 사람이었다는 거 알고 있었니?" 어머니는 이때 처음으로 내게 여자 대 여자로 말을 건넸던 것 같다. 말로는 하지 않았지만 우린 비밀을 지키기로 약속했고 바로 이때까지 나는 그 신뢰를 깨트린 적이 없었다.

"한 달, 그리 긴 시간은 아니지. 어머님이 떠날 수도 있었겠네." 로이가 말했다. "그러기를 원했다면 말이야."

"엄마는 원하지 않았어." 내가 말했다. "글로리아의 말로는 그때 이미 돌이킬 수 없이 사랑에 빠져 있었대." 나는 로이에게 어머니가 공적인 자리에서 쓰는 말투를 흉내내 이 말을 했다. 내게 그 사실을 털어놓던 떨리는 음조가 아니라 웅변술 수업 같은 사무적인 어조로.

"뭐라고?" 로이가 말했다. "돌이킬 수 없이? 보증 기간이 삼십일이라서 아버지를 반품할 수 없었다는 거야?"

"글로리아는 지금 돌아보면 아빠가 차라리 그때 말해주지 않아서 다행이래. 유부남과는 절대로 사귀지 않았을 텐데, 사실 아빠는 엄마의 '바로 그 사람'이었으니까."

"알 것도 같다, 어떤 면에서는." 로이가 내 손을 들어 자기 입술에 갖다댔다. "때로는 도착한 곳이 마음에 들면 어떻게 갔는지는 상관하지 않기도 하니까."

"아니," 내가 말했다. "여정은 중요해. 엄마는 그렇게 생각할 수도 있겠지. 아빠가 거짓말을 해서 결국 자기에게 도움이 되었다고. 하지만 난 속여줘서 감사하다는 감정 따윈 느끼고 싶지 않아."

"좋아," 로이가 말했다. "하지만 버전 2.0을 생각해봐. 아버님이 자기 처지를 숨기지 않았다면 넌 지금 여기 없겠지. 그리고 네가 여기 없다면 난 도대체 어디 있겠어?"

"그래도 난 싫어. 난 우리가 서로 정직하면 좋겠어. 우리 아이에게 부모의 모든 비밀을 물려주고 싶진 않아."

로이가 허공에 대고 주먹질을 했다. "네가 한 말 들었어?"

"뭘?"

"'우리 아이'라고 했잖아."

"로이, 철없이 굴지 마. 내가 하려는 말을 귀담아들어."

"무를 생각 마. 넌 '우리 아이'라고 했어."

"로이," 내가 말했다. "난 진지해. 더이상 비밀은 없어야 돼, 알겠지? 더 있으면 지금 다 털어놔."

54

"아무것도 없어."

그리고 이로써 우리는 그전에도 여러 번 그랬듯이 화해했다. 그에 관한 노래도 있다. 싸우고 화해하고, 결국 그게 다라네. 나는 이런 상황이 영원히 우리의 패턴이 되리라고 상상했을까? 비난하고 용서하며 함께 늙어갈 거라고? 그때 나는 영원이 어떤 건지 몰랐다. 아마 지금도 모를 거다. 하지만 그날 밤 파이니 우즈에서 나는 우리의 결혼생활이 섬세하게 짠 태피스트리처럼 연약하지만 고칠 수 있는 것이라고 믿었다. 우리는 그것을 자주 찢었고 매번 다시 수선했다. 예쁘지만 분명히 다시 끊어질 비단실로.

우리는 조잡하게 만든 칵테일에 살짝 취한 채 작은 침대로 올라갔다. 둘 다 이불이 꺼림칙하다고 느껴서, 이불을 바닥으로 차버리고 서로 마주보고 누웠다. 그렇게 누워 손가락으로 그의 눈썹 뼈를 어루만지며 나는 내 부모와 로이의 부모를 생각했다. 그들의 결혼생활은 덜 세련되지만 더 견고한 직물로 만들어진, 말하자면 회색 노끈으로 동여맨 면직 자루 같은 것이었다. 그날 밤 그 빌린 방에서 단둘이 수술 장식처럼 섬세한 우리의 애정을 음미하며, 로이와 나는 얼마나 큰 우월감을 느꼈는지. 그때를 떠올리면, 그저 꿈을 꾸고 있을 때조차 너무 수치스러워 뜨거운 피가 얼굴로 솟구친다.

때로 어떤 일이 일어나기 전에 우리의 몸이 그것을 미리 알아차릴 수 있다는 사실을 그때 나는 몰랐고, 그래서 갑자기 내 눈에 고인 눈물을 예측하기 힘든 감정의 결과로만 생각했다. 가끔 직물 가게를 둘러볼 때나 식사를 준비할 때―로이 생각이 나면서 그의 안짱다리 걸음걸이나 강도를 제압하느라 소중한 앞니를 잃었을 때가 떠오르며―그런 감정이 밀려오곤 했다. 기억이 손짓을 하면 나는 어디에 있든 상관없이 눈물 몇 방울을 흘리며 알레르기를 탓하거나 속눈썹이 잘못 들어갔다고 핑계를 댔다. 그래서 일로에서의 그날 밤 감정이 눈물을 퍼올리고 목을 조였을 때에도, 나는 예감이 아니라 열정 때문이라고 생각했다.

그 여행을 계획했을 때, 나는 우리가 어머님 댁에서 잘 거라고 생각했기에 섬세한 속옷은 챙기지 않았다. 대신 하얀 슬립을 입었고, 우리의 옷 벗기 게임은 그 정도로 만족해야 했다. 로이가 웃으며 사랑한다고 말했다. 나를 사로잡은 그 알 수 없는 감정에 로이 역시 휘둘리고 있었는지 목소리가 갈라졌다. 우리는 어리석어서, 그리고 어려서, 그것이 욕망이라고만 생각했다. 우리가 원 없이 즐겼던 욕망.

그래서 우리는 녹초가 되었지만 잠들지 않은 채로 그렇게, 가능성이 충만한 애정의 편안한 중간 지대에 머물러 있었다. 나는 침대에서 그의 옆에 앉아 그날의 냄새—강의 진흙, 호텔 비누의 사향, 그리고 로이의 냄새, 그의 내밀한 화학반응의 표지, 그리고 나의 냄새—를 들이마셨다. 우리가 누운 침대 시트의 섬유 조직에 파고든 향이었다. 로이에게 살며시 다가가 그의 감은 눈꺼풀에 입을 맞췄다. 나는 운이 좋다고 생각했다. 때로 결혼 안 한 여자들이 내게 요즘 같은 시절에 결혼할 남자를 찾아 얼마나 행운이냐고 얘기할 때 체감하게 되는 그런 종류의 행운이 아니었다. 그리고 잡지 기사에서 요즘 '괜찮은' 흑인 남자가 얼마나 귀한지 한탄하며 부적격자의 주요 항목—죽었거나 동성애자거나 교도소에 갇혔거나 백인과 결혼했거나—을 장황하게 늘어놓을 때 의미하는 행운도 아니었다. 맞다, 나는 그 모든 면에서도 운이 좋았지만, 로이와 결혼해 축복받았다는 느낌은 냄새를 좋아할 수 있는 상대를 찾은 사람이라면 누구나 수긍할 법한, 그런 구식 감정이었다.

그날 밤에 우리가 그토록 강렬하게 사랑을 나눈 것은 닥칠 일을 알았기 때문일까, 알지 못했기 때문일까? 미래에서 보낸 경고가, 추 없는 종의 격렬한 울림이 있었던가? 내가 바닥에서 슬립을 찾아 몸을 가린 것은 이 가망 없는 종이 가까스로 만들어낸 산들바람 때문이었을까? 어떤 미세한 경고가 로이에게 몸을 돌려 그 육중한 팔로 나를 자신의 옆에 단단히 붙들어두라고 알렸을까? 그는 잠결에 뭔가 중얼거렸지만 깨지는 않았다.

내가 아이를 원했던가? 그날 밤 열성적인 세포 덩어리가 분열하고 또 분열해 나를 누군가의 엄마로, 로이를 누군가의 아빠로, 빅 로이와 올리브와 내 부모를 누군가의 조부모로 만들고 있는 상상을 하며 누워 있었던가? 내 몸안에서 무슨 일이 일어나고 있을지 궁금하긴 했지만 내가 무엇을 바랐는지는 말하지 않겠다. 완벽히 정상인 남자와 결혼한 완벽히 정상인 여자에게 엄마가 되는 일은 정말로 선택의 문제일까? 대학에 다닐 때 문해 교육 단체에서 자원봉사자로 일하며 십대 엄마들을 가르친 적이 있다. 일은 힘들었고, 그 어린 여자들이 졸업장을 받는 경우는 흔치 않아 사기가 꺾일 때도 많았다. 선임자가 에스프레소와 크루아상을 앞에 두고 말했다. "아기를 낳아서 우리 인종을 구해!" 그녀는 웃었지만 농담은 아니었다. "이런 여자들이 모든 아이를 낳고 너 같은 여자가 아이 없이 홀가분하게 산다면 우리 인종에게 어떤 일이 일어나겠어?" 별생각 없이 나는 내 역할을 하겠다고 약속했다.

그렇다고 엄마가 되고 싶지 않다는 말은 아니다. 되고 싶었다는 말도 아니고. 그저 언젠가는 틀림없이 청구서가 날아오리라고 생각했다는 뜻이다.

그래서 로이가 확신을 품고 잠든 동안 나는 두려움을 느끼며 눈을 감고 있었다. 문이 부서질 듯 벌컥 열렸을 때도 여전히 잠들지 못한 채였다. 나는 그들이 문을 발로 차고 들어왔음을 알지만, 서면 보고서를 보면 프런트 직원에게서 열쇠를 넘겨받아 점잖게 문을 열었다고 적혀 있다. 하지만 무엇이 진실인지 누가 알겠는가. 206호에서 그의 어머니보다 여섯 살 많은 여자가 부실한 듯한 자물쇠가 걱정되어 선잠을 자고 있었다는 그 시각에, 내 남편은 우리 방에서 잠들어 있었다는 사실을 나는 기억한다. 그 여자는 그저 편집증적인 걱정일 뿐이라고 자신을 다독였지만 좀처럼 눈이 감기지 않았다고 말했다. 자정이 되기 전에 어느 남자가 문이 부실하다는 걸 알고 있다는 듯 손잡이를 비틀었다. 어두웠지만 여자는 그게 제빙기 옆에서 만난 남자 로이임을 알아보았다고 믿었다. 자기 아내랑 싸우다 왔다고 말한 남자. 그녀는 남자에게 속수무책으로 당한 경험이 이때가 처음은 아니지만 마지막이 될 거라고, 로이가 머리가 좋을 수도 있고 자기 흔적을 감추는 법을 텔레비전에서 배웠을지도 모르지만, 자신의 기억을 지울 수는 없다고 말했다.

하지만 그 여자도 내 기억을 지울 수는 없었다. 로이는 밤새 나와 함께 있었다. 그 여자는 자신을 해한 사람이 누군지 모르지만 나는 내가 결혼한 사람이 누군지 안다.

나는 로이 오새니얼 해밀턴과 결혼했고 우리는 대학 시절에 처음 만났다. 즉시 가까워지지는 않았다. 로이는 당시에 스스로를 풀

레이보이라 여겼고, 나는 열아홉 살 때도 쉽게 수작을 걸 만한 상대가 아니었다. 워싱턴DC에 있는 하워드대학교에서 전쟁 같은 일 년을 보낸 후 편입생으로 스펠먼대학에 다니던 때였다. 고향을 떠나 사는 건 이제 그만. 그 대학 동문인 어머니는 내가 그곳에서 새로운 이들과 뼛속 깊은 우정을 쌓을 수 있을 거라고 주장했지만 나는 말 그대로 옆집 친구인 안드레하고만 붙어다녔다. 우리는 태어난 지 삼 개월 무렵 부엌 개수대에서 함께 목욕한 이래로 계속 친하게 지냈다.

작정하고 그런 건 아니지만 로이를 내게 소개한 사람도 안드레였다. 둘은 캠퍼스 끝자락에 있는 서먼홀 기숙사의 옆방 친구 사이였다. 나는 자주 안드레의 방에서 잤다. 아무도 믿어주지 않았지만 엄격히 플라토닉한 관계였다. 안드레는 이불 위에서 자고 나는 담요 밑에서 웅크리고 잤다. 지금 생각하면 말도 안 되지만, 드레와 나는 항상 그런 식이었다.

로이와 정식으로 인사를 나누기도 전에, 나는 벽 너머에서 그의 이름 전체를 발음하는 숨넘어가는 목소리를 들었다. 로이. 오새니얼. 해밀턴.

안드레가 말했다. "쟤가 여자한테 이름을 불러달라고 했을까?"

나는 코웃음을 쳤다. "오새니얼?"

"저절로 나오는 소리 같지가 않은데."

일인용 침대가 벽에 쿵쿵 부딪히는 동안 우리는 킬킬거리며 웃었다. "저 여자 연기하는 것 같아."

"저게 연기라면," 안드레가 말했다. "다른 여자도 모두 연기하는 거겠지."

그뒤로 한 달이 지나서야 로이를 직접 만나게 되었다.

이번에도 나는 안드레의 방에 있었다. 로이가 오전 열시에 세탁기에 쓸 동전을 급히 구하려고 찾아왔다. 그는 노크하는 예의도 차리지 않고 안으로 들어왔다.

"아, 실례해요, 아가씨." 로이는 깜짝 놀라 질문하듯이 말했다.

"내 누이야." 안드레가 말했다.

"함께 노는 누이?" 로이가 우리 사이의 기류를 파악하려 물었다.

"내가 누군지 궁금하면 내게 직접 물어요." 밤색과 흰색이 섞인 안드레의 티셔츠를 입고 머리칼을 쓸어모아 새틴 보닛 아래 밀어넣은 내 모습이 볼만했을 테지만, 내 얘기는 내가 직접 해야 했다.

"좋아요, 누구세요?"

"셀레스철 대븐포트."

"난 로이 해밀턴이에요."

"로이 오새니얼 해밀턴이겠죠. 벽을 통해 들리는 대로라면."

그러고 나서 우리 둘은 이야기가 어떤 식으로 흘러갈지 알려줄 신호를 기다리며 서로를 빤히 바라보았다. 마침내 로이가 안드레에게 눈길을 돌려 25센트짜리 동전이 있느냐고 물었다. 나는 몸을 뒤집어 엎드린 다음 무릎을 구부리고 발목을 엇갈려 모았다.

"특이하시네." 로이가 말했다.

로이가 가고 나서 안드레가 말했다. "저 고머 파일* 같은 모습은 다 연기야."

---

* 1960년대에 방영된 미국 코미디 드라마 〈앤디 그리피스 쇼〉에 등장하는 인물로, 마음 좋고 순진해서 모든 이의 호감을 산다.

"당연하지." 내가 말했다. 로이의 무언가가 위험신호를 보냈고, 하워드에서 그런 일을 겪은 뒤로 위험은 내게 기피 대상이었다.

아마도 그때는 우리의 시간이 아니었을 것이다. 그뒤로 사 년이 흐르는 동안 나는 로이 오새니얼 해밀턴과 얘기를 하지도, 심지어 그를 떠올리지도 않았다. 그 무렵 대학 시절은 다른 시대의 앨범 속 사진처럼 느껴졌다. 우리가 다시 연결되었을 때 로이가 그리 많이 달라진 것은 아니었다. 단지 예전에 위험으로 감지되던 무언가가 이제는 내가 '진짜'라고 이름 붙이고 한없이 좋아하게 된 특징으로 변했을 뿐이었다.

*

하지만 진짜란 무엇일까? 특별할 것 없었던 우리의 첫인상은 진짜였을까? 아니면 다른 곳도 아닌 뉴욕에서 우리가 다시 만났던 그날은? 아니면 우리가 결혼한 뒤에 모든 게 '진짜가 된' 것일까? 그도 아니면 촌구석의 검사가 로이에게 도주 위험이 있다고 선언한 그날이 진짜였을까? 주 법원은 로이가 루이지애나에 뿌리를 두고 있지만 현재 거주지는 애틀랜타이므로, 보석 없이 구금되어야 한다고 선언했다. 이 발언을 듣고 로이는 신랄한 웃음을 터트렸다. "그래, 이젠 뿌리가 상관없단 말입니까?"

우리 가족의 지인이지만 어쨌거나 수임료는 후하게 받는 우리측 변호사는 내가 남편을 잃는 일은 없을 거라고 장담했다. 뱅크스 아저씨는 다양한 법적 절차를 요청하고 서류를 제출하고 이의를 제기했다. 그런데도 로이는 재판을 받기 전까지 백 일 동안 구금되어 있었다. 나는 한 달간 루이지애나에 남아 시부모님과 함께 지내면서 애초에 우리에게 이런 고난을 면하게 해주었을 방에서 잠을 잤다. 나는 기다렸고, 바느질을 했다. 안드레에게 전화했다. 부모님에게 전화했다. 애틀랜타 시장에게 인형을 보낼 때, 견고한 판지상자의 덮개를 차마 봉할 수 없었다. 빅로이가 대신 처리해주었고, 나는 테이프 뜯는 소리가 자꾸만 떠올라 그날 밤과 그후 여러 밤 동안 잠을 설쳤다.

"우리가 원하는 대로 일이 흘러가지 않으면," 로이가 재판 전날 말했다. "네가 날 기다리지 않았으면 좋겠어. 계속 인형을 만들고 해야 할 일을 해."

"잘 해결될 거야." 내가 장담했다. "네가 한 일이 아니잖아."

"긴 시간이 걸릴 거야. 날 위해 네 인생을 내팽개치라고 요구할 순 없어." 그의 말과 눈빛은 두 가지 서로 다른 말을 하고 있었다. 고개를 끄덕이며 안 된다고 말하는 사람처럼.

"누구도 무엇이든 내팽개치는 일은 없을 거야." 내가 말했다.

그 시절에 나는 믿음이 있었다. 상식을 믿었다.

안드레가 우리를 위해 와주었다. 우리 결혼식에서 증인을 서주었던 그가 재판에서 성격 증인*이 되어주었다. 드레는 내게 가위를 건네며 사 년간 길러온 드레드록**을 잘라달라고 했다. 결혼식에서 반항적으로 삐죽삐죽 뻗쳐 있던 그의 머리카락은 가위로 잘라내고

---

* 법정에서 원고 또는 피고의 성격이나 인품에 관해 증언하는 사람.

** 머리카락을 가닥가닥 촘촘히 땋은 머리 스타일.

나니 마침내 중력에 반응해 옷깃을 향해 내려왔다. 내가 머리를 다 자르자 그는 뚝뚝 끊어진 곱슬머리를 손가락으로 더듬었다.

　다음날 우리는 최대한 무고해 보이게 차려입고 법정에 앉았다. 내 부모님과 로이의 부모님도 있었다. 올리브는 교회에 갈 때와 같은 옷차림이었고 그 옆에 앉은 빅로이는 가난하지만 정직해 보였다. 안드레와 마찬가지로 머리를 다듬은 내 아버지도 이번만은 우아한 어머니와 '같은 멍에를 멘' 사람처럼 보였다. 로이를 보니 그 역시 한눈에 우리와 어울려 보였다. 코트의 디자인이나 질 좋은 가죽구두 위로 딱 맞게 내려온 바짓단 때문만이 아니라 그의 얼굴, 깔끔하게 면도한 턱, 국가의 처분에 명운을 맡기는 경험에 익숙하지 않은 사람 특유의 무고하고 겁에 질린 눈빛이 그런 분위기를 냈다.

　카운티 교도소에 있는 동안 그는 몸집이 줄었다. 소년 같던 볼살이 빠져 그전까지 있는지도 몰랐던 각진 턱선이 드러났다. 이상하게도 야윈 그는 쇠약하기보다 오히려 힘이 있어 보였다. 그가 출근하는 남자가 아니라 재판을 받는 남자임을 드러내는 유일한 특징은 망가진 손가락이었다. 손톱을 얼마나 물어뜯었는지 그 아래 연한 살이 다 드러났고 손톱 각피까지 침범할 참이었다. 다정한 로이. 내 착한 남자가 유일하게 해칠 수 있는 건 자기 손뿐이었다.

　내가 아는 사실은 이것이다. 그들은 나를 믿지 않았다. 열두 사람이 있었지만 단 한 명도 내 말을 사실로 받아들이지 않았다. 증인석에서 나는 로이가 나와 함께 있었기 때문에 206호 여자를 강간할 수 없었다고 설명했다. 작동하지 않은 매직핑거스에 대해, 지지직거리는 텔레비전에서 방영하던 영화에 관해서도 얘기했다. 검사는 내게 우리가 무엇 때문에 싸웠느냐고 물었다. 난처해진 나는 로이와 두 어머니를 쳐다보았다. 뱅크스가 이의를 제기해 결국 대답할 필요가 없었지만, 그 멈칫거림 때문에 우리의 길지 않은 결혼 생활 밑바닥에서 썩고 있는 무언가를 숨기는 듯한 인상을 주고 말았다. 증인석에서 내려오기도 전에 나는 그에게 아무런 도움이 되지 못했음을 깨달았다. 어쩌면 호소력이 부족했는지도 모른다. 충분히 극적이지 못했는지도. 외지인 분위기가 너무 강했는지도. 누가 알겠는가. 뱅크스 아저씨는 나를 지도하면서 말했다. "지금 필요한 건 명확한 의사표시가 아니야. 지금은 다 내려놓아야 해. 여과하지 말고 감정을 그대로 표현해. 무슨 질문을 받건, 네가 왜 로이와 결혼했는지 배심원이 깨닫게 해야 해."

노력했지만 나는 낯선 사람들 앞에서 '정확히 말하기' 외에 다른 행동법은 알지 못했다. 내 작품을 선별해 가져갔더라면 좋았을 거란 생각이 든다. 모두 로이를 모델로 한 '움직이는 사람' 시리즈— 대리석 조각, 인형, 수채화 몇 점까지—를 가져갔더라면. "저 사람은 제게 이런 의미입니다. 아름다운 사람 아닌가요? 온화해 보이지 않나요?" 하지만 내게는 공기처럼 가볍고 허술한 말밖에 없었다. 증언이 끝나고 안드레 옆자리로 돌아갈 때는 심지어 흑인 여성 배심원마저도 내게 눈길을 주지 않았다.

내가 텔레비전을 너무 많이 본 것이 문제였다. 나는 과학자가 와서 DNA와 관련한 증언을 하리라고 기대했다. 마지막 순간에 법정으로 뛰어들어와 검사에게 뭔가를 급히 속삭이는 잘생긴 형사 한 쌍을 기다렸다. 이 상황이 엄청난 실수이자 대단한 오해임을 모두가 알게 되겠지. 다들 충격을 받겠지만 결국에는 진정할 거다. 나는 남편을 데리고 법정을 나가게 되리라고 굳게 믿었다. 집에 무사히 돌아간 후, 사람들에게 미국에서 흑인은 그 누구도 진정으로 안전하지 않다고 말하게 될 거라고.

그는 십이 년 형을 선고받았다. 로이가 석방될 때 우리는 마흔세 살일 것이었다. 그런 나이가 된 나 자신조차 상상할 수가 없었다. 로이는 십이 년이 영원임을 이해했는지 피고석에 선 채로 흐느껴 울었다. 무릎이 꺾이며 의자에 주저앉았다. 판사는 판결문 낭독을 멈추고, 로이에게 똑바로 서서 판결을 받아들이라고 요구했다. 다시 일어선 그가 쏟아낸 것은 어린애 같은 울음이 아니라 발바닥에서 시작해 몸통을 뚫고 올라와 마침내 입으로 나오는 어른 남자만의 울음이었다. 남자가 그렇게 울 때는, 어린이 야구단에서 느낀 실망부터 십대의 실연을 거쳐, 바로 전해에 기가 꺾였던 일까지 그 모든 것에 대해 그간 허락받지 못했던 눈물을 한꺼번에 흘리고 있는 것이다.

로이가 울부짖는 동안 나는 기념물처럼 남아 있는 턱밑의 거칠거칠한 흉터 자국을 손가락으로 계속 만지작거렸다. 내 기억으로는 그들이 문에 발길질을 했으나 다른 이들의 기억으로는 플라스틱 열쇠로 문을 열었던 그때, 어떤 식으로든 문이 열리고 나서 우리는 둘 다 침대에서 끌려 내려왔다. 그들은 로이를 주차장으로 질질 끌고 갔고, 나는 흰 슬립 하나만 걸친 채로 뒤따라가 그에게 달려들었다. 누군가가 나를 땅바닥으로 밀치는 바람에 턱이 보도에 부딪혔다. 이가 아랫입술의 말랑한 살에 박힌 순간 슬립이 위로 말려 올라가 모든 사람이 내 모든 것을 보았다. 아스팔트 위에서 로이는 내 옆쪽, 손이 닿을락 말락 하는 거리에 있었고 무슨 말을 했지만 내 귀에는 들리지 않았다. 우리가 그곳에서 묘지처럼 나란히 누워 얼마나 오래 있었는지 나는 모른다. 남편. 아내. 하느님이 지어주신 짝을 사람이 갈라놓지 못하나니.

로이에게,

부엌 식탁에 앉아 이 편지를 써. 외로워. 사방 벽 안의 이 공간에 살고 있는 사람이 나 혼자라서 그런 것만은 아니야. 지금까지 나는 무엇이 가능하고 가능하지 않은지 안다고 생각했어. 순진함이란 그런 거겠지, 미래의 고통을 예측하지 못하는 것. 상상 가능한 범위를 넘어서는 일이 일어나면 사람은 변해. 날달걀과 스크램블드에그의 차이 같은 거야. 분명 같은 건데, 또 전혀 같지 않잖아. 더 좋은 표현은 생각이 안 난다. 거울을 보면 거기 비친 사람이 나라는 걸 아는데도, 나를 잘 알아보지 못하겠어.

때로는 집안으로 들어가는 것조차 너무 힘겨워. 그럴 때면 마음을 진정하려고 애쓰며 예전에도 혼자 산 적이 있다고 되새기지. 그때 혼자 잠드는 일이 큰 고통은 아니었듯이 지금도 큰 고통은 아닐 거야. 하지만 상실을 겪으며 사랑에 관해 배운 게 있어. 지금 우리집은 단순히 비어 있는 게 아니야. 우리 보금자리는 비워진 거야. 사랑은 우리 인생에 자리를 잡고, 침대 속에도 자리를 잡지. 몸속에도 보이지 않게 자리를 잡아서, 모든 혈관의 경로를 바꾸고 심장 바로 옆에서 쿵쿵대. 그게 사라지면 그 무엇도 다시는 온전해지지 않아.

널 만나기 전에 난 외롭지 않았는데, 지금은 너무 외로워서 벽에 대고 말하고 천장에 대고 노래해.

최소한 한 달 동안은 네가 우편을 받을 수 없다고 하더라. 그래도 매일 밤 편지를 쓸게.

그럼 이만,

셀레스철

로이 O. 해밀턴 주니어

PRA 4856932

파슨 교도소

로더데일 우드야드 로드 3751번지

제미선, 루이지애나 70648

셀레스철(aka 조지아)에게,

고등학교 때 프랑스인 펜팔 친구를 배정받았던 이후로는(그 펜팔은 대략 십 분 만에 끝났지) 누구에게도 편지를 써본 적이 없는 것 같아. 연애편지가 처음이라는 사실만큼은 확실히 알지. 이게 바로 그 첫 연애편지가 될 거야.

셀레스철, 사랑해. 그리워. 네가 있는 집으로 가고 싶어. 나 좀 봐, 네가 아는 얘기만 하고 있구나. 이 종이에 네가 나를—망가진 시골 법정에서 망가진 채 서 있던, 네가 본 그 남자가 아니라 진짜 나를—기억하는 데 도움이 될 만한 글을 쓰려고 노력하고 있어. 그때는 너무 수치스러워서 네 쪽을 돌아볼 수도 없었는데, 지금은 돌아볼 걸 그랬다는 생각이 들어. 지금 당장 널 한 번만 더 볼 수 있다면 무슨 짓이든 할 것 같으니까.

연애편지를 쓰기란 내게 만만찮은 일이야. 그런 편지를 본 적도 없으니까. 초등학교 3학년 때 주고받던 건 치지 않는다면 말이지. '날 좋아하니? 응( ) 아니( ).' (여기에는 답하지 마, 하하!) 연애편지는 음악이나 셰익스피어 같아야 할 텐데, 셰익스피어에 대해선 아는 게 전혀 없거든. 하지만 정말이야, 난 네가 내게 어떤 의미인지 말하고 싶지만, 그건 손가락과 발가락을 꼽으며 하루가 몇 초인지 세려고 애쓰는 것과 같아.

여태 왜 네게 연애편지를 쓰지 않은 걸까? 썼다면 연습이 되었을 텐데. 그랬다면 뭘 써야 할지 알았을 테고. 여기에서 날마다 느끼는 기분이 그런 거야. 무엇을 해야 할지, 어떻게 해야 할지 알 수 없는 기분.

널 얼마나 아끼는지 난 항상 표현했어, 그렇지? 넌 궁금해할 필요가 없었어. 물론 난 말이 번드르르한 남자는 아니야. 여자를 위해서는 행동을 해야 한다고 아빠가 알려주셨지. 예전에 앞마당의 히커리나무가 죽을 작정을 한 것 같다면서 네가 거의 신경 발작을 일으킬 뻔했던 일 생각나? 내가 나고 자란 곳에서는 나무는 고사하고 반려동물에게 돈을 쓰는 일도 이해를 못해. 하지만 난 네가 조바심치는 걸 차마 볼 수가 없어서 나무 의사를 불렀지. 있잖아, 내 마음속에서는 그게 연애편지였어.

네 남편으로서 내가 처음 한 일은 노인네들이 하는 말처럼 널 '집에 앉혀놓는' 것이었어. 넌 임시직을 전전하며 시간과 재능을 낭비하고 있었지. 네가 원하는 건 바느질이었고, 그래서 나는 그 일을 할 수 있게 했어. 아무 조건 없이. 그게 내 연애편지였고 내용은 이거였지. "나머지는 내가 알아서 할게. 넌 네 작품을 만들어. 좀 쉬어. 뭐든 네게 필요한 일을 해."

하지만 지금 내가 가진 건 이 종이와 조잡한 펜이 전부야. 볼펜이긴 한데 펜대를 빼버려 펜촉과 플라스틱 잉크 관만 있지. 이

걸 보며 난 생각해. 남편 노릇을 하기 위해 가진 게 고작 이것뿐인가?

하지만 그래도 이렇게 노력하고 있어.

사랑을 담아,
로이

조지아에게,

화성에서 인사드립니다! 사실 이건 농담이 아니야. 이곳 감방에는 모두 행성의 이름이 붙어 있어. (사실이야. 이런 걸 내가 지어낼 순 없잖아.) 어제 네 편지를 전달받았어. 하나도 빠짐없이 왔고, 편지를 받으니 정말 행복했어. 말도 못하게 기뻤지. 심지어 무슨 말부터 시작해야 할지 모르겠어.

여기 온 지 아직 석 달도 안 됐는데, 감방 동료가 벌써 세 명째 바뀌었어. 지금 동료는 무기수라는데, 자기한테 무슨 연줄이라도 있는 것처럼 말하더라. 그 사람 이름은 월터야. 성인기의 대부분을 교도소에서 보내 이곳 생활을 쫙 꿰고 있어. 내가 편지를 대신 써주는데, 거저 해주진 않아. 동정심이 없어서가 아니라, 뭐든 거저 해주면 존중을 못 받는 법이거든. (이건 직장에서 배운 사실인데 여기에선 열 배쯤 더 맞는 말이지.) 월터에겐 돈이 없으니 난 담배를 받아. (찡그리지 마세요. 무슨 생각 하는지 다 알아요, 아가씨. 나 그 담배 안 피워. 다른 물건—가령 라면 같은 거—과 바꾸지. 거짓말 아니야.) 월터 대신 써주는 편지는 개인 광고를 통해 알게 된 여자에게 보내는 거야. 재소자와 펜팔하기를 원하는 여성이 얼마나 많은지 알면 놀랄걸. (질투는 마시고, 하하.) 가끔 월터의 질문에 일일이 답하느라 늦게까지 잠을 못 잘 때는 짜증이 나기도 해. 월터도 일로에서 산 적이 있대. 그래서 그곳 소식을 알고 싶어해. 나도 대학 입학 직전에 일로를 떠났다고 했더니, 자기는 대학 교정에는 가본 적도 없다면서 그 얘기도 모조리 해달라는 거야. 심지어 내 이름이 어떻게 로이가 되었는지도 궁금해하더라니까. 그게 무슨 파트리스 루뭄바*처럼 설명이 필요한 이름도 아닌데 말이야. 어쨌든 월터는 올리브가 '성격파'라고 부를 만한 사람이야. 늘 철학적으로 흐르는 경향이 있어서 '게토의 요다'**라는 별명이 붙었어. 내가 어쩌다 '시골의 요다'라고 불렀더니 화를 내더라. 맹세코 악의 없는 실수였는데, 어쨌거나 이젠 안 그러도록 조심해야겠어. 하지만 다 좋아. 월터는 "우리 안짱다리 검은 형제들은 서로 뭉쳐야 해" 하고 말하면서 날 돌봐주거든. (그 사람 다리를 네가 봐야 하는데. 나보다 더 심해.)

이곳 분위기에 관한 얘기는 그 정도가 전부야. 아니면 네게는 그 정도만 알리고 싶다고 해야 하나. 자세한 건 묻지 마. 험한 곳이라는 말이면 족하겠지. 살인을 저지른 사람이라도 이런 곳에서 이 년 이상 살게 하는 건 너무 심하다는 생각이 들 정도야. 네

---

* 벨기에의 식민지였던 콩고의 독립운동 지도자로 콩고민주공화국의 초대 수상을 지냈다.
** '게토'는 소수민족이나 동일 인종이 모여 사는 도시의 빈민가를, '요다'는 영화 〈스타워즈〉 시리즈에 나오는 현자를 가리킨다.

아저씨께 좀 서둘러달라고 말해줘.

　여기엔 문득 멈춰서 "흠……" 하고 생각할 거리가 너무 많아. 천오백 명 정도 되는 남자가 이 시설에 수감되어 있는데(대부분 우리 검은 형제들이지) '정든 모어하우스'*의 학생 수와 같아. 정신 나간 음모론 광신자가 되긴 싫지만, 그런 측면에서 생각하지 않을 수가 없어. 일단 교도소엔 자기가 '한 수 가르쳐주겠다'고 하는 사람투성이이고, 둘째로 이곳은 모든 게 너무 비틀려 있어서 누군가 고의로 비튼다고밖에 생각할 수가 없어. 우리 어머니도 내게 편지를 보내는데, 너도 어머니의 이론―"사탄이 참 바삐 일하는구나"―을 알 거야. 아빠는 KKK의 짓이라고 생각하지. 음, 두건을 쓰고 십자가를 든 그 KKK 말고, 아메리-KKK카. 나는 어떤 생각을 해야 할지 모르겠어. 네가 그립다는 생각을 빼면 말이야.

　마침내 내 면회자 명단을 만들었는데, 맨 위에 있는 사람이 너, 셀레스철 글로리아나 대븐포트야. (법적인 이름 전체를 쓰라고 하더라.) 드레도 넣을 거야―그 녀석도 중간 이름이 있던가? 있다면 일라이자 같은 종교적인 이름이겠지. 너도 알다시피 드레는 내 친구지만, 처음 올 때는 너 혼자 와줘. 그때까지는 편지를 계속 주고받자, 베이비. 네 필체가 이렇게 예쁘다는 걸 난 어떻게 잊고 있었을까? 유명한 예술가가 되지 않을 작정이라면, 필체가 이렇게 멋지니 학교 선생을 해도 되겠어. 그런데 글씨를 꾹꾹 눌러쓰는지 종이가 우둘투둘하네. 밤에 소등을 하면―언

---

* 미국의 흑인 남자 대학인 모어하우스대학의 교가 중 일부.

제든 불을 완전히 끄지는 않지—글을 읽기에는 너무 어둡고 제대로 자기에는 너무 밝아. 어쨌든 불이 꺼지면, 나는 네 편지를 손가락으로 더듬으며 글씨를 점자처럼 읽으려고 해. (로맨틱하다, 그렇지?)

그리고 영치금을 넣어줘서 고마워. 여기에서는 필요하다 싶은 건 뭐든 돈 주고 사야 하니까. 속옷도, 양말도. 조금 더 나은 삶을 위해 필요한 모든 것을. 힌트는 아닌데, 시계가 달린 라디오가 있으면 좋을 것 같아. 물론 내 삶이 조금 더 나아지기 위해서는 무엇보다도 너를 봐야겠지만.

사랑을 담아,
로이

추신: 내가 처음으로 널 조지아라고 불렀을 때는 고향을 그리워하는 네 마음이 느껴져서였어. 그런데 이제는 내가 고향을 그리워하고 내게 고향은 너라서 그 이름을 쓴다.

로이에게,

네가 이 편지를 받을 즈음이면 난 이미 면회를 마친 후겠지. 애틀랜타를 떠나는 길에 편지를 부칠 거니까. 안드레가 차에 휘발유를 채워놓았고 간식거리도 가득해. 난 면회 안내서를 거의 외우다시피 했어. 복장 규정도 있는데 굉장히 구체적이야. 내가 가장 좋아하는 세부 사항은 '가우초와 퀼로트*'는 엄격히 금지된다'야. 장담컨대 넌 그게 뭔지도 모를 거야. 내가 초등학교 4학년 땐가 아주 유행했던 옷으로 기억하는데 다행히도 유행이 다시 돌아오진 않았어. 복장 규정을 요약하자면, 살을 보이지 말 것. 금속 탐지기에 걸려 집에 돌아가고 싶지 않으면 언더와이어가 있는 브라는 입지 말 것. 이건 마치 공항을 거쳐서…… 수녀원으로 들어가는 것 같다는 생각이 들어. 하지만 준비는 다 되었어.

군이 말할 필요도 없지만, 나는 이 나라를 알고 역사를 알아. 수십 년을 부당하게 수감되었던 남자가 스펠먼에 강연하러 왔던 것도 기억해. 너도 그 사람 봤어? 그 남자는 애초에 자기를 범인으로 지목했던 백인 여자와 함께 와서 강연을 했어. 둘 다 구원을 받았다나 뭐라나. 그 사람들이 바로 내 앞에 서 있는데도 마치 먼 과거의 교훈, 미시시피주에서 온 유령 같은 느낌이 들었어. 저들이 우리와, 그러니까 학교 행사에 참여해 학점이나 얻으려고 예배당에 모인 대학생들과 도대체 무슨 상관이 있을까? 하지만 이제 나는 그들이 한 말을 기억해내고 싶다는 생각을 해. 이 얘기를 꺼낸 건 사람들에게 이런 일이 일어난다는 사실을 알고 있었다는 말을 하기 위해서지만, 예전에 난 그 사람들에 우리는 해당하지 않는다고 생각했었어.

너를 고발한 그 여자에 대해 생각한 적 있어? 난 그 사람과 앉아서 얘기할 기회가 있으면 좋겠어. 정말로 그날 방에서 누군가가 그 여자를 공격한 거야. 그 사실까지 지어내지는 않은 것 같

---

* 둘 다 통이 넓고 밑단이 정강이 위로 올라오는 바지.

아. 목소리를 들으면 알 수 있거든. 하지만 그 누군가가 너는 아니었어. 이제 그 여자는 시카고인지 어딘지로 돌아갔고, 루이지 애나주 일로에 들르지 않았더라면 좋았겠다고 생각하겠지만, 그런 생각을 그 여자만 하는 건 아니지. 하지만 네게 이런 얘기를 할 필요는 없을 거야. 넌 네가 지금 어디에 있는지, 네가 하지 않은 일이 무엇인지 잘 알 테니까.

뱅크스 아저씨가 1차 항소를 준비하고 있어. 상황이 더 나빴을 수도 있다는 걸 기억하라더라고. 경찰과 마찰을 일으켜 해명할 기회도 없이 죽은 사람도 많으니까. 경찰의 총알에는 항소할 수가 없잖아. 그러니 적어도 그건 다행인데, 참 보잘것없는 다행이네.

내가 널 위해 기도하는 거 알아? 어린 시절 그랬듯이 밤에 침대 옆에 무릎을 꿇고 앉을 때 네가 그걸 느낄 수 있을까? 눈을 감으면 우리가 마지막으로 함께 있었을 때의 네 모습을, 눈썹 위의 주근깨까지 하나하나 떠올릴 수 있어. 그날 밤 잠들기 전에 우리가 서로에게 한 말을 하나도 빠짐없이 적어둔 공책이 있어. 네가 집에 돌아오면 멈춘 곳에서 다시 시작할 수 있도록 적어둔 거야.

진심 고백: 난 정말 떨려. 경우가 다르다는 건 알지만, 우리가 처음 데이트하던 때가 생각나. 장거리 연애를 시작하기로 하고 네가 내게 표를 보내줬던 그때. 전화 통화와 이메일을 나누며 그렇게 감정을 쌓아갔는데도 막상 다시 만나면 어떻게 될지 확신이 없었어. 물론 다 잘 풀리긴 했지만, 지금 이 편지를 쓰면서도 그때와 똑같은 기분을 느껴. 그래서 우리가 마침내 서로를 바라

보게 되었을 때 어딘가 좀 서먹하더라도, 모든 게 생소하고 너무 불안해서 그렇다는 걸 알아달라고 미리 말하는 거야. 변한 건 없어. 결혼하던 날과 똑같이 널 사랑해. 앞으로도 그럴 거야.

이만,
셀레스철

조지아에게,

면회 와줘서 고마워. 여기 오기 쉽지 않다는 거 알아. 면회실에서 이곳과 어울리지 않는 세련된 모습으로 앉아 있는 너를 보았을 때, 누군가를 보고 그보다 더 행복했던 적은 없어. 꼬마 여자애처럼 울음을 터뜨릴 뻔했다니까.

거짓말하지 않을게. 처음으로 그렇게 많은 사람 앞에서 널 만나야 한다는 게 이상했어. 그리고 솔직히 말하자면, 내가 말이 없었던 이유는 내 진짜 속마음에 대해 네가 얘기하고 싶지 않다고 말해서야. 우리가 함께 있는 시간을 망치고 싶지 않았기 때문에 나는 더 우기지 않았던 거고. 그리고 다행히 망치지 않았지. 널 보니 정말로 반가웠어. 다음날 월터는 내가 크리스마스트리처럼 환히 빛난다고 종일 놀리더라. 하지만 미안해, 셀레스철. 내 영혼을 갉아먹는 얘기를 하지 않을 수가 없다.

그래 알아. 난 내 아들이 아빠가 교도소에 있다는 말을 하게 만들고 싶지는 않다고 했었지. 너도 알다시피 나 역시 친부에 대해 아는 거라곤 이름과 아마도 범죄자일 거라는 사실뿐이잖아.

하지만 빅로이가 날 친자식처럼 키워줬기 때문에 나는 수치를 거대한 시계처럼 목에 걸고 다닐 필요가 없었어. 그래도 때로는 마음 깊은 곳에서 시계가 똑딱거리는 소리를 들을 수 있었지. 어릴 때 알던 마이런이라는 애도 생각났어. 몸집이 아주 조그만 애였는데 아버지가 앙골라에 있다고 했지. 교회에서 기부받은 옷만 입고 다녔고. 한번은 내가 버린 재킷을 입은 것도 봤어. 애들은 아버지가 교도소를 밥먹듯 드나드는 전과자jailbird라는 이유로 그애를 '치키Chickie'*라고 불렀어. 아직도 그애는 '치키'가 진짜 이름인 것처럼 그 이름에 대답을 해.

하지만 우리의 아이에겐 미스터 D와 글로리아, 안드레, 우리 가족까지 있었을 거야. 아이 하나를 키우려면 온 마을이 필요하다는데, 그 정도면 내가 자유의 몸이 될 때까지 그 역할을 해주고도 남았을 거야. 그 아이는 내가 앞날을 기대할 또하나의 이유가 되었겠지.

네가 왜 그 얘기를 하고 싶어하지 않았는지 알아. 지나간 일은 어쩔 수 없으니까. 하지만 그 아이 생각이 머리를 떠나지 않아. 물론 그애가 아들이었는지는 알 수 없지만 내 주니어였을 거라는 직감이 들어.

괴로운 질문이지만, 우리의 믿음이 더 강했다면 사정이 달라졌을까? 그게 우리에게 주어진 시험이었다면? 그 아이를 지켜냈다면? 그랬다면 제때 집에 돌아가 아이가 그 순수하고 민둥민

---

* 재소자나 전과자를 의미하는 jailbird에서 bird(새)와 chickie(병아리)의 연관에 주목한 별명이며, chickie는 '여자'를 의미하는 속어로도 쓰이므로 이중의 비하 의미가 담겨 있다.

둔한 머리를 세상에 내미는 모습을 볼 수 있었을지도 몰라. 아이가 자랐을 때 이 모든 고난을 그저 지나간 이야기, 미국에서 흑인 남자로 살려면 조심해야 한다는 교훈을 주는 이야기로 들려줄 수 있었을지도 몰라. 우리가 임신중절에 동의했을 때, 그 결정은 법정에서 일이 틀어질 거라는 예상을 받아들인 것과 같았어. 그리고 우리가 포기했을 때 하느님도 우리를 포기한 거야. 물론 하느님은 절대로 인간을 포기하지 않지만, 어쨌거나 내 말뜻은 알 거야.

이 질문에 꼭 대답할 필요는 없어. 그래도 이 일을 누가 아는지는 말해줄래? 별 상관은 없지만 궁금해서. 면회자 명단에 네 부모님도 포함시켰는데, 그분들도 우리가 한 일을 아시는지 궁금해.

조지아, 네가 하고 싶지 않은 이야기를 억지로 하게 할 수 없다는 건 알지만, 너와 제대로 대화할 수 없었던 그 순간 내 목에 걸려 있던 얘기가 뭔지는 너도 알아야 해.

어쨌거나 널 보니 말할 수 없이 좋았어. 널 얼마나 사랑하는지 글로는 다 표현할 수가 없다.

너의 남편,
로이

로이에게,

그래 맞아, 베이비, 나도 그 생각을 해. 하지만 끊임없이 생각하지는 않아. 그런 일을 날마다 떠올리면 견뎌낼 수가 없으니까. 하지만 그 생각을 할 때면 후회가 아니라 슬픔을 느껴. 네가 고통스러운 건 이해하지만, 다시는 지난번에 보낸 것과 같은 편지는 보내지 말아주었으면 해. 카운티 교도소가 어땠는지 잊었어? 오줌냄새와 표백제 냄새, 그리고 우리를 둘러싼 절망적인 여자들과 아이들. 네 안색이 어찌나 창백한지 얼굴에 잿가루를 바른 것 같았어. 악어가죽처럼 거칠어진 손은 갈라지고 피가 나는데도 바를 크림 하나 구할 수 없었잖아. 그걸 다 잊은 거야? '신속한 재판'을 기다리는 동안 네가 살이 너무 빠져서 뱅크스 아저씨가 새 양복을 구해주어야 했지. 그때 넌 유령이나 마찬가지였어.

내가 임신했다고 말했을 때, 너무나 좋았어야 할 그 소식이 전혀 그렇지 않았어. 난 네가 그 소식에 자극을 받아 다시 삶으로 돌아오기를 바랐어. 돌아오긴 했지, 꽉 쥔 주먹에 대고 신음만 했지만. 네가 한 말을 기억해봐. 아이를 낳을 순 없어. 이렇게는 안 돼. 네가 직접 한 말이잖아. 그러면서 내 손목을 너무 꽉 쥐어서 손가락이 저릴 정도였어. 그런 말을 해놓고 진심이 아니었다고 하면 안 돼.

넌 치키라는 아이나 네 '진짜' 아빠 얘기를 하지 않았지만, 난 나무는 아니어도 숲은 제대로 본 거야. 그때 내가 확신했고 지금도 대체로 확신하는 건 이거야. 아버지가 원하지 않는 아이의 어머니가 되고 싶지는 않다. 그리고 그때 넌 네 바람을 확실히 표현했어.

로이, 나도 정말 그러고 싶지 않았다는 거 알 거야. 네 마음이 아무리 아프더라도 그건 나한테 일어난 일이라는 사실을 기억해. 임신했던 사람은 나야. 임신중절을 경험한 사람도 나고. 네가 어떤 감정을 느끼든 내가 느낄 감정도 생각해줘. 교도소생활이 어떤 건지 나는 모른다고 네가 말할 수 있는 것처럼, 병원에 가서 대기자 명단에 이름을 쓰는 심정을 너도 알지 못해.

나는 늘 하던 대로 일을 하며 견디고 있어. 미친 사람처럼 밤늦도록 바느질을 해. 이 인형들을 보면 어릴 적 내 인형이 떠올라. 그 시절에는 조지아주 클리블랜드에 가면 '아기'를 입양할 수 있었지. 우리집 형편에는 조금 부담이 되었지만 글로리아와 나는 보기라도 하자며 거기에 갔어. 진열된 많은 인형을 보고 내가 물었지. "여기는 인형들의 여름 캠프예요?" 그러자 글로리아는 아니, 그보단 고아원 같은 거야, 라고 말했어. 난 워낙 울타리 안에서만 살던 아이라 고아가 뭔지도 몰랐기 때문에 엄마의 설명을 듣고는 흐느껴 울면서 그 인형들을 모두 집으로 데려가자고 했지.

내 인형들이 고아라고 생각하진 않아. 그냥 우연히 내 바느질 방에서 살게 된 아기들이지. 지금까지 마흔두 개를 만들었어. 공예품 장터에서 하나에 50달러 정도로 원가만 받고 팔아볼까 생각중이야. 수집가가 아니라 어린이를 위한 인형이거든. 그리고 진실을 말하자면, 그것들을 집에서 내보내고 싶어. 종일 나를 빤히 바라보는 눈길을 참을 수가 없는데, 그만 만들자니 그것도 못하겠어.

누가 아느냐고 물었지? 내가 한 일을 누가 아느냐고 묻는 거야, 아니면 네가 그러라고 요구했다는 사실을 누가 아느냐고 묻는 거야? 내가 광고판이라도 세웠을 것 같아? 은행에 10달러라도 있는 성인 여자가 아이를 낳을 수 없다고 하면 아무도 이해하지 못할 거야. 하지만 남편이 교도소에 있는데 어떻게 어머니가 될 생각을 할 수 있겠어? 넌 죄가 없다는 걸 알고 그 점에 대해서는 내 맘에 한 점 의혹도 없지만, 네가 여기 없다는 사실 또한 알아. 이건 게임이나 훈련 혹은 영화가 아니야. 두 주나 늦어져서 테스트기를 준비해 소변을 보려고 했을 때에야 그걸 깨달았어.

안드레 말고는 아무에게도 말하지 않았어. 안드레가 한 말은 "너 혼자 가는 건 안 돼"가 다였어. 차로 날 데려다주었고 시위자들이 역겨운 팻말을 들고 구호를 외치는 곳을 지나가는 동안 재킷으로 내 머리를 가려주었지. 다 끝났을 때도 날 기다리고 있었고. 나중에 차에서는 너도 들었으면 하는 말을 해줬어. "울지마. 이게 마지막 기회는 아니야." 로이, 안드레 말이 맞아. 우리는 미래에 아이를 갖게 될 거야. 부모가 될 거야. 다들 얘기하는 것처럼 '널 위해서는 딸, 날 위해서는 아들'을 갖자. 아니, 반대였던가? 네가 나온 뒤에 원한다면 아이를 열 명도 낳을 수 있어. 약속할게.

사랑해. 보고 싶어.

이만,
셀레스철

조지아에게,

내가 이 문제는 더이상 거론하지 않겠다고 했던 거 기억하고 있어. 하지만 한 가지만 더 말하고 싶다. 우리는 가족을 이룰 가망을 뿌리째 뽑아버렸어. 편지에서 넌 내가 강요한 것처럼, 너는 내 아기를 낳는다는 생각에 마냥 신이 나서 카운티 교도소에 찾아왔던 것처럼 말하는구나. "나 임신했어"라고 말하는 너는 마치 암 선고라도 받은 사람 같았어. 내가 뭐라고 말해야 했지? 게다가, 설령 내가 한쪽 방향으로 떠밀었다 하더라도 네가 그렇게 순종적으로 따를 사람인 것처럼 굴지는 마. 우리 결혼식에서 목사님이 네게 순종이라는 단어를 말하게 했을 때, 네가 수많은 사람들 앞에서 그 목사를 얼마나 뚫어져라 쳐다보았는지 난 잊지 못할 거야. 목사님이 물러서지 않았다면 우리는 지금도 혼인 서약을 마치지 못하고 제단 앞에 서 있겠지.

그날 카운티 교도소에서 우리는 의논을 했어. 너와 나. 어른 둘이서. 내가 너에게 일방적으로 지시한 게 아니라고. 아이를 포기하자는 말이 내 입에서 나오자마자 네 얼굴에 떠오른 안도감을 난 보았어. 내가 손아귀를 풀자마자 넌 공을 빼앗아 달아나 버린 거야. 네 기억이 다 정확하고, 내가 한 말도 다 맞아. 하지만 너 역시 다른 쪽으로 날 설득하려 하지 않았어. 우리가 해낼 수 있을 거라고 말하지 않았어. 우리가 만든 아이라고 말하지도 않았어. 아이가 태어날 무렵이면 내가 풀려날지도 모른다고 하지도 않았어. 넌 고개를 푹 숙이고 말했지. "필요한 조치는 내가 할 수 있어."

그래, 알아들었어. 네 몸이고 네 선택이야. 다 스펠먼대학에서 배운 거겠지. 좋아.

하지만 치러야 할 대가가 있다는 걸 우린 알았어야 해. 난 내 몫의 책임을 지겠지만, 그 일은 나 혼자만의 결정이 아니었어.

사랑을 담아,
로이

로이에게,

배경 설명을 좀 할게.

대학 다닐 때 내 룸메이트가 남자는 여자가 '경험이 풍부한 숫처녀'이길 바란다고, 자기 여자에게는 지나간 연인이 없었던 것처럼 굴고 싶어하니까 그런 얘기는 절대로 하면 안 된다고 말했지. 그러니 너도 지금 이 얘기를 듣고 싶지 않을 거야, 나도 알아. 하지만 난 네가 이 슬픈 이야기를 털어놓으라고 강요하는 것처럼 느껴져.

로이, 내가 스펠먼에 가기 전에 일 년간 하워드대학교에 다닌 사실은 너도 알겠지만 그만둔 이유는 모를 거야. 하워드에서 '아프리카 디아스포라 예술'이라는 수업을 들었어. 강사인 라울 고메즈 본인도 디아스포라의 일원으로 온두라스 출신 흑인이었는데, 흥분하면 스페인어로 말하고 예술에 관해서는 항상 흥분하는 사람이었지. 박사학위 논문을 끝내지 않은 이유가 엘리자베스 캐틀렛*에 관한 글을 영어로 써야 한다는 사실을 참을 수가 없어서였대. 마흔 살의 잘생긴 유부남이었어. 난 한창 들떠 있는

---

* 멕시코계 미국인 화가이자 조각가로 흑인과 여성의 경험을 주요 소재로 삼았다.

열여덟 살이었고 돌이 가득 든 상자처럼 멍청했지.

임신했다는 사실을 알았을 때 우리는 비공식적으로 약혼한 관계였어. 반지는 없었지만 그의 약속은 있었으니까. 하지만—늘 '하지만'이 붙지, 안 그래? 하지만 그러려면 그 사람이 우선 이혼을 해야 할 텐데, 십이 년을 함께 산 아내에게 '러브차일드'*라는 수치까지 감당하게 해서는 안 될 것 같다고 했어. (그런데도 난 그 사람이 러브라는 말을 썼다는 사실에 힘을 얻었지 뭐야.)

이 이야기가 어떻게 흘러갈지는 너도 알 거야. 나도 지금 돌아보면 결말이 뻔히 보여. 내가 수술하고 회복하는 중에 그 사람이 기숙사 방으로 찾아와 관계를 끝내자고 말했어. 남색 양복에 잿빛 넥타이로 한껏 차려입고서. 난 운동복 바지와 헐렁한 티셔츠 차림이었지. 그는 할렘 르네상스** 스타일로 차려입고 나타났는데 난 신발도 신지 않은 채였어. 그 사람이 그러더라. "넌 아름다운 여자야. 널 보고 고개가 돌아가서 옳고 그름에 대한 판단력을 잠시 잃었어." 그러고는 떠났지.

그는 사라졌고 나도 사라졌어. 내 머릿속의 어두운 길 위에 생긴 얼음판에서 미끄러진 느낌이었지. 처음에는 그 사람 수업에 가지 않았고 나중에는 모든 수업에 가지 않아.

몇 주가 지난 후 화학과에 재직하는 아빠 친구분이 우리 부모님에게 경보를 보냈어. 흑인 대학은 '부모 대신in loco parentis'이

---

* love child. '사생아'라는 의미와 '사랑에서 비롯한 아이'라는 두 가지 의미를 함축한다.
** 1920년대에 뉴욕의 할렘을 중심으로 일어난 흑인의 민족적 각성과 문화 예술 부흥 운동.

라는 교육적 사명을 아주 진지하게 여기잖아. 부모님은 만사 제치고 워싱턴DC로 달려오셨고 곧바로 '민사소송'이 거론되었어. (그래, 뱅크스 아저씨가 담당 변호사였지. 소송은 시시했지만 라울을 직장에서 내쫓는 게 목적이었어.)

그 경험 뒤로 난 망가졌어, 로이. 애틀랜타로 돌아와 한 달간 그냥 멍하니 앉아 있었어. 안드레가 찾아와도 얘기하기 싫었고. 부모님은 날 어딘가로 보내는 문제를 진지하게 고려했지. 내가 정신을 차린 건 실비아 덕분이었어. (모든 여자애들에게는 마음에 안정을 주는 현명한 여자 어른이 필요해.) 난 실비아에게 지금 네가 나에게 하는 말과 비슷한 이야기를 했어. 내 인생에 스스로 불운을 일으킨 것 같다고. 아이를 용감하게 지켜냈다면 그 보상으로 내 진정한 바람, 다시 말해 미시즈 고메즈가 되는 바람을 이룰 수 있었을 거라고. 인생은 시험인데 자꾸만 실패한다고.

실비아가 말했어. "난 널 판단할 생각이 없어. 그건 너와 예수님 사이의 일이지. 얘야, 솔직한 진실을 말해봐—지금 이 순간 네 옆에 아기가 있으면 좋겠니?" 난 정말로 모르겠더라. 핵심은 지금 느끼는 그 기분에서 벗어나고 싶다는 거였어. 그러자 실비아가 말했지. "임신 테스트를 할 때 양성이 나오길 원했니, 음성이 나오길 원했니?" 내가 대답했어. "음성이요."

그러자 실비아가 말했어. "얘야. 지나간 일은 어쩔 수가 없어. 지금 뭘 어떻게 할 셈이야? 타임머신을 탈래? 지난가을로 되돌아가 그 남자와의 잠자리를 무를 거야?"

그러더니 실비아가 양말 열두 켤레와 자수용 실과 면솜을 꺼냈어. 이 이야기는 너도 알고 모두가 알지. 실비아는 양말 인형

만드는 법을 알려주면서 코카인중독자 엄마에게서 태어난 아기들을 위해 그레이디병원에 기부할 거라고 했어. 우린 가끔 병원에 함께 가서 그 불쌍한 아기들을 안아주었는데, 약에 찌든 아기가 내 팔 안에서 덜덜 떨었어.

자선이 아니었어. 처음에 만든 그 인형들은 내 몸에서 죄책감을 내보내기 위한 거였어. 푸페나 주문 제작이나 경연이나 전시 따위는 생각도 하지 않았지. 어머니 없는 아기를 위로할 물건을 만들 때마다 내가 이 우주에 진 빚을 갚고 있다는 느낌이 들었어. 어느 정도 시간이 지나자 인형과 워싱턴DC의 연관은 사라졌지. 인형을 만들면서 내 영혼을 짓누르는 무거운 짐에서 벗어날 길을 찾은 거야.

하지만 난 잊지 않았고 다시는 그런 곤경에 처하지 않겠다고 다짐했어. 한동안은 시도하기가 두려웠어. 내가 망가졌는지도 모른다고 생각했거든. 의학적으로가 아니라 영혼의 측면에서.

로이, 우리에게 선택의 기회가 있었다는 건 나도 알아. 하지만 실제적으로, 그건 기회가 아니었어. 난 유산한 사람처럼 슬퍼했어. 내 몸은 분명 비옥한 땅이었는데, 내 삶은 그렇지 않았지. 넌 지금 짐을 지고 있다고 느끼겠지만 내게도 어깨에 얹힌 짐이 있어.

이제 너도 알겠네. 우리가 두 개의 다른 십자가를 지고 있다는 걸.

그리고 이젠 정말로, 정말로, 정말로 이 얘기는 그만하면 안 될까? 네가 정말로 날 아낀다면, 이제 다시는 이 이야기를 꺼내지 마.

이만,

셀레스철

조지아에게,

이 년이 줄었으니 이제 십 년 남았네. (농담으로 하는 소리야.)

마침내 뱅크스 변호사가 항소를 추진할 거야. 네 부모님이 이 일에 얼마나 많은 돈을 퍼붓고 있는지는 생각하기도 싫다. '가족 및 친지 요율'을 적용받는다지만 그래도 나는 그 액수가 자동차 주행 기록계의 숫자처럼 계속 올라가는 상상을 해. 하지만 주상소법원에서 좋은 결과가 나오면 이곳을 나가서 무슨 일자리든 구해 아버님의 돈을 갚을 거야. 진심이야. 식료품점에서 포장 일을 해야 한대도 괜찮아.

봐, 이래서 내가 이메일보다 편지를 더 좋아하는 거야. 내가 쓰는 건 뭐든 서명하고 봉인하고 배달까지 마친 약속어음이자 서면 영수증 역할을 하지. 우린 일주일에 육십오 분씩만 도서관에서 이메일을 사용할 수 있는데, 항상 다른 사람이 차례를 기다리거나 어깨 너머로 쳐다보곤 해. 게다가 난 그 시간에 이메일을 대신 써주고 돈벌이를 하는 게 좋아. 지난주에는 뭘 받았는지 알아? 양파 한 개. 넌 정신 나간 소리라고 생각하겠지. 하지만 이곳에서는 양파를 구하기가 힘들고, 교도소 요리도 약간의 풍미가 더해지면 훨씬 맛이 좋거든. 양파를 얻으려고 어떤 녀석을 대신해 긴 이메일을 써줬어. 연애편지이기도 하고 모금 운동이기도 한 글이었지. 그 결과로 녀석이 바라던 현금을 얻어내면 내게 양파를 한 개 구해주기로 했었어. 물론 양파를 얻은 후엔 월터와 나눴지. 이 거래에서 중개인 역할을 했으니까. 너도 봤어야 해. 노트르담의 꼽추가 채소라면 바로 그 멋진 양파일 거야. 그날 밤 감방에서 우리가 뭘 만들어 먹었는지 알고 싶지 않겠지만, 넌 호기심이 많으니 한번 설명해볼게. 라면에 잘게 부순 도리토스 과자와 양파와 비엔나소시지를 넣고 만드는 냄비 요리야. 모두가 각자 가진 재료를 내놓으면 그걸 모아서 넣고 요리가 다 되면 나눠 먹어. 월터가 요리사야. 장담하는데, 듣기보다 훨씬 맛있어.

종이 편지의 또다른 이점은 밤에도 쓸 수 있다는 거야. 더 많은 사람이 구식 우편 시장으로 와주면 좋을 텐데. 그럼 소규모 가내수공업처럼 굴릴 수가 있었어. 문제는 바깥 사람들이 답장을 안 한다는 점이지. 편지를 보내는 이유는 뭐든 답을 받기 위해서잖아. 이메일은 좀 다르지. 대부분이 최소한 아무리 짧게라도 답은 날리니까. 네가 항상 내 편지에 답장을 해줘서 내가 얼마나 고마워하는지 알 거야.

사진을 좀 보내줄래? 예전 사진 몇 장과 요즘에 찍은 사진 두어 장이 있으면 좋겠어.

사랑을 담아,
로이

로이에게,

어제 편지 받았어—너도 내 편지 받았니? 약속대로 사진 몇 장 보내. 예전에 찍은 스냅사진, 너도 알아볼 거야. 내가 그렇게 날씬했었다니 믿을 수가 없다. 네가 보내달라 했으니 새로운 사진도 보내. 요즘 안드레가 사진 찍는 데 심취해 있어서 이 사진들도 이렇게 진지하고 예술풍이야. 안드레는 본업을 그만둘 생각이 없다지만 내가 볼 때는 사진을 꽤 잘 찍는 것 같아. 그게 다 여자친구의 영향일 거야. 다큐멘터리를 찍으며 생계를 유지할 수 있다고 생각하는 스물한 살짜리 여자애거든. (하지만 내가 그런 애길 할 처지는 아니지. 삼십대인 나는 인형을 만들어 생계를 유지하니까!) 게다가 드레가 좋다면 난 다 이해해. 드레는 그 여자애한테 홀딱 빠져 있어. 하지만 스물한 살이라니! 걔 때문에 난 할머니가 된 기분이야.

나이 얘기가 나왔으니 말인데, 이 사진들을 봐. 나 살이 좀 찐 거 보이지? 우리 부모님은 두 분 다 그렇게 날씬하신데, 난 어떤 열성 유전자가 슬며시 숨어들어 엉덩이에 철썩 붙어버렸나봐. 다 내 잘못이지. 지금껏 미친듯이 바느질을 하느라 온종일 앉아만 있었으니까. 하지만 주문이 너무 많아!

이젠 여건이 충분히 갖춰져서 소매점을 열려고 준비하고 있어. 네가 상상한 것과는 많이 달라. 장난감 가게라기보다는 부티크에 가깝거든. 장난감보다는 고급이고 예술품보다는 저급이라고 생각하면 되겠다. 예쁜 갈색 인형을 예쁜 갈색 소녀에게 건네주고서 아이가 인형을 꼭 껴안고 입맞추는 모습을 보면 보람을 느끼는 것도 사실이야. 수집가가 나무상자에 넣어 가져가는 모습을 볼 때와는 달라.

내가 타협한 건가 자문해볼 때도 있어. 이건 예술보다는 기술에 가까운 것 같아.

나 좀 봐, 간판을 내걸기도 전에 판매를 걱정하고 있네.

돈 얘기가 나왔으니 말인데, 다음에 무슨 말을 하려는지 너도 알 거야. 내겐 투자자가 딱 한 명 있어. 아버지. 아빠가 굉장히 많은 자본을 쏟아부어서 우리는 모든 걸 아빠 이름으로 해. 아빠에게 익명의 동업자는 사업에 관여하지 않아야 한다고 일깨워드려야 했지. 사람들이 가게 이름을 어떻게 발음할지 모를 것 같다고 간판을 '푸-페이즈Pou-Pays'로 하자고 하셨다니까. (하! 그건 아니지.)

알아, 우린 외부 지원 없이 독자적으로 사업을 시작하기로 계획했었지. 하지만 상황은 변하기 마련이고 무엇보다 부모님이 날 위해 이렇게 하기를 원해. 고집스러운 독립심은 내게도, 또다른 누구에게도 도움이 안 돼. 그래서 아빠와 같이 은행에 갔고, 부동산 중개인과도 얘기를 해봤어. 별다른 차질만 없다면 육 개월 안에 푸페를 열게 될 거야. 우리 꿈과는 다르지만 꿈에 가깝긴 해. 아빠가 말씀하신 것처럼 "제대로 돈벌이"를 할 수 있을 거야.

좋아, 사진 얘기로 돌아가자. 화제를 자꾸 바꾸는 이유는 사진 속 내 모습이 마음에 들지 않아서야. 너무 많은 걸 드러낸다는 느낌이 들어. 무슨 말인지 알려나? 바로 그 점 때문에 내가 드레의 작품을 좋아하긴 하지만, 그건 다른 사람 사진일 때 얘기고. 드레가 우리 아버지 사진도 찍었는데 그걸 보면 이마의 주름에서 지난 오십 년을 엿볼 수 있어. 모든 게 거기 있지. 앨라배마,

부성애, 허레이쇼 앨저* 신화의 흑인 사례 등등. (아빠도 자기 사진을 좋아하지 않지만 나는 굉장하다고 생각해.)

사진은 모두 PG** 등급으로 골랐으니까 여럿이 돌려봐도 상관없지만, 새로 찍은 그 사진들을 들여다보면, 정말로 너 혼자서만 간직했으면 좋겠다는 마음이 들어. 친구들에게는 옛날 사진을 보여줘.

월터라는 친구에게 내가 안부 전한다고, 언제 한번 만나고 싶다고 전해줘. 좋은 사람 같아. 그에게 가족이 있니? 네가 원하면 그 사람에게 영치금을 좀 넣어줄 수도 있어. 안락한 생활을 위한 물품이 전혀 없이 그 안에서 지내는 사람들을 생각하면 마음이 안 좋아. 누가 보낸 건지 모르게 하고 싶으면 안드레 이름으로도 할 수 있어. 사람들이 얼마나 자존심이 강한지 나도 알거든. 어떻게 하면 좋을지 말해줘.

이만,
셀레스철

조지아에게,

너는 내 인생 최고의 선물이야. 네 모든 것이, 심지어 내가 툭하면 불평하던 수면용 보닛까지도 그리워. 네가 해주는 요리도

---

* 미국의 작가로 가난을 극복하고 자수성가한 인물을 주인공으로 하는 청소년 소설을 주로 썼다.
** 부모가 동반하면 청소년 관람이 가능한 영화의 등급.

그리워. 네 완벽한 몸매가 그리워. 네 자연스러운 머리가 그리워. 무엇보다도, 네 노래가 그리워.

유일하게 그립지 않은 건 우리가 너무 자주 벌였던 싸움이야. 아무것도 아닌 일로 실랑이하며 그 많은 시간을 낭비했다니 믿을 수가 없다. 널 아프게 했던 모든 시간을 생각해. 더 안심하게 해줄 수도 있었을 텐데, 네가 걱정해주는 게 좋아서 널 불안하게 만든 시간을 생각해. 그 생각을 하면 내가 빌어먹을 바보처럼 느껴져. 빌어먹을 외로운 바보.

부디 날 용서하고 계속 사랑해줘.

여자에게 아무것도 줄 수 없는 남자라고 생각하면 얼마나 의기소침해지는지 너는 모를 거야. 바깥세상에서 살고 있는 너를 생각하고, 애틀랜타에는 애틀랜타 서류 가방과 애틀랜타 직업과 애틀랜타 학위를 가진 남자가 얼마나 많은지 생각해. 여기 갇혀 있는 난 네게 아무것도 줄 수가 없다. 하지만 내 영혼을 바칠 수 있고, 그거야말로 진짜야.

밤에 집중력을 발휘하면 정신을 통해서 네 몸을 만질 수 있어. 잠든 네가 내 손길을 느낄 수 있는지 궁금하다. 누군가를 만지지 않고도 만질 수 있다는 사실을 이렇게 소중한 걸 모두 빼앗긴 채 갇히고 나서야 깨닫다니 안타까운 일이야. 난 우리가 실제로 침대에 나란히 누워 있을 때보다 너를 더 가깝게 느낄 수 있어. 그렇게 몸 밖으로 나가기 위해서는 나를 굉장히 소모해야 하기 때문에 아침에 일어나면 녹초가 되지.

미친 소리처럼 들린다는 거 알지만, 너도 시도해보라고 말하고 싶어. 네 정신으로 나를 만지려 해봐. 내가 어떤 느낌을 받는지 알 수 있게.

사랑을 담아,
로이

조지아에게,

내 마지막 편지가 조금 '별나라' 얘기처럼 들렸다면 용서해.
널 겁먹게 할 생각은 아니었어(하하). 답장 보내줘.

로이

로이에게,

겁먹지 않았어. 지난 몇 주간 정말로 바빴을 뿐이야. 내 경력
이 정말 좋은 쪽으로 발전하고 있어. 경력이란 말은 쓰기 싫은
데. 항상 그 글자 사이에 나쁜 년이란 말이 숨어 있는 것처럼 느
껴지거든. 물론 그게 편집증적인 생각이라는 거 알아. 요점은 상
황이 정말로 무르익고 있다는 거야. 개인전 얘기도 나오고 있어.
모든 게 돌에 새긴 듯 확정되기 전에는 말하고 싶지 않았는데.
지금은 그러니까 지점토에 새겨졌달까? 하지만 뉴스는 이거야.
'움직이는 사람' 시리즈 기억해? 지금은 제목이 '나는 사람이다'
로 바뀌었어. 이 전시에서 대리석 조각부터 시작해 몇 년간 너를
모델로 만든 인물 작품을 다 소개할 거야. 뉴욕에서 전시회를 열

게 될지도 몰라. 몰라가 핵심어이지만, 그래도 굉장히 신이 나고 굉장히 바빠. 안드레가 작품 사진 슬라이드와 그래픽디자인 업무를 도맡고 있는데 결과물이 다 완벽해 보여. 하지만 안드레가 제대로 된 보수를 받아줬으면 좋겠어. 우린 가족이나 마찬가지이긴 해도 안드레를 막 부려먹기는 싫거든.

일이 힘들긴 하지만 온종일 네 이미지를 보며 일하니 너와 함께 지내는 느낌이 들어. 그래서 가끔은 편지 쓰는 것도 깜빡하네. 용서해. 넌 언제나 내 마음속에 있다는 걸 알아줘.

이만,
C

조지아에게,

우리 어머니가 그러시더라, 네가 아주 유명해졌다고. 확인이든 부정이든 해봐.

사랑을 담아,
로이

로이에게,

소식이 루이지애나주 일로까지 퍼졌다면 난 분명히 유명해진 거겠지. 니그로 민족 전체가 〈에버니〉를 구독하나봐. 너도 그 기사를 봤는지 모르지만 봤다면 내 설명을 들어봐. 보지 않았더라도 정확히 어떤 일이 있었는지 이해해줬으면 해.

내 인형이 국립초상화미술관에서 주최한 대회에서 수상했다는 얘기는 했을 거야. 그 작품의 모델이 너라는 사실은 얘기하지 않았지. 어머님이 네 아기 때 사진을 바탕으로 인형을 만들어달라고 하셨어. 사진관에서 찍은 흑백사진, 네 방에 있는 거 말이야. 난 그러겠다고 약속했고, 턱을 제대로 표현하기 위해 석 달을 씨름했지. 어머님은 네가 사진을 찍을 때 입었던 옷까지 주셨어. 어머님이 손자에게 입히려 했던 옷을 인형에게 입히고 있자니 참 초현실적으로 느껴지더라. (그 모든 과정이 강렬했어.) 장담하는데, 정말로 어머님께 드릴 생각이었지만 집에 두고 갔어. 멍청한 실수였을 뿐이야. 그래서 밸런타인데이에 보내드리려 했는데, 도저히 손을 뗄 수가 없는 거야. 너도 알다시피 난 주문 제작품엔 완벽주의자잖아. 무언가가 너무 쉽고 너무 정확하다는 생각이 들었어. 어머님은 어떻게 되었느냐고 수천 번은 물으셨고 나는 계속 곧 된다고 대답했지.

그다음 일은 좀 복잡해서 배경 설명이 필요해.

네가 없는 동안 난 우리 어머니와 더 많은 시간을 함께 보내고 있어. 처음에는 집에 혼자 있는 시간을 줄이려고 그런 건데, 지금은 친구처럼 오가며 이야기도 하고 와인도 마시고 그래. 때로는 엄마가 우리집에 와서 주무시기도 하지. 그러던 어느 날 밤에 엄마가 외가 가족이 어떻게 애틀랜타로 오게 되었는지 얘기해주셨어. 긴 이야기였고 난 피곤했는데, 내가 깜빡 졸 때마다 엄마는 나를 톡톡 두드려 깨우셨지.

이야기는 어머니가 유모차에 앉은 아기였을 때 시작돼. 할머니가 어머니를 데리고 장을 보러 가셨는데, 필요한 건 너무 많고 돈은 별로 없었기 때문에 장보기는 항상 스트레스가 잔뜩 쌓이는 일이었지. 때로 잡화점에서 외상 거래를 했는데, 그러면서 할머니는 자존심이 많이 상했어. 게다가 빚이라는 게 걷잡을 수 없이 불어나기도 하잖아. 그렇게 할머니가 가게에서 식구 전체를 먹이기 위해 필요한 최소한의 음식을 얼마나 살 수 있을지 계산하고 있을 때 아이를 데리고 온 어떤 백인 여자와 마주쳤대. (어머니는 이 백인 여자와 아이에 대해 나쁘게 말하는데, 실제로 그들을 기억하는 것처럼 자세히 설명해. 시시한 사람들이었고 장뇌* 냄새를 풍겼고 어린 여자애는 신발도 신지 않았다고.)

어쨌거나 그 여자애가 어머니를 가리키며 말했어. "봐, 엄마! 아기 하녀다!" 할머니에게 이 일은 최후의 일격이었어. 그달이 다 가기도 전에 가족은 짐을 싸서 애틀랜타로 이사했고 할아버지가 직업을 찾을 때까지 할아버지의 형제 집에 얹혀살았어. 하지만 이 모든 이야기의 요점은 그 가게에서 바로 그 순간에 엄마는 정말로 아기 하녀였고, 그 때문에 조부모님은 이주를 했다는 것, 바로 그 필연성이야.

이 얘기를 대충 기억해둬, 알겠지? 중요한 얘기야.

네게 말하지 않았지만 일 년쯤 전에 내가 잠시 정신을 놓은 적이 있었어. 신경 발작까지는 아니고 그냥 잠시 그런 거야. 넌 안

---

* 녹나무에서 추출하는 물질로, 피부병, 기침, 통증 등에 약으로 쓰이고 방충제로도 사용된다.

그래도 머리가 복잡할 터라 말하지 않았어. 화내지는 마. 난 괜찮아.

안드레와 함께 피플스 스트리트를 향해 걸어가고 있었어. 해먼즈하우스에서 열릴 전시회를 위해 작품을 설치하고 있었거든. 생견과 튤을 주로 써서 만든 인형들이라 굉장히 화려하고 거의 바로크적이기까지 해. 그 너풀너풀한 인형들을 내가 직접 만든 이동식 단에 진열해야 해서 굉장히 힘들었어. 안드레가 도와주긴 했지만 너무 고된 일이라 다 마치고 나니 눈이 돌아갈 것 같더라. 그래서 요점은 내가 기진맥진했다는 거야.

우린 생선 샌드위치를 사러 무슬림의 가게로 가느라 애버내시 대로를 걷고 있었어. 그 역시 하나의 요인이었지. 배가 고팠거든.

사거리에 가까워질 무렵 어린 남자애가 어머니와 함께 우리 옆을 지나가는 거야. 작고 사랑스러웠어. 그만한 아이들은 항상 유심히 보게 돼. 상황이 달랐다면 우리에게도 그 또래 아들이 있었겠지. 그애 어머니는 스물하나나 될까 싶게 어려 보였는데, 아이 손을 잡고 함께 걸으며 이야기를 나누는 모습만 봐도 성실한 사람 같았어. 그 여자 입장이 되어 그 조그맣고 귀여운 손을 느끼고, 눈을 빛내며 던지는 질문에 답하는 나 자신이 또렷이 그려지더라. 그들이 가까이 왔을 때 아이가 내게 미소를 지었고―그 작고 가지런한 치아라니―그 모습에서 누군가를 번뜩 알아봤어. 그 꼬마 아이가 너를 닮은 거야. 머릿속에서 내 것이 아닌 목소리가 말했어. 아기 죄수. 난 양손으로 입을 틀어막고 안드레를 쳐다봤고 그는 어리둥절한 표정이었지. "방금 봤어? 저애 로이였니?" 드레가 "뭐라고?" 하고 되물었지. 지금은 이렇게 글로 쓰기도 창피하네. 하지만 난 그때 일어난 일을 설명하려는 거야. 그다음에 정신을 차리고 보니 내가 인도에 무릎을 꿇은 채로 소화전을 작고 통통한 꼬마인 양 끌어안고 있었어.

안드레가 내 옆에 무릎을 꿇었고, 그때 우린 아마 가정불화를 겪는 사람들처럼 보였을 거야. 안드레가 소화전을 붙잡은 내 손가락을 하나하나 떼어냈어. 어찌어찌해서 우린 생선 샌드위치 가게까지 갔고. 글로리아에게 전화를 걸고 나서 안드레가 내 어깨를 붙잡고 말했지. "이렇게 무너지면 안 돼." 마침내 글로리아가 나타나 모든 어머니가 지갑 속에 하나쯤 예비해두는 '신경증약'을 줬어. 긴 이야기지만 결론을 말하자면, 그때 뭐에 씌었는지는 몰라도 자고 나니 괜찮아졌어. 잘 회복했고, 다음날 해먼즈하우스에서 열린 전시회 개막식에 갔지. 제대로 설명하기는 어렵지만, 그 생각이 구충처럼 내 안에 들어왔어.

그래서 인형으로 표현했지. 인형의 멜빵바지를 벗기고 밀랍을 입힌 면실로 아주 작은 푸른색 죄수복을 만들었어. 인형에게 그 옷을 입히자니 역시나 힘들었지만, 조금 더 목적의식이 느껴졌지. 아기 옷을 입혔을 때 그 인형은 장난감에 불과했어. 새롭게 단장한 인형은 예술이었고, 그 인형이 대회에서 상을 받은 거야. 네가 그 얘기를 내가 아니라 어머님에게서 듣게 되어 안타까워.

무대에서 인터뷰할 때 네 얘기는 하지 않았어. 어디에서 영감을 얻었는지 질문을 받고, 우리 어머니가 아기 하녀가 되었던 일, 앤절라 데이비스*, 범산犯産복합체 같은 얘기를 했어. 네게 일어난 일은 너무도 개인적이라 신문에서 보고 싶지 않았거든.

너도 내 뜻을 이해하리라 생각해.

이만,
셀레스철

조지아에게,

몇 달 전에 넌 '꿈에 근접했다'고 말했지만, 사실 내 등뒤에서 진짜 꿈을 이룬 채 살고 있는 것 같다. 가게를 여는 것, 그건 내 아이디어였고, 너는 미술관, 박물관, 그리고 흰 장갑을 끼고 작품을 다루는 고상한 곳을 꿈꿨지. 널 모르는 사람처럼 날 대하지 마.

난 네가 하는 말을 이해하고, 네가 하지 않는 말도 이해해. 내가 창피해? 창피한 거야, 그렇지? 국립초상화미술관에서 남편이 교도소에 있다는 말을 할 수는 없겠지. 사실은 할 수도 있어. 하지만 하지 않은 거야. 나도 공감은 해─익숙해져야 할 일이 많지. 예전에 우리는 헉스터블** 같은 삶을 살았어. 하지만 지금 우린 어디에 있지? 네가 어디에 있는지, 그리고 내가 어디에 있는지는 알아. 그런데 '우리'는 어디에 있지?

그 인형 사진을 보내봐. 직접 보면 호감이 좀 생길지도 모르지

---

* 미국의 학자, 저술가, 정치운동가로, 1997년 군산복합체라는 말을 원용한 이른바 범산복합체 폐지를 주장하는 단체 '비판적 저항'을 결성했다.
** 미국 시트콤 〈코스비 가족〉의 주인공 가족으로, 중상류층의 세련된 삶을 사는 흑인을 일컫는 대명사로 쓰인다.

만, 사실 난 그 콘셉트 자체가 별로 마음에 들지 않아. 그리고 기사에서 네가 "대량 투옥에 대한 의식을 높이고 싶었다"고 한 말이 사실이더라도—그게 헛소리가 아니라고 치자—아기 인형 하나가 여기에 갇힌 사람을 어떻게 도울 수 있는지 설명을 좀 해줄래? 어제 이곳의 어떤 작자는 인슐린을 갖다주는 사람이 없어서 죽었어. 이런 소식을 전하게 되어 유감이지만, 제아무리 많은 푸페가 있어도 그 작자를 되살리지는 못해.

이봐, 내가 항상 네 예술을 지원했다는 사실은 너도 알 거야. 네 재능을 나보다 더 확신하는 사람은 없을 거야. 하지만 이번엔 네가 선을 넘었다는 생각 안 들어? 내게 말하지도 않고 나를 언급하지도 않는다고? 국립초상화미술관에서 준 상이 네게 큰 의미이길 바란다. 내가 할 말은 그게 다야.

있지, 네 남편이, 무고한 한 남자가 교도소에 갇혀 있다고 말하기가 불편하다면 내가 먹고살기 위해 하는 일을 말하면 되겠다. 최근에 승진도 했어. 난 쓰레기통을 밀고 화성의 곳곳을 돌아다니며 거대한 집게로 쓰레기를 줍지. 이 정도면 참 멋진 직업이야. 파슨 교도소는 영농 사업 현장이기도 해서 전에는 콩을 땄거든. 그래도 이제는 실내에서 일해. 흰 셔츠에 넥타이 차림은 아니지만 흰색 작업복을 입긴 하지. 모든 건 상대적이야, 셀레스철. 네겐 여전히 계층 상승을 지향하는 남편이 있어. 이 안에서 난 화이트칼라야. 창피해할 필요 없다고.

네 남편(아마도),
로이

추신: 그 자리에 안드레도 있었어? 둘이 함께 돌아다니면서 보는 사람마다 붙잡고, 너희는 싱크대에서 함께 목욕하던 갓난아기 때부터 가장 친한 친구였다고 말했어? 다들 정말 사랑스러운 얘기라고 하던? 셀레스철, 아무리 내가 어수룩한 인간이라 해도 그 정도로 바보는 아니야.

로이에게,

지난번 네 편지 때문에 굉장히 속상했어. 어떻게 해야 이게 창피함의 문제가 아니라는 걸 네가 이해할 수 있을까? 우리 이야기는 모르는 사람에게 하기엔 너무 예민해. 그걸 모르겠어? 내가 남편이 교도소에 있다고 말하면, 사람들은 나나 내 인형이 아니라 그 사실에만 관심을 둘 거야. 네가 무고하다고 설명해도 그들은 수감자라는 사실만 기억할 거야. 너에 대해 진실을 말해도 전달되지 않는다고. 그러니 그 얘기를 꺼내는 게 무슨 의미가 있겠어? 이건 내게 특별한 행사였어, 로이. 내 멘토가 캘리포니아에서 날아왔고 조네타 B. 콜*까지 왔단 말이야. 질의응답 시간에 마이크를 잡고 이런 고통스러운 얘기를 할 엄두가 나지 않았어. 아마도 내가 이기적이었겠지. 하지만 그 순간에 나는 죄수의 아내가 아니라 예술가이고 싶었어. 부디 답장해줘.

---

* 미국의 인류학자이자 교육자. 흑인 여성 최초로 스펠먼대학의 총장을 지냈으며, 국립아프리카예술박물관의 관장이기도 했다.

이만,

셀레스철

추신: 네가 안드레에 대해 한 말, 굳이 대응해서 그 어리석음
에 권위를 실어줄 생각은 없어. 지금쯤이면 너도 분명 정신을 차
렸을 테니, 사과는 미리 받을게.

조지아에게,

월터의 말에 따르면, 내가 너의 입장에서 상황을 바라보지 않
고 멍청하게 굴고 있대. 남편이 교도소에 갇혀 있다고 말하고 다
니기를 기대하는 건 부당하다는 거야. 월터가 말했어. "이게 무
슨 〈도망자〉*도 아니고, 네 마누라가 계속해서 외다리 남자를 추
적하길 바라는 거냐?" (우리가 월터를 게토의 요다라고 부르는
이유를 알겠지?) 월터는 네 작품의 브랜드가 투옥과 연결되면,
아프리카계 미국인에 대한 골치 아픈 고정관념을 자극해 직업
적 발전의 잠재력이 크게 저하될 거라고 말해. 물론 실제로는 이
렇게 말했지. "네 마누라는 흑인 여자니까 이미 수백 명의 애 아
빠와 수백 명의 아이를 낳았을 거라고 다들 생각하겠지. 수백 명
의 다른 이름으로 복지 수당을 받고 있다고도 생각할 거야. 그런

---

* 아내를 살해했다는 누명을 쓰고 진범을 추적하는 남자의 이야기로, 1960년대에
텔레비전 시리즈로 만들어졌다가 1990년대에 영화로 리메이크되었다. 월터의 말
과 달리 주인공이 쫓는 범인은 다리가 아니라 한쪽 팔을 잃은 남자다.

시선을 감당해야 하는데다, 자기가 후디니* 같은 인형 제작자라는 사실을 백인들이 믿게 해야 하고 심지어 그게 진짜 직업이라고 생각하게 만들어야 해. 안 그래도 죽어라 애쓰는데, 거기 올라가서 자기 남자가 빵에 갇혀 있다는 말까지 해야겠어? 그런 말을 뱉는 순간 다들 쳐다보며 머릿속으로 수백 명 어쩌고 할 거고, 그럼 네 마누라는 그냥 집에 가서 전화 회사 통신원이나 하는 게 나을 거다." (다시 말하지만, 이게 월터의 정확한 말이야.)

내 정확한 말은 이거야. 미안해. 죄책감을 느끼게 할 생각은 없었어. 하지만 괴롭긴 해, 조지아. 이곳의 삶이 어떤지 너는 몰라. 그리고 단언컨대 알고 싶지도 않을 거야.

도서관에 가서 그 기사와 사진을 다시 봤어. 얼굴에 미소를 짓고 손가락엔 내 반지를 끼었더라. 전에는 왜 그게 안 보였는지 모르겠다.

사랑을 담아,
로이

셀레스철에게,

지난달에 내 편지 못 받았어? 내가 미안하다고 했는데. 아마도 분명히 표현하지 않았나보다. 미안해. 그러니 답장해줄래? 이메일도 좋아.

---

* 20세기 초에 활동한 유명한 마술사.

로이

로이 O. 해밀턴 주니어
PRA 4856932
파슨 교도소
로더데일 우드야드 로드 3751번지
제미선, 루이지애나 70648

미스터 D 귀하,

예전에 제가 셀레스철과 결혼하기 위해 따님의 손을 넘겨주십사 부탁드리려고 찾아갔을 때 이런 상황을 상상하진 않으셨겠지요. 그때 저는 뭐든 잘해보려는 마음에 아주 진지했는데 아버님은 말씀하셨어요. "셀레스철의 손은 그애의 것이니 내가 넘겨줄 수는 없지." 처음에는 농담을 하시는 줄 알았다가 진지한 말씀인 걸 깨닫고 저도 농담인 척하며 돌이키려 했지만, 사실 속으로는 화가 나고 겸연쩍었습니다. 모두가 나이프와 포크를 쓰는데 저 혼자만 맨손으로 밥을 먹는 기분이었죠. 말씀하셨듯이 셀레스철의 손은 아버님이 넘겨주실 수 있는 게 아니었습니다. 하지만 한편으로 저는 아버님께 남자 대 남자로 다가가려 했던 겁니다. 제가 아버님의 사위가 될 수 있을지 여쭤본 것이었지요.

저는 제 아버지와 아주 친합니다. 아마도 셀레스철이 말씀드렸겠지만, 엄밀히 말하면 그분은 새아버지입니다. 하지만 제가 아는 유일한 아버지이며 지금까지 같은 남자로서 제게 긍정적인 영향을 주셨습니다. 모든 면에서 저는 아버지의 '주니어'입니다. 하지만 아버지는 애틀랜타에서 제가 살았던 세상에 대해서는 잘 알지 못하십니다. 아버지의 희생으로 그런 삶이 가능했는데도 말이죠. 빅로이는 평생 남부의 소도시만 전전하며 사셨습니다. 고등학교도 마치지 못했지만 우리 가족에게 안정적인 가정을 마련해주셨죠. 저는 세상의 누구보다도 아버지를 존경합니다.

제가 아버님께 연락드린 이유는 우리에게 공통점이 많기 때문입니다. 우리 둘 다 애틀랜타의 이민자니까요. 무슨 말인지 아시죠? 아버님이 그곳에 더 오래 사셨고 저는 이제 막 배에서 내린 거나 다름없지만, 우리의 배경은 거의 같습니다. 아버님은 가난뱅이에서 시작해 출세하셨고 저는 막 출셋길에 오른 가난뱅이였지요. 적어도 그때는 그렇게 느꼈습니다. 제 현재 상태를 보면 앞으로 무슨 일이 생길지 누가 알겠습니까? 하지만 제가 셀레스철의 손을 넘겨달라고 부탁드렸을 때, 그녀의 아버지로서만이 아니라 멘토로서 축복해주시길 바랐습니다. 셀레스철은 제게 분에 넘치는 상대였고, 저는 어쩌면 등을 도닥이는 손길을 바랐는지도 모르겠지만 결국에는 멍청이가 된 기분만 느끼고 말았죠.

그리고 이런 편지를 쓰는 것 자체가 멍청한 짓인지도 모르겠습니다.

미스터 대븐포트, 셀레스철이 두 달이 넘도록 루이지애나에 오지 않았어요. 큰 다툼이나 불화도 없었습니다. 셀레스철이 9월에 올 거라 생각하고 기다렸지만 오지 않았어요. 편지로 자동차에 문제가 있다고 전하기에 그다음주에 올 줄 알았습니다. 하지만 만나지 못했고 어떤 소식도 받지 못했습니다. 아버님께서 저 대신 셀레스철과 이야기를 좀 해주셨으면 합니다. 제가 직접 연락해야 한다고 말씀하실 것도 압니다. 저도 해봤습니다, 정말입니다.

그날 저를 배웅하실 때 아버님은 제가 결혼해도 좋을 만큼 셀레스철을 충분히 알지는 못하는 것 같다고 하셨죠. 그래서 지금 아버님께 도움을 청하는 겁니다. 전 정말로 생각했던 것만큼 셀레스철을 잘 알지는 못하나봅니다. 반면에 아버님은 셀레스철을 평생 보셨으니 그녀가 다시 돌아오게 하려면 무슨 말을 해야 하는지 잘 아실 겁니다.

셀레스철에게 투옥된 남자의 아내로 사는 일이 큰 희생임을 이해한다고 전해주세요. 전 부탁에 익숙한 사람이 아닙니다. 제가 가진 모든 것을 노력으로 얻었습니다. 제가 노력하는 사람이 아니었다면 아버님 댁에 찾아갈 만큼 대담하지도 못했을 겁니다. 지금 제 처지에서는 셀레스철의 사랑을 얻기 위해 할 수 있는 일이 없습니다. 아버님에게 딸의 남편으로서 제가 자격 있는 사람이라는 확신을 드릴 방법도 없습니다. 예전에는 좋은 직업도 있었고 금으로 만든 커프스단추도 있었죠. 지금 제게 뭐가 있겠습니까? 제 사람됨 하나뿐이죠. 제 사람됨이 셀레스철의 왼손에 끼울 반지가 될 수는 없으며 생활비를 마련하고 아이를 낳아 키울 수단이 될 수도 없음을 압니다. 하지만 제가 가진 건 그뿐이고 그것이 어딘가에는 쓸모가 있을 거라고 믿습니다.

편지를 읽어주셔서 감사합니다, 아버님. 제 부탁을 고려해주시면 좋겠습니다. 그리고 셀레스철이나 어머님께는 얘기하지 말아주세요. 우리 남자들끼리의 일로 남겨주시길 부탁드립니다.

그럼 이만,
로이 O. 해밀턴 주니어

프랭클린 델러노 대븐포트
캐스케이드 로드 9548번지
애틀랜타, 조지아 30331

로이에게,

네 생각을 자주 하던 참이라 소식을 들으니 반갑구나. 내 아내
는 자신을 '기도의 전사'라고 상상하는데, 너를 위해서도 주님께
꼬박꼬박 기도를 드린단다. 이곳에서 너를 잊은 사람은 아무도
없어. 나도, 나의 글로리아도, 셀레스철도.

아들아(의도적으로 쓰는 호칭이다), 넌 예전에 셀레스철의 손
을 넘겨달라고 와서 나와 나눈 대화를 잘못 기억하는 것 같다.
난 널 거부한 게 아니야. 단지 내 딸은 사유물이 아니라는 사실
을 설명한 것뿐이지. 그때를 떠올리니 빙그레 웃음이 떠오르는
구나. 넌 재킷 주머니에 그 벨벳상자를 넣고 공작새의 아비처럼
자랑스럽게 찾아왔지. 난 한순간 어리둥절해서 네가 내게 프러
포즈를 하려는 건가 생각했어! (그나저나 이 말은 농담이야.) 네
뜻이 진지하다는 걸 알고 반가웠지만 그 반지를 셀레스철이 보
기 전에 내가 봐선 안 된다고 생각했어. 그날 네가 조금 의기소

침해져서 돌아갔다는 걸 알았고, 솔직히 그건 긍정적인 전개였지. 편지에 네가 부탁에 익숙한 사람이 아니라고 썼는데, 그건 누가 봐도 알 수 있었어. 금으로 만든 커프스단추(진짜라니! 누가 알았겠어!) 때문이 아니라 건들건들한 걸음걸이 때문이었지. 넌 셀레스철의 손을 넘겨달라고(아직도 난 그애의 손이 내가 넘겨줄 수 있는 게 아니었다고 주장한다만) 청한 게 아니야. 내 딸과 결혼하겠다고 말한 거지―심지어 그애는 아직 동의하지도 않았는데. 나는 네가 무릎을 꿇고 반지를 휙 꺼내(왕방울만했겠지) 셀레스철이 결혼 복권에 당첨되었다고 선언하는 전략을 쓸 거라고 추측했어. 그런 접근법이 성공하리라고 믿는다면 넌 그애를 잘 모르는 거라는 말은 내 솔직한 생각이었다.

내 개인사에서 일화를 한 가지 들려주지. 난 글로리아에게 프러포즈를 세 번이나 하고 나서야 좋다는 답을 들었어. 맨 처음에는 내 전처 문제로 곤란한 처지라 상황이 좀 어색했지. 글로리아는 교양 있는 여자지만 그때 들었던 정확한 대답은 이거였어. 빌어먹을, 안 돼. 두번째 거절은 좀더 상냥했지. 아니, 아직 아냐. 세번째에 난 무릎을 꿇지 않았어. 말 그대로도, 은유적으로도. 내 수수한 징표를 보여주고 내 삶을 함께 나누자고 청했어. 내 허물에 대해 사과했지. 나 자신을 낮췄어. 글로리아의 아버지를 끌어들이지도 않았고 그녀의 가장 친한 친구에게 그 장면을 잘 연출하게 도와달라고 부탁하지도 않았다. 그저 손을 잡고 내 영혼의 진실을 말했을 뿐이야. 그녀는 고개를 끄덕여 대답했지. 텔레비전에서 보듯이 방방 뛰며 고함치고 비명을 지르는 일 따윈 없었어. 광고판이나 로즈 볼* 하프타임에서 볼 법한 프러포즈가 아니었다. 결혼은 두 사람 사이의 일이야. 스튜디오 관객은 없어.

일단 이 정도만 말하고, 면회 일정이 중단된 이유에 대해서는 셀레스철과 얘기해보마. 솔직히 털어놓자면, 지금껏 그런 사실을 모르고 있었어. 하지만 내가 '너 대신에' 말할 수는 없다는 점은 명확히 하자. 난 단지 내 자리에서 그애의 아버지로서 이야기할 수 있을 뿐이야.

이 말을 거절로 해석하지 않기를 바란다. 그건 내 의도가 아니니까. 넌 우리 가족의 일원이고 우리 모두 널 최고로 높이 사지.

네 편지를 셀레스철에게도 보여줄 거라는 말도 해야겠구나. 난 그애의 아버지니까 딸의 등뒤에서 몰래 일을 꾸밀 순 없어. 그애는 내 세상의 기쁨이고 살아 있는 유일한 혈육이야. 하지만 이건 말할 수 있다. 우리가 딸을 어떤 여자로 키웠는지 안다는 것. 그애의 어머니는 내가 그럴 자격이 없을 때조차 내게 충실했고, 내 딸도 그만큼 굳건할 거라고 난 확신한다.

다시 편지해다오, 아들아. 네 소식을 들으면 언제든 반가울 거야.

그럼 이만,
프랭클린 델러노 대븐포트
참조: C. G. 대븐포트

---

* 미국에서 매년 열리는 대학 대항 미식축구 경기.

셀레스철에게,

이 편지를 받을 무렵이면 미스터 D가 이미 날 밀고하셨을 테지. 내가 아버님께 편지했다고 언짢아하지 않았으면 해. 예전에 우리가 서로의 마음을 떠보던 시절에 아버님이 그 큰 집에(난 그곳을 항상 모함母艦이라 여기고 있어) 날 처음 초대해주신 날부터 항상 아버님에게 친밀감을 느껴왔어. 절대로 잊지 못할 거야. 밖이 추웠는데 미스터 D는 랩어라운드포치*에 나가 앉고 싶어 하셨어. 난 추워 죽을 지경이었지만 멍청이처럼 보이긴 싫었지. 아버님께 내 진지한 의도부터 시작해 이것저것 말씀드리려 했는데, 아버님은 네 얘기는 하려고도 안 하시는 거야. 내가 다가가 자리에 앉자, 즉시 마리화나 담배를 마셨다니까! 어찌나 기가 막히던지, 〈몰래카메라〉인가 싶었어. 아버님이 말씀하시더라. "안 피우는 척하지 마. 자네 눈만 봐도 알 수 있어!" 그러더니 기다란 점화기를 휙 꺼내시는데, 난 눈썹이 다 타고 온몸에 불이 붙을 뻔했지. 아버지와 함께 담배를 깊이 들이마시고 있자니, 마치 한 가족이 되는 '환영식'을 하는 느낌이었어.

셀레스철, 내가 아버지라는 존재에 대해 특별한 감정이 있다는 건 너도 알 거야.

지금 편지를 쓰는 진짜 이유가 바로 그거야. 원래는 한번 와달라고 애걸하는 편지를 다시 보낼 계획이었어. 하지만 무엇보다도 이젠 애걸하는 데 진력이 났어. 넌 때가 되면 날 보러 오겠지. 아버님이 보낸 편지의 행간에서 그런 의미를 읽었어. 넌 성인이

---

* 집의 본체 주변을 빙 둘러싼 발코니.

고 네가 원하지 않는 일을 억지로 하게 만들 수 있는 사람은 없지(내가 너무 당연한 얘기를 늘어놓고 있네).

지금 편지를 쓰는 이유는 머릿속을 온통 어지럽히는 어떤 일 때문이야. 아버님 말씀처럼 네가 지금 '중단' 상태인 건 알지만, 나는 지금 하려는 이야기가 주머니 속의 뜨거운 동전처럼 신경이 쓰여. 누군가에게는 꼭 말해야겠는데, 믿고 얘기할 수 있는 사람이 너뿐이야, 조지아.

우리가 함께한 마지막날에 내가 강변으로 널 안고 내려가 다리의 음악을 함께 들었던 일 기억해? 난 빅로이가 내 친아버지가 아니라는 얘기를 거기에서 곧바로 할 작정이었어. 겁이 났지만 결국에는 옳은 행동을 해야 했지. 어떤 유전적 조커가 카드에 섞여 있는지 네가 모르는 채로 우리 아이를 낳아 기르자고 얘기하는 건 공정하지 않다고 생각했기 때문이야. 결혼하기 전에 말했어야 했다는 걸 알지만 그때라도 옳은 일을 하고 싶었어. 결혼 전에도 두어 번 얘기를 꺼내려고 했는데 도저히 털어놓을 수가 없더라. 결국 우린 그걸 두고 심하게 다퉜고 바로 그 불화가 지금 내가 처한 곤경으로 이어졌지. 더 일찍 말하지 않아서 미안하다고 사과했지만, 고백하자면, 안다고 생각하는 사람을 사실은 모른다는 게 어떤 기분인지 지금 이 순간이 되어서야 깨닫는다.

상투적인 말을 늘어놓아 미안해. 그런데 너 이제 어디 좀 앉으면 좋겠다. 와인을 한 잔 따르고 싶어질지도 몰라. 이 말을 들으면 정신이 멍할 테니까. 내 친아버지가 지금 바로 이 교도소에 수감되어 있고, 그도 모자라 그 사람이 다름 아닌 월터, 게토의 요다야.

알게 된 사연을 말할게. 너도 알다시피 나 정도의 언어적 재능을 지닌 검은 형제는 교도소 안에서 굉장히 수요가 높아. 편지를 쓸 수 있고 문서를 해독할 수 있고, 심지어 감방 내 법률 조언도 조금은 할 수 있거든. 말 그대로 '조금'이지만 대부분의 다른 수감자보다는 나으니까(모어하우스에서 공부한 게 도움이 돼—베니 메이즈*는 정말 자랑스러울 거야). 어쨌거나 내가 어떤 일로 월터를 돕다 신상 서류를 읽게 되었는데 맨 위에 법적인 이름 전체가 쓰여 있었어. 오새니얼 월터 젱킨스. 그 이름을 가진 사람은 세상에 딱 한 명뿐인데, 예전엔 두 명이 있었지. 빅로이가 날로이 주니어로 삼기 전에 나는 오새니얼 월터 젱킨스 2세였거든. 어머니는 역사를 기억하자는 의미에서 오새니얼을 중간 이름으로 남겨두었던 것 같아.

그 이름을 봤을 때 그 사람이란 걸 알았어. 내가 처음 감방에 들어왔을 때 그 사람이 했다는 말 기억해? "우리 안짱다리 검은 형제들은 서로 뭉쳐야 해." 그 말을 하고는 내 반응을 유심히 살피더라고. 그때는 별다른 생각을 안 했는데 지금 보니 혈육으로 닮은 점을 지적했던 거야. 있지, 여기 사람들은 월터를 내 꼰대라고 부르는데 난 그냥 교도소 은어인 줄 알았어. 다들 이곳에서 가족을 만들고 월터는 정말로 날 가족처럼 돌봐주었거든.

배경 이야기를 더 해볼게. 전에 올리브가 해준 이야기야. 엄마는 열여섯에 오클라호마시티에서 고등학교를 마치고 뉴올리언스에서 살 생각으로 그레이하운드 버스에 올랐대. 학교에서 타

---

* 벤저민 메이즈. 흑인 인권운동가이자 목사로 전통적 흑인 대학인 모어하우스대학의 총장을 지내며 흑인 교육에 힘썼다.

자 수업을 들었으니까 비서가 될 자격을 갖췄다고 생각했지. 그런데 중간에 내 친아버지를 만나 옆길로 새서 뉴아이베리아라는 작은 타운으로 가게 됐어. 엄마는 곧 열일곱이 될 참이었고 월터는 서른인가 그 언저리였대. 유부남은 아니었지만 여러 번 자식을 보았기 때문에 올리브는 내게 루이지애나나 미시시피나 텍사스 동부에서 여자를 만날 땐 조심해야 한다고 강조했어. (엄마가 그 말을 하는데, 조니 애플시드*처럼 그 지역 방방곡곡에 씨를 뿌리는 남자가 떠오르더군.) 긴 이야기지만 요약하자면, 월터는 무일푼에 임신까지 한 엄마를 버려두고 가버렸어. 그런데 알다시피 올리브는 그냥 그렇게 당할 사람이 아니잖아. 엄마는 만삭이 될 때까지 뉴아이베리아에 살다가 자기 남자를 찾아 나섰어. 배가 불룩 나온 채로 도시 전체를 돌아다니는 엄마를 보고 나이 든 아주머니들이 조금이라도 정보가 있으면 알려주었지. 마침내 월터가 일로의 제지공장에서 일한다는 소문을 들었다고 푸줏간의 누군가가 말해줬어. (엄마는 일한다는 말이 들어갔으니 잘못된 정보란 걸 알아차렸어야 했다고 그러더라.) 엄마가 일로에 도착했을 때 월터는 이미 오래전에 그곳을 뜬 뒤였어. 하지만 엄마는 거기서 본인이 여자에게 꼭 필요하다고 꼽는 세 가지를 만났지. 예수님, 일자리, 그리고 남편.

올리브에 관해 내가 알아야 할 이야기는 그게 다였어. 나에게 필요한 이야기는 그게 전부였다고. 내겐 빅로이가 있었고, 일로 사람들은 모두 나를 리틀로이로 알아. 그런데 내가 왜 구르는 돌

---

* 미국 개척시대에 미국 전역에 사과나무를 퍼뜨린 묘목업자 존 채프먼의 별명.

을 쫓아갈 필요를 느끼겠어?

그런데 그 돌이, 거기 앉아 있는 내 머리 위로 굴러떨어진 거야. 도서관 시간이 끝나자 감방으로 돌아갔지. 달리 어디로 가겠어? 다리 밑으로 가서 생각하며 앉아 있을 수도 없고. 감방에 돌아가니 월터가 변기에 볼일을 보고 있더라. 사는 게 그래, 조지아. 그자가 내 친아버지라는 걸 알게 됐는데, 그는 자지를 손에 쥐고 거기 서 있는 거지. (상스러운 말을 써서 미안하지만, 빠짐없이 해야 하는 얘기라서.)

월터가 볼일을 마치고 돌아서더니 나를 신문이라도 읽듯 들여다보는 거야. 그가 말했어. "뭐야? 알아낸 거야?" 내가 신상서류에 대해 말하자 그가 "기소된 바대로 유죄"라고 하더니, 마치 이 대화를 평생 기다려온 양 미소를 짓는 거야.

난 그가 무엇에 대해 "기소된 바대로 유죄"라는 건지도 알 수 없었어. 내 아버지라서 유죄라는 건지, 내게 말하지 않아서 유죄라는 건지. 월터가 저편에서 이게 다 좋은 소식이라는 듯 활짝 웃고 있는데, 나는 쪼다가 된 기분이었지.

월터가 자기 사정도 들어달라면서 이야기를 했어. 교도소 안에 사생활이란 없어. 정말이지, 이 자식들은 다들 죽어라 뒷담화를 해대거든. 월터가 부활절 기념사라도 하듯이 요란하게 말했지. 그 사람 얘기는 어머니 얘기와 크게 다르지 않았어. 두 사람은 도망치는 길에 만났대. 올리브는 자기 아버지에게서, 월터는 어떤 여자(정확히 말하면 그 여자의 남편)에게서. 그레이하운드 버스의 흑인 구역에서 일이 터진 거야. 자그마치 열다섯 시간을 나란히 붙어 앉아서 가다보니, 루이지애나주를 지날 무렵에 엄마는 그에게 정신없이 홀딱 빠져들었지. 월터는 뉴아이베리아에서 잠시 함께 지내다 가라고 엄마를 꼬드겼어. (이 지점에서 월터는 말했어. "내가 한창때는 꽤 예쁘장한 깜둥이였거든." 정말로 딱 이렇게 말했다고.) 올리브와 월터는 말 그대로 살림을 차렸지. 판잣집에서. 수도 말고는 아무런 편의시설도 없는 집이었어. 어쨌건 두어 달쯤 되었을 때 엄마는 임신을 했어. 여느 임신한 아가씨처럼 엄마도 결혼을 원했고, 여느 시시한 개새끼처럼 월터는 엄마를 버리고 도망쳤어. 이 얘기를 할 때 그는 게토의 요다 모드로 돌아가더라. "여자가 아이를 가졌다고 말하면 남자에게 가장 먼저 떠오르는 생각은 얼른 튀자는 거지. 집에 불이 났을 때와 같아. 도망쳐야겠다고 생각하는 게 아니라 그냥 행동이 나오는 거야. 인간의 본성이야. 여자가 인생을 통째로 요구한다는 걸 알기 때문이지. 근데 남자에게 인생은 딱 하나뿐이잖아."

그건 헛소리였고 나도 헛소리라는 걸 알았지만 그 짧은 독백의 무언가가 내 목에 생선 가시처럼 걸리더라.

셀레스철, 그런 느낌이 든 건 네가 임신 테스트에서 양성 반응이 나왔다고 말했을 때 내가 옆에 있어주지 못했기 때문인 것 같아. 난 "어떻게 하고 싶어?" 하고 물었지. 그건 다른 도시로 달아난 것과 다를 바 없는 행동이었어.

어쨌거나 월터는 거기 앉아 눈물을 뚝뚝 흘리며 훌쩍이는 나를 보고, 자기는 우리 엄마를 때린 적도 없고 돈을—엄마의 지갑이 옷장 위 바로 거기에 있었는데도—훔치지도 않았다고 힘주어 주장하며 자기를 변호했지. 특별히 상대가 올리브라서 그런 것도 아니었다면서, 배부른 여자를 버리고 떠난 일이 전에도 여러 번 있었다는 거야. 그때는 그렇게들 살았다고. 하지만 나는 그때 월터에 대해 생각하지 않았어, 셀레스철. 너를 생각했고 내가 얼마나 못난 놈이었는지 생각했어. 이게 진실이야.

내가 침대에 앉아 혼자만의 깨달음과 반성에 빠져 있자 월터는 점점 더 동요했지. 그가 말했어. "우리가 이 새장 안에서 함께 지내게 된 게 우연이라고 생각하냐?" 월터는 일로 출신의 친구 프리진이 내가 누군지 말해줘서 은밀하게 나에 대해 알아봤대. 그가 말했어. "열매는 나무에서 먼 곳에 떨어지지 않는다고들 하지. 하지만 난 네가 어느 나무에서 떨어졌는지, 내 나무인지 네 엄마 나무인지 알 수 없었어." 그는 날 보고 나서 내가 자기에게서 받은 거라곤 "안짱다리와 곱슬머리"뿐이라고 판단했대. 그러고는 이미 많이 얻어맞은 내가 더 심하게 맞기 전에 상당한 돈을 써서 자기 감방으로 날 이감시킨 거야. 월터가 말했어. "인정해라. 네가 나랑 같은 방으로 옮기고 나서 사정이 나아졌잖아. 그 공로는 인정해줘야지."

셀레스철, 그에게 화를 내고 싶어. 엄마를 헌신짝처럼 버리고 떠났지만, 실제로 함께 살았더라도 끔찍한 아버지였을 거야. 자신을 희생해 날 모어하우스에 보내지도 않았을 거고. 그런데도 그 사람이 요구한 공로는 인정해줘야만 해. 월터가 아니었으면 난 지금쯤 죽었거나 이보다 훨씬 힘들게 살고 있겠지. 월터가 교도소의 돈 코를레오네*는 아니지만 연장자라서 사람들이 건드리지 않거든. 날 옆에 둘 필요가 없었는데도 그렇게 한 거야.

---

* 영화 〈대부〉에 나오는 마피아 코를레오네 가문의 우두머리를 일컫는 명칭.

복잡한 문제야. 어젯밤에는 불이 꺼지고 나서 그러더라. "그 깜둥이가 네 이름을 바꾸는데도 네 엄마가 가만있었다니 믿을 수가 없다. 무례한 짓이야."

난 못 들은 척했어. 한마디라도 대꾸한다면 빅로이에게 죄를 짓는 셈일 테니까. 날 당신의 주니어로 삼아 이름보다 더 많은 것을 준 분이잖아. 내 아버지였던, 아니 지금 내 아버지인 분. 하지만 이 안에서는 월터가 내 아버지지.

이 세계는 내게 너무 버거워, 셀레스철. 더는 애걸하지 않겠다고 말했지만, 한 번만 더 부탁할게. 와서 날 좀 살펴봐줘. 네 얼굴을 꼭 봐야겠어.

사랑을 담아,
로이

로이에게,

용서를 구하려고 이 편지를 쓰고 있어. 조금만 참아줘. 시간이 많이 흘렀다는 거 나도 알아. 처음에는 마음이 너무 심란해서였는데, 요즘엔 따분하고 단순한 이유로 면회를 못 가고 있어. 명절이 다가오니 가게에 갇혀 있다시피 해. 우리 점원 타마가 다다음 주말에 나 대신 가게를 봐줄 거야. (에머리대학교 학생인데 재능이 어마어마해. 퀼트에 굉장한 소질이 있지. 기가 막힌 솜씨야.)

그래서 타마가 가게 일을 맡아주는 동안 글로리아와 함께 차를 몰고 가려고. 엄마가 주특기인 블랙베리잼 케이크를 어머님께 드리고 싶어하시거든. 덕분에 난 같이 갈 사람이 있어서 좋아.

내게 화났다는 거 알아. 당연히 불만스럽겠지. 하지만 화를 내며 면회 시간을 허비하지 않았으면 해. 우리가 함께 있는 시간은 소중하잖아. 용서할 수 있다면 꼭 용서해주길 빌어. 내가 설명하면 잘 들어줄 거지? 내가 어떻게 하면 좋을지 말해줘.

이런 상황에 대해 월터는 뭐라고 해? 내 이야기를 너무 나쁘게 하지 않았기를 바라. 시아버지를 처음으로 만나는데 나쁜 인상을 심어주고 싶진 않으니까. (만나게 되는 거 맞지?) 이런 충격적인 일을 두 사람은 어떻게 감당하고 있어? 아마 충격받은 사람은 너뿐이겠지만, 분명 둘 사이에 변화가 생겼을 거야. 올리브에게도 말했어? 나눌 말이 너무 많네. 그전에 그분 정보를 알려주면 명절을 위해 영치품을 넣을게.

네 자존심은 잘 알지만, 월터와 너를 위해 그 정도는 할 수 있게 해줘. 그분도 가족이잖아. 곧 만나.

이만,
셀레스철

셀레스철에게,

면회 와줘서 고마워. 먼길을 와야 했다는 것도 알고 바쁘다는 것도 알아. 네가 좀 달라 보이더라. 얼굴선이 또렷해져서 살이 좀 빠졌나 했어. 하지만 신체적인 차원의 변화만은 아닌 것 같아. 괜찮은 거야? 내가 알아야 할 어떤 일이 있는 거야? 다른 사람을 만나고 있는지 떠보려고 괜히 하는 소리가 아니야. 내 머릿속에 그런 생각은 없어. 난 그저 무슨 일이 있는지 묻는 거야. 널 만났을 때 네 얼굴을 유심히 들여다봤지만 정말로 너를 볼 수는 없었어.

제대로 설명할 말을 못 찾겠다.

로이

로이에게,

네 마지막 편지에 어떻게 답해야 할까? 그래, 살이 좀 빠지긴 했어. 일부러 빼기도 했고―요즘 뉴욕에 자주 가는데 거기 사람들은 조금 더 말랐잖아. '저 아래 남쪽'에서 민예품을 가지고 올라온 촌뜨기처럼 보이긴 싫어. 내 인형이 진지하게 받아들여지려면 나도 그렇게 보여야 해. 하지만 네가 내 허리선을 두고 한 말은 아니겠지.

내가 달라 보여? 이제 삼 년이 다 되어가니 나도 아마 변했겠지. 어제는 앞마당에 있는 히커리나무 아래에 앉아 있었어. 내가 휴식을 얻고 괜찮은 기분을 느낄 수 있는 유일한 장소가 거기야. 괜찮은 정도가 뭐 그리 대단한가 싶지만, 요즘 내겐 흔치 않은 일이야. 행복할 때조차, 어떤 좋은 일이 생겼든 나와 그 일 사이에 무언가가 있어. 버터스카치 사탕을 포장지째 먹는 느낌이야. 히커리나무는 우리 인간이 걱정하며 안달하는 그 어떤 일에도 영향을 받지 않지. 이 나무는 내가 태어나기 전부터 여기 있었고 우리 모두가 세상을 떠난 뒤에도 있을 거라는 생각을 해. 그런 생각을 하면 슬퍼져야 할 텐데 그렇지 않아.

로이, 우린 나이들어가고 있어. 난 일주일에 한 번 정도 흰머리 한두 가닥을 뽑아내. 염색하기엔 좀 이르긴 한데, 그래도, 물론 우리가 노인은 아니지만 십대도 아니야. 네가 본 것도 어쩌면 그거였는지 모르겠다─흘러가버리는 시간.

다른 사람을 만나고 있냐고? 넌 그걸 묻는 게 아니라고 했지만, 어쨌거나 묻지 않는다는 말을 하면서 결국에는 묻고 말았지. 네 반지가 내 손가락에 있어. 그 말만 할게.

셀레스철

셀레스철에게,

올리브가 편찮으셔. 일요일에 빅로이가 혼자서 면회를 오셨어. 그 작은 의자에 버섯 위의 곰처럼 앉아 있는 아버지를 보자마자 전할 소식이 있다는 것을, 그것이 나쁜 소식이라는 것을 알았어. 아버지 말씀이 엄마가 폐암에 걸렸대. 엄마는 지난 이십삼 년간 담배에는 손도 대지 않았는데 말이야.

네가 가서 엄마를 좀 봐주면 좋겠다. 오래도록 난 네게 어떤 보답도 해줄 수 없었지. 모어하우스에 다니며 학자금 대출을 받았을 때처럼 계속 빚만 지는 기분이야. 언젠가 그 비용을 하루 단위로 계산해보다 그다음엔 시간 단위로, 그다음엔 분 단위로 계산해봤어. 넌 점수표를 기록하고 있지 않겠지만 난 하고 있어.

난 네가 필요해. 날 보러 와줘야 하고, 영치금을 넣어줘야 하고, 뱅크스 아저씨가 긴장을 늦추지 않도록 챙겨줘야 해. 내가 예전에 어떤 남자였는지 잊어버리지 않도록, 이 안에서 아주 다른 깜둥이가 되어버리지 않도록 일깨워줘야 해. 나는 늘 너의 도움이 필요하고, 필요하고, 또 필요하기만 해서, 닳고 닳은 헝겊에 당장이라도 구멍이 날 것 같은 기분이야. 난 미치지 않았으니 볼 수가 있어. 네가 예전의 너로 돌아오지 않는다는 거 알아. 난 진정한 감정이 어떤 모습인지 알지만, 의무감이 어떤 모습인지도 알거든. 네 얼굴에서 보이는 것, 그건 다 의무감이야.

내가 부탁하는 일이 만만치 않다는 거 알아. 먼길을 운전해야 하고, 너와 우리 엄마는 가까웠던 적도 없지. 하지만 부탁인데 엄마를 좀 들여다보고 아빠가 내게 숨기고 있는 게 뭔지 알려줘.

로이

로이에게,

이건 내가 절대로 보내지 않겠다고 다짐했던 편지야. 더 이야기하기 전에 미안하다는 말부터 하고 싶어. 이런 말을 전하려고 자판을 두드리자니 죽을 만큼 괴롭다는 말을 하고 싶어. 너보다 내가 더 힘들 거라고 말하진 않을게. 네가 날마다 얼마나 힘든지 알고, 내가 어떤 일을 겪든 너와는 비교도 할 수 없다는 걸 아니까. 내가 너와 같은 고통을 겪고 있진 않지, 알아, 하지만 나도 괴롭고 계속 이런 식으로 살 수는 없어.

네 아내로 계속 살 수가 없어. 어떤 면에서는 그 역할을 시도 해보지도 못했다는 느낌이 들어. 번개가 내리쳤을 때는 우리가 결혼한 지 겨우 일 년 반이 지난 시점이었고, 우리는 갓난아기를 두고 그러듯 시간을 달수로 헤아리며 살고 있었지. 난 그후로 지금까지 삼 년간 실제로는 아내가 아닌 상태에서 결혼생활을 이어가기 위해 최선을 다했어.

넌 다른 남자가 생겼다고 생각하겠지만, 사실 이건 우리 둘의 문제이고 네가 수감되면서 갈가리 찢어진 우리 사이의 연약한 끈에 관한 문제야. 어머님 장례식에서 아버님은 남편과 아내 사이의 유대가 무엇인지 보여주셨어. 아버님은 할 수만 있었다면 어머님 대신 무덤에 들어가셨을 거야. 두 분은 한 지붕 아래에서 삼십 년 넘게 함께 사셨잖아. 어떤 면에서는 함께 변하고 함께 성장하셨고, 어머님이 돌아가시지 않았다면 함께 늙어가셨을 거야. 결혼은 그런 거잖아. 지금 우리에겐 결혼생활이랄 게 없어. 결혼은 마음의 문제를 넘어선 삶의 문제니까. 그런데 우리에겐 함께하는 삶이 없어.

이건 너나 나의 잘못이 아니라 시간의 문제야. 우리가 부부로 함께 살던 동안 페니 동전을 날마다 한 개씩 항아리에 넣은 다음 헤어져 지낸 동안 날마다 한 개씩 꺼냈다고 치자. 우리의 항아리는 이미 오래전에 텅 비어버렸을 거야. 난 동전을 더 많이 넣을 방법을 찾으려 애썼지만, 면회하러 갈 때마다 그 붐비는 면회실에서 그 처량한 탁자에 앉아 있다가 빈손으로 집에 돌아올 뿐이었어. 그건 나도 알고 너도 알아. 지난 세 번의 면회 시간 내내 우리는 서로에게 거의 아무 말도 하지 않았잖아. 넌 내가 사는 얘기를 견딜 수 없고, 난 네가 사는 얘기를 견딜 수 없어.

널 버리려는 게 아냐. 절대로 버리지 않아. 뱅크스 아저씨도 계속 항소할 거야. 나도 계속 영치금을 넣고 매달 면회도 할게. 너의 친구로서, 협력자로서, 누이로서 갈 수 있어. 로이 넌 내 가족이고 앞으로도 그럴 거야. 하지만 네 아내로는 살 수 없어.

사랑을 담아(이건 진심이야),
셀레스철

조지아에게,

내게서 무슨 말이 듣고 싶은 거야? 너랑 그냥 친구로 지내도 괜찮다는 말? 난 '죽음이 우리를 갈라놓을 때까지'라는 말을 다르게 해석했는데, 아무래도 나 혼자만의 착각이었나보다. 마지막으로 확인해봤을 때 난 아직 살아 있었거든. 하지만 넌 네가 해야 할 일을 해. 주체적인 여성이든 뭐든, 대학에서 가르쳤던 그런 사람이 돼. 형제가 쓰러졌을 때 버리고 떠나. 네가 이런 인간일 거라고는 생각도 못했다. 이 주변에는 수십 년 동안 자기 남자를 보러 오는 여자들이 있어. 배턴루지에서 새벽 다섯시에 출발하는 버스를 타고 찾아오지. 월터에게는 직접 만난 적도 없는 여자들이 찾아오고, 그들은 여기에 오면 단순한 대화 이상을 해주고 가. 어떤 여자들은 면회실이 열리자마자 들어오기 위해 주차장에 차를 세워놓고 그 안에서 새우잠을 자기도 해. 우리 어머니는 돌아가시기 전에 매주 찾아오셨지. 네가 그 모든 이들보다 그렇게 대단하다고 생각하는 이유가 뭐야?

친구로서 왔네 어쩌네 하려면 오지 마. 난 친구는 필요 없어.

ROH

로이에게,

아주 솔직한 마음을 담은 내 편지를 네가 색테이프를 뿌리고 환영 행진을 하며 받아들이리라 기대하진 않았지만, 적어도 잠시나마 내 관점에서 생각해보리라 기대했어. 정말로 넌 나를 새벽 버스를 타고 교도소로 몰려오는 여자들과 비교하는 거야? 나도 그 사람들을 알아. 직접 만난 적도 있어. 그들은 삶 전체를 파슨 교도소 면회에 맞춰 꾸려나가. 밥벌이 말고는 그것만 하는 사람들이라고. 그들은 매주 알몸 수색을 받아. 나도 팬티 속을 뒤지는 여자 경비를 여러 번 견뎌야 했어. 단지 탁자를 사이에 두고 너와 마주앉기 위해서 말이야. 이게 네가 내 삶을 위해 바라는 일이니? 날 사랑하는 방식이 이런 거야?

이게 얼마나 힘든 상황인지 넌 항상 이해한다고 말해. 푹 수그리고 의자에 앉아 넌 내가 필요한 걸 해줄 수 없다고 인정하지. 그러더니 이젠 혼란스러운 척하는구나. 삼 년이 넘도록 난 몸과 마음을 다해 너를 찾아갔어. 하지만 이젠 방식을 바꿔야만 해. 그러지 않으면 내게 마음이란 게 전혀 남지 않을 거야. 지난번 편지에서 말했지만 다시 한번 말할게. 널 지원할 거야. 널 찾아갈 거야. 다만 네 아내로서 그럴 수는 없어.

C

셀레스철에게,
난 죄가 없어.

로이에게,
나도 죄가 없어.

셀레스철에게,
이번에는 내가 절대로 쓰지 않겠다고 했던 편지를 보낼 차례인 것 같다. 난 이제 우리 관계를 끝낼 것이라는 걸 네가 공식적으로 알기를 바란다. 네가 맞아. 이 결혼은 양방향 도로가 아니야. 그걸 내가 어떻게 반박하겠어? 하지만 너도 이걸 반박할 수는 없을 거야. 난 내 삶에서 아내가 아닌 너는 원하지 않아. 내 머릿속과 마음속에서 난 네 남편이기 때문이야.
부디 날 찾아오지 마. 내 바람을 무시하고 오더라도 만날 수 없을 거야. 이미 널 면회자 명단에서 제외했으니까. 앙심을 품고 이러는 건 아니야. 이 새로운 현실을 감당할 방법을 찾으려는 거지.

ROH

로이 O. 해밀턴 주니어

PRA 4856932

파슨 교도소

로더데일 우드야드 로드 3751번지

제미선, 루이지애나 70648

미스터 뱅크스 귀하,

저를 위한 변호사님의 활동은 이번이 마지막이 될 것입니다.
다음 사람을 제 면회자 명단에서 빼주시기 바랍니다.

대븐포트, 셀레스철 글로리아나

그럼 이만,

로이 O. 해밀턴 주니어

로버트 A. 뱅크스, 변호사

피치트리 로드 1238번지, 470호

애틀랜타, 조지아 30031

로이에게,

지난주에 자네가 보낸 편지에 답장을 하네. 비밀유지특권을 위반하지 않는 한도 내에서 대븐포트 가족과 얘기를 나눴는데, 그들은 나를 계속 자네의 변호사로 고용하겠다고 하네. 자네가 반대하는 뜻을 전하지 않는다면 나는 계속해서 변호 업무를 수행할 거야. 요청 사항과 관련해 면회자 명단 변경 서류를 작성하긴 했지만, 다시 한번 생각해보길 바라네.

로이, 나는 변호사로 일하는 동안 재판에서 이기기도 하고 지기도 했는데, 자네의 경우만큼 마음을 어지럽히는 사건은 없었네. 내 조카의 처지가 암울해져서만이 아니라 자네가 입은 피해 때문에 그렇네. 사실 자네를 보면 셀레스철의 아버지가 떠올라. 우리는 그가 구멍난 신발을 신고 다니던 시절부터 친구였네. 우리는 상자공장에서 야간 교대조로 일하다가, 퇴근하자마자 늦지 않으려고 학교로 달려갔지. 프랭클린은 오직 투지 하나로 지금 그 자리에 올랐어. 자네도 그 친구처럼 의지가 강하지. 그리고 나처럼.

주 상소법원에서 항소를 기각했으니 낙담할 만해. 실망스러울지언정 놀랄 일은 아니야. '남부 최악의 주'로 미시시피만큼 좋은 후보는 없겠지만, 루이지애나도 그리 뒤떨어지지 않네. 연방법원에서는 술꾼이거나 부패했거나 인종주의자이거나 혹은 이런 변수들이 불쾌하게 뒤섞인 사람이 아닌 판사를 만날 가능성이 있으니 전망이 훨씬 좋아.

희망이 있어. 포기하지 말게.

자존심 때문에 대븐포트 가족과 연을 끊어서는 안 되네. 자네도 알겠지만 교도소생활은 사람을 극도로 고립시키지. 긴 형량을 받아놓은 상황이니, 내가 해법을 찾는 동안 자네는 예전에 누리던 삶과 다시 찾고 싶은 삶을 상기시켜주는 사람들과 관계를 끊지 말기를 바라네. 이 정도만 말해두고, 아까 언급한 대로 내 조카의 면회를 금지하는 서류를 동봉하네. 직접 발송하기를 원한다면 그렇게 하게. 변호사로서 우리가 주고받은 내용은 당연히 기밀로 하겠지만, 어쨌든 조언을 꼭 해줘야 할 것 같았네.

그럼 이만,
로버트 뱅크스

로이 O. 해밀턴 주니어
PRA 4856932
파슨 교도소
로더데일 우드야드 로드 3751번지
제미선, 루이지애나 70648

미스터 뱅크스 귀하,
변호사님이 옳다는 걸 압니다. 그리고 이 편지를 통해 저의 결정을 철회하고 변호 업무를 다시 맡기고자 합니다. 셀레스철은 면회자 명단에 그대로 두겠지만 제 변호사로서 그녀에게 통지하지는 말아주시기를 부탁드립니다. 혹시라도 셀레스철이 면회하러 온다면, 명단에 자기 이름이 있다는 사실을 알게 되겠죠. 하지만 미리 말하면 면회하러 와달라는 암시가 될 텐데, 저는 그녀에게 아무것도 요구하지 않을 겁니다.

지난 몇 년간 셀레스철은 힘겨웠을 겁니다. 하지만 아시다시피 저에게는 더욱 힘겨운 세월이었죠. 그녀의 입장에서 생각하려고 노력하지만, 바깥세상에서 자기 꿈을 실현하며 살고 있는 사람을 위해 울어주기는 힘드네요. 저는 그저 우리가 서로를 영원히 함께할 배우자로 맞이하며 한 약속을 존중해주길 바랐을 뿐입니다. 그녀에게 부탁은 해보았지만, (더이상) 간청을 하지는 않겠습니다.

계속 재판을 위해 애써주세요, 미스터 뱅크스. 여기에 갇혀 있는 저를 잊거나 이미 패소한 사건이라고 여기지 말아주세요. 항소 결과에 놀라지 말라고 미리 경고하셨지만, 낙관을 품을 여지조차 없다면 어떻게 희망을 유지할 수 있겠습니까? 모두가 제게 계속 불가능한 일을 요구하고 있다는 느낌이 듭니다.

그리고 미스터 뱅크스, 변호사님의 수임료가 공짜가 아니라는 사실을 압니다. 이제부터 대븐포트 가족이 추가로 지급하는 비용은 제가 그분들에게 갚을 것이고, 그 돈을 다 갚은 뒤에는 가능해지는 즉시 변호사님께도 같은 금액을 드리겠습니다. 변호사님이 제 유일한 희망입니다. 그리 잘 알지 못하는 분께 이런 말씀을 드리게 되리라고는 생각지도 못했습니다. 제 어머니는 돌아가셨고, 아버지는 계시지만 그분이 무엇을 하실 수 있겠습니까? 제 아버지는 소신 있고 근면한 분이지만 돈은 없습니다. 셀레스철은 자기 길을 찾아 떠난 것 같고요. 제게는 변호사님뿐이고, 수임료를 셀레스철의 아버지가 댄다는 사실을 아는 제 마음은 괴롭습니다. 하지만 맞습니다, 상식보다 자존심을 앞세우는 건 우둔한 짓이죠.

그러니 이 글은 변호사님께 드리는 감사 편지입니다.

그럼 이만,
로이 O. 해밀턴 주니어

로이에게,

오늘은 11월 17일이고, 난 널 생각해. 우리의 첫 데이트 기념일이니 어쩌면 네가 답장을 해주지 않을까. 그게 우리의 '정지 구호'였을 때 우리는 대화를 멈추기 위해 이 말을 썼지. 지금은 이 말이 우리를 조금이라도 다시 이어줬으면 좋겠어. 우리 사이가 이렇게 되는 건 원치 않았어. 내가 할 수 있는 방식으로 널 돌보게 해줘. 인간 대 인간으로.

사랑을 담아,
셀레스철

로이에게,

메리 크리스마스. 네게 아무런 소식도 듣지 못했지만 잘 지내고 있기를 바라.

셀레스철

로이에게,

날 보기 싫다면 강요할 수는 없겠지. 너의 기대에 완벽히 부합하는 사람이 될 수 없다는 이유로 날 끊어내는 건 좀 너무해. 다시 말할게. 널 버리겠다는 게 아니야. 그런 일은 절대로 없어.

C

셀레스철에게,

부디 내 바람을 존중해줘. 지금까지 난 이런 일이 일어날까봐 두려워하며 살았어. 날 내버려둬. 네 줄 끝에 매달려 살 순 없어.

로이

로이에게,

생일 축하해. 넌 잘 지낸다고 뱅크스 아저씨가 알려줬지만, 그 외에는 아무 말도 안 해주시네. 내게 소식 전해도 된다고 아저씨에게 말해줄래?

C

로이에게,

올리브의 기일 즈음에 이 편지를 받게 되겠지. 완전히 외톨이가 되었다고 느끼겠지만 넌 외톨이가 아니야. 너무 오래 네 소식을 못 들었지만, 그래도 내가 널 생각한다는 걸 알아줬으면 해.

셀레스철

셀레스철에게,

아직도 널 조지아라고 불러도 될까? 내 머릿속에서 너의 이름은 항상 조지아일 거야. 그래, 조지아, 지난 오 년간 이런 편지를 쓰게 될 날만 기다려왔고, 이 말을 계속 연습해왔어. 침대 옆 벽에 페인트를 긁어서 써놓기까지 했어.

조지아, 나 집에 돌아가.

아저씨가 해내셨어. 이곳의 촌놈들을 거치지 않고 연방법원에 직소한 거야. '검사의 중대한 직권남용'이라는 말은 근본적으로 그들이 사기를 쳤다는 뜻이야. 판사가 유죄판결을 파기했는데 지방검사는 전혀 개의치 않고 항소도 안 하더라. 그래서 그들이 쓰는 표현대로 '정의 구현을 위하여', 나는 곧 자유인이 되어 집으로 돌아갈 거야.

뱅크스 아저씨가 더 자세히 설명해주실 거야. 내가 그래도 된다고 했거든. 하지만 나는 네가 나한테 듣기를, 내 글씨로 보기를 원했어. 오늘부터 한 달 후에, 크리스마스가 되기 전에 내가 자유인이 된다는 소식을.

알아, 지금까지 한동안 우리 사이가 좋지 않았지. 면회자 명단에서 널 빼버린 건 내 잘못이었고, 그에 대해 항의하지 않은 건 네 잘못이었어. 하지만 지금은 바꿀 수 없는 일로 서로를 탓할 때가 아니지. 네 편지에 답하지 않은 걸 후회해. 그뒤로 일 년 동안 너는 아무런 연락도 없었지만, 내가 널 무시한다고 생각했을 텐데 그럼에도 계속 편지를 써주리라 기대하는 건 무리였겠지. 내가 널 잊었다고 생각했어? 내 침묵으로 인해 상처받지 않았기를 바란다. 하지만 나는 마음이 아팠고 수치스럽기도 했어.

지난 오 년은 이제 내 뒤로, 우리 뒤로 흘러갔다고 말하면 들어줄래? 다리 아래의 물처럼 흘러갔다고 말이야. (일로의 강물을, 다리가 내던 노랫소리를 기억해?)

우리가 '다시 사랑을 시작할' 수는 없다는 거 알아. 하지만 또한 가지 내가 확실히 아는 게 있지. 네가 나와 이혼하지 않았다는 것. 왜 나의 법적인 아내로 남기로 했는지, 내가 듣고 싶은 말은 오직 그것뿐이야. 설령 다른 사람이 너의 시간을 차지하고 있다 해도 넌 지난 수년간 날 남편으로 두는 쪽을 택했어. 우리가 예전과 같은 안락한 집, 예전과 같은 부엌 식탁에 앉아 조용히 진심을 나누는 모습을 상상해.

조지아, 이건 연애편지야. 내가 하는 모든 건 다 네게 보내는 연애편지야.

사랑을 담아,
로이

2부

날 위해 식탁을 차려줘

안드레

과부와 결혼하면 바로 이럴 것이다. 그녀의 상처에 반창고를 붙여준다. 추억이 슬며시 고개를 내밀고 그녀가 뚜렷한 이유도 없이 눈물을 흘리면 위로해준다. 그녀가 과거를 회상할 때는 떠올리지 않기로 작정한 일을 일깨우지 않으며, 그러는 내내 죽은 남자를 질투하는 건 터무니없다고 자신을 타이른다.

하지만 내가 지금껏 해온 것이 아닌 다른 무엇을 할 수 있을까? 난 셀레스철 대본포트를 평생 알았고, 적어도 그만큼 오래 그녀를 사랑했다. 이는 우리집과 그녀의 집 사이에 자라는 수백 년 묵은 나무, 올드히키만큼이나 자연스럽고 꾸밈없는 진실이다. 그녀를 향한 내 애정은 내 어깨뼈에 있는 은하수 모양 모반처럼 몸에 새겨져 있다.

우리가 그 소식을 들었을 때, 난 셀레스철이 내게 속한 사람이 아님을 인지하고 있었다. 그녀가 적어도 서류상으로는 다른 남자의 아내라는 의미에서 하는 말이 아니다. 셀레스철을 아는 사람이라면 그녀가 남편인 그에게도 속한 적이 없음을 알 것이다. 본인이 자각하고 있는지는 잘 모르겠지만 그녀는 어느 누구에게도 속하지 않는 부류의 여자다. 이는 가까이 몸을 기울여야만 볼 수 있는 진실이다. 20달러짜리 지폐를 떠올려보자. 지폐는 초록색 같지만 가까이 들여다보면 삼베 결의 베이지색 바탕에 진한 초록색 잉크를 먹인 것이다. 이제 셀레스철을 생각해보자. 그의 반지를 끼고 있는 동안에도 그녀는 그의 아내가 아니었다. 그저 결혼한 여자였을 뿐.

나에게 유리한 평계를 대는 게 아니다. 이 세상에는 로이가 교도소에 간 날 이런 감정을 모두 잘라내고 그루터기를 불태워버렸을 남자, 나보다 나은 남자가 많다는 사실을 안다. 로이가 짓지도 않은 죄를 뒤집어썼다는 사실을 생각하면 더더욱. 나는 그의 결백을 의심해본 적이 없다. 우리 중 누구도 의심하지 않았다. 미스터 대븐포트가 내게 실망한 것도, 제대로 된 남자라면 셀레스철이 로이의 고투를 기리는 살아 있는 기념비가 되도록 내버려둬야 했다고 믿기 때문이다. 하지만 이해하지 못하는 사람은 모른다. 말하기 위해서는 혀를 어떻게 구부려야 하고, 걷기 위해서는 발을 어떻게 당겨야 하는지 처음 알게 된 순간부터 누군가를 사랑해왔다는 것이 어떤 의미인지.

둘의 결혼식에서 난 증인이었다, 그렇다. 셀레스철이 로이와 결혼하던 날, 나는 내 이름 안드레 모리스 터커로 서명했지만 오른손이 너무나 떨려 왼손으로 붙잡아야 했다. 교회에서 목사가 둘이 결혼해선 안 되는 이유를 말할 사람이 있는지 물었을 때, 나는 비단띠를 두른 정장 차림으로 가슴에서 질척한 고동을 느끼며 잠자코 있었다. 그 봄날에 그녀가 한 말은 진심이었지만, 지금은 그뒤에 온 날들과 그전에 첩첩이 쌓여 있던 날들도 전부 고려해야만 한다.

이야기를 다시 시작해보겠다. 셀레스철과 나는 애틀랜타 남서부의 좁은 거리에서 함께 자랐다. 린밸리라는 그 거리는 린 드라이브에서 갈라져 나왔고, 린 드라이브는 린허스트에서 갈라져 나온 거리다. 린밸리가 막다른 길이라는 장점 덕분에 우리는 차에 치일 걱정 없이 길에서 놀 수 있었다. 때로 나는 태권도 수업이나 심리 치료, 언어 몰입 교육 등등을 모두 받을 수 있는 요즘 아이들이 부럽기도 하지만, 당시에 어린이는 아무것도 할 필요 없이 그냥 살아서 재미있게 놀기만 하면 되는 존재였다는 사실이 다행스럽기도 하다. 우리는 1970년대 내내 고삐 풀린 망아지처럼 돌아다녔지만, 연쇄살인범이 도시를 공포로 몰아넣으면서 그런 시절은 갑자기 끝나버렸다. 우리는 실종되거나 살해된 스물아홉 명의 희생자를 추모하며 올드히키 둘레에 노란 리본을 묶었다. 두어 해 정도는 험악했지만 위협은 지나갔다. 노란 리본은 닳아서 나뭇잎처럼 떨어졌고 나뭇잎처럼 태워졌다. 셀레스철과 나는 계속해서 살고, 사랑하고, 배우고, 자랐다.

내가 일곱 살이었을 때 부모님은 얽히고설킨 지독한 이혼 과정을 겪었다. 번듯한 가정은 좀처럼 갈라서지 않던 시절이었다. 아버지가 집을 나가자—아버지의 세 형제와 비번이던 경찰관 한 명과 유홀* 트럭이 동원된 웅장한 쇼였다—셀레스철이 자기 아버지를 빌려주겠다고 나섰다. 그녀가 내 손을 끌고 지하의 실험실로 데

---

* 손수 이사하는 사람들에게 이삿짐 트럭을 대여하는 회사.

려가던 그때를 잊을 수 없다. 미스터 대븐포트는 의사처럼 흰 가운 차림이었고, 보안경은 비대칭 아프로헤어에 깊이 파묻혀 있었다. "아빠." 그녀가 말했다. "안드레 아빠가 도망가버려서, 아빠가 가끔 안드레 아빠가 되어줄 거라고 내가 말했어요." 미스터 대븐포트는 분젠버너에 불을 붙이고 보안경을 아래로 내린 후 말했다. "그 제안을 흔쾌히 받아들이지." 지금까지도 이 일은 누군가가 나에게 준 가장 멋진 선물로 남아 있다. 미스터 대븐포트와 나는 부자간처럼 지내지는 못했다. 서로 잘 통하는 성격이 아니었다. 그래도 셀레스철은 그런 후한 제안과 함께 이불자락을 들춰주었고 나는 그 아래로 기어들어갔으며 우리는 가족이 되었다.

터놓고 얘기하자면 우리는 친남매 같지는 않았다. 그보다는 친하게 지내는 친척 같은 사이였다. 고등학교 3학년 때, 둘 다 다른 대안이 없어 밸런타인데이 무도회에 함께 갔다. 셀레스철은 베이스드럼 주자에게 관심이 있었고 나는 고적대 리더에게 관심이 있었다. 무슨 조화인지 그 두 사람은 서로에게 관심이 있었다. 내게 데이트 상대가 없다는 사실이 놀랍지는 않았다. 큰 키와 진한 피부와 잘생긴 얼굴을 높이 사는 세상에서 나는 작고 피부색이 옅고 귀여운 편이었다. 무도회가 끝나고 우리는 위더스푼에서 돌아오는 리무진 뒷자리에 앉아 키스했다. 그런 다음 그녀의 집으로 가서, 몰래 지하로 내려가 셀레스철의 아버지가 일하다 쉬고 싶을 때 눈을 붙이는 작은 소파에서 안고 뒹굴었다. 그 방에서는 소독용 알코올 냄새가 났고 소파에서는 마리화나 냄새가 났다. 셀레스철이 번쩍이는 서류함 앞으로 가더니 진이 아니었을까 싶은 무언가가 담긴 플라스크를 꺼냈다. 우리는 용기가 생길 때까지 그것을 주거니

받거니 마셨다.

그때 나는 마마보이였기 때문에 그 일을 이비에게 모두 고백했다. 다음날 아침이 되었다. 이비는 두 가지를 얘기했다. (1) 그것은 필연적인 일이었다. (2) 옆집에 가서 초인종을 울리고 셀레스철에게 사귀자고 하는 것이 내 의무다. 오래전에 그녀의 아버지가 말했듯이 나는 "그 제안을 흔쾌히 받아들"일 수 있었지만 셀레스철은 아니었다. "드레, 우리 그냥 없었던 일로 하면 안 될까? 그냥 텔레비전이나 보면 안 될까?" 그녀는 진지하게 질문하고 있었다. 시계를 뒤로 돌리는 것이 가능한지 알고 싶었던 것이다. 우리가 전날밤의 기억에서 돌아서서 다른 태양을 향해 자라날 수 있을까. 마침내 나는 노력해보자고 말했다. 그날 오후에 그녀는 내 마음을 찢어놓았다. 엘라 피츠제럴드가 노래로 유리컵을 깨트리듯이.

이런 얘기를 하는 이유는 고등학교 때 내가 이미 깃발을 꽂았다고 주장하기 위해서가 아니다. 우리 사이에 시간과 장소의 우연이 아닌 진짜 역사가 있었다고 호소하고 싶은 것이다.

고등학교를 졸업하고 우리는 아기 돼지 삼형제처럼 각자의 운을 찾아 떠났다. 내가 찾아간 곳은 겨우 7마일 떨어진 모어하우스대학이었다. 나는 삼대째 그 대학에 다니는 학생이 될 터였고, 이는 이비가 요구한 양육비를 반도 주지 않은 칼로스에게 등록금을 받아내기에 적당한 이유가 되었다. 내가 가장 가고 싶었던 대학은 뉴올리언스의 제이비어대학이었지만, 칼로스가 기꺼이 돈을 보내줄 만한 곳에 가야 했다. 불평은 아니다. 모어하우스는 내게 잘 맞았고 흑인 남자로 사는 다양한 길이 있음을 그곳에서 배웠다. 그중어떤 것이 내게 적합한지만 고르면 되었다.

셀레스철은 하워드대학교를 택했다. 어머니는 매사추세츠의 스미스대학을 선호했고 아버지는 스펠먼을 지지했는데도 말이다. 하지만 셀레스철은 원하는 건 뭐든 손에 넣었다. 결국 그녀의 부모님은 회색 도요타 코롤라를 사주었고, 루실이라 이름 붙인 그 차를 타고 그녀는 이 나라의 수도로 출발했다. 나는 모어하우스가 하워드와 동창회 미식축구 경기를 치르게 되었을 때 되도록이면 그녀와 만나보려고 했다. 당시의 내 여자친구는 셀레스철을 만나기를 꺼렸다. 셀레스철을 언급하는 내 태도에서 그녀도 친구 이상의 감정을 감지했던 것이다.

DC까지 갔는데 얼굴도 못 보고 돌아온 지 삼 주쯤 흘렀을 때, 셀레스철이 만신창이가 되어 집으로 왔다. 그뒤로 육 개월 가까이 그 집 식구들은 그녀를 사실상 격리시켰다. 나는 두 번 찾아갔고 마음 같아선 매주 갈 수도 있었지만 실비아 아주머니가 나를 돌려보냈다. 여자들만의 뭔가 비밀스러운 일, 마녀의 수프 같은 기이하고 원시적인 일이 일어나고 있었다.

9월이 되어 셀레스철은 다시 일어설 준비가 되었지만 DC로는 돌아가지 않았다. 연줄을 동원해 스펠먼대학에 편입했다. 이비가 그녀를 잘 지켜보라고 하기에 나는 그렇게 했다. 셀레스철은 내가 알던 그애가 맞았지만 어쩐지 사람을 벨 듯한 위험스러운 분위기를 약간 풍겼다. 유머 감각은 몇 단계 상승했고 키도 더 큰 듯했다.

모두 오래전에 상황이 달랐을 때의 일이다. 노스탤지어는 지독한 마약임을 알지만 우리가 무일푼의 미성년이었던 시절이 자꾸만 떠오르는 건 어쩔 수가 없다. 그녀는 때로 내 기숙사 방에 와서 놀다 갔고, 우리는 겨우 2달러 몇 센트를 받던 닭고기와 빵 세트인

'윙 온 휘트'를 실컷 먹었다. 음식을 먹고 나면 나는 왜 친구들은 한 명도 데려오지 않느냐고, 소개 좀 해달라고 지분거렸다.

"가만 보면 너는 꼭 음식을 다 먹고 나면 친구를 데려오라는 애길 하더라."

"진심이야." 나는 말했다.

"다음에," 그녀가 말했다. "약속할게." 하지만 그녀는 누구도 데려올 생각이 없었고 그 이유를 말하려 하지도 않았다. 그런 날 밤이면 나는 항상 새벽 한시쯤 학교로 데려다주겠다고 제안했지만 셀레스철은 "그냥 여기 있고 싶다"고 말하곤 했다. 우리는 내 일인용 침대에서 함께 잤다. 그녀는 이불 밑에서, 나는 점잔을 빼느라 이불을 사이에 두고 그 옆에서. 고작 면 이불 한 겹을 사이에 두고 한 침대에서 자면서 미칠 것 같을 때가 전혀 없었다고 말한다면 거짓일 것이다. 하지만 뒤돌아보면 그건 내 젊음 탓이었던 것 같다. 한번은 셀레스철이 해가 뜨기도 전에 잠에서 깨어 속삭였다. "안드레, 어떤 때는 내 정신이 아주 온전하진 않은 것 같은 느낌이 들어." 그때 딱 한 번 이불 밑으로 들어가 함께 누웠지만, 떨고 있는 그녀를 진정시킬 생각뿐이었다. "넌 괜찮아," 나는 말했다. "넌 괜찮아."

이야기에 흥미를 더하는 차원에서 한 가지 덧붙이자면, 그 둘은 나를 통해 만났다. 셀레스철이 내 방에서 잔 날이었고 로이는 세탁기를 돌릴 25센트짜리 동전을 급히 구하느라 아침 여덟시에 내 방에 들렀다. 내가 은밀하게 무언가를 하고 있을 리가 없다는 듯 아무런 기척도 없이 급습했다. 대학 시절에 나는 범주를 정하기 힘든 인물이었다. k자를 쓰는 아프리칸Afrikan*이 되기에는 전투적이지 못했고 괴짜가 되기에는 그다지 특이하지 않았으며, 당연한 얘기지만 리코 수아베**가 되기에는 수완이 부족했다. 그래서 여성 지지층을 결집하는 타고난 능력은 없었지만 그래도 충분히 잘해나갔다. 로이는 언제나 여자의 관심을 온몸에 받았다. 로이야말로 훤칠하고 피부색이 진하고 잘생겼지만, 너무 매끈하게 다듬어지지 않아서 건전한 인상을 풍겼다. 그와 나의 기숙사 방이 벽 하나를 공유했기 때문에 나는 그의 투박한 태도가 기교임을 알았다. 그가 설탕을 탄 옥수수죽처럼 시골스러운 것도 사실이었지만, 멍청하거나 악의가 전혀 없는 사람은 아니었다.

"난 로이 해밀턴이에요." 그가 굶주린 듯 셀레스철을 빤히 쳐다보며 말했다.

"로이 오새니얼 해밀턴이겠죠. 벽을 통해 들리는 대로라면."

이제 로이는 내가 기밀 정보를 발설하기라도 한 양 나를 쳐다보았다. 나는 두 손을 들어올렸다. 그러자 그의 시선이 다시 셀레스철에게 돌아가 계속 머물렀다. 처음에는 그 도전적인 태도 때문이었던 것 같다. 로이는 그녀가 자기에게 전혀 관심이 없다는 사실을 믿을 수 없었던 것이다. 심지어 나도 혼란스러웠다.

바로 그때 나는 그녀의 변화가 영구적임을 깨달았다. 이것이 새로운 셀레스철이었다. 그 꾸밈없고 직선적인 태도는 건강을 회복하는 동안 실비아 아주머니와 함께 보낸 모든 시간의 부산물이었

---

* 1960년대에 흑인 민족주의 진영에서, 미국 내 흑인의 역사적 정체성을 감추는 아프리카계 미국인(African American)이라는 말 대신 신아프리카인(New Afrikan)이라는 말을 써야 한다고 주장하면서 퍼진 어휘.
** 1990년에 에콰도르의 래퍼가 부른 노래 제목으로 바람둥이의 삶을 노래했다.

다. 실비아의 보살핌 속에서 육 개월을 보내며 그녀는 두 가지를 배웠다. 양말을 꿰매 인형을 만드는 법, 그리고 남자가 반대 차선에서 돌진해 올 때 즉시 알아차리는 법.

로이는 서너 번쯤 내 방에 찾아와 그녀에 관해 물었다. "너희들 뭔가 있는 거 아니지?"

"전혀 없어," 나는 말했다. "어렸을 때부터 알고 지낸 애야."

"좋아," 그가 말했다. "그러면 정보를 좀 줘."

"무슨 정보?"

"내가 알면 묻겠냐?"

물론 조언을 해줄 수도 있었다. 하지만 로이에게 그녀의 중심부로 들어가는 지도를 줄 생각은 없었다. 그는 멋진 녀석이었고, 그때도 난 로이를 좋아했다. 우리는 남학생 사교회 동기가 될 뻔했다. 아버지가 나를 대학에 보내며 내건 조건의 제1항이 남학생 사교회 가입이었다. 그의 머릿속에서는 첫째 아들만이 동문의 전통을 이어갈 수 있었다. '설명회'에 갔을 때 로이도 거기에 있었다. 모든 것의 첫 세대인 로이는 색인 카드에 쓸 내용이 별로 없었지만 나머지 우리는 각자의 자격을 증명할 정보를 쓰느라 바빴다. 나는 로이 바로 옆자리에 앉았기 때문에, 공황에 빠진 그의 얼굴이 얼룩덜룩해지는 것을 보았다. 선배 회원들이 다가와 카드를 달라고 하자 로이는 달처럼 하얗게 빈 카드를 반납했다. "이런 질문들이 제가 어떤 사람인지 말해줄 수는 없을 것 같습니다." 그 말을 하며 목소리를 깔지는 않았지만 무언가가 담겨 있었다. 회장이 콧방귀를 뀌며 말했다. "멍청이, 카드나 얼른 작성해." 하지만 로이는 그런 말로 어느 정도 자신을 방어할 수 있었다. 로이가 친가 전체의 가계도를 정자체로 작성한 내 카드를 흘깃 쳐다보았다.

"이 대학 다니는 게 가문의 전통이군." 로이가 말했다.

나는 카드를 흔들며 말했다. "지난 십 년간 내가 이 사람들을 몇 번이나 만났는지 물어봐."

로이는 어깨를 으쓱했다. "그래도 네 가족이잖아."

나는 카드를 제출하고 다시 그의 옆에 앉았다. 상황은 우스꽝스럽게 흘러갔다. 비밀을 지켜야 하니 자세히 설명하진 않겠지만, 의례복이 등장했고 닭이나 다른 가축 제물은 없었다고만 일러두겠다.

"우리 이만 여길 떠야겠다." 로이가 나를 떠보며 팔꿈치로 쿡 찔렀다.

지금 돌이켜 생각하면 그때 문을 향해 걸어가 위엄을 지키며 그곳을 빠져나왔더라면 좋았을 것 같다. 미래 장면으로 건너뛰기. 짧은 버전: 우리 둘 다 입회하지 못했다. 조금 더 자세한 버전: 삼 주 내내 계속 떨어졌고 결국엔 입회하지 못했다. 일급비밀 버전: 우리가 입회하지 못했을 때 나는 내심 안도했지만 로이는 소매 끝으로 눈물을 훔쳤다.

로이와 나는 친구까지는 아니더라도 우호적인 사이이긴 했다. 그래도 셀레스철을 은쟁반에 담아 바칠 생각은 없었다. 이비는 날 그보다는 나은 사람으로 키웠다. 두 사람이 자력으로 서로를 발견하기까지는 그뒤로 삼사 년이 더 걸렸고, 그때는 시기가 적절했다. 로이는 누이의 결혼 상대로 바랄 만한 남자였나? 진실은 애초에 누이가 결혼하는 것 자체를 바라지 않는다는 것이다. 하지만 셀레스철과 로이는 괜찮은 한 쌍이었다. 로이는 셀레스철을 돌봐주었고,

내가 아는 한 그가 셀레스철을 영원히 함께할 배우자로 맞이하겠다고 서약했을 때 그 마음은 진심이었다. 심지어 이비도 로이를 좋게 봐서 결혼식에서 피아노 반주를 해줄 정도였다. 희망을 주는 이야기였다. 소년이 소녀를 쫓아다니고 결국 소녀가 소년을 잡는다는. 결혼 피로연에서 나는 맨 앞의 주빈 테이블에 앉아 축원해주었다. 잔을 들고 행복을 빌었을 때 그건 진심에서 우러난 말이었다. 누구든 달리 말하는 이는 거짓말쟁이다.

이 모든 이야기는 진실이다. 하지만 인생사는 생겨난다. 문제도 생겨나고 행운도 마찬가지다. 달관한 척 '케 세라'*를 외치려는 의도는 아니다. 하지만 셀레스철과 내가 삶의 동반자로 지낸 삼 년 가까운 세월에 대해 내가 어떻게 사과할 수 있을까? 게다가 사과하겠다고 마음먹은들 누구에게 보상하겠는가? 참회하는 현행범의 모양새로 로이에게 가야 하나? 아마도 로이는 그래야 맞는다고 생각하겠지만 셀레스철은 지갑이나 심지어 빛나는 아이디어처럼 훔칠 수 있는 무엇이 아니다. 그녀는 살아 숨쉬는 아름다운 인간이다. 분명 이 이야기에는 나와 그녀의 입장 외에 다른 입장도 있겠지만, 이것만은 의문의 여지가 없다. 나는 셀레스철을 사랑하고 그녀는 나를 사랑한다는 것. 아침에 그녀 곁에서 눈을 뜨건 내 초라한 침대에서 눈을 뜨건 가장 먼저 떠오르는 건 그녀다.

어렸을 때 할머니는 "주님은 신비한 방식으로 역사하신다"라거나 "주님은 네가 원할 때 옆에 계시지 않더라도 항상 때맞춰 나타나신다" 같은 말씀을 하시곤 했다. 이비는 "하느님은 네가 겪어야

---

* '될 대로 되라'는 뜻의 스페인어.

한다고 생각되는 일을 네게 하실 거야"라고 말하곤 했다. 그러면 할머니는 이비에게 조용히 하라고 하시며, 남자에게 버림받는 경험이 누군가에게 일어나는 가장 나쁜 일은 아니라고 타이르셨다. 그러면 이비는 말했다. "내게 일어난 가장 나쁜 일이긴 해요." 이비는 그런 말을 너무 많이 해서 낭창에 걸렸다. "하느님은 진짜 고통이 뭔지 내게 알려주고 싶으셨던 거야." 이비가 말했다. 이런 식의 하느님 타령을 들으면 저 위에서 신이 우리를 가지고 노는 것 같아서 싫었다. 나는 할머니가 부르는 찬송가에서 약속하는 온정과 수용이 더 좋았다. 어린 시절에 이비에게 그 말을 했더니 이비가 말했다. "각자에게 주어진 신을 받아들이며 살아야 하는 거지."

또한 각자에게 주어진 사랑을 받아들이며, 웨딩 카에 매달린 깡통처럼 뒤에서 쩽그랑거리는 모든 복잡한 문제를 받아들이며 살아야 하는 것도 사실이다. 우리는 로이를 잊지 않았다. 셀레스철과 나는 매달 그의 교도소 계좌로 돈을 보내긴 했지만, 그건 에티오피아의 고아가 끼니를 해결하도록 매일 35센트를 보내는 일처럼 의미 있기도 하고 무의미하기도 했다. 그래도 그는 항상 옆에 있었다. 침실 구석에서 어른거리는 유령처럼.

11월 네번째 수요일에 퇴근해서 집에 왔더니 셀레스철이 부엌에서 바느질할 때 입는 작업복 차림으로 표면이 올록볼록한 유리잔에 레드 와인을 마시고 있었다. 손톱으로 식탁을 두드리는 날카로운 소리를 듣고 그녀가 불안한 상태임을 알았다.

"베이비, 무슨 일이야?" 내가 코트를 벗으며 물었다.

셀레스철은 고개를 저으며 의미를 해석할 수 없는 한숨을 쉬었다.

나는 그 옆에 앉아 유리잔의 와인을 한 모금 마셨다. 같은 잔으로 나눠 마시는 것은 우리 사이의 버릇이었다. 그녀는 짧게 깎은 머리 때문에 나쁘지 않은 의미로 나이들어 보였다. 젊은 여자와 성숙한 여성의 차이.

"괜찮아?" 내가 물었다.

셀레스철은 잔을 입술에 대며 다른 쪽 손으로 주머니에서 편지를 꺼냈다. 그 유선 편지지를 펼치기도 전에 나는 그것이 무엇인지, 무슨 말이 쓰여 있는지 정확히 알았다. 마치 그 의미가 언어를 우회해 온전하게 내 혈관으로 들어온 것처럼.

"뱅크스 아저씨가 기적을 이루셨어." 그녀가 맨머리 위로 양손을 문지르며 말했다. "로이가 출소해."

셀레스철이 식탁에서 일어서자 나도 일어서서 찬장으로 갔다. 유리잔을 하나 더 꺼내 카베르네를 반쯤 따르며 조금 더 독한 술이 있었으면 했다. 나는 잔을 들었다. "뱅크스 아저씨를 위하여. 절대로 포기하지 않겠다고 하셨지."

"그래," 셀레스철이 말했다. "마침내. 오 년이 흘렀네."

"정말 기쁘다. 로이는 내 친구였잖아."

"알아," 그녀가 말했다. "로이에게 나쁜 일이 일어나기를 바라지 않는 거 알아."

우리는 개수대 앞에 서서 창문 너머로 낙엽이 쌓인 갈색 풀밭을 바라보았다. 멀리 마당 가장자리 담장 옆에 내가 태어난 기념으로 칼로스가 심은 무화과나무가 자라고 있었다. 지지 않으려는 듯 미스터 대븐포트는 셀레스철의 첫 생일을 기념해 장미나무로 정글을 만들기 시작했고, 지금도 여름만 되면 장미가 수십 개의 지지대를 타고 향기를 뿜으며 제멋대로 기어오른다.

"로이가 여기로 돌아오고 싶어할까?" 셀레스철이 물었다. "편지에는 아무런 계획도 언급하지 않았어."

"어떻게 계획이 있겠어?" 내가 말했다. "새로 시작해야 하는데."

"여기로 와도 될 거야." 그녀가 말했다. "너랑 나는 우리집에 살고 로이는 네 집에서 지내게 하면……"

"그러겠다고 할 남자는 없을 거야."

"혹시 로이라면?"

나는 고개를 저었다. "아니야."

"그래도 로이가 나와서 너도 기쁘지?" 그녀가 물었다. "못마땅하지 않지?"

"셀레스철," 나는 말했다. "넌 내가 어떤 사람이라고 생각하는 거야?"

물론 난 로이가 석방된다는 소식을 듣고 기뻤다. 무슨 일이 있더라도 내가 로이 해밀턴, 내 친구, 내 모어하우스 형제를 위해 가슴 벅차게 감사했다는 사실은 바뀌지 않을 것이다. 그래도 셀레스철과 내가 의논해야 할 문제는 있었다. 맞다, 지난달에 그녀는 마침내 내 뱅크스 아저씨에게 이혼 서류를 부탁하는 것에 동의했고, 어제나는 보석상에 가서 반지를 골랐다. 내가 세 살 때부터 엄마가 예상해온 일이었다. 내일, 추수감사절 아침에 나는 그 반지로 셀레스철을 잠에서 깨울 생각이었다. 눈이 튀어나올 만한 보석은 아니었다. 셀레스철은 그 화려한 노란 벽돌 길을 이미 걸어봤다. 나는 심지어 다이아몬드를 택하지도 않았다. 평범한 금반지 위에 얹힌 타원형의 루비는 색이 진하고 불꽃처럼 반짝반짝 빛났다. 마치 그녀의 노랫소리가 보석으로 굳어진 것 같았다.

그것을 삶으로써 나는 신의를 저버렸다. 셀레스철은 더이상 결혼을 믿지 않는다고 말하기 때문이다. '죽음이 우리를 갈라놓을 때까지'는 불합리한 조건이며 실패의 지름길이라는 것이다. 내가 물었다. "그러면 넌 뭘 믿는데?" 그녀는 대답했다. "교감을 믿어." 나로 말하자면, 현대적이면서도 전통적이다. 나 역시 친밀함을 믿는다─누군들 안 그럴까? 하지만 헌신 또한 믿는다. 결혼이란 그녀가 말하듯이 '기이한 제도'다. 혼인의 제단 앞에서 어떤 부당한 계약이 이루어지는지는 내 부모의 이혼으로 분명히 밝혀졌다. 하지만 현재 미국 사회에서는 결혼이 내가 원하는 것과 가장 가깝다.

"나를 봐." 내 말에 돌아보는 셀레스철의 정직한 얼굴 곳곳에서 감정이 그대로 드러났다. 그녀는 아랫입술 왼쪽 끝을 깨물고 있었다. 그녀의 목에 입술을 갖다대면 피부 위로 뛰는 맥박이 느껴질 것이었다.

"드레," 그녀가 다시 낙엽이 흩어진 마당으로 시선을 돌리며 말했다. "우리 어떡하지?"

나는 대답 대신 그녀의 등뒤에서 허리에 팔을 감고 고개를 조금 숙여 그 뾰족한 어깨에 턱을 괴었다.

셀레스철이 다시 말했다. "우리 어떡하지?" 우리라는 말이 듣기 좋았다. 그다지 붙잡을 거리도 되지 않았지만, 나는 정말이지 그것을 양손으로 꽉 붙잡았다. 내가 말했다. "로이에게 말해야 해. 그게 최우선이야. 로이가 어디에서 살지는 그다음 문제야. 세부 사항이라고." 그러자 그녀는 고개를 끄덕였지만 다른 말은 하지 않았다.

"사 주 후라고?" 내가 물었다.

셀레스철이 고개를 끄덕였다. "대강 계산하면 12월 23일. 메리 크리스마스군."

"내가 가서 말해볼게." 나는 말했다.

셀레스철을 바라보며 나는 그녀가 이 제안을 있는 그대로 보기를, 야구 경기의 9회 말 번트가 아니라 신사적인 제스처로 받아들이기를 바랐다. 나는 진흙 웅덩이 위에 코트를 깔듯이 나 자신을 내려놓고 있었으니까.

그녀가 말했다. "편지에서 로이가 나랑 얘기하고 싶대. 내가 그 정도는 해야 하지 않을까?"

"그래야지, 그리고 얘기하게 될 거야." 내가 대답했다. "하지만 곧바로는 아니야. 내가 로이에게 전반적인 상황을 설명할게. 그러고 나서 로이가 직접 얼굴을 보고 얘기하고 싶다면 차로 애틀랜타에 데려올게. 하지만 알고 나면 여기에 올 필요조차 없을지 몰라."

"드레," 셀레스철이 날 부르며 내 볼을 어루만졌는데, 손길이 너무도 부드러워 키스나 사과처럼 느껴졌다. "하지만 내가 로이와 얘기하고 싶다면? 너를 루이지애나로 보내 펑크난 타이어나 교통 위반 딱지를 처리하듯 로이를 해결하라고 할 순 없어. 난 그 사람과 결혼했잖아. 일이 잘 풀리지 않은 게 로이 잘못은 아니야."

"잘못을 따지자는 게 아니잖아." 나는 말했다. 하지만 물론 셀레스철과 함께 사는 것이 신원 도용이나 무덤 도굴 같은 범죄라고 끊임없이 속삭이는 목소리도 분명 있었다. 네 여자는 딴 데 가서 찾아, 라며 로이의 음성으로 나를 꾸짖는 목소리. 또 어떤 때는 아버지의 목소리로 "결국 남는 건 좋은 평판뿐이다"라고 일깨우기도 한다. 그런 말이 아버지 입에서 나온다면 농담이겠지만. 하지만 뒤죽박죽된 머릿속에는 할머니의 목소리도 있다. "네게 주어졌으면 네 것이야. 손을 뻗어 네 축복을 차지해." 그런 목소리에 대해 셀레스철에게는 얘기하지 않았지만, 그녀도 자신만의 목소리들이 합창단을 이루고 있었을 거라 확신한다.

"누구의 잘못도 아니라는 거 알아. 하지만 관계란 예민한 거야. 결혼생활이 오래가지는 않았지만 그래도 결혼한 것만은 사실이야."

"있잖아." 내가 말했다. 한쪽 무릎을 꿇지는 않았다. 우리는 이미 그런 형식을 따지지 않게 된 지 오래였다. "로이 얘기 이전에 우리 얘기를 먼저 하고 싶어. 원래 계획은 이게 아니었지만, 이걸 봐줘."

셀레스철이 고개를 저으며 내 손바닥 한가운데에 놓인 반지를 혼란스러운 표정으로 쳐다보았다. 그 루비를 살 때는 완벽하고 개성적이며 그녀가 가지고 있던 것과는 아주 달라 보였는데, 이제 보니 너무 빈약한가 싶었다.

셀레스철이 말했다. "프러포즈야?"

"약속이야."

"이런 식으로는 안 돼." 그녀가 말했다. "한꺼번에 감당하기엔 너무 벅차." 셀레스철은 돌아서서 침실로 걸어가더니 문고리를 딸깍 잠그고 방에 틀어박혔다. 뒤따라갈 수도 있었다. 종이용 클립 하나면 자물쇠를 풀 수도 있었다. 하지만 여자가 상대를 밀어낼 때 문고리를 딴다고 다시 들어갈 수는 없는 법이다.

나는 서재로 들어가 졸업할 때 칼로스가 선물해준 매캐한 위스키를 잔에 따랐다. 거의 십오 년간 따지 않은 채 술 장식장에 보관해놓고 적당한 기회가 오기를 기다린 술이었다. 일 년 전에 셀레스철이 술에 대해 물었을 때, 그녀의 존재가 그 기회로서 충분하다는 생각이 들었다. 우리는 그 병을 따고 서로를 위해 축배를 들었다. 이제 병은 거의 비었고 술이 다 없어지면 애석할 것 같았다. 잔을 들고 밖으로 나가 올드히키의 둥치에 앉았다. 공기가 좀 싸늘했지만 술은 목을 뜨겁게 타고 내려갔다. 셀레스철의 집에는 불이 모두 켜져 있고 커튼도 열려 있었다. 바느질 방은 크리스마스 대목에 대비한 인형으로 가득했다. 내가 보기에 그 인형은 죄다 로이를 조금씩 닮은 것 같았다. 얼굴색도 다양하고 거의 다 여자아이 인형인데도 그랬다. 하나하나가 다 로이였다. 그런 현실은 이미 오래전에 받아들였다. 그녀는 과부였다. 과부는 애도할 자격이 있다.

달이 떠오를 때 셀레스철이 나를 불렀다. 나는 두번째 부름을 기다리며 머뭇거렸다. 집안을 서성이는 그녀는 걱정스러운 기색이었다. 잠시 천천히 생각해보면 내가 어디 있는지 알 터였다. 빈방에서 내 이름이 울려퍼지는 소리는 금세 그쳤다. 마침내 그녀가 현관 앞에 나타났다. 꽃무늬 원피스와 가운을 걸친 모습을 보니 우리가 몇백 년쯤 부부로 산 것 같았다.

"드레," 그녀가 날 부르며 차갑고 축축한 풀밭을 맨발로 가로질러왔다. "집으로 들어와. 그만 자자."

나는 말없이 셀레스철을 지나쳐 침실로 갔다. 침대 시트가 흐트러져 있는 걸 보니, 그녀는 잠시 잠들었다가 기다리고 있던 악몽과 만난 듯했다. 여느 밤과 마찬가지로 나는 자기 전에 씻고 파자마 바지와 티셔츠로 갈아입었다. 그러고는 시트를 매트리스에 다시 끼우고 이불도 정리했다. 덮개 이불을 반듯하게 펴 끝을 살짝 접고 불을 끈 다음, 가슴 위로 팔짱을 낀 채 벽장 옆에 서 있는 셀레스철에게 걸어갔다. "이리 와." 나는 오빠처럼 그녀를 안으며 말했다.

"드레," 그녀가 말했다. "내가 어떻게 하기를 원해?"

"난 우리가 결혼해서 모든 것을 정당하게 드러내기를 원해. 네가 말해줘야 해, 셀레스철. 이도 저도 아닌 채로 날 내버려두지 마."

"타이밍이 좋지 않아, 드레."

"네가 뭘 원하는지 말해. 나랑 결혼하고 싶은지 아닌지. 우리가 삼 년 가까이 소꿉놀이나 했던 건지, 아니면 이곳에서 진정한 뭔가를 쌓아갔던 건지."

"최후통첩이야?"

"날 잘 알면서도 그런 말을 하는구나. 하지만 셀레스철, 난 알아야 해, 지금 알아야 한다고."

내가 손의 힘을 풀자 그녀는 침대 위의 자기 자리로 갔고 나는 내 자리로 갔다. 각자의 코너에 자리잡은 권투선수처럼.

둘 다 아무 말도 없었다. 둘 다 잠을 이루지 못했다. 이로써 우리 관계는 끝일까 궁금했다. 옆자리로 몸을 돌려 라벤더 향기가 나는 그녀의 영역에 합류할까도 생각했다. 우리는 자주 바짝 붙어 잠들었고 때로는 베게 하나를 함께 베기도 했다. 하지만 이날 밤에는 초대받지 않고 다가가면 안 될 듯했고 그런 제안이 올 기미도 없었다. 다른 사람의 마음은 절대로 알 수 없다. 그것이 내가 배운 한 가지 사실이다. 하지만 어쨌거나 새벽이 되기 전에 그녀가 내게 다가왔다. 내 가슴속에서 째깍거리며 다가오던 데드라인 직전이었다. 그녀는 손과 다리와 입술로, 모든 것으로 내게 다가왔다. 나는 용수철이 튕겨나가듯 곧바로 다가갔다.

국가의 관점에서 보자면 그녀는 다른 남자의 아내였지만, 지난 오 년간 일어난 사건에서 우리가 배운 게 있다면 국가가 인간 삶의 진실에 관해 조금이라도 알 거라 믿으면 안 된다는 점이다. 침대 위에서 땀범벅에 녹초가 되어 엉킨 우리, 누구도 이것이 교감이 아니라고 말할 수는 없을 것이다.

"들어봐." 나는 그녀의 살냄새를 맡으며 속삭였다. "로이가 간혀 있었기 때문에 우리가 함께하게 된 건 아니야. 무슨 말인지 알지?"

"알아." 그녀가 한숨을 쉬며 말했다. "알아, 알아, 알아."

"셀레스철. 제발, 우리 결혼하자."

어둠 속에서 그녀는 입술을 내 입술에 바짝 붙이고 말했고, 그래서 나는 그 진하고 알싸한 말을 맛으로 느낄 수 있었다.

셀레스철

당시에 나는 머리를 빗어 쌀을 털어내는* 새 신부였다. 십팔 개월이 흐르는 동안 나는 아내와 신부 사이의 선을 넘나들었다.

결혼이란 나무의 몸통에 나뭇가지를 접붙이는 일과 같다. 막 잘라내 수액을 뚝뚝 흘리는 나뭇가지는 봄날의 냄새를 풍기고, 몸통을 보호하던 껍질을 벗기고 홈을 파낸 어미나무는 새로운 부가물을 받아들일 준비를 마쳤다. 몇 년 전에 아버지가 옆마당에 있는 층층나무에 이 접붙이기를 시행했다. 아버지는 분홍 꽃이 핀 나뭇가지를 숲에서 훔쳐와 묘목장에서 구한 어머니의 흰 꽃나무에 접붙였다. 두 식물이 합쳐지기까지 엄청난 양의 마대 천과 노끈과 이년의 시간이 필요했다. 몇 년이 지난 지금 그 나무는 두 가지 색이

---

* 결혼식에서 신랑과 신부에게 번성과 다산을 상징하는 쌀을 뿌리는 풍습에 근거해, 결혼한 지 얼마 되지 않았음을 나타내는 표현.

어우러진 놀라운 장관을 연출하지만 아직도 어딘가 어색한 느낌을 준다.

내 결혼생활에서 우리 중 누가 밑나무이고 누가 접붙인 가지인지 확정한 적은 없었다. 갖기로 했던 아기가 태어났다면 무관해졌을지도 모를 문제다. 세 사람이 갖춰져 부부에서 가족이 되면, 가정을 버릴 때 감당할 결과가 커지고 가정에 남아 경험하는 기쁨도 커진다. 그 당시에 이처럼 계산적으로 따져보지는 않았다. 시간이 지나 냉정한 논리로 돌이켜보면 한때 초자연적인 듯했던 일이 어떻게, 그리고 왜 그렇게 되었는지 드러나기 마련이다. 이는 마술이 주술의 힘이 아니라 신중한 신호와 정체불명의 도구로 행해진다는 사실을 알려주는 마술사의 안내서와 같다.

이 말은 평계가 아니라 설명일 뿐이다.

나는 추수감사절 아침에 안드레 옆에서 그가 준 반지를 낀 채로 잠에서 깨어났다. 내가 남편과 약혼자를 동시에 가진 여자가 되리라고는 상상해본 적도 없었다. 상황이 이 지경에 이르지는 않을 수도 있었다. 죄수의 아내로는 살 수 없다는 걸 깨달은 순간에 뱅크스 아저씨에게 부탁해 이혼 서류를 작성할 수도 있었다. 올리브의 장례식이 끝나고 나는 안드레를, 항상 내 곁에 있어준 다정한 드레를 원한다는 사실을 깨달았다. 그런데도 나는 왜 서류상으로 정리하지 않았을까? 로이를 사랑하는 마음이 여전히 내 안에 잠들어 있었을까? 이것은 지난 이 년간 잠자리에 들기 직전에 안드레의 눈에 떠오른 질문이었다. 그리고 로이의 편지에 깔려 있는 질문이기도 하다. 마치 썼다 지우고 그 위에 다른 글씨를 덮어쓴 것처럼.

이유는 많다. 내 논리의 균열된 틈새로 죄책감이 스며든다. 어떻게 그에게 이혼 서류를 들이밀어 또다시 나라의 법령에 휘둘리고 또다른 절망적 사태를 겪게 한단 말인가? 그가 이미 확실히 알고 있을 문제를 공식적으로 확인할 필요는 없을 듯했다. 그런 내 행동은 인정人情이었을까, 혹은 그저 나약함이었을까? 일 년 전에 어머니에게 그 질문을 했을 때, 어머니는 차가운 물을 한 잔 주면서 모두 잘 해결될 거라고 다독였다.

잠든 안드레의 어깨에 드러난 모반을 손으로 덮었다. 그는 자신이 충분히 휴식할 때까지 세상은 계속 돌아가리라 믿으며 깊은숨을 내쉬었다. 우리 중 한 명만 깨어 있는 아침 다섯시에는 인생이 덜 벅차게 느껴졌다. 안드레는 잘생긴 남자로 자라났다. 길고 흐느적거리던 몸이 단단해져 호리호리하고 튼튼한 체형이 되었다. 연갈색 머리칼과 불그레한 안색 때문에 아직도 사자 같은 인상을 풍기지만, 지금은 사랑스러운 새끼 사자가 아니라 완전히 자란 사자 같다. "두 사람의 아기는 정말 예쁘겠어요" 하고 모르는 사람들이 우리에게 말을 걸 때가 간혹 있었다. 우리는 빙그레 웃었다. 칭찬이었지만, 아기 생각을 하면 목이 메면서 숨이 가빠졌다.

꿈을 꾸다 깜짝 놀랐는지 안드레가 내 손을 잡았고, 나는 잠시 더 그에게 기대어 있었다. 추수감사절 아침이었다. 성인기의 어려움 중 하나는 명절이 항상 잣대가 되고 우리는 그 기준에 항상 못 미친다는 점이다. 아이들에게 추수감사절은 칠면조 고기, 크리스마스는 선물이 전부다. 어른이 되면 모든 명절은 가족의 문제로 귀결되는데 그 분야에서 승자는 몇 안 된다.

낭만적인 몽상가인 어머니는 가을 단풍 같은 암적색 반지를 낀 내 손가락을 어떻게 이해하실까? 그 루비를 놓고 보면 안드레는 내 약혼자지만, 푸르스름할 정도로 새하얀 로이의 다이아몬드는 그런 일은 불가능하다고 주장한다. 하지만 누가 보석의 지혜에 귀를 기울이겠는가? 오로지 우리의 몸만이 진실을 안다. 뼈는 거짓말하지 않는다. 내 보석함에는 또 뭐가 숨겨져 있나? 앤티크 레이스 같은 상아색에 스테이크 나이프처럼 가장자리가 톱니 모양인 작은 치아.

*

애틀랜타 남서부에 사는 사람이면 누구나 우리 부모님의 집을 안다. 일종의 명소다. 비록 안내용 명판이 붙어 있지는 않지만. 린허스트 드라이브와 캐스케이드 로드가 만나고 칠드러스 스트리트가 나오기 직전에 서 있는 이 웅장한 빅토리아양식의 주택은 거의 반세기 동안 버려져 있었는데 아버지가 그것을 청설모와 다람쥐로부터 구해냈다. 헝클어진 초록색 관목 담장에 부분적으로 가려진 채 거리에서 멀찍이 떨어진 곳에 위치한 그 집은 깔끔한 벽돌집들로 이루어진 동네에 20세기 초의 교훈적 이야기처럼 서 있었다. 내가 어렸을 때, 그린브라이어 몰에 가는 길에 그곳을 지나며 아빠는 말하곤 했다. "바로 저기서 우리가 살게 될 거야. 전후*에 지어진 저 괴물, 타라**를 잃고 받은 위로상." 아주 어렸을 때는 아버지의 말을 진지하게 받아들여 그러지 말자고 사정했다. "유령이 나오는

---

* 1861년에서 1865년까지 이어진 미국의 남북전쟁 이후를 말한다.
** 『바람과 함께 사라지다』에서 여자 주인공의 가문이 소유한 남부의 대농장.

곳이잖아요!" "맞아, 꼬마 숙녀." 아버지는 말했다. "역사의 유령이 나오는 곳이지!" 이쯤 되면 어머니가 끼어들었다. "아버지 말은 비유야." 그러면 아빠는 말하곤 했다. "아니, 선견지명이야." 그러면 글로리아가 말했다. "선견지명? 망상이라고 하지 그래? 아니면 낙관이거나. 어쨌든 그런 말 그만해. 셀레스철이 무서워하잖아."

아빠는 정말로 그만두었다. 돈이 들어오기 전까지는. 돈이 들어오자 큐폴라*와 스테인드글라스로 장식된 언덕 위의 허물어져가는 저택에 대한 매혹이 되살아났다. 뱅크스 아저씨가 알아낸 바에 따르면 그 저택은 남북전쟁 후 재건시대 이래로 유서 깊은 자산가 가문의 소유였다. 그들은 애틀랜타 남서부가 흑인 거주지가 되자 그 집에서 살 수 없게 되었지만, 그렇다고 차마 팔 수도 없었다. 그러니까, 삼대가 지난 후 프랭클린 델러노 대븐포트가 현금이 가득 든 서류 가방을 자기 팔에 수갑으로 묶어 들고 나타나기 전까지는 그랬다는 것이다. 아빠는 물론 자기앞수표로 거래할 수도 있었겠지만 때로는 그런 행동이 상징적 의미에서 가치가 있다고 말했다.

글로리아는 그 백인들이 여간해서는 물러나지 않을 거라고 생각했지만, 또한 자기 남편이 승산 없는 일을 해낼 수 있는 사람임을 누구보다 잘 알았다. 고등학교 화학 교사였던 그가 자기 가족을, 글로리아가 좋아하는 표현대로 편안하게 살게 해줄 발견을 해내리라고 그 누가 생각했을까. 남편이 서류 가방 없이 돌아오자, 글로리아는 인근의 현대식 벽토 주택 안내책자를 버리고 역사적 건축물을 전문적으로 보수하는 건축업자를 수소문하기 시작했다. 어쨌

---

* 지붕 위에 설치하는 작은 구조물로 전망대나 환기구, 채광창 역할을 한다.

든 어머니는 이 오래된 동네 언저리에서, 학교 선생과 일반 가정의 를 비롯해 시민권운동으로 생겨난 그 밖의 정규직 노동자의 공동체 가까이에 살 수 있어 좋다고 말한다. 더 서쪽에 몰려 있는 호화로운 동네에서라면 래퍼나 성형외과 의사, 마케팅 회사 임원 등과 이웃이 될 가능성이 컸다. 한편 아빠는 자기 집을 가지고 이래라저래라 간섭하려 드는 주택 소유자 조합의 손에 놀아나지 않으니 좋다고 말한다.

아빠는 고집불통에 끈질긴 사람이다. 이런 자질이 그의 있을 법하지 않은 성공의 비결이다. 이십 년간 아빠는 고등학교에서 종일 학생을 가르치고 집에 오면 지하 실험실로 내려가 이런저런 화합물을 만지작거렸다. 내 유년기 기억 속의 아버지는 거의 항상 "앤절라를 석방하라!"* "침묵은 용인이다!" "나는 사람이다!" 등등의 유서 깊은 구호가 적힌 배지를 잡다하게 붙인 실험실 가운 차림이다. 아빠는 "검은 것은 아름답다"**가 "검은 것도 괜찮다"로 누그러진 뒤에도 제멋대로 헝클어진 아프로헤어를 길렀다. 이런 단정치 못한 몽상가 남편을 견뎌내고 아래층에서 올라오는 이상한 냄새에 개의치 않을 여자는 그리 많지 않았겠지만 글로리아는 아빠의 실험을 지지했다. 자기도 온종일 일하면서 없는 시간을 쪼개 남편의 특허 신청서를 작성해 우편으로 보냈다. 앨라배마주 선플라워에서 자란 맨발의 소년이 어떻게 지금과 같은 백만장자이자 미친 과학자가 될 수 있었는지 질문을 받으면 아빠는 자기 성미가 너

---

* 1970년대 초에 정치운동가 앤절라 데이비스가 투옥되었을 때 사회 각계에서 석방 운동을 벌였다.
** 1960년대 일어났던 흑인 문화 운동의 구호.

무 고약해서 실패할 수 없었다고 설명한다.

아빠의 그 완고한 성향이 나와 드레에게 해가 되는 쪽으로 발휘되리라고는 상상도 하지 못했다. 어쨌거나 드레는 아버지의 사윗감 1위 후보였다. 로이는 딱지 밑의 연붉은 피부처럼 벌거벗은 포부 때문에 아버지가 인간적으로는 좋아했으나 내 남편감으로는 아니었다. "그 녀석은 샤워할 때도 코트에 넥타이를 차려입을 게 분명해." 아버지는 말하곤 했다. "그 야망을 존중한다. 나도 야망이 있었으니까. 하지만 늘 뭔가를 입증해야 하는 남자랑 평생을 살고 싶진 않을 거다." 반면에 드레에 대한 아빠의 감정은 오로지 애정뿐이었다. 약혼식 날 아침까지도 틈만 나면 "우리 안드레에게 기회를 줘봐" 하고 말했다. 우리는 남매나 다름없다고 내가 우기면 아빠는 말했다. "진짜 누이 말고는 아무도 누이가 될 수 없어." 또 잭대니얼스 블랙 한 병을 5분의 1 이상 마시고 나면 말했다. "나랑 네 엄마는 힘겹게 결혼에 이르렀다. 하지만 넌 이런저런 형편에 치이지 않고도 네 삶을 살 수 있어. 안드레를 고려해봐. 그애가 무슨 생각인지 알잖아. 이미 우리 가족이나 다름없고. 이번만은 좀 쉬운 길을 택해라."

하지만 이제 아빠는 드레에게 퉁명스러운 고갯짓 외에 다른 인사는 하지 않았다.

추수감사절 아침에 안드레와 나는 부모님 집에 거의 빈손으로 도착했고, 전할 거라고는 우리의 새로운 관계와 로이가 곧 석방된다는 소식뿐이었다. 디저트 두 가지—아버지를 위한 독일식 초콜릿 케이크와 어머니를 위한 체스파이—를 가져가기로 약속했으나 나는 마음이 너무 심란해서 케이크를 구울 수 없었다. 디저트는 참

얄궂고 괴팍하고 기복이 심한 음식이다. 이런 날 케이크를 손으로 반죽하면 부풀어오르기를 거부하며 오븐 안에서 푹 주저앉을 것이다.

우리는 앞마당에서 크리스마스 장식과 씨름하고 있는 아버지를 발견했다. 땅이 넓으니 명절 기분을 마음껏 표현할 수 있는 공간도 충분했다. 널따랗고 푸른 뜰 한가운데에 쪼그려앉아 동방박사 인형이 든 판지상자 세 개를 긴 면도칼로 열고 있는 아버지는 티셔츠를 거꾸로 입어서 좁은 등 위로 오직 애틀랜타에서만이라는 문구가 보였다.

"저 셔츠 기억나?" 가파른 진입로를 천천히 걸어올라가며 드레가 말했다.

나는 물론 기억했다. '오직 애틀랜타에서만'은 로이가 추진했던 여러 벤처 사업 중 하나였다. 그는 그것이 어디선가 누군가를 어마어마한 부자로 만들어주었던 '사랑해 뉴욕' 열풍의 남부 버전이 되기를 소망했다. 하지만 사업이 고작 티셔츠와 열쇠고리 몇 개를 주문하는 수준에 이르렀을 때 로이는 교도소로 끌려가고 말았다. "로이는 항상 계획을 세웠어." 내가 말했다.

"그래, 그랬지." 드레가 나를 돌아보며 말했다. "괜찮아?"

"난 괜찮아." 내가 말했다. "넌 어때?"

"준비됐어. 하지만 거짓말은 못하겠다. 가끔 나는 내 인생을 살 수 있다는 것만으로도 지독하게 죄책감을 느껴."

이해한다는 말은 할 필요가 없었다. 안드레는 내가 이해한다는 것을 알았으니까. 이런 느낌을 표현하는 말이 있을 텐데. 내 것인데도 남에게서 훔친 것만 같은 느낌.

우리는 아빠를 몇 분 더 쳐다보며 명절의 흥겨운 분위기를 연기하려고 마음을 다잡았다. 아빠는 각 상자에서 발타자르—셋 중 피부가 거무스름한 쪽—를 꺼내고 나머지는 원래 상자에 도로 넣었다. 꺼내지 않은 백인 동방박사 인형 여섯 개는 어디에 쓸 작정인지 알 수 없었다. 그리고 아기 예수 구유와 공기를 넣어 부풀린 눈사람 두 개, 알전구로 장식한 풀을 뜯는 사슴 가족 모형 등이 아버지의 관심을 기다리고 있었다. 포치에서는 뱅크스 아저씨가 사다리를 반쯤 오른 채, 긴 고드름처럼 보이는 물건을 매달 위치를 살피고 있었다.

"여러분, 저희 왔어요." 나는 팔을 펼쳐 그 장면 전체를 품에 안으며 말했다.

"셀레스철," 아빠가 드레를 무시하지도, 알은체하지도 않으며 내게 말했다. "네가 내 케이크를 굽는다며?"

"안녕하세요, 미스터 대븐포트." 드레가 환영받은 척하며 말했다. "즐거운 추수감사절 보내세요! 명절인데 저희가 빈손으로 덜렁덜렁 올 리는 없죠! 글렌리벳을 가져왔어요."

아버지가 내 쪽으로 턱을 내밀었고 나는 고개를 숙여 볼에 입을 맞췄다. 코코아버터와 대마초 냄새가 났다. 아버지가 마침내 안드레에게 손을 내밀었고, 안드레는 낙관하는 표정으로 그 손을 잡았다. "즐거운 추수감사절 보내라, 안드레."

"아빠," 내가 속삭였다. "더 상냥하게요." 그러고는 술병을 들지 않은 안드레의 손을 잡았고 우리는 집 전체를 빙 둘러싼 포치 쪽으로 걸어갔다. 현관문에 다다르기 전에 아버지가 외쳤다. "제주祭酒 고맙다, 안드레. 저녁 먹고 같이 마시자."

"네, 아저씨." 안드레가 기분좋게 말했다.

현관 앞 포치에서 뱅크스 아저씨가 얽힌 전구 한 무더기를 풀고 있었다.

"뱅크스 아저씨." 내가 사다리를 디딘 그의 다리를 안으며 말했다.

"안녕, 꼬마 아가씨." 아저씨가 말했다. "그리고 자네도 안녕한가?"

바로 그때 실비아 아주머니가 현관문 밖으로 고개를 쑥 내밀었다. 실비아에 관한 내 첫 기억은 아주머니와 뱅크스 아저씨가 처음 데이트를 시작했던 때인데, 그때 그들은 나를 옴니 체육관의 스케이트장에 데려갔다. 아주머니는 와인잔에 넣은 연노란색 양초를 기념품으로 사주었다. 어머니는 즉시 그것을 압수했다. "어린애에게 불을 주면 안 돼!" 하지만 실비아는 내 편을 들며 어머니에게 사정했다. "셀레스철은 초에 불을 붙이지 않을 거야, 그렇지?" 나는 그렇다고 고개를 끄덕였고, 그러자 어머니는 머뭇거렸다. "이애를 믿어봐." 실비아가 시선을 내게로 향한 채 글로리아에게 말했다. 내 결혼식에서 실비아는 신부 들러리 대표로 환하게 웃으며 내 앞에서 걸어갔지만, 엄밀히 말하면 그녀는 기혼자가 아니었다.*

"셀레스철, 안드레! 와줘서 정말로 기쁘구나. 네 엄마는 너희가 와야만 빵을 오븐에 넣겠대." 실비아는 안드레 쪽으로 얼굴을 비스듬히 돌리며 말했다. "뽀뽀 좀 해줘, 조카."

그녀가 문을 열어젖히자 드레가 안으로 따라 들어갔다. 나는 뒤

---

* 신부 들러리 대표는 기혼 여성이 맡는다.

에 남아 사다리 아래에 섰다. "뱅크스 아저씨?"

"안 했어." 내 마음을 읽은 듯 아저씨가 말했다. "실비아에게만 말했지. 네 부모님한테는 네가 알려야지."

"감사드려요." 내가 말했다. "포기하지 않으셨잖아요."

"그래, 포기하지 않았지. 그 시골뜨기 백인들은 뭐가 자기를 치고 지나갔는지도 모르더라." 주말용 구두를 신은 뱅크스 아저씨가 사다리 몇 단을 조심스럽게 디디며 내 옆으로 내려왔다. "네 아빠는 내 가장 오랜 친구다. 1958년에 빈털터리로 함께 애틀랜타에 왔지. 내 진짜 형제보다 네 아빠와 더 의리가 깊어. 하지만 그렇다고 우리 의견이 항상 같지는 않다는 점을 네가 알았으면 한다. 난 변호사로 일하면서 이런저런 상황을 많이 봤고, 그걸 통해 얻게 된 나만의 관점이 있다. 프랭크의 경우, 어떤 문제에서는 평생 생각을 바꾸지 않아. 하지만 그는 널 아낀단다, 셀레스철. 모든 사람이 너를 사랑해. 네 아빠도, 안드레도, 로이도. 고난도 문제를 풀고 있는 거라 생각하렴."

레이스 식탁보를 씌워 수십 년간 날마다 사용한 흔적을 가린 육중한 참나무 식탁에 만찬이 차려져 있었다. 부모님의 집은 세심하게 개조한 꿈 같은 곳으로, 모든 것이 멋지고 세련되었지만 이 식탁만은 사연이 있었다. 외할머니가 주신 결혼 선물이었는데, 부모님이 법원에서 간소하게 결혼식을 올리고 나서 받은 몇 안 되는 선물 중 하나였다. "이걸 네 아이들과 그들의 아이들에게 물려주게 될 거야." 할머니는 말했다. 이삿짐 회사 직원들이 그것을 이 집으로 옮길 때 글로리아는 말했다. "조심하세요. 그 식탁은 어머니가 주신 축복이거든요."

아버지는 목사의 아들로 자라며 받은 훈련을 명절 때만 드러냈다. "오, 주여." 아버지가 우렁차게 말하면 우리는 모두 고개를 숙였다. 나는 내 왼쪽에 앉은 아빠의 손과 오른쪽에 앉은 안드레의 손을 잡았다. "우리는 주님께서 듬뿍 내려주신 모든 축복에 감사드리고자 여기 모였습니다. 이 음식과 음식이 놓인 식탁을 주셔서 감사합니다. 자유를 주셔서 감사합니다. 오늘밤 교도소에 갇혀 가족의 위안과 도움을 누리지 못하는 이들을 위해 기도드립니다." 그러고는 긴 성서 구절을 암송했다.

우리가 모두 "아멘" 하고 기도를 마무리하기 전에 안드레가 말했다. "그리고 우리 서로의 존재에 감사드립니다."

어머니가 숙이고 있던 고개를 들었다. "동감합니다, 아멘."

즉시 즐거운 소음과 함께 실내가 활기를 띠었다. 아버지가 미니 전기톱처럼 생긴 고기 절단용 전기 칼로 칠면조를 잘랐고 글로리아는 반짝이는 주전자를 들고 아이스티를 따라주었다. 뱅크스와 실비아는 화창한 날씨처럼 온화하게 자리에 앉아 있었지만 나는 식탁 아래에서 아저씨의 손이 아주머니의 허벅지 위에 놓여 있을 거라고 확신했다. 정말이지 그림 속 한 장면처럼 방은 꽃으로 가득했고 나뭇가지 모양 촛대에서는 촛불이 타올랐다. 두툼한 유리잔에 담긴 레몬 향 아이스티를 마시자 올리브가 생각났다. 올리브는 크리스털을 좋아해서 목이 긴 크리스털 잔을 한 개씩 사 모았다. 그녀가 세상을 떠나고 나서 살림살이는 다 어떻게 되었는지 궁금했다. 올리브에게는 흡족하게 바라보거나 유리그릇을 물려줄 딸이 없었으니까. 나는 고개를 숙이고 올리브를 위해 기도했다. 천국에는 멋진 물건이 가득하기를. 그러고는 허공에 대고 속삭였다. "부디 용서해주세요."

나는 어머니에게로 눈길을 돌리며 내게 미소라도 지어주기를 바랐다. 글로리아는 터무니없을 만큼 아름답다. 나는 로이에게 비록 우리 모녀가 이목구비는 많이 닮았지만 내가 미래에 어머니처럼 되리라고 기대하지는 말라고 거듭 경고했다. 우리는 둘 다 키가 크고 피부는 진한 갈색에 눈이 크고 입술이 두툼하다. 그녀는 글로리아 셀레스트, 나는 셀레스철 글로리아나. 내가 어렸을 때 엄마는 내 이마에 입을 맞추며 나를 '러브차일드'라고 불렀다.

나는 접시에 음식을 잔뜩 담았지만 먹을 수가 없었다. 비밀이 종양처럼 목을 콱 막았다. 로이가 크리스마스 전에 나올 거고, 난 안드레와 결혼할 거예요, 라는 말 이외에는 언제 어떤 말을 하든 그건 진위와는 상관없이 거짓말이었다. 식탁 건너편에서 뱅크스 아저씨가 음식을 자르고 있었지만 그도 입맛이 없기는 마찬가지인 듯했다. 그 다정한 아저씨 때문에 마음이 속수무책으로 물러졌다. 그는 최선을 다했고, 그 최선은 오래도록 소용이 없다가 이제야 빛을 봤다. 그는 친구들과 이 소식을 나눌 자격이 있었다. 감사 인사와 솔직한 축하를 받을 자격이 있었다.

어머니가 나를 유심히 보는 느낌이 들었다. 내가 입술에 질문을 머금고 그녀를 응시하자, 그녀는 자신이 알 리 없는 것을 이미 아는 것처럼 고개를 살짝 끄덕였다.

디저트로 나온 블랙베리잼 케이크는 어머니가 외할머니에게 배운 조리법대로 만든 것이었다. 추수감사절에 이 케이크를 내놓으려면 여름의 끝자락에 구워서, 산들바람이 불고 반딧불이가 아직

한창일 때 럼을 흠뻑 부은 뒤 밀폐해두어야 한다. 이 디저트는 부모님의 연애 과정에서도 중요한 역할을 했다. 당시에 사회 과목을 가르치던 글로리아가 새로 온 화학 선생에게 이 바슬바슬한 케이크를 한 조각 주었다. "난 아주 넋이 빠져버렸지!" 이날까지도 아빠는 그렇게 주장한다.

글로리아가 식탁에 케이크를 올려놓자 럼과 정향과 계피 냄새가 올라와 코에 닿았다. 내가 어깨 너머로 돌아보자 그녀가 조용히 말했다. "무슨 일이 있든 난 항상 네 엄마라는 거 알지?" 나는 눈길을 접시로 돌려 종이 깔개 한가운데에 놓인 케이크와 접시 가장자리에서 균형을 잡고 있는 조그만 숟가락을 바라보았다. 우리의 결혼식 리허설 만찬이 생각났다. 로이가 어머니의 이 특별한 요리를 신랑을 위한 케이크로 만들어달라고 부탁했었다. 모두가 오리고기를 먹으며 카바 와인을 마시고 있을 때 글로리아가 나를 식당 밖으로 불러냈다. 주차장의 향기로운 치자나무 덤불 옆에 서서 글로리아는 나를 꼭 껴안았다. "엄마는 오늘 행복해. 네가 결혼하게 되어서가 아니라 네가 행복해서. 다른 세세한 것들은 신경 안 써. 난 오로지 너만 신경쓴단다." 이것은 어머니의 축복이었다. 나는 그녀가 다시 한번 그 축복을 베풀어주었으면 했다.

옆을 보니 안드레는 자신만만하고 들떠 있었다. 뱅크스 아저씨를 슬쩍 보니 실비아와 조용한 대화에 빠져 있었다. 마침내 아버지를 쳐다보았다. 오랜 세월 동안 나는 아빠의 예쁜 딸, 작은 레이디버그*였다. 로이와 결혼할 때 나는 발레리나 플랫 슈즈를 신었는데

---

* 원뜻은 '무당벌레'. '귀엽고 사랑스러운 여자'를 뜻하는 애칭으로도 쓰인다.

로이보다 더 작아 보이기 위해서가 아니라 아버지보다 훌쩍 커 보일까봐서였다. 나는 목사에게 주례사에서 순종이라는 단어를 빼달라고 우겼지만 아빠를 위해서 "이 여인을 넘겨주는 이는 누구입니까?"라는 대사는 그대로 두기로 했다. 아빠가 놀라울 정도로 깊은 목소리로 "접니다" 하고 말할 수 있도록.

식탁에서 잔을 들었을 때 아이스티는 바닥에 찰랑거릴 정도만 남아 있었다. "건배를 제안하고 싶어요." 잔 다섯 개가 저절로 떠오르듯 올라갔다. "뱅크스 아저씨를 위하여. 아저씨의 지칠 줄 모르는 노력이 마침내 결실을 맺었어요. 로이가 크리스마스 전에 교도소에서 나올 거예요."

실비아가 부드러운 환호성을 내뱉고 누군가 함께 건배해주기를 바라며 고요한 허공으로 잔을 내밀었다. "고마워." 뱅크스 아저씨가 말했다. "주님이 이루어주셨구나!" 어머니가 말했다. 그런데 아버지는 아무 말도 없었다.

안드레가 의자를 뒤로 밀며 일어났다. 키가 크고 호리호리한 그가 등대처럼 섰다. "여러분, 제가 셀레스철에게 청혼했습니다."

로이와 나는 바로 이 식탁에서 거의 비슷한 방식으로 약혼을 발표했는데 그 소식은 보르도 와인과 박수로 환영받았다. 이번에는 아버지가 내게로 고개를 돌렸다. "그러면 넌," 그가 온화하게 물었다. "뭐라고 대답했니, 레이디버그?"

나는 안드레 옆에 섰다. "아빠, 저도 좋다고 했어요." 나는 단호하게 들리도록 말하려 했지만 내가 듣기에도 어딘가 질문처럼, 승인을 구하는 말처럼 느껴졌다.

"해결할 수 있을 거야." 어머니가 아버지를 바라보며 말했다.

"의논해서 해결할 수 있어."

안드레가 내 어깨에 팔을 둘렀고, 비록 내 눈시울은 뜨거웠지만 숨결은 깊고 고요하게 느껴졌다. 아무리 어려운 진실이라도 그 진실에는 위안이 있었다.

아버지는 아직 손도 대지 않은 케이크 옆에 빈 잔을 내려놓았다. "옳지 않아." 그가 예사로운 투로 말했다. "레이디버그, 나는 지지할 수 없다. 이미 남편이 있는 네가 안드레와 결혼할 순 없지. 이 문제에서 내가 한 역할이 있다면 기꺼이 책임을 질 거야. 난 네가 어릴 적부터 너의 매일매일이 주말 같기를 바라는 마음에서 최대한 네 뜻을 받아주려 했다. 하지만 이건 현실이야. 원하는 걸 다 가질 순 없어."

"아빠," 나는 말했다. "누구보다 아빠가 더 잘 아실 거예요. 사랑이 항상 규정집을 따르진 않는다는 거요. 엄마와 결혼하실 때도……"

"셀레스철." 글로리아가 도저히 해독할 수 없는 표정을 지었다. 외국어로 된 경고 같은.

아빠가 끼어들었다. "전적으로 다른 얘기다. 내가 글로리아를 만났을 때는 정상참작이 가능한 사정이 있었어. 난 너무 어린 나이에 성급히 결혼한 상태였다. 네 엄마는 내 영혼의 동반자이자 협력자야. 사람은 다 자기에게 맞는 사람을 찾아가게 되어 있어."

"미스터 대븐포트," 안드레가 말했다. "제겐 셀레스철이 바로 그런 사람입니다. 제가 영원히 함께하고 싶은 사람이요."

"아들아," 아버지가 디저트 숟가락을 쇠스랑처럼 쥐고서 말했다. "네게 한 가지 할말이 있다. 흑인 남자로서 말이다. 로이는 국가의 인질이야. 미국의 희생자다. 네가 해줄 수 있는 최소한의 배려는 로이가 돌아오면 그의 아내에게서 손을 떼는 거야."

"미스터 대븐포트, 죄송한 말씀이지만……"

"자꾸 미스터 대븐포트, 미스터 대븐포트 해대는 이유가 뭐냐. 복잡한 문제가 아니잖아. 말도 안 되는 죄를 뒤집어쓰고 주립 교도소에 오 년간 갇혀 있던 남자가 집에 돌아오기를 너도 바랄 거야. 그런데 그 남자가 돌아와서 제 아내가 손가락에 네 반지를 끼고 네가 그 여자를 사랑하네 마네 하는 꼴을 보라는 말이냐? 로이가 뭘 보게 될지 내가 알려주마. 로이는 가랑이를 붙이고 기다리지 못한 마누라와, 흑인 남자는 고사하고 그냥 남자다운 게 뭔지도 모르는 소위 친구라는 놈을 보게 될 거다."

이제 어머니가 일어섰다. "프랭클린, 사과해."

안드레가 말했다. "미스터 대븐포트, 지금 그게 무슨 말씀인지 알고서 하시는 거예요? 저는 마음껏 미워하세요. 아저씨의 축복을 바라고 왔지만 안 해주셔도 괜찮습니다. 하지만 셀레스철은 아저씨 딸이잖아요. 셀레스철을 두고 그렇게 말씀하시면 안 됩니다."

"날 비난하지 마세요, 아빠." 내가 말했다. "제발 날 비난하지 마세요."

뱅크스 아저씨는 일어서지는 않았지만 차분한 권위를 풍겼다. "이런 일을 예상했어야지. 프랭클린, 이애에게 뭘 원하는 거야?"

"내가 가르치고 키운 그대로의 딸이기를 원해."

글로리아가 말했다. "나는 내 딸을 자기 마음을 아는 아이로 키웠어."

아버지는 머리가 목에서 떨어지지 않게 받치듯 양손을 옆머리에 댔다. "사랑이네 자기 마음이네 하는 게 다 무슨 소리야? 가혹하게 들릴지 모르지만, 이건 사소한 로맨스 따위보다 더 큰 문제야. 저 애가 안드레랑 드러눕기를 원했다면 평생 언제든지 그럴 수 있었어. 하지만 그 갈림길은 이미 지나갔잖아. 로이가 무슨 잘못을 했기에 이런 일을 겪어야 하지? 그애는 잘못된 시간에 잘못된 장소에 있었던 흑인 남자라는 것 말고는 아무 잘못이 없어. 이게 기본적인 사실이야."

이 비난은 쉽게 반격할 수가 없었다. 안드레와 나는 사람들로 꽉 찬 방에서 여전히 오도 가도 못하고 서 있었다. 숟가락으로 잼 케이크를 파헤치는 아버지는 자기 뜻을 잘 전달했고 최후의 결정적 발언을 했다는 사실에 흡족해하는 듯했다.

식탁 건너편에서 실비아가 뱅크스 아저씨에게 귓속말을 했다. 그녀의 귀걸이에 달린 작은 거울 조각들이 빛을 반사했다. 그녀는 마음을 다잡으며 크게 한숨을 쉬더니 급히 말을 쏟아냈다. "난 엄밀히 말해 이 집 가족은 아니지만 여러분과 충분히 오랜 시간을 함께 지냈어요. 다들 너무 옆길로 벗어났네요. 하나같이 다요. 우린 무엇보다 먼저 잠깐이나마 뱅크스에게 박수를 쳐줘야 해요. 지난 오 년간 이 사람은 뼈빠지게 일했어요. 다른 사람은 돈을 보내고 기도를 드렸을 뿐이잖아요. 이 일을 해낸 사람은 뱅크스죠. 관청을 상대로 힘겨운 싸움을 벌인 사람은 이이라고요."

우리 모두 멋쩍은 감사의 말을 중얼거렸고 뱅크스 아저씨는 너그럽게 고개를 끄덕이며 받아들였다. 그리고 이제 앉으라는 듯 실비아의 손을 잡았다. 하지만 그녀는 따르지 않았다.

"자, 프랭클린." 그녀는 식탁 상석 쪽으로 고개를 돌렸다. "내 의견을 구하진 않았지만 그래도 말할게요. 봐요, 안 그래도 셀레스철은 로이와 안드레를 두고 선택을 해야 해요. 거기에 더 부담을 지우지 말아요. 글로리아에게 딸과 남편 중에 하나를 선택하라고 강요하지 말라고요. 당신이 이길 순 없을 테니까. 딸이 아빠가 정해주는 사람과 함께 누워야 한다고 느끼게 하지 말아요. 당신이 무슨 포주예요? 그건 길거리 싸움이에요, 프랭클린, 알잖아요."

로이

    내가 나간다는 소식을 받고 나서 정말로 나갈 때까지 짧을 수도, 길 수도 있는 몇 주간 월터는 잠을 거의 자지 않고 밤새 떠들며 막 출소한 사람을 위한 천한 가지 인생 교훈을 읊었다. "기억해," 그는 말했다. "네 여자는 지금까지 내내 바깥세상에 있었어."

    "내 아내를 모르잖아요." 내가 말했다. "그녀가 뭘 하고 살았는지에 대해 당신이 무슨 말을 해줄 수 있죠?"

    월터가 말했다. "내가 모르는 건 말해줄 수 없지. 그 여자가 어떻게 살았는지 난 몰라, 너도 모르고. 내가 확실히 아는 건 모든 사람의 인생은 앞으로 나아갔고, 네 인생만 그렇지 않았다는 거야."

    월터의 말에 따르면, 핵심은 머릿속을 깨끗이 닦아내는 것이다. 미래를 생각해야 한다. 하지만 예전에 내 소유였던 것을 갈망하지 말아야 한다는 얘기는 해주지 않았다. 월터는 놓친 기회와 후회 말고는 남기고 온 것이 아무것도 없었기 때문에 이해하지 못했다. 월터에게라면 새로 시작할 기회는 일시적인 구제가 되겠지만, 내게는 여러 중대한 난관을 맞닥뜨릴 계기가 될 터였다.

법원이 내게 십이 년 형을 때리기 전까지 나는 목표했던 모든 것을 이루었다. 생활비를 충당하고도 남을 만한 급여를 받는 직업, 침실 네 개와 일요일마다 직접 잔디를 깎던 너른 마당이 딸린 주택, 그리고 마치 기도처럼 날 북돋워주던 아내. 당시의 내 직업도 꽤 좋았지만 몇 년 후에는 더 좋은 일자리를 구할 참이었다. 린밸리 로드에 있던 그 집은 우리의 첫번째 집이었다. 우리의 다음 계획은 아이를 갖는 것이었다. 감정보다 더 큰 목적을 위해 잠자리에 들 때는 둘이 함께하는 시간이 다른 차원의 의미를 띤다. 그다음에 그런 일이 터지기는 했어도, 나는 그날 밤과 땀에 젖은 우리의 바람을 결코 잊지 못한다.

"월터, 예전에 가졌던 것은 잊고 앞으로 얻고 싶은 것에 정신을 집중하라고 하셨잖아요. 하지만 제겐 그게 다 같은 거예요."

"흠." 그가 게토의 요다가 되어 깊은 생각에 빠진 듯 얼굴을 찡그리며 말했다. "자, 너 같은 상황에 있는 사람은 인생을 신생아처럼 바라봐야 해. 세상에 처음 나와서 뭐가 뭔지 보려고 기다리는 양 행동하란 말이야. 머리를 눈앞의 현재에 고정해."

나는 내 한심한 상황을 따져보았다. "과거가 훨씬 좋았는데 현재에 집중해서 살라고 말하면 안 되죠."

그가 혀를 끌끌 찼다. "지금 당장 뭘 해야 하는지 알아? 지금 당장 저 세면대를 닦아야 해."

모든 것이 거꾸로 뒤집힌 교도소라 해도, 내게 허드렛일을 시키는 그런 행동이 이상하다는 것은 알 수 있었다. 내 생부가 작은 스

편지를 던졌고 나는 그것을 받았다. "내 차례 아니잖아요." 나는 스펀지를 도로 던지며 말했다.

"아버지들에게 차례란 없어." 그가 스펀지를 쳐서 다시 내 쪽으로 보내며 말했다.

나는 노란색 스펀지에 작은 비누 조각을 문지른 후 그다지 더럽지도 않은 세면대를 닦기 시작했다.

"시골의 요다." 내가 말했다.

"입조심해."

월터가 말해주지 않은 사실은 내가 무죄든 아니든 정문으로 나가지 못할 거라는 점이었다. 그것은 많은 것을 기대할 수 없음을 알지 못한 한 남자의 소박한 기대일 뿐이었다. 뱅크스는 어떤 식으로든 공식적인 사과는 없을 거라고, 국가의 인장이 찍힌 봉투 같은 것은 기대하지 말라고 경고했다. 젠장, 나는 누구에게 사과를 요구해야 할지, 관련 공무원들의 이름조차 알지 못했다. 루이지애나 주립 교도소에서 걸어나가는 사람이면 누구나 받는 처량한 23달러 외에는 아무런 배상도 받지 못할 터였다. 하지만 다른 누군가가 사회에 진 빚을 대신 갚은 무고한 사람으로서, 내가 정문을 통한 출소를 허용받으리라 생각했던 게 그렇게 불합리한 기대였을까? 나는 얼굴에 햇살을 받으며 널찍한 대리석 계단을 내려가, 온 가족이 기다리는 조그만 잔디밭에 서는 모습을 상상했다. 비록 올리브는 이 년 전에 세상을 떠났고 셀레스칠은 이 년 동안 보지도 못했지만. 빅로이는 거기 계시겠지. 그 정도는 전적으로 믿을 수 있었다. 하지만 사실 남자를 진실로 집에 맞아들여 그의 발을 씻기고 밥상을 차려주는 일은 오로지 여자만이 할 수 있다.

내가 그 어떤 정문으로도 걸어나갈 수 없다는 것을 안 아버지는 뒤편 주차장에서 크라이슬러 자동차 덮개에 기대선 채 나를 기다렸다. 내가 다가가자 빅로이는 옷깃을 바로 하고 손바닥으로 머리를 매만졌다. 내가 늦은 오후의 햇살을 막으려 눈 위에 손을 올리자 그의 얼굴에 미소가 퍼졌다.

그날 출소한 사람은 여남은 명이었다. 스무 살도 되지 않았을 어린 녀석을 위해 온 가족이 금속광택이 나는 크리스마스 장식 모양의 풍선을 들고 기다렸고, 빨간 고무 코를 단 어린 소년이 자전거 경적에 달린 고무공을 누르자 어떻게 된 건지 코가 빛났다. 어느 한 명은 마중나온 사람이 아무도 없었다. 그는 좌우를 둘러보지도 않고 버스정류장에 데려다줄 회색 밴을 향해, 마치 고삐에 끌리듯 곧장 걸어갔다. 나머지는 모두 여자가 데리러 왔다. 어떤 이들은 엄마가, 다른 이들은 아내나 여자친구가. 그 여성들은 출입구까지 직접 차를 몰고 와놓고 떠날 때는 반드시 남자에게 운전대를 넘겨주었다. 그 화창한 겨울날, 문을 마지막으로 나선 사람은 나였다. 내 신발—가죽 윙팁 구두—이 발에 낯선 느낌을 주었다. 정장용 양말이 어디론가 사라져서 맨발로 구두를 신었다. 아버지에게 걸어가는 동안 가죽 밑창 아래로 거친 아스팔트가 느껴졌다. 아버지, 그 말이 이제는 얼마나 어색해졌나 생각하며 빅로이에게 다가가는데, 내가 뭐든 원하게 될까봐 두려웠다. 그렇다고 많은 걸 요구하지도 않겠지만. 고등학교 시절에 야단치기엔 너무 커버린 내가 사내아이들이 으레 저지를 법한 말썽을 피우면 빅로이는 말하곤 했다. "잘 들어, 이 녀석아. 네가 경찰에 체포되더라도 날 부르진 마라. 난 탕아를 좋아하지 않아. 출소 축하 파티도 안 한다." 하지만 그 시절에 우리는 교도소란 죄를 짓거나 적어도 멍청한 실수를 해야만 가는 곳이라고 생각했다.

파티로 환영받을 자격이 있는 사람이 있다면 그건 바로 나였다. 다른 아들, 살찌운 송아지를 얻어먹지 못한 아들.* 혹은 욥. 혹은 에서를 비롯해 성경에서 푸대접을 받은 많은 사람. 그 운명의 밤에 얼음통을 채우러 갔을 때 내가 그전까지 내린 모든 영리한 판단은 갑자기 아무것도 아닌 것이 되어버렸다.

누군가 그 여자를 강간했으나—떨리는 손가락이 무릎 위에서 경련하는 모습으로 봐서 그 사실은 분명했다—내가 한 짓은 아니었다. 그날 밤 제빙기 앞에서 만났을 때 나는 여자에게 온정을 느꼈다. 당신을 보니 내 어머니가 생각난다고 말하자, 여자가 자기는 항상 아들이 있었으면 했다고 답했다. 여자의 방으로 걸어갈 때는 속내를 털어놓으며 셀레스철과 바보같이 싸운 얘기를 했고 그녀는 나를 위해 촛불을 켜겠다고 약속했다.

재판에서 그 여자가 끔찍한 얘기를 줄줄이 쏟아내며 내 인생을 무너뜨릴 때 나는 그녀가 조금 불쌍했다. 여자는 진술할 내용을 외운 것처럼 신중하게 말하며, 자기 몸과 그 몸에 가해진 행위를 교과서적인 용어로 묘사했다. 그녀가 법정에서 나를 빤히 바라볼 때 그 떨리는 입술에는 두려움뿐만 아니라 상처와 분노가 스며 있었

---

* 신약성서에 두 아들을 둔 아버지가 가산을 탕진하며 방탕하게 살다 돌아온 작은 아들에게 미리 살찌운 송아지를 잡아 성찬을 베풀었다는 이야기가 나온다.

다. 그 여자의 머릿속에서 그 짓을 한 사람은 나였다. 그것도 나를 위해, 내 결혼생활과 우리가 가지려 했던 아이를 위해 막 기도를 올린 직후에. 확신하느냐는 질문을 받았을 때 그 여자는 어디에서라도 나를 알아볼 수 있을 거라고 말했다.

가끔 그 여자가 지금 나를 보면 알아볼까 궁금할 때가 있다. 그때 나를 알았던 누구라도 오늘 나를 보면 알아볼까? 무죄든 아니든 교도소는 사람을 변화시켜 죄수로 만든다. 주차장을 가로질러 성큼성큼 걸어가며 나는 이런 생각을 몰아내기 위해 젖은 개처럼 실제로 머리를 흔들었다. 중요한 것은 내가 그 문을 걸어나왔다는 사실임을 상기했다. 정문, 후문. 그다지 다를 건 없다.

그래, 이것이 나다. 흔히들 하는 말대로 자유인. 번쩍거리는 풍선이든 코냑이든 살찌운 송아지든 무슨 상관이랴.

자동차에 기댄 빅로이는 몸을 일으키지 않았고, 주차장을 가로질러 뛰어와 나를 맞이하지 않았다. 내가 다가오는 모습을 지켜보았고, 가까이 왔을 때 양팔을 벌려 나를 끌어안았다. 나는 서른여섯 살이었다. 남은 날이 아주 많다는 건 알지만 박탈당한 시간을 헤아리지 않을 수 없었다. 묵직하고 안전한 아버지의 팔을 느끼며 거기 기댄 채로 입술을 깨물자 뜨거운 피맛이 느껴졌다. "다시 만나 반갑다, 아들" 하는 아버지의 말이 주는 느낌, 그 말에 담긴 진실을 음미했다.

"저도요." 나는 말했다.

"일찍 나왔구나." 아버지가 말했다.

그 말에는 빙긋 웃을 수밖에 없었다. 어떤 면에서 일찍이라고 하는 건지 알 수가 없었다. 사흘 전 공표된 닷새 단축 혜택을 말하는 걸까? 게다가 십이 년 형의 반도 채우지 않고 나온 것도 물론 사실이었다. 그래서 나는 말했다. "약속 시간에 오 분 일찍 도착하면 늦은 거라고 바로 아버지가 가르치셨잖아요."

아버지도 웃었다. "새기고 있었다니 기쁘구나."

"평생 새겼죠."

우리는 크라이슬러에 올라탔다. 내가 교도소에 들어가기 전에도 아버지는 이 차를 몰았었다. "올리브 보고 갈래? 나도 오늘은 아직 안 갔다."

"아뇨." 나는 말했다. 어머니의 이름이 깊이 새겨진 차가운 대리석과 네모난 땅을 마주할 자신이 아직은 없었다. 내가 만나고 싶은 유일한 '여자'는 셀레스철이었지만 그녀는 고속도로로 507마일 이상 떨어진 애틀랜타에 있었고 내가 석방되었다는 사실조차 아직 몰랐다.

빅로이가 어깨를 늘어뜨렸다. "그래도 괜찮겠지. 올리브는 어디 가지 않으니까."

아버지가 별생각 없이 했을 말이 내 마음 깊이 파고들었다. "그렇죠, 엄마는 어디 안 가죠." 내가 말했다.

그러고는 우리는 1마일 정도를 조용히 달렸다. 오른편에서 카지노의 네온 불빛이 햇빛과 경쟁해 이겼다. 주차할 공간을 찾아 그 주변을 맴도는 자동차들이 개미탑처럼 보였다. 전방에 고속도로 순찰차가 덤불 사이로 코를 비죽 내밀고 있었다. 불시 과속 단속, 예전과 똑같았다.

"그래, 그애는 언제 만날 거냐?"

이번에 연급된 여자는 셀레스철이었다. "수일 내로요."

"네가 나오는 건 알고?"

"네. 편지 보냈어요. 그런데 날짜가 당겨졌다는 소식은 못 들었을 거예요."

"네가 말하지 않았으면 어떻게 들었겠냐?"

마땅히 대꾸할 말이 없어서 진실을 말할 수밖에 없었다. "우선 제 몰골부터 수습해야죠."

빅로이가 고개를 끄덕였다. "그애가 아직 네 아내인 건 확실하고?"

"이혼 신청을 하지 않았잖아요." 내가 말했다. "그건 분명 의미가 있죠."

빅로이가 말했다. "그애가 꽤 성공했어."

나는 고개를 끄덕였다. "그런 것 같아요, 어떤 면에서." 나는 미국에서 예술가로 유명해져봐야 그렇게 대단한 건 아니라고 덧붙이려다 질투나 하는 옹졸한 사람처럼 보일까봐 그만두었다. "정말로 자랑스러워요."

아빠는 길에 고정한 시선을 돌리지 않았다. "네 엄마 장례식에서 그애를 마지막으로 봤다. 네 친구 안드레와 함께 왔더라. 거기서 셀레스철을 보니 반갑더구나."

나는 다시 고개를 끄덕였다.

"이 년 전, 아니 그보다 조금 더 됐지. 그뒤로는 소식을 못 들었어."

"저도 그래요. 그래도 영치금은 넣어줬어요." 내가 말했다. "매달."

"대단한 거야." 빅로이가 말했다. "그걸 무시하면 안 되지. 집에 가면 그애 사진이 실린 잡지를 보여주마."

"벌써 봤어요." 나는 말했다. 자기 부모님과 닮은 인형 한 쌍을 들고 포즈를 취한 셀레스철은 평생 고생이라고는 모르고 살아온 사람처럼 웃고 있었다. 그 기사를 세 번 읽었다. 두 번은 속으로 읽었고 한 번은 월터에게 소리 내어 읽어주었다. 월터는 다 듣고 난 뒤 기사에 내 얘기가 전혀 없다고 인정하면서도 다른 남자 얘기 또한 없다고 지적했다. 그래도 나는 딱히 그 잡지를 다시 보고 싶지는 않았다. "〈에버니〉를 구독하거든요. 교도소에서요. 〈제트〉와 〈블랙 엔터프라이즈〉도요. 3대 잡지 모두."

"그거 인종차별 아니냐?" 빅로이가 물었다.

"아마 조금은요." 나는 웃음을 터뜨렸다. "제 감방 동료는 〈에센스〉*를 즐겨 읽었어요. 잡지를 팔랑팔랑 넘기면서 말하곤 했죠. '바깥세상에는 남자가 필요한 여자가 아주 많구먼!' 나이 많은 양반인데, 이름은 월터예요. 절 돌봐줬죠." 생각지도 않았던 감정이 일어나 목소리가 떨렸다.

"그랬냐?" 빅로이가 백미러를 조정하려는 것처럼 핸들에서 한 손을 들었지만, 대신 턱을 긁고는 다시 핸들에 손을 얹었다. "그건 축복이지. 작은 축복." 신호등이 바뀌었는데도 빅로이는 미적거렸다. 우리 뒤에서 자동차들이 경적을 울렸다. 방해하지 않으려는 것처럼 소심하게. "네가 살아서 집에 돌아오게 도와주었다면 무엇이든, 누구에게든 감사한다. 아들."

---

* 흑인 여성 생활문화 잡지.

일로까지는 자동차로 사십오 분 정도밖에 걸리지 않고 그 정도면 남자가 마음을 털어놓기에 충분한 시간이지만, 나는 지난 삼 년간 내 두개골 벽을 울려대던 소식을 알리지 않았다. 그 이야기를 조금 더 오래 혼자만 안다고 해서 우유처럼 상하는 건 아니라고 속으로 말했다. 빅로이에게 월터 이야기를 하고 싶어질 때까지 얼마나 오래 걸리든, 일주일이든, 한 달이든, 일 년이든, 십 년이든, 진실은 그대로 남아 있을 테니까. 물론 하고 싶어진다면 말이지만.

빅로이가 마당까지 차를 몰고 들어갔다. "동네가 점점 나빠지고 있어." 그가 말했다. "누가 이 크라이슬러를 훔치려 했지 뭐냐. 내가 집에 없을 때 견인차를 마당으로 끌고 와서는, 이웃 사람들에게 내가 부탁했다고 말했대. 다행히 일을 마치고 집에 와 있던 내 파트너 위클리프가 권총으로 그놈들을 쫓아버렸지."

"위클리프 아저씨가요? 한 여든은 되지 않으셨나?"

"총이 있으면 나이는 상관없지." 빅로이가 말했다.

"일로에서만 그렇죠." 나는 말했다.

가방 하나 없이 집에 돌아오니 기분이 묘했다. 옆구리 근처에서 덜렁거리는 두 팔이 쓸모없게 느껴졌다.

"배고프냐?" 빅로이가 물었다.

"굶어죽겠어요."

아버지가 옆문을 열었고 나는 거실로 들어갔다. 모든 것이 예전 그대로였다. 조립식 소파는 어느 자리에서도 텔레비전이 보이도록 배치되어 있었고, 안락의자는 새것이지만 예전 안락의자가 있던 자리에 놓여 있었다. 소파 위쪽에 올리브가 소중히 여기던 대형 그림이 걸려 있었다. 머리에 아프리칸 두건을 두르고 책을 읽는 고요한 여인을 묘사한 그림. 올리브는 중고품 시장에서 그림을 샀고 돈을 더 들여 금색 액자에 끼웠다. 거실은 아주 깨끗했고, 카펫 위에 남은 진공청소기 궤적에서는 레몬 향이 희미하게 올라왔다.

"집 정리는 누가 했어요?" 내가 물었다.

"네 엄마 교회의 아줌마들. 네가 온다는 소식을 듣고 요리와 청소 부대처럼 몰려왔지."

나는 고개를 끄덕였다. "그중에 특별히 마음 가는 분은 없어요?"

"아니," 빅로이가 말했다. "그러기엔 너무 이르지. 들어와라. 욕실에 가서 씻어."

세면대에서 손에 비누칠을 하는데 늘 강박적으로 손을 씻던 월터가 떠올랐다. 지금쯤 새로운 감방 동료가 생겼는지 궁금했다. 나는 월터에게 옷가지와 머리빗, 몇 권 안 되는 책, 라디오까지 가진 것을 모두 주고 나왔다. 심지어 디오더런트까지 남겨두었다. 월터가 쓸 수 있는 것은 가질 테고 맞바꾸거나 팔 수 있는 것은 그렇게 할 것이다.

온수의 느낌이 좋아서 열기를 참을 수 없을 때까지 손을 수도꼭지 아래에 두었다.

"네 침대 위에 필수품 몇 가지를 두었다. 나머지 필요한 것은 뭐든 내일 월마트에 가서 사라."

"고마워요, 아빠."

그 호칭, 아빠. 월터에게는 그 호칭을 쓰지 않았다. 썼다면 좋아했을 테고, 월터가 한두 번 자기 입으로 말하기도 했다. "이봐. 난 네 아빠야." 하지만 나는 한 번도 그 단어를 입 밖에 내지 않았다.

다 씻고 나서 빅로이와 나는 접시에 음식을 가득 담았다. 누군가가 죽었을 때 만들어 갖다주는 그런 음식들이었다. 구운 닭고기, 햄을 넣어 뭉근하게 끓인 깍지 콩, 클로버 모양 빵, 마카로니앤드 치즈. 빅로이가 자기 몫의 음식을 전자레인지에 넣고 버튼 몇 개를 누르자 불이 들어오며 접시가 빙글빙글 돌았다. 접시의 금속 테두리 때문에 장난감 권총 같은 탁탁 소리와 함께 불꽃이 튀어올랐다. 빅로이가 오븐용 장갑을 끼고 음식을 꺼낸 뒤 종이 행주로 덮어놓고 내 것을 달라고 손을 내밀었다.

우리는 거실에서 무릎 위에 접시를 올려놓고 함께 앉았다.

"기도하고 싶냐?" 빅로이가 물었다.

"하늘에 계신 우리," 기도를 시작했지만 아버지라는 말에서 다시 목이 메었다. "우리 몸에 양분을 공급할 이 음식을 주셔서 감사합니다." 다른 할말을 찾으려 했지만, 어머니는 영원히 떠나셨고 아내도 여기에 없다는 생각만 떠오를 뿐이었다. "제 아버지가 계심에 감사합니다. 이렇게 집에 돌아올 수 있게 해주셔서 감사합니다." 그러고 나서 "아멘" 하고 덧붙였다. 나는 그대로 고개를 숙인 채 빅로이가 뒤이어 아멘, 하고 답하기를 기다렸다. 아무 말이 없어 고개를 들었더니 아버지가 입을 틀어막은 채 몸을 살짝 흔들고 있었다.

"올리브는 오직 이날이 오기만을 기다렸어. 오직 그 하나만을 빌었는데 이 자리에 함께할 수 없다니. 이렇게 네가 돌아왔는데 우린 여기서 다른 여자들의 음식을 먹고 있구나. 주님에게 계획이 있다는 건 알지만 이건 옳지 않아."

아버지에게 다가가야 했지만, 다 큰 어른을 위로하는 법을 내가 어떻게 알겠는가? 올리브라면 그 옆에 앉아 얼굴을 끌어당겨 가슴에 안고 여자의 방식대로 아버지를 달랬을 것이다. 난 배가 고팠지만 아버지가 포크를 들 때까지 나도 들지 않았다. 마침내 먹게 되었을 때는 전자레인지의 마법이 사라져버리고 질기고 말라빠진 음식만 남아 있었다.

빅로이가 자리에서 일어섰다. "피곤하냐, 아들? 난 일찍 자야겠다. 아침에 상쾌하게 시작하자."

겨우 일곱시였지만, 겨울에는 낮이 따뜻하지는 않아도 짧기는 했다. 나는 내 방으로 가서 빅로이 아니면 교회 아주머니들이 나를 위해 놓아둔 파자마로 갈아입었다.

실생활에서 오 년은 긴 시간이었다. 교도소에서 오 년은 영원하지 않았다. 끝이 눈에 보이는 시간의 범위였다. 내가 오 년만 바라보면 된다는 사실을 미리 알았다면 무엇을 다르게 했을지 궁금하다. 교도소에 갇혀 서른다섯이 되었을 때 마음이 괴로웠는데, 그때 누군가가 내게 다음해에 자유인이 될 거라고 말해줬더라도 그렇게 괴로웠을까? 시간이 늘 시계나 달력이나 모래알로만 측정되는 것은 아니다.

"셀레스철." 그녀의 이름을 매일 밤 간청하듯 불렀다. 아무짝에도 쓸모없는 내 손, 그 손바닥과 같은 색깔의 편지지에 쓴 그녀의 마지막 편지를 받고 난 뒤에도 그랬다. 지금 돌이켜보면 창피한 짓을 했을 때도 나는 항상 그녀를 생각하며 그녀에게 어떻게 말할 것인가 궁리했다. 내가 무엇을 했는지, 무엇을 받았는지, 무엇을 도난당했는지, 누구를 만졌는지. 때로는 그녀가 이해할 거라고 생각했다. 혹은 당장은 아니어도 결국에는 내 마음을 이해할 거라고. 내가 영원히 떠나 있을 거라고 생각해서 그랬음을 그녀가 알 거라고.

셀레스철은 파악하기 쉽지 않은 여자였다. 그녀는 의심할 여지없이 나를 사랑했는데도 우리의 결혼은 하마터면 무산될 뻔했다. 우선 내가 프러포즈하며 한두 가지 절차적인 실수를 저지르긴 했지만, 그게 아니더라도 셀레스철은 결혼 자체에 마음이 없었던 것 같다. 그녀는 '비전 보드'라고 이름 붙인 물건을 눈에 보이는 곳에 걸어두었는데, 기본적으로 그것은 번영, 창의성, 열정! 같은 구호를 압정으로 꽂아둔 코르크판이었다. 자신이 삶에서 바라는 것이 담긴 사진을 잡지에서 오려 꽂아두기도 했다. 그녀의 꿈은 자기 작품을 스미스소니언박물관에 전시하는 것이었지만, 어밀리아섬*에 있는 시골집 사진이나 달에서 바라본 지구 사진 역시 거기 꽂혀 있었다. 이 작은 콜라주에 웨딩드레스나 약혼반지 같은 것은 포함되지 않았다. 그래도 난 상관없었다. 아니, 상관있었다.

그렇다고 내가 열두 살 소녀가 꿈꿀 법한 결혼식을 계획했던 것도 아니고, 물정 모르는 바보처럼 아들 열 명을 낳으며 십팔 개월마다 시가를 나눠주는** 몽상을 품은 것도 아니다. 그저 아이가 둘 있는 내 모습을 그렸을 뿐이다. 트레이라는 이름의 아들, 그다음에는 딸. 즉흥적인 결정이나 임기응변을 삶의 방식으로 삼을 수 있는 사람들도 있겠지만, 일로 출신 청년에게는 전략이 필요했다. 이는 셀레스철과 나의 공통점이었다. 우리 둘 다 되는대로 흘러가며 사는 사람들이 아니었다.

---

* 조지아주에 인접한 플로리다주의 섬.
** 새로 자식을 본 아버지가 지인들에게 시가를 나눠주는 오래된 풍습을 가리킨다.

일 년 전이던가, 절망에 몸부림치던 나는 그녀가 보낸 편지를 모두 없애고 신중하게 작성한 절연 편지만 남겨놓았다. 그리고 당연히 월터는 향수 냄새가 나는 그 종이들을 한데 뭉쳐 금속 변기 속으로 던지려는 나를 만류했다. 왜 내가 가장 상처가 된 편지만 골라 남겼는지는 잘 모르겠다. 하지만 지금, 족쇄 없는 공기를 들이마시게 된 첫날밤에 나는 그것을 막 다시 읽을 참이었다.

멈출 수 있었다면 멈췄을 것이다. 접힌 부분이 닳은 종잇장이 찢어지지 않도록 조심스럽게 펼친 다음 글자에 손가락으로 밑줄을 그어가며, 나는 때로 그곳에서 발견하기도 했던 희망을 더듬어 찾아보았다.

셀레스철

우리의 이야기는 이제 더는 흑인 여자에게 일어나지 않았어야 할 유형의 사랑 이야기였다. 닥터 킹 이후로 니그로 소유의 옷가게, 약국, 카페테리아 등과 함께 이젠 희귀해진 빈티지 로맨스였다. 내가 세상에 태어날 무렵, 전 세계에서 가장 부유한 니그로 거리였던 스위트오번은 고속도로에 허리가 반으로 잘려 죽어가고 있었다. 고집스러운 에버니저교회는 그녀의 유명한 아들*을 자랑스럽게 상기시키며 여전히 거기 서 있었고, 그 옆에서는 아들의 대리석 무덤과 영원의 불꽃이 망을 보고 있었다. 나는 뉴욕에 살던 스물네 살 무렵에 흑인의 사랑도 그 길로 들어섰다고, 멸종의 대열에 합류했다고 생각했다.

니키 조반니**는 말했다. "흑인의 사랑은 흑인의 자산이다." 웨

---

* 에버니저교회의 목사였던 마틴 루서 킹 주니어를 가리킨다.

스트빌리지에서 술에 취한 어느 밤에 내 룸메이트 이마니는 희망을 잃지 않고 자기 오른쪽 엉덩이에 이 말을 문신으로 새겼다. 이마니와 나는 둘 다 유서 깊은 흑인 대학 졸업생이었기 때문에 대학원은 문화 충격이자 디스토피아였다. 예술대학에 흑인은 우리 둘뿐이었고, 남학생이 한 명 더 있기는 했지만, 그는 내가 자신의 독특성을 훼손했다고 생각했는지 날마다 내게 화가 나 있는 듯했다. 시를 공부하며 학위 취득을 준비하는 이마니도 나와 같은 처지여서 우리는 맨해튼의 '머룬스'라는 레스토랑에서 함께 일하기로 했다. 전 세계의 흑인 가정식을 전문으로 하는 그 식당에서는 저크치킨, 졸로프라이스, 케일 요리, 옥수수빵 등을 팔았다. 우리의 남자친구들은 그 식당의 관리자로, 식민지시대풍 말투***를 쓰는 후끈한 남자들이었다. 나이가 너무 많고 돈은 너무 없고 얼굴은 너무 잘생긴 그들은 날씨만큼이나 믿을 수가 없었지만, 이마니는 "흑인이고 살아 있기만 하면 항상 좋은 출발"이라고 말했다.

당시에 나는 뉴욕 예술계에 적응하려고 애썼다. 항상 다이어트를 했고, '여러분y'all'이나 '부인ma'am' 같은 말을 쓰지 않으려 노력했다. 대체로 성공적이었지만 술을 마시면 사정이 달라졌다. 진피즈를 석 잔만 마셔도 말하기 연습을 했던 게 무색하게 애틀랜타 남서부의 모든 것을 쏟아냈다. 당시에 로이는 애틀랜타 지하철로 갈 수 있는 가장 먼 곳에 살았는데, 임대한 아파트가 너무 외곽에 있어서 R&B 라디오 방송이 잘 안 잡힐 정도였다. 그는 사무직에

** 미국의 시인이자 작가.

*** 자메이카, 도미니카연방, 트리니다드토바고 등 과거에 영국령이었던 서인도제도의 국가에서 식민지시대 영국 발음을 주로 쓴다고 한다.

종사하며 여러 곳에 흩어진 일터를 통합해 관리하는 대가로 상당히 높은 보수를 받았다. 로이는 그 일을 좋아하지도 싫어하지도 않았다. 그에게 일자리는 목적을 위한 수단일 뿐이었다. 하지만 출장이 잦다는 점은 좋아했는데, 취직 전에는 댈러스 너머 서쪽이나 볼티모어 너머 북쪽은 가본 적이 없었기 때문이다.

물론 이마니가 로이의 일행을 내 구역에 있는 커다란 원탁에 앉혔을 때 나는 그런 사실을 전혀 알지 못했다. 나는 그저 6번 테이블의 일행이 여덟 명이고 그중 일곱 명이 백인이라는 사실을 알았을 뿐이다. 그가 그런 종류의 흑인 형제라고 예상한 터라 나는 완전히 사무적인 태도를 취했다. 그날의 특별 요리를 읊는 동안 그 흑인 남자가 나를 빤히 쳐다보는 느낌이 들었다. 그의 왼쪽에 앉은 빨강 머리가 그에게 기댄 채 메뉴를 읽는 모습으로 보아 여자친구 같았는데도 말이다. 마침내 그 여자가 소럴카이피리냐 칵테일을 주문했다. "그럼 손님은 뭘 드시겠어요?" 나는 세무감사원처럼 싸늘한 말투로 그에게 물었다.

"난 잭콕을 마실게요." 그가 말했다. "조지아주 아가씨."

나는 누가 목덜미 아래에 얼음조각을 넣기라도 한 듯 움찔했다. "제 말투 때문인가요?"

테이블의 모든 사람이, 특히 그 빨강 머리가 빙그레 웃었다. "당신은 남부 말투 안 쓰는데요." 그녀가 단언했다. "우리가 조지아 출신이에요. 그쪽은 완전히 양키*인데."

양키는 남부의 백인들이 쓰는 단어로 반란군 깃발**과 맞먹는 의

---

* 미국 북부, 특히 뉴잉글랜드 지역 사람을 일컫는 말.

미를 지닌, 남북전쟁에 대한 분노의 잔재를 품은 말이었다. 나는 다시 그 흑인 남자를 향해 몸을 돌리고—이제 우리는 한 팀이었다—여자 쪽으로 아주 살짝 눈을 흘겼다. 그에 대한 대답으로 그는 거의 감지하기 힘들 만큼 어깨를 살짝 으쓱했는데 그 의미는 대략 이런 것이었다. 백인은 어쩔 수 없는 백인이죠. 그러더니 빨강 머리 여자에게서 살짝 떨어졌는데 이번에 전하는 의미는 이랬다. 이건 업무 회식이에요. 이 여자랑은 사귀는 사이가 아니고요.

그러고는 이번에는 실제로 내게 말했다. "내가 아는 사람 같은데. 헤어스타일이 다르긴 하지만, 혹시 스펠먼에 다니지 않았어요? 난 로이 해밀턴이에요. 당신의 모어하우스 형제."

나는 서로를 형제나 자매라고 칭하는 스펠하우스 사고방식에 끝까지 젖어들지 못했다. 아마도 내가 편입생이어서 신입생 주간의 의식과 행사를 놓쳤기 때문인지도 모른다. 하지만 바로 그 짧은 순간에 우리는 오래전에 헤어진 동네 친구를 다시 만나기라도 한 것 같았다.

"로이 해밀턴." 나는 기억을 조금이나마 되살리려고 그 이름을 천천히 발음해봤지만, 그는 너무도 표준적인 모어하우스맨처럼 보였다. 유치원 때 이미 경영학을 전공하겠다고 선언하는 부류의 남자 말이다.

"이름이 뭐라고 했죠?" 그가 물으며 실눈을 뜨고 이마니라고 쓰인 내 이름표를 쳐다보았다. 진짜 이마니는 셀레스철 이름표를 달고 식당 반대편에 있었다.

** 남부연합기를 가리킨다.

"이마니," 빨강 머리가 짜증이 뚜렷한 말투로 말했다. "글 못 읽어요?"

로이는 그 여자의 말을 못 들은 척했다. "아니," 그가 말했다. "그게 아니야. 당신 이름은 어딘가 예스러운 느낌이었는데. 예를 들면 루시 메이 같은."

"셀레스철," 내가 말했다. "어머니 이름을 딴 거예요."

"이제 뉴욕시티에 와서 살고 있는데 셀레스트라는 더 일반적인 이름을 쓰지 않는 게 놀랍네요. 난 로이예요. 정확히 말하면 로이 오새니얼 해밀턴."

중간 이름을 듣는 순간―예스럽다니, 누가 할 소리―그가 기억났다. 플레이보이, 뚜쟁이, 사기꾼. 그 모든 면을 가진 사람. 내 구역 담당 매니저가 짐짓 헛기침을 했다. 바로 어제 자기는 내 남자가 아니라고 우기더니. 선수가 선수를 알아본다, 뭐 그런 건가.

이 추억은 향수일까? 정말로 일어난 일일까? 사진이라도 찍어두었더라면 좋았을 것 같다. 그랬다면 그날 밤늦게 식당 밖에 서 있던 우리가 어떤 모습이었는지 기억할 수 있을 텐데. 그해에는 겨울이 빨리 왔다. 로이는 가벼운 모직 코트에 그것과 한 벌인 듯한 아주 얄팍한 목도리를 두르고 있었다. 나는 악천후에 대비해 오리털 코트로 단단히 무장하고 있었다. 내가 '예술가 단계'를 끝내고 집에 돌아와 교육학 석사 과정을 시작하기도 전에 저체온증으로 죽을 거라고 확신한 글로리아가 보내준 옷이었다. 눈이 축축하게 엉겨붙어 내렸지만 나는 로이가 내 얼굴을 볼 수 있도록 모자의 끈을 조이지 않았다.

이제는 알겠다. 인생의 많은 부분이 타이밍과 상황의 문제라는 사실을. 로이는 나에게 그런 남자가 필요하던 시기에 내 인생에 들어왔다. 내가 애틀랜타를 떠나지 않았더라도 이 연애에 그토록 전속력으로 달려들었을까? 모르겠다. 하지만 사랑을 느끼는 것과 이해하는 것은 아주 다른 일이다. 많은 시간을 지나온 지금 깨닫는다. 나는 혼자였고 표류중이었으며 그는 바람둥이만이 경험하는 방식으로 외로웠다는 것을. 나는 로이를 보며 애틀랜타를 떠올렸고, 그 역시 나를 보며 같은 것을 떠올렸다. 우리는 그 모든 이유로 서로에게 이끌렸지만 머룬스 식당 밖에서 함께 서 있던 그때는 이유를 따지지 않았다. 인간의 감정은 이해의 영역 밖에 있으며 유리를 불어 만든 공처럼 매끈하고 연속된 것이다.

로이

식당 밖 보도에 서서 나는 그녀를 기억에 저장했다. 입술 모양, 보랏빛이 도는 립스틱, 립스틱과 어울리는 색깔로 가닥가닥 염색한 머리카락. 그리고 남부 억양이지만 너무 심하진 않은 그녀의 말투를, 골반은 크지만 상체는 날씬한 그녀의 몸매를 나는 기억하고 있었다. 그녀의 이름이 '예스럽다'고 말했지만 사실은 '고전적'이라고 말했어야 했다. 그 이름을 발음할 때 입안에 감돌던 느낌이 상세한 꿈처럼 기억에 남았다.

"브루클린 보고 싶어요?" 그녀가 물었다. "또다른 룸메이트가 투스텝스다운에서 일해요. 거기 가면 공짜 술을 마실 수 있어요."

처음에는 굳이 공짜 술을 찾아갈 필요는 없다고 말하려 했으나, 그러면 셀레스철이 나를 멋있게 보기보다 오히려 언짢아할 것 같아서 그냥 대답했다. "택시를 타죠."

"오늘밤엔 택시 못 타요."

"왜죠?" 질문의 의미로 나는 내 낙타털 코트의 소매와 부드러운 가죽장갑 사이에 비죽 드러난 갈색 피부를 손가락으로 두드렸다.

"것도 그렇고," 그녀가 말했다. "눈이 오잖아요. 요금을 두 배로 받을 거예요. 지하철을 타는 게 좋겠어요." 셀레스철은 녹색 공 모양 장식이 있는 지하철 입구를 가리켰고, 우리는 계단을 따라 〈마법사〉*의 음침한 배경을 떠올리게 하는 세계로 내려갔다.

"먼저 가세요." 그녀가 개표구에 표를 넣고 나를 슬쩍 밀며 말했다.

나는 지팡이를 집에 두고 나온 맹인이 된 기분이었다. "있죠," 내가 말했다. "난 사업차 여기에 왔어요. 아침에 영업 회의가 있거든요."

셀레스철은 공손하게 미소를 지었다. 그녀는 "좋네요" 하고 대답했지만 내 직업적 위치는 전혀 신경쓰지 않았다. 젠장, 나도 뭐 대단히 신경쓰지는 않았지만, 내 인생이 잘 굴러가고 있다는 사실을 알리기 위해 한 말이었다.

나는 대중교통을 그다지 좋아하지 않는다. 애틀랜타에는 버스와 MARTA 철도가 있지만 자기 차를 살 수 없는 사람만 이용했다. 나는 모어하우스에 입학한 직후에는 선택의 여지가 없었으나 푼돈이나마 좀 모이자마자, 단종 직전이었던 포드 핀토를 샀다. 안드레는 그 차를 '자동차 폭탄'이라 부르며 안전을 문제삼았지만, 그렇다고 안드레든 누구든 내 차를 얻어 타지 않은 건 아니었다.

---

* 1978년에 상영된 흑인 배우들 주연의 뮤지컬 영화로 『오즈의 마법사』를 각색한 것이다.

지하철 A선은 노래 속 분위기와는 달랐다.* 뉴욕 지하철에는 사람들이 빽빽하게 들어차 있었고, 눅눅한 침낭 같은 그들의 코트 속을 채운 것이 무엇이든 그 냄새를 다 맡을 수 있었다. 바닥에는 저소득층 주택단지에서나 볼 수 있는 리놀륨이 깔려 있었고 좌석은 희멀건 주황색이었다. 그리고 여자들은 서 있는데 사지 멀쩡한 남자들이 다리를 쩍 벌린 채 두 자리씩 차지하고 있는 꼴에 대해선 더 말하고 싶지도 않다.

그렇게 덜컹덜컹 가는 동안 우리는 커다란 쇼핑백을 가슴팍에 꽉 틀어쥐고 거기가 자기 집 안방인 양 잠들어 있는 흑인 여자 앞에 서 있었다. 그 여자 옆에는 예전에 우리가 '드바지DeBarge'**라고 부르던 유형의 피부색이 밝은 남자가 앉아 있었는데 머리통 전체에 초상화 미술관을 차린 것 같았다. 광대뼈에는 여자 얼굴이 그려져 있었는데 우는 것처럼 보였다.

"조지아," 내가 그녀의 머리칼에 대고 말했다. "어떻게 여기 올라와 살 수가 있죠?"

그녀가 대답하려고 고개를 돌렸는데, 우리의 얼굴이 너무 가까워서 그녀는 내게 키스하지 않으려면 고개를 뒤로 빼야 했다. "진짜로 여기 사는 건 아니에요. 대학원에 다니며 뼈빠지게 노력하고 있어요."

"그럼 웨이트리스는 그냥 흉내인가?"

그녀가 끈 손잡이를 고쳐 잡더니 한쪽 발을 올려 두꺼운 고무창

* 뉴욕 지하철을 소재로 한 경쾌한 분위기의 재즈곡 〈A선을 타세요〉가 있다.
** 프랑스계 백인 아버지와 흑인 어머니 사이에서 태어난 형제자매로 이루어진 미국 밴드로, 피부색이 밝은 혼혈 흑인의 대명사로 쓰였다.

이 달린 검은 구두를 보여주었다. "그냥 흉내만 내고 있다는 말은 내 발에다 대고 좀 해주세요. 발이 끔찍하게 아파서 진짜로 일하는 느낌이 들거든요."

나는 그녀와 함께 킬킬거렸지만, 루이지애나에 있는 엄마가 생각나서 마음이 아팠다. 늘 발바닥 가운데가 아프다고 했는데, 일요일마다 신는 하이힐 때문이라고 우겼지만, 사실은 날마다 미트앤드스리 음식점에서 쟁반에 음식을 담으며 종일 서 있어서 그런 것이었다.

"학교에서는 뭘 공부해요?" 나는 그녀가 박사학위나 경영학 석사나 로스쿨 학위를 따려는 게 아니기를 바랐다. 사회에서 잘나가는 여자에게 반감이 있는 건 아니었지만, 내가 문학사 학위만 따고 공부를 중단한 이유를 설명해야 하는 상황은 원하지 않았다.

"미술요." 셀레스철이 말했다. "섬유와 민속예술 분야예요." 그녀의 눈꼬리가 살짝 올라간 것으로 보아 딸 자랑을 하는 어머니처럼 스스로를 대견해한다는 걸 알 수 있었지만, 나는 그녀가 무슨 말을 하는지 이해할 수 없었다.

"그래요?" 내가 말했다.

"전 공예가예요." 그녀가 말했다. 설명이 아니라 희소식을 전하는 사람처럼. "인형을 제작하죠."

"그걸 직업으로 삼으려는 거예요?"

"페이스 링골드란 사람에 대해 들어본 적 있어요?" 나는 들은 적이 없었지만 그녀는 계속 이야기했다. "그 여자처럼 되고 싶어요. 퀼트가 아니라 인형으로요. 납세 번호를 받아 사업을 시작할 거예요."

"회사 이름은 뭐예요?"

"베이비돌스." 그녀가 말했다.

"스트립쇼 클럽 같은데."

"아니거든요." 그녀가 말했다. 목소리가 하도 커서 앞에 앉아 졸고 있던 여자가 잠을 깼다. 얼굴에 문신을 한 남자는 살짝 움찔했다.

"내 전공이 마케팅이라서 그래요." 내가 말했다. "그런 걸 생각하는 게 내 직업이죠."

셀레스철은 여전히 진지하게 기분이 상한 얼굴이었다.

"다른 이름이 더 효과적일지도 몰라요." 옳은 방향으로 가고 있다는 생각이 들어 계속 밀어붙였다. "푸페라고 하면 어떨까요. 프랑스어로 인형이라는 뜻이죠."

"프랑스어?" 그녀가 나를 보며 물었다. "아이티인이에요?"

"나요?" 나는 고개를 저었다. "난 표준적인 미국 니그로입니다."

"그런데 프랑스어를 해요?" 마치 통역을 맡길 일이 있는 사람처럼 희망을 품은 목소리였다. 잠시 나는 루이지애나 출생증명서를 내던져버릴까 생각했다. 여자들은 크리올*이라고 주장하면 좋아하니까. 하지만 그녀에게 거짓말을 하고 싶지는 않았다. "고등학교 때 프랑스어를 배웠고 모어하우스에서 부전공을 하려고 몇 학점을 땄죠."

"내 상사인 디디에," 셀레스철이 말했다. "그 사람이 아이티인이에요. 일종의 아이티인. 브루클린에서 태어났지만 그래도 아이티 사람이죠. 이 지역에선 그렇잖아요. 그는 프랑스어를 해요."

---

* 주로 서인도제도에 사는 유럽인과 흑인 혼혈인.

내가 무 트럭에서 굴러떨어진 시골뜨기 같을지는 몰라도, 여자가 그런 식으로 느닷없이 다른 형제 얘기를 꺼내면 좋은 신호가 아니라는 것을 알 만한 눈치는 있었다.

지하철을 갈아탄 후 마침내 그녀가 말했다. "여기에서 내리면 돼요." 그러고는 공중화장실 같은 타일이 깔린 지저분한 계단으로 나를 이끌었다. 브루클린의 밤으로 나왔을 때 나는 도로 양옆으로 늘어선 나무를 보고 깜짝 놀랐다. 그 헐벗은 가지들을 올려다보는데 통통한 눈송이가 둥실둥실 내려왔다. 태생으로도 체질로도 남부 사람인 내게 진짜 눈이 내리는 풍경은 장관이었다. 혀를 내밀어 맛을 보려 하지 않은 것만도 다행이었다. "텔레비전에서 보던 장면 같아요." 내가 말했다.

"내일이면 온통 더러워져서 도로변에 쌓일 거예요. 하지만 이렇게 막 내린 눈은 좋죠."

다음 길에서 꺾어 걸어가며 나는 그녀의 손을 잡고 싶었다. 길 양편에 늘어선 건물은 연필밥 같은 연갈색이었고 건물들의 벽이 서로 붙어 있어서 거리 양편에 성채가 솟아 있는 듯했다. 그녀는 그 브라운스톤 주택들이 원래는 4층 건물 한 채를 한 가족이 사용하도록 지어졌지만 지금은 다세대 아파트로 분할되었다고 설명했다.

"전 바로 저기에 살아요." 셀레스철이 건너편 길 아래쪽을 가리키며 말했다. "반지하 아파트. 보여요?"

나는 그녀의 팔을 따라 시선을 옮겼다.

"아, 이런, 안 돼." 그녀가 말했다. "또 그러면 어떡해."

나는 가로등 불빛에 눈을 찡그리며 눈송이 사이로 그녀의 걱정거리가 무엇인지 보려 했다. 뭐가 뭔지 파악하기도 전에 셀레스철이 "이봐요" 하고 소리지르더니 새총에서 발사된 것처럼 달려나갔다. 그녀는 단지 놀라움의 동력 때문에 나보다 사오 초 정도 빨랐다. 나는 그녀를 뒤따라 달려가면서도 무슨 일이 벌어지는지 완전히 알지 못했다. 전력을 다했지만 그래도 뒤처졌다. 스파이크 리가 예전에 말했듯이, 신발 때문이다.* 내가 신은 신발은 스타일을 위한 것이지 잘 뛰기 위한 것은 아니었다. 목사도 탐심을 품을 만한 적갈색 플로어샤임 구두. 발등과 밑창 모두 가죽. 셀레스철은 만인의 칭송을 받는 간호사용 신발을 신었는데, 막 태어난 강아지처럼 볼품없었지만 도로 질주에는 장점이 있었다.

그놈이 달리는 것을 보자 상황이 파악되었다. 그녀는 그놈에게 온갖 험한 욕을 해대며 간간이 명령했다. "내 물건 내려놓지 못해!" 우리는 도둑을 뒤쫓고 있는 게 분명했다. 잘 달릴 줄 아는 도둑. 그녀도 꽤 잘 달렸지만 이놈은 날고 있었다. 그는 아마도 누군가에게서 훔쳤을 조던 운동화를 신었고, 내가 말했듯이 다 신발 때문이다.

칼턴 애비뉴는 긴 거리다. 거리 끝까지 양옆에 브라운스톤 주택이 늘어서 있고 솟아오른 나무뿌리 때문에 보도블록이 울퉁불퉁해서 도둑을 뒤쫓는 일이 장애물경주 같았다. 이 경주에서 사전 경험이 없는 사람은 나뿐인 것 같았다. 셀레스철은 솟아난 나무뿌리를 한 치의 흐트러짐도 없이 뛰어넘었다. 도둑은 그보다 더 잘 뛰어넘어서 우아하기까지 했다. 이번이 그의 첫 로데오 등판이 아니라는

---

* 영화감독 스파이크 리와 농구선수 마이클 조던이 나이키 광고에 출연했을 때 조던의 실력이 신발에서 비롯된다는 의미로 쓴 캐치프레이즈.

사실은 누가 봐도 알 수 있었다.

그녀가 자기를 잡지 못할 거라는 사실을 그는 알았다. 그녀가 그를 잡지 못할 거라는 사실을 나도 알았다. 나는 합리적인 사람이기 때문에 부질없는 노력은 하지 않지만 셀레스철이 뛰는 동안은 나도 뛰지 않을 수 없었다. 내 데이트 상대가 범죄자를 뒤쫓는데 내가 뒤처진다면 체면이 뭐가 되나? 그래서 나는 숨이 턱에 차는데도 계속 달렸다. 해야 하는 일은 꼭 하는 것이 남자다.

이 추격전이 얼마나 계속되었을까? 영원히. 차가운 공기 때문에 폐가 얼어붙을 것 같고 신발 때문에 발도 아파서 이러다 죽을 수도 있겠다는 생각이 들었다. 앞에서는 셀레스철이 그놈에게 집중하며 부두의 하역부처럼 욕을 해댔다. 쥐가 났다. 다리가 아니라 심장에. 그녀가 욕을 하느라 약간 느려지긴 했어도 내게 좋은 상황은 아니었다. 나는 몸집이 크고 출발도 늦은데다 흡사 루이스 패러칸*처럼 차려입었다. 나는 '민족'의 추종자는 아니지만 패러칸을 생각하니 힘이 약간 솟았다. 그는 어떤 문제에 관해서는 황당한 소리를 하지만 기본적인 이해력은 있는 사람이다. 어떤 옷을 입었건 간에 성직자 패러칸이 자매님이 강도를 붙잡는 동안 뒤로 처져 보고만 있을 리 없었다.

바로 그때 신이 내게 미소를 지었다고 장담한다. 내가 내 안의 모든 힘과 끈기를 끌어올리고 있을 때, 셀레스철이 울퉁불퉁한 보도블록에 발이 걸려 철퍼덕 넘어졌다. 나는 세 걸음 만에 그녀를

---

* 미국의 성직자. 이슬람교 흑인 민족주의 운동 조직으로 분류되는 '이슬람 민족(Nation of Islam)'이라는 단체를 이끌어왔으며, 지나치게 과격하거나 편향된 언사로 자주 비판을 받았다.

칼 루이스*처럼 뛰어넘었다. 내게 그 경주는 바로 그 순간, 내 정장 구두가 땅에 닿기 전에 끝났다. 주제곡이 나오고 내가 공중에 떠 있는 화면 위로 자막이 올라가도 괜찮았을 것이다.

불행히도 이건 영화가 아니었다. 나는 착지했고 엉뚱한 방향으로 몇 인치쯤 미끄러졌다가 바로 방향감각을 되찾아 다시 움직이기 시작했다. 도둑은 겨우 보도블록 두어 칸 앞에서 뒤를 돌아보고 있었다. 이제 나는 그랑프리를 거머쥐러 나섰다. 팔다리를 힘차게 휘두르며 고등학교 육상 수업에서 배운 내용을 떠올리려 했다. 그때 놈이 휘청거리면서 약간 틈을 보였다. 이제 그의 셔츠 등에 적힌 상표—카니Kani였다—를 읽을 수 있을 정도로 거리가 좁혀졌다. 나는 오른쪽 무릎을 앞으로 내민 채 넘어졌고, 아스팔트에 부딪히는 순간 손가락으로 그의 깡마른 발목을 꽉 쥐었다. 그는 발을 두어 번 거세게 흔들어댔지만 나는 목숨이 걸린 일인 양 붙들고 늘어졌다.

"도대체 왜 이래요?" 그가 혀를 내둘렀다. "내게 총이라도 있으면 어쩌려고?"

솔직히 나는 그 생각을 하느라 잠시 멈칫했고, 바로 그 순간 그가 발을 홱 빼내더니 내 얼굴을 걷어찼다. 그래도 놈이 나를 있는 힘껏 차지 않았다는 점은 인정하고 넘어가야겠다. 내 머리를 보도에 대고 짓밟지는 않았다. 발길질이라기보다는 장난스럽게 툭 치는 느낌이었으나 그 한 방이 입을 정통으로 때려 아랫니 하나가 빠져버렸다.

---

* 미국의 육상선수.

뒤에서 셀레스철의 신발 고무창 소리가 들렸다. 그녀가 나를 장애물처럼 훌쩍 뛰어넘어 이 미친 추격전을 이어나갈까봐 겁이 났지만 그녀는 달리기를 멈추고 내 옆에 무릎을 꿇었다.

"물건을 되찾지 못했어요." 내가 숨을 헐떡이며 말했다.

"상관없어요. 당신은 내 영웅이야." 그녀가 말했다. 농담이라고 생각했는데, 내 옆얼굴에 댄 그녀의 손이 그렇지 않다고 말해주었다.

부분 의치를 해준 치과의사는 내가 곧바로 병원에 왔다면 그 치아를 살릴 수 있었을 거라고 말했다. 당시에 셀레스철도 그러자고 했지만 나는 제안을 물리치고 그녀가 룸메이트 세 명, 그리고 여남은 아기 인형과 함께 사는 작은 아파트로 되돌아갔다. 그녀는 내게 차가운 압박붕대를 대준 후 경찰에 신고했다. 경찰관은 두어 시간 후에야 도착했고 그 무렵 나는 그녀에게 홀딱 빠져 있었다. 잭슨 파이브처럼 흥에 들떴다. 도레미. 에이비시.* 경찰 보고서에 그녀는 전체 이름을 적어 서명했고, 나는 그 이름을 이마에 문신으로 새길 수도 있을 것 같았다. 셀레스철 글로리아나 대븐포트.

---

* 잭슨 파이브의 노래 〈ABC〉의 가사 일부.

안드레

우리 사이의 진실은 나와 셀레스철 이외에 다른 누구도 상관할 바가 아니었다.

올리브의 장례를 지내기 직전 일요일에 셀레스철이 로이의 아버지와 함께 있는 동안 나는 교도소를 방문했다. 달리 더 좋은 표현이 없어서 방문이라고 말한다. 어쩌면 그를 보러 갔다는 표현이 최선일 것이다. 우리가 자동판매기에서 산 감자칩 세 봉지를 함께 먹는 동안 로이는 내게 월요일 아침에 자기를 대신해 어머니의 관을 장의차에서 제단까지 운반해달라고 부탁했다. 나는 그러기로 했지만 흔쾌히는 아니었다. 기쁜 마음으로 맡을 만한 일은 아니니까. 빅로이가 오른쪽 귀퉁이를 들어줄 교회 집사 한 명을 미리 구해두었는데, 로이가 나를 보냈으니 그 집사는 빠져도 된다고 내가 빅로이에게 설명하기로 했다. 우리는 그렇게 결정하고 나서 사업 거래를 마친 사람들처럼 악수했다. 손을 놓았을 때 나는 가려고 일어섰지만 로이는 그대로 앉아 있었다.

"난 면회 시간이 끝날 때까지 여기 있어야 해."

"그냥 앉아 있을 거야?"

그의 한쪽 입꼬리가 삐죽 올라갔다. "저 안으로 돌아가는 것보다 낫지. 괜찮아."

"내가 조금 더 있어도 돼." 나는 플라스틱 의자에 다시 앉으며 말했다.

"저 사람 보여?" 그가 상고머리에 맬컴 엑스 안경을 쓴 깡마른 남자를 가리켰다. "저 사람이 내 아버지야. 생부. 이 안에서 만났어."

나는 꽃무늬 원피스 차림의 통통한 갈색 머리 여자와 이야기를 나누는 나이든 남자를 슬쩍 쳐다봤다.

"신문 광고를 통해 만난 여자야." 로이가 설명했다.

"여자를 보고 있었던 게 아니야." 내가 말했다. "완전 얼떨떨하다. 네 진짜 아버지라고?"

"그런 것 같아." 로이가 지도를 살피듯 천천히 내 얼굴을 훑었다. "넌 몰랐구나." 그가 말했다. "몰랐어."

"내가 어떻게 알겠어?"

"셀레스철이 너한테 말하지 않았구나. 네게 말하지 않았다면 아무에게도 말하지 않은 거야." 로이가 기뻐하는 동안 나는 모기와 말벌 사이의 무엇에 쏘인 것처럼 약간 따끔한 느낌이 들었다.

"너 네 아버지를 닮았구나." 나는 턱짓으로 가리키며 말했다.

"우리 아버지는 빅로이야. 저 남자로 말할 것 같으면, 지금은 나와 잘 지내지만 옛날에 담배를 사러 간다고 나가서는 영영 돌아오지 않았던 인간이지. 그런데 지금은 날마다 봐." 그가 고개를 저었다. "이 상황이 의미하는 바가 있을 것 같은데—전체적인 구조의 관점에서 말이야—그런데 그게 뭔지 모르겠어."

나는 말없이 앉아 있었다. 그날 저녁 경야를 치르기 위해 입은 회색 정장이 불편했다. 그게 무슨 의미일지는 나도 알 수 없었다. 아버지란 참 복잡한 존재였다. 내 아버지가 산업박람회에서 한 여자를 만나 우리를 버리고 새로운 가정을 꾸렸을 때 나는 일곱 살이었다. 아버지는 그전에도 생판 모르는 사람과 멍청하게 사랑에 빠져 그 여자와 살림을 차리겠다고 위협하는 짓거리를 벌인 적이 있었다. 사업—얼음 저장고 운영—때문에 업계 행사에 출장을 다녀야 했는데 그런 데서 정열에 휩싸이곤 했다. 그는 열정적인 남자였던 게 분명하다. 내가 세 살 때는 드라이아이스와 운송의 세계에서 나타난 어느 여자와 사랑에 빠졌지만 그 여자가 남편을 떠나지 않기로 결심하는 바람에 아버지는 이비와 나에게 돌아왔다. 그뒤로도 열띤 연애질은 이어졌지만 지속되지는 않았다. 그 얼음조각가 와는 덴버에서 야간에 열린 산업박람회에서 만났다. 서른여섯 시간도 채 안 되는 경이로운 만남을 경험하고 집에 돌아온 그는 짐을 모두 싸들고 영원히 튀어버렸다. 이런 말을 덧붙이는 게 무슨 의미가 있는지는 모르겠지만, 그들은 아들과 딸을 하나씩 두었고 그는 그 아이들이 자라는 모습을 옆에 딱 붙어서 지켜보았다.

나는 양손을 펼쳤다. "주님은 신비한 방식으로 역사하신다?"

"뭐 대충 그런 거겠지." 로이가 말했다. "우리 엄마는 떠나셨는데."

"그래," 내가 말했다. "유감이다."

그는 고개를 젓고 손바닥을 응시했다. "고맙다," 그가 말했다.

"나 대신 엄마를 옮겨줘서."

"난 네 친구잖아." 내가 말했다.

"셀레스철에게 보고 싶다고 전해줘. 노래도 고맙다고 전해주고."

"그럴게." 나는 다시 대답하며 의자에서 일어섰다.

"드레," 그가 불렀다. "오해하지 말고 들어줘. 셀레스철은 내 아내야. 기억해." 그러더니 시커먼 잇새를 드러내며 활짝 웃었다. "농담이야, 친구. 안부 묻더라고 전해줘."

셀레스철은 결혼식에서 노래를 부탁하고 싶을 만한 사람은 아니다. 그녀의 어머니는 중력을 거스르며 솟아오르는 소프라노인 반면, 셀레스철은 스카치와 말버러 분위기의 알토 음성이다. 심지어 어릴 적에도 그녀의 목소리는 한밤중 같았다. 그녀가 부르는 노래는 흥겹지 않고, 어쩐지 발설해서는 안 되는 비밀 얘기처럼 들린다.

로이는 내게 운구를 맡겼듯이 셀레스철에게 찬송가를 부탁했다. 평소와 완전히 다른 모습의 그녀가 조문객 앞으로 걸어나갔다. 머리를 매끈하게 펴고 글로리아에게서 빌린 남색 원피스를 입은 그녀는 수수해 보였다. 초라하지는 않았지만, 화려함을 삼가는 태도로 존중을 드러냈다.

"미스 올리브*는 두 가지를 사랑하셨습니다." 마이크를 통해 나오는 그녀의 말이 잔향을 일으켰다. "주님을 사랑하셨고 가족을, 특히 아들을 사랑하셨습니다. 로이가 왜 이곳에 없는지는 대부분

---

* 미국 남부에서는 친밀한 사이에서 예의를 갖추려는 의도로 성이 아닌 이름에 경칭을 붙이는 관습이 있다.

이 아실 겁니다. 하지만 로이는 불참하지 않았습니다." 셀레스철이 몇 걸음 뒤로 물러서자 간호사인 장례식 안내원들이 수신호를 교환하며 그녀가 쓰러지는 상황에 대비했지만, 그녀는 음향기기에 너무 가까이 서 있다보니 목소리가 지나치게 크게 들려 물러선 것뿐이었다.

셀레스철은 〈예수님 내게 가정을 주기로 하셨네〉를 피아노 반주도 없이 어두운색 목제 관 너머를 바라보며 불렀다. 그녀가 로이 시니어를 똑바로 응시하며 있는 힘을 다해 노래하자 여자들이 일어서서 부채를 들어올렸고 예배당 앞쪽에 있던 한 신사는 "감사합니다, 예수님"을 연신 외쳤다. 그녀는 노래로 상처를 주는 동시에 치유했다. "주님께서 말씀하셨다면 진실임을 압니다." 그녀는 자신을 과시하거나 빅로이를 무너뜨리려 한 것이 아니었다. 그저 목청껏 노래하며 성령과 지상의 감정을 모두 전달했고, 마침내 빅로이는 어깨를 푹 수그리고 서늘한 눈물을 흘렸다. 내가 비록 신학자는 아니지만 그 순간 예배당에는 사랑이 충만했다. 노래가 끝났을 때, 로이가 불참하지 않았다고 한 그녀의 말을 의심하는 이는 한 명도 없었다.

셀레스철이 녹초가 되어 신도석의 내 옆자리로 돌아왔고 나는 그녀의 손을 잡았다. 내 어깨에 머리를 기대고 그녀가 말했다. "집에 가고 싶어."

성경의 룻기*를 언급하며 아내와 어머니에 관해 이야기한 평범

---

* 구약성서의 한 권으로, 과부가 된 후 시어머니에게 효도를 다하다가 재혼한 여인 룻의 생애를 다루었다.

한 추도 연설이 끝나자 운구할 사람들이 자리를 잡을 시간이 되었다. 로이 시니어는 의례적인 방식대로 어깨에 관을 올리고 손으로 받치지 않은 채 망자의 무게를 견뎌야 한다고 주장했다. 오케스트라를 지휘하듯 선도하는 장의사의 명령에 따라 우리 여섯 사람은 미스 올리브를 어깨에 올리고 예배당 밖으로 서서히 나아갔다. 생명 없는 육신처럼 무거운 것은 없다. 그 무게를 여섯 명이 나누어 감당했는데도 나는 혼자 힘을 쓰는 기분이 들었다. 한 걸음씩 내디딜 때마다 관이 귀에 쿵쿵 부딪혔고, 잠시 미신에 사로잡힌 순간에는 저세상에서 급한 전보가 온 건가 생각했다.

우리 셋—로이 시니어, 셀레스철, 나—은 장의사의 아들이 운전하는 리무진에 탔다. 그가 에어컨을 켤지 물었다. "아니야, 레지." 로이 시니어가 말했다. "신선한 공기가 더 좋아." 그러고는 창문을 열어 바람을 들였는데, 눅눅한 바람이 피처럼 끈끈했다. 나는 호흡에 집중하며 가만히 앉아 있었다. 셀레스철이 뿌린 향수가 로맨스처럼 향기로웠다. 로이 시니어는 알싸하고 달콤한 페퍼민트 사탕을 빨았다. 왼쪽에 앉은 셀레스철이 내 손을 잡았고 나는 그 차가운 느낌을 즐겼다.

"너희들 그러지 않으면 고맙겠다." 로이 시니어가 말했다. 셀레스철이 손가락을 빼자 내 텅 빈 손바닥만 남았다.

몇 마일을 달리고 난 후, 작은 행렬의 선두에 선 장의차가 울퉁불퉁한 비포장도로로 들어섰다. 그 덜컹거림에 로이 시니어의 마음속 무언가가 풀려나왔는지 그가 말했다. "나는 올리브를 너희 젊은 사람은 상상도 할 수 없는 방식으로 사랑한다. 나는 내가 아는 한도 내에서 가장 좋은 남편이 되려 했고 내 능력이 허락하는 한 가장 좋은 아버지가 되려 했어. 올리브는 여자와 어울려 살아가는 법을 알려주었지. 어린 사내아이를 돌보는 법을 가르쳐주었어."

나는 손을 쥐었다 폈다 하며 대답했다. "네, 아버님." 셀레스철은 노래를 흥얼거렸는데 제목은 모르지만 내가 아는 노래였다. 그녀는 마치 다른 사람 같았다. 나는 요행히 아직 몰라도 되었던 인생과 죽음과 사랑에 관해 무언가를 감지한 듯 더 깊고 더 넓어진 느낌이었다.

공동묘지에 도착해서 우리는 다시 관을 들었다. 무덤 자리로 가는 동안, 나는 이렇게 작은 도시에 죽은 사람이 이렇게 많이 모여 있다는 사실에 놀랐다. 바로 앞쪽에는 광택이 나는 화강암으로 만든 현대적인 묘비가 있었지만 멀리에는 석회암처럼 보이는 오래된 표지석들이 서 있었다. 올리브가 떠나는 길의 이 구간에서는 우리가 손을 써서 그녀를 지지하는 것이 허용되었고, 무덤가에 도착한 후에는 땅바닥에 뻥 뚫린 구덩이를 가로질러 놓인 끈 위에 관을 내려놓았다.

우리 뒤에서 따라오던 목사가 성가를 부르며 자리를 잡았다. 그는 육체는 썩어서 벌레가 파먹겠지만 영혼은 깨끗하고 아무도 건드릴 수 없다고 말했다. 우리는 다 함께 먼지는 먼지로 돌아가리라고 말했다. 많지 않은 조문객 무리가 화환을 해체해 밝은색 꽃송이를 구덩이에 던졌고 일꾼들은 끈을 느슨하게 풀어 올리브를 땅속으로 내렸다.

초록색 천막 아래에서 셀레스철은 로이 시니어의 옆에 앉아 시멘트 묘지의 뚜껑이 쾅 소리를 내며 닫힐 때 그를 위로했다. 일꾼들이 인조잔디 묶음을 풀 때는 화장지 뭉치로 눈을 닦았다. 유족이 남아 있는 동안에는 땅 고르는 트랙터를 가동하기가 껄끄러운지 일꾼들은 망설였다. 셀레스철과 로이 시니어, 그리고 내가 '유가족'을 이룬다고 생각하니 조금 심란했지만 그게 우리였다.

나는 일어섰다. "이제 가야 할 시간이에요, 아버님. 사람들이 교회에서 기다릴 거예요."

셀레스철도 일어섰다. "모두 거기에 있을 거예요."

"누가 모두란 말이냐? 내 아내가 없으면 모두가 아니지."

우리 뒤에서 일꾼들이 의뢰받은 일을 어서 해치우려고 안달하며 대기하고 있었다. 낚시 미끼처럼 기름지고 퀴퀴한 무덤냄새가 났다. 마침내 로이 시니어가 일어서더니 관 위로 던질 흙을 한줌 집으려는 것처럼 무덤 쪽으로 걸어갔다. 관은 이미 6피트 아래 땅속에 묻혀 있었다. 그 뒤로 바짝 다가간 셀레스철과 나는 마치 시위하는 사람처럼 보란듯이 흙더미 위에 앉는 그를 보고 깜짝 놀랐다.

셀레스철이 말했다. "아버님?"

그런데 로이 시니어는 말이 없었다. 셀레스철이 그를 따라 옆에 앉았다. 나는 우리를 데리고 나가줄 사람을 찾아 주위를 둘러보았지만 얼마 안 되던 조문객은 모두 연회 장소로 갔는지 아무도 없었다. 나도 셀레스철을 따라 흙더미에 앉았다. 흙이 축축해서 바지의 엉덩이 부분에 습기가 스며들었고 일꾼들은 스페인어로 소리 죽여 말을 주고받았다.

내가 오른쪽 바로 옆에 앉았는데도 로이 시니어는 셀레스철에게만 말을 건네며 이제 그녀가 책임을 맡아야 한다고 일렀다. "올리브는 리틀로이를 매주 보러 갔다. 너무 아파서 도저히 갈 수 없을 때까지 계속. 미스터 뱅크스가 하는 일도 훤히 알아. 매주 수요일

점심 무렵에 전화를 걸지. 나는 그 양반이 여태 뭘 했는지 모르겠다만 올리브는 계속 독려했어. 올리브가 가고 없으니 이제 네게 달렸다. 셀레스철. 나는 내가 할 수 있는 일을 할 거다." 그가 말했다. "하지만 남자에겐 보살펴줄 여자가 있어야 해."

셀레스철이 젖은 눈으로 고개를 끄덕였다. "네, 아버님." 그녀가 말했다. "이해합니다."

"이해한다고?" 그가 경계하는 눈초리로 셀레스철을 보며 말했다. "넌 모든 걸 안다고 생각하지. 하지만 넌 아직 너무 어려."

나는 일어서서 엉덩이를 털었다. 셀레스철에게 손을 내밀자 그녀가 몸을 일으켰다. 그러고 나서 빅로이에게도 손을 내밀었다. "아버님, 일꾼들이 일할 수 있게 이제 가시죠."

로이 시니어가 일어섰지만 내 팔에 의지하지는 않았다. 그는 몸집이 큰 남자라 그 옆에 있으니 내가 회초리처럼 가늘게 느껴졌다.

"저들이 할 일이 아니지." 그가 말했다. "내 일이야." 그러더니 삽을 기대어놓은 나무로 성큼성큼 다가가 그 삽을 들었다. 젊은 나이가 아닌데도 로이 시니어는 흙을 한가득 퍼서 올리브의 무덤 위에 거듭 쌓았다. 그 흙이 떨어지던 소리를 나는 절대로 잊지 못할 것이다.

나는 로이를 떠올리며 그의 대역이 되어야 한다는 생각에 다른 삽을 들었다. 로이 시니어가 내게 삽을 내려놓으라고 고함을 지르더니 이내 조금 더 친절한 목소리로 말했다. "이건 자네가 할 일이 아니야. 리틀로이를 대신해 나서려는 건 알지만 그애가 지금 여기 있더라도 못하게 했을 거야. 이건 사적인 문제일세. 나와 내 아내만의. 올리브를 내 손으로 덮어줘야 해. 자네와 셀레스철은 캐딜락을 타고 가. 난 내가 해야 할 일을 마치고 갈 테니, 그때 보세."

우리는 그가 우리의 아버지인 것처럼 순종했다. 비석 사이로 구불구불 걸어나가, 시동을 켠 채 길가에 정차해 있는 자동차로 갔다. 문을 열자 기사가 깜짝 놀라며 스피커에서 쿵쿵 울리던 댄스음악을 서둘러 껐다. 차가 움직이기 시작하자 우리는 아이들처럼 몸을 돌려 뒤편 창문으로 아내의 무덤에서 존 헨리*가 된 로이 시니어를 바라보았다.

셀레스철이 한숨을 쉬었다. "아무리 오래 살아도 저런 모습은 다시 보지 못할 거야."

"보고 싶지도 않아."

"로이는 너무 오래 내 곁에 없었어." 그녀가 속삭였다. "난 내가 해야 할 일을 다 했어. 다른 남자는 만지기는커녕 생각조차 하지 않았어. 하지만 저렇게 아내의 무덤에 있는 미스터 로이를 보니 내 결혼생활은 소꿉장난에 지나지 않았다는 생각이 들어. 서로에게 헌신한다는 게 뭔지 나는 모르는 것 같아." 그러고는 셀레스철이 흐느껴 울자 내 더러운 흰 셔츠에 젖은 얼룩이 졌다. "교회로 가고 싶지 않아. 그냥 집에 가고 싶어."

나는 그녀를 달래며 턱짓으로 기사를 가리키고 낮은 목소리로 말했다. "이곳은 좁은 동네야. 잘못 해석될 여지가 있는 행동은 뭐든 삼가는 게 좋아."

십오 분 후에 우리는 석탄 광부처럼 지저분한 몰골로 그리스도

---

* 미국의 민간설화에 나오는 괴력을 지닌 흑인 남자로, 철로 건설 현장에서 증기 착암기와 경쟁해 이긴 후 탈진하여 죽는다.

왕 침례교회에 들어가 왕족에게나 걸맞을 음식을 먹었다. 사람들이 우리를 두고 쑥덕거렸다. 그러는 게 뻔히 보이는데도 우리 앞에서는 정중히 굴면서 과일 펀치를 계속 따라주었다. 셀레스철과 눈이 마주쳤을 때 그녀도 나처럼 엑스트라드라이 보드카마티니를 마시고 싶어한다는 걸 알았지만, 우리는 꿋꿋하게 소울푸드* 만찬을 먹었고, 로이 시니어가 오지 않을 거라는 확신이 든 후에야 그곳에서 나왔다.

시간이 한참 걸렸지만 마침내 쉬어 갈 수 있는 술집을 찾았다. 30마일 정도 북쪽으로 달려 값싼 술과 서투른 바텐더가 있는 카지노로 갔으면 더 빨랐을 테지만 내가 그 방향으로 차를 돌리자 셀레스철이 막았다. "그쪽으로는 가지 마." 그녀가 말했다. "교도소 앞을 지나고 싶지 않아."

"이해해." 나는 말했다.

"정말?" 셀레스철이 말했다. "로이는 그 철조망 울타리 너머에서 살아야 하는데 나는 그걸 쳐다보지도 못하다니, 수치스러운 일이지. 내가 그를 사랑하는 걸까, 드레?"

나는 대답을 할 수 없었다. "그애랑 결혼했잖아."

그녀가 창문 쪽으로 고개를 돌리고 이마로 유리창을 탁탁 쳤다. 나는 재킷 주머니에서 손수건을 꺼내 그녀에게 건네고 한 손으로 운전하며 들어갈 만한 술집을 찾았다.

일로가 술이 부족한 동네였다거나 그런 건 아니다. 주류 소매점

---

* 미국 남부 흑인의 전통 음식.

과 교회가 100피트마다 있었다. 길모퉁이에 서서 갈색 종이봉투로 감싼 술병을 기울이는 남자들도 있었다. 적당한 곳을 얼른 찾지 못했다면 우리는 술을 병째 사다가 주정뱅이 부랑자처럼 주거니 받거니 마셨을 것이다.

마침내 우리가 간 곳은 '얼 피카즈 새터데이 나이터'로, 전생에 세븐일레븐 점포였나 싶은 싸구려 술집이었다. 우리는 바 앞의 기우뚱한 스툴에 앉아 빨간 전구 주위를 도는 핫도그를 구경했다. 유리창을 페인트로 칠해서, 거리는 오후 두시인데 실내는 영원히 새벽 두시였다. 사람이 거의 없었는데, 직업이 있는 이들은 일터에 있을 테고 무직자들은 잔술에 돈을 낭비하지 않을 터라 그런 듯했다. 자리에 앉자 휴대용 손전등을 비추며 책을 읽고 있던 바텐더가 고개를 들었다.

"뭘 드릴까요?" 그녀가 물었다. 내려놓은 손전등이 천장에 둥근 불빛을 드리웠다.

이곳은 마티니와 어울리지 않는 술집 같았고, 그래서 셀레스철은 스크루드라이버를 주문했다. 바텐더는 조잡한 컵에 스미노프 보드카를 4핑거*는 족히 될 만큼 따르고 나서 주스 캔을 땄다. 그러고는 카운터 아래를 더듬어 체리가 든 병을 꺼내더니 작은 칼 모양의 플라스틱 막대에 체리를 꽂았다.

우리는 건배 없이 술을 마셨다. 둘 다 너무 지저분했고 술에서는 모래맛이 났다. "로이 시니어가 아직도 거기서 삽질을 하고 계실

---

* 술을 어림짐작으로 재는 단위. 1핑거는 평균적인 손가락 하나 두께에 해당하며 약 2센티미터 정도다.

까, 아니면 우리가 떠난 후 기계에 맡겼을까?"

"거기 계실 거야." 셀레스철이 말했다. "트랙터가 아내를 묻도록 놔둘 분이 아니야." 술이 차가워지도록 흔들면서 그녀가 물었다. "로이는 어떨까? 어떻게 견디고 있을까?"

"로이는 괜찮은 것 같았어. 너한테 보고 싶다고 전해달래."

"내가 로이를 사랑하는 거, 너도 알지, 드레? 그이 어머니는 날 전혀 믿지 않았어."

"글쎄, 그분은 널 모르셨잖아, 안 그래? 자기 아들에게 어울릴 만큼 훌륭한 사람은 아무도 없다고 생각하셨을지도 몰라. 흑인 엄마들이 어떤지 알잖아."

"한 잔 더 주세요." 그녀가 말하자 바텐더가 보드카와 오렌지주스를 섞었다. 나는 주머니를 뒤져 25센트짜리 동전을 몇 개 꺼냈다. "천천히 달려, 카우보이." 내가 말했다. "가서 주크박스 노래 좀 틀어봐."

돈을 받은 그녀가 마치 남의 다리로 걷는 것처럼 불안정하게 뒤쪽으로 걸어갔다. 습기에 반응한 그녀의 머리카락이 장례식에서의 차분함을 잃고 귀 언저리에서 부풀어오르고 있었다. 바의 반대편 끝에 앉은 남자들이 주크박스를 들여다보느라 허리를 숙인 그녀의 몸매를 쳐다보았다.

"아내예요?" 바텐더가 교태가 아닐까 싶은 눈빛을 반짝이며 내게 물었다.

"아니요." 나는 말했다. "오래된 친구예요. 장례식에 참석하느라 애틀랜타에서 차를 몰고 왔어요."

"아," 그녀가 말했다. "올리브 해밀턴?"

나는 고개를 끄덕였다.

"너무 슬픈 일이에요. 저 사람이 며느리예요?"

바텐더가 이미 알고 있다는 느낌이 들었다. 그 반짝이는 눈빛은 남의 일에 관심 많은 작은 동네 사람들의 호기심 이상은 아니었다.

셀레스철이 자리로 돌아오자 바텐더는 겸연쩍은 듯 뒤로 물러났다. 갑자기 주크박스에서 프린스의 노래가 흘러나왔다. "난 당신의 연인이 되고파." 나는 그녀에게 말했다. "8학년 때 생각나? 우린 프린스가 '당신을 결정에 이르게 하는 유일한 사람이 되고파'라고 하는 줄 알았잖아."

셀레스철이 말했다. "난 그렇게 생각한 적 없어."

"그때 '절정'이 뭔지 알았어? 8학년 때?"

"뭔가 의미가 있는 말이란 건 알았던 것 같아."

우리는 한참 말이 없었다. 그녀는 싸구려 보드카를 급히 들이켰고 나는 맥주로 바꿨다가 다시 스프라이트로 바꿨다.

"날 때렸어." 셀레스철이 컵 안의 얼음을 달그락거리며 말했다. "로이 어머니. 내가 너무 오래 얼굴을 안 비췄거든. 그러다 다시 뵈었을 때 날 인정사정없이 후려쳤어. 우린 카지노에서 저녁을 먹고 있었는데, 어머님은 글로리아가 일어나서 화장실에 갈 때까지 기다렸다가 내게 손을 뻗더니 퍽." 셀레스철이 손바닥을 마주쳤다. "내 뺨을 정통으로. 눈물이 흐르는데 어머님이 그러시더라. '잘 들어, 이 계집애야. 나도 안 우는데 누가 울어. 오늘 아침만 해도 난 네가 평생 경험한 것보다 더 큰 고통을 느꼈어.'"

"뭐라고?" 내가 그녀의 볼을 만지며 말했다. "젠장, 그게 다 무슨 말이야?"

"모든 것에 관한 말이야. 올리브의 손찌검이 내 모든 눈물을 뽑아냈어." 셀레스철이 제 볼을 만지는 내 손을 감싸쥐었다. "장례식 내내, 노래할 때만 빼고, 얼굴이 뜨겁게 달아올랐어. 바로 여기." 그녀가 내 손으로 그 부드러운 곳을 문질렀다. 그러더니 고개를 틀어 내 손바닥에 입을 맞췄다.

"셀레스철," 내가 말했다. "너무 취했다, 꼬맹이 아가씨."

"안 취했어." 그녀가 다시 내 손을 잡으며 말했다. "아니, 취했다. 하지만 난 여전히 나야."

"그만해." 내가 손을 뺐다. "여기 있는 사람들은 우리가 누군지 알아." 나는 엄한 표정을 지으며 옆으로 고갯짓을 했다.

"아, 그래." 그녀가 말했다. "좁은 동네."

셀레스철이 고개를 살짝 숙였고 나는 고개를 끄덕였다. "눈곱만 한 곳이지."

이제 주크박스에서는 아이슬리 브라더스의 노래가 나왔다. 오래 인기를 끈 그런 고풍스럽고 느릿한 노래들에는 뭔가가 있었다. 그 늙다리 양반들은 이미 오래전에 한물간 사랑의 방식을 노래했다. "항상 이 노래가 좋았어." 내가 말했다.

"왠지 알아?" 셀레스철이 물었다. "이런 음악에 맞춰 우리가 잉태되었기 때문이야. 원초적인 수준에서 말을 건네는 음악인 거지."

"내가 잉태되는 장면은 별로 상상하고 싶지 않다."

이제 그녀는 조금 시무룩해져서 손톱을 생살까지 물어뜯은 손가락으로 얼음조각을 빙글빙글 돌렸다. "드레, 나 이런 거 정말 지겨워. 이 모든 것이. 이 지저분하고 작은 동네. 시댁 식구들을 대하는 것도 피곤해. 그리고 교도소. 교도소가 내 삶의 일부가 되어서는 안 돼. 난 결혼해서 딱 일 년 반을 살았어—그게 끝이야. 로이는 잡혀갔고 아빠는 아직도 내 결혼 비용을 대고 있어."

"난 네가 미시즈 해밀턴이라는 사실에 익숙해지지도 않았지." 나는 계산서를 달라는 신호를 보내고 얼음물 두 잔을 부탁했다.

셀레스철이 눈을 흘겼다. "네가 찾아갔을 때, 로이가 나한테 화난 것 같았어? 내가 마지막으로 갔을 때는 내 분위기가 맘에 안 든다고 하더라. 내가 의무감 때문에 오는 거라고." 그녀가 술잔을 내려놓았다. "틀린 말은 아니지만, 그럼 내가 어떻게 했어야 되지? 가게에서 쉴새없이 일하고 나서 몇 시간을 운전해 루이지애나에 와서는 나를 진심으로 좋아하지도 않는 시부모와 하룻밤을 보내. 그런 다음……" 그녀가 손가락을 파닥거렸다. "그런 다음 그 모든 일을 겪어. 그런데도 로이는 내 웃음이 쾌활하지 않아서 불만이라고? 내가 서명한 결혼생활은 이런 게 아니야."

그녀는 진지했지만 어쨌거나 나는 웃었다. "서명까지 해야 하는지는 몰랐다. 결혼이 그런 식으로 흘러가는 건 아니잖아."

"넌 웃을 수 있겠지." 그녀가 화난 눈빛으로 말했다. "여기 오면 기분이 어떤지 알아? 절박한 흑인의 기분. 안에 들어가 로이를 만나려고 줄 서 있을 때 기분을 너는 몰라."

"알아," 나는 말했다. "나도 어제 갔었잖아."

"여자는 또 달라. 포주를 면회하러 온 사람 취급을 받지. 어떻게 그렇게 어리석냐는 듯이 다들 히죽히죽 웃어. 망상에 빠진 희생자라는 듯이. 점잖게 잘 단장하고 가면 어떤 면에서는 더 나빠. 날 멍청이 취급하거든. 분명히 능력은 있어 보이는데 그런 한심한 짓거리를 하고 있다고 말이야." 그녀는 음악에 맞춰 손가락을 튕기며 밀려드는 감정의 주술에서 벗어나려는 듯했으나 이미 꽤 취해서 감정을 제어하지 못했다.

우리 둘만 있었다면 그녀를 어루만졌겠지만, 바텐더와 다른 세 남자의 시선을 의식해 손은 올리지 않았다. 그냥 이 말만 했다. "가자."

호텔로 돌아왔을 때, 날이 아직 환한데도 카지노 주차장이 꽉 차 있었다. 저녁에 자동차 열 대를 경품으로 내건 행사가 열리는 모양 이었다. 엘리베이터 문이 닫히고 안전해졌을 때 나는 셀레스철을 마주보았다. 그녀가 두 팔로 나를 안았고, 그러자 그녀가 나를 숨 도 못 쉬게 껴안곤 했던 어린 시절이 떠올랐다. 그녀에게서 보드카 냄새와 함께 라벤더와 소나무 냄새가 났다. 5층에 도착해 문이 열 리고 엘리베이터를 끈기 있게 기다리던 한 가족이 나타날 때까지 우리는 계속 안고 있었다.

"신혼부부네." 가족의 어머니가 설명했다.

우리는 엘리베이터에서 내려 각자의 방으로 가는 복도를 바라보 고 서 있었다.

"다들 우리가 언젠가는 결혼할 거라고 생각했지." 셀레스철이 말했다.

"너 취했어," 내가 말했다. "아주 많이."

"동의할 수 없어." 그녀가 자기 방으로 가서 문에 열쇠를 꽂았 다. 작은 초록 불빛이 반짝했다. "난 지금 뭔가 다르지만 취한 건 아니야. 들어올래? 그러고 싶어?"

"셀레스철," 말은 그렇게 했지만 내 몸은 누군가가 세상을 살짝

기울인 것처럼 그녀 쪽으로 쏠렸다. "나야, 드레라고." 그 말에 터
져나온 그녀의 웃음은 그날 우리가 구식 샵으로 아내를 묻는 로이
의 아버지를 지켜본 적이 없는 것처럼 장난스러웠다. 그녀는 모든
나쁜 일이 일어나기 이전으로 돌아간 듯이 웃었다.

"나도 나야," 그녀가 활짝 웃으며 말했다. "셀레스철."

나는 함께 웃고 싶었지만 아무 소리도 나오지 않았다. 게다가 어
떤 웃음이든 지금은 가짜일 테고, 나는 그녀에 관한 한 그 무엇도
가짜로 꾸민 적이 없었다.

내가 문턱을 넘고 등뒤로 문이 딸깍 닫히는 소리를 들었을 때
모든 것은 끝났다. 우리는 영화에서처럼 서로의 팔에 쓰러져 미친
듯이 진한 키스를 하고 서로를 더듬지는 않았다. 느리게 흘러가던
처음 몇 분 동안, 우리는 어떻게 열어야 할지 모르는 소포를 앞에
둔 것처럼 서로를 바라보기만 했다. 그녀가 침대에 앉았고 나도 따
라 앉았다. 그러자 우리가 고등학교 때 한 번 선을 넘었던 때가 떠
올랐다. 그때도 지금처럼 옷을 차려입고 기진맥진한 상태였다. 그
때 우리는 어두운 지하실에 있었지만 그녀의 파티 드레스 주름 장
식의 윤곽은 알아볼 수 있었다. 하지만 이제 우리는 밝은 빛 속에
있었다. 그녀의 머리카락이 얼굴 주위로 까만 후광처럼 부풀어 있
었다. 둘 다 술기운으로 입이 뜨거웠고 묘지 흙이 묻은 옷은 더러
웠다.

나는 더 가까이 다가가 숱 많은 그녀의 머리에 손가락을 감았다.
"우린 항상 함께였어." 셀레스철이 말했다. "이렇게는 아니지만,
항상."

나는 고개를 끄덕였다. "당신을 결정에 이르게 하는 유일한 사

람이 되고파."

우리는 웃었다. 진짜 웃음, 함께 나누는 웃음. 이때 우리의 삶이 바뀌었다. 우리는 입술에 기쁨을 담아 서로에게 다가갔다. 그다음에 일어난 일에 법적 구속력은 없을지도 모른다. 목사나 증인은 없었으니까. 하지만 그건 우리의 몫이었다.

로이

일로에서 자신이 어떤 사람이어야 하는지 알고 싶다면 가족 성경책만 봐도 충분하다. 바로 거기, 빈 책장에, "태초에……"가 시작되기 전에, 알아야 할 모든 진실이 있다. 세상에는 다른 진실도 있었지만, 그것이 글로 쓰이는 일은 흔치 않았다. 이 비공식적 친족의 기록은 입술에서 귀로 전해졌다. 백인 친척에 관해서는 다소 법석을 떨면서, 내막에 따라 때로는 수치스럽게, 때로는 만족스럽게 소곤거렸다. 그런데 피부색의 선을 기준으로 하면 바른 편에 있으나 재산의 선을 기준으로 하면 잘못된 편에 있는 다른 친척도 있었다. 일로에서 나처럼 부모를 제외하면 아무런 혈연관계가 없는 사람은 흔치 않았다. 올리브는 오클라호마시티에서 태어났고 거기에 가족이 있지만 나는 그들을 만난 적이 없었다. 빅로이는 텍사스 주 하울런드 출신인데 잭슨으로 가려다 중간에 일로로 흘러들어왔다. 우리 가족의 성경책은 부모님이 결혼할 때 빅로이의 집주인 여

자가 결혼 선물로 준 것이다. 가죽 표지를 넘기면 올리브의 세심한
필기체로 우리 셋의 이름만 쓰여 있다.

로이 맥헨리 해밀턴 + 올리브 앤 잉겔먼
로이 오새니얼 해밀턴 주니어

올리브는 내 이름 옆에 셀레스철의 이름을 쓰지 않았지만, 책장
에는 여백이 많아서 미래의 해밀턴가家 사람들을 사선으로든 옆줄
로든 모두 이어 적을 공간이 있었다.

다비나 하드릭은 달랐다. 이 도시에는 흑인 하드릭Hardrick이 적
어도 열두어 명은 살았고 c를 뺀 하드릭Hardrik도 몇 명 있었다. 그
들 가문이 반목하는 교회 신자들처럼 갈라졌을 때 일부가 이름을
바꾸면서 그렇게 되었다. 나는 튼튼한 뿌리가 있는 그녀가 부러웠
다. 보도블록을 들뜨게 할 만큼 두꺼운 그 뿌리가. 그녀는 미스 애
니 메이의 집에서 살고 있다고 말했고, 나는 미스 애니 메이가 그
녀와 어떤 관계인지, 성경책의 어떤 선이 그들을 잇고 있는지 기억
하려 애썼다. 다비나의 할아버지 미스터 피카드는 기억이 났다. 아
니, 삼촌이었던가? 그녀의 친족은 규모가 컸다는 것 정도만 기억났
다. 예전에 나는 누가 누구와 친척 관계인지 다 외우고 있었다.

다비나와는 올리브의 묘에 놓을 꽃을 사러 월마트에 갔다가 우
연히 만났다. 파란 유니폼을 입은 다비나가 냉장 진열대를 열고 꽃
다발을 함께 골라주었다. 나로선 묘지에 가져갈 엄두가 나지 않는
그 꽃을 깨끗한 흰 종이에 싸면서, 그녀는 자기가 나보다 한두 학
년 위인 고등학교 동창인데 혹시 기억하느냐고 물었다. 나는 그렇

다고 대답했다. 다비나가 집에서 같이 식사하겠느냐고 물었다. 나는 그러겠다고 했다. 몇 시간 후에 나는 크리스마스에 맞춰 색색의 전구와 금색과 은색 리본으로 장식한 미늘판벽 목조 주택 앞에 도착했다.

나는 콘크리트 계단을 세 단 올라가 비스듬한 지붕이 달린 포치에 섰다. 그 작은 집은 칠십 년, 어쩌면 팔십 년쯤 전에 미스 애니 메이의 남편이 지었을 것이다. 이 동네는 하드우드라고 알려진 곳으로, 예전에 유색인 제분소 일꾼들이 살던 곳이었다. 제분소가 있던 시절, 그리고 유색인이 존칭어였던 시절이었다. 나는 은색 화환이 걸린 문을 두드리며, 벗어서 손에 들고 있을 모자를 쓰고 왔으면 좋았겠다고 생각했다.

"안녕," 다비나가 방충문을 사이에 두고 말했다. 크리스마스 분위기가 나는 앞치마 때문에 질 좋은 로퍼처럼 붉은 기가 도는 진한 갈색 피부가 돋보여 보기가 좋았다. 그녀가 고개를 살짝 기울였다. "멋지네."

"너도 멋져." 부엌의 음식냄새가 바깥까지 향기롭게 흘러나왔고, 나는 그 집 문턱을 넘어가기를 세상 그 무엇보다 더 원했다.

"일찍 왔네." 그녀가 엷은 미소를 지으며 말했다. 일찍 와서 짜증난다는 것이 아니라, 그저 알려주려는 뜻으로. "잠깐 머리 만질 시간 좀 줘." 그러더니 그녀는 문을 닫았다. 나는 현관 앞 계단에 앉아 기다렸다. 오 년을 흘려보내고 나면 그런 기다림쯤은 익숙해진다. 나는 거기에 앉았지만, 어머니의 장례를 맡았던 장의사의 주황색 벽돌 건물이 있는 사선 방향으로는 눈길을 돌리지 않았다. 대신 손에 시선을 고정한 채 앉아 있었는데, 누렇게 못이 박인 울퉁불퉁한 손가락이 월터의 손가락과 많이 닮아 보였다. 은행원의 손으로 들어갔다 제분소 일꾼의 손이 되어 나왔다. 하지만 적어도 나오기는 했다. 그 안에서 배운 교훈은 이것이다. 중요한 것에 정신을 집중하라.

에드워즈 스트리트는 대체로 조용했다. 남자애들 한 무리가 길가를 따라 흐르는 배수로에서 베이컨과 끈을 이용해 민물 가재를 잡고 있었다. 저멀리 주류 판매점 창문에 반사된 네온 불빛이 보였고 서브우퍼 스피커의 희미한 진동이 공기를 뒤흔드는 느낌이 들었다. 이곳이 내가 자란 고장이었다. 이곳의 거리에서 뛰놀며 무릎이 까졌다. 이곳의 길모퉁이에서 남자가 되는 법을 배웠다. 하지만 고향에 돌아온 느낌은 들지 않았다.

두번째로 문을 연 다비나는 앞치마를 벗은 모습이었다. 앞치마가 없어 아쉽기는 했지만 갈아입은 진홍색 원피스는 여자 몸의 매혹적인 특징을 속속들이 강조했다. 고등학교 때 그녀는 몸매가 완벽했다. 우리가 '벽돌집'이라고 부르던, 자그마하면서도 튼실한 몸매였다. 빅로이는 열다섯 살에 보기 좋은 여자애는 서른쯤 되면 뚱뚱해지니 결혼 상대로는 안 좋다고 경고했다. 다비나를 생각하면 그 충고가 유치하고 가혹한 것 같았다. 맞다, 가슴과 엉덩이 부분에 많은 일이 일어나긴 했다. 하지만 그녀는 사랑스럽게 예뻤다.

"아직 유부남이야?" 그녀가 방충문 너머로 물었다.

"모르겠어." 내가 말했다.

다비나가 웃으며 고개를 기울이자 귀 뒤에 치자나무 꽃처럼 꽂은 장식용 반짝이가 보였다. "들어와," 그녀가 말했다. "조금만 있으며 저녁식사 준비가 끝나. 뭐 마실래?"

"뭘 줄 거야?" 나는 다비나가 부엌으로 몇 발짝 걸어가는 동안
그녀의 멋진 곡선을 바라보았다.

예전의 나, 그러니까 교도소에 가기 전의 내가 아니라 셀레스철
과 사귀기 훨씬 전의 나, 이십대 초반에 여자들을 흐르는 물처럼
거쳐가던 나─바로 그 나는 무슨 말을 해야 할지 알았을 것이다.
그 당시에 나는 집중하는 법을 알았다. 돈에 정신을 쏟고 정신에 돈
을 쏟아. 그때 나는 무엇에 공을 들이고 있든 자신에게 그렇게 소곤
거리곤 했다. 한 번에 하나만 봐. 그래야 얻을 수 있어. 하지만 지
금의 나는 한 여자를, 한 멋진 여자를 앞에 두고 앉아 이 년간 말 한
마디 나누지 못한 아내를 생각했다.

결혼해서 사는 동안 내가 누군가의 천사였다고 말하려는 건 아
니다. 다들 얘기하듯 실수도 있었고 감정이 멍드는 일도 있었다.
예컨대 셀레스철이 내가 생일 선물로 준 속옷 영수증에 자기 것 말
고도 한 벌이 더 찍혀 있는 걸 우연히 발견했을 때처럼. 그녀는 얼
굴이 시퍼렇게 질린 정도까지는 아니어도 그에 가까운 상태였다.
나는 말했다. "셀레스철, 난 너 말고 사랑하는 사람 없어." 그 말이
그녀의 손에 들린 종이쪽지를 해명할 수는 없었지만 어쨌거나 절
대 진리였으며, 그녀도 그 점은 이해했다고 생각한다.

다비나의 거실에 앉아 그녀가 준 술을 마시며 나는 셀레스철의
얼굴을 머릿속에 담고, 그녀의 냄새를 코에 느끼고, 그녀의 노래를
귀로 들었다. 그런데도 다비나를 보니 군침이 돌았다. "미스 애니
메이는 언제 돌아가셨어?" 내가 물었다. "좋은 분이었는데. 아주
머니가 오이피클을 10센트에 팔았던 때가 생각난다. 우리가 어렸

을 때. 기억나?"

"돌아가신 지 이제 사 년 됐어. 재산을 다 내게 남기신 걸 알고 깜짝 놀랐지만, 우리가 항상 친하긴 했지. 아주머니 아들은 지금 휴스턴에 살아. 이름은 워포드. 기억나?"

물론 기억했다. 이 지역 출신의 성공한 인물로, 우리가 다니던 고등학교에 와서 강연을 하며 학교를 그만두거나 누군가를 임신시키거나 크랙*을 피워선 안 된다고 말했다. "그래, 기억나."

다비나가 히죽 웃었다. "미스 애니 메이가 돌아가셨으니 이 동네에서 그 사람을 다시 볼 일은 없을 거야." 그녀가 고개를 저었다. "우리 아빠도 똑같았지. 내가 다섯 살도 되기 전에 반쯤은 댈러스에 가 있었으니까."

내가 말했다. "왜 떠나셨는지 확실히는 모르잖아."

그녀가 다시 웃었는데, 이번에는 밝은 면을 보려 하는 내게 고마움을 표하는 진짜 웃음이었다. "내가 아는 건 가버렸다는 사실뿐이야. 모두에게 있는 시시한 사연이지."

"아버지를 시시하다고 말하지 마." 내가 말했다. "남자에겐 다 이유가 있어."

그녀가 쉿 소리를 냈다. "우리 아빠 얘기나 하려고 여기 온 건 아니잖아, 그렇지?" 질문이 담긴 질문이었다. 여자는 그런 식으로 자기가 알고 싶은 것보다 더 많은 것을 묻는다.

"음식냄새가 좋네." 내가 분위기를 띄우려 애쓰며 말했다. "루이지애나 여자. 당신들은 모두 엄마 뱃속에서부터 손에 냄비를 하

---

* 연기로 들이마실 수 있도록 가공된 코카인의 일종.

나씩 들고나오는 게 분명해."

나는 다비나의 집과 이웃집 사이 담장에서 자라는 동부콩 넝쿨을 본 터라서, 식탁에 그 콩으로 만든 요리가 있기를 바랐다. 어린 시절에 그 이웃집에는 어학 교사였던 미스터 폰티노가 살았다. 나는 실수로 프랑스어를 선택하는 바람에 그 수업을 듣는 유일한 흑인 아이가 되었다. 나와 미스터 폰티노는 둘 다 외동이라 서로 친했다.

그는 내게 프랑스어 클럽에 대해 알려주며, 회원들이 열흘간의 파리 여행에 대비해 학교가 끝나면 모여서 프랑스어를 공부한다고 말했다. 미스터 폰티노에게 파리에 흑인도 있느냐고 물었더니 그가 말했다. "국산도 있고 수입산도 있지." 그가 제임스 볼드윈의 소설 『산에 올라 고하라』를 내게 주었는데 프랑스와는 아무런 관련이 없는 책이었다. 그는 우리가 얘기를 나누던 그 순간에도 그 작가가 프랑스에 있다고 장담했다.* 나는 책을 뒤집어 슬프지만 총명한 작가의 얼굴을 살펴보았다. 제임스 볼드윈은 대단히 까맸다. "프랑스어를 배워." 미스터 폰티노가 말했다. "그러면 네가 여행을 갈 수 있도록 도와줄게." 하지만 세 가지 일이 일어났다. 나는 함께 떠날 아이들 중 유일한 흑인이었고 그런 상황을 좋게 보는 사람은 아무도 없었다. "그곳에서 무슨 일이라도 생기면 그애들은 너만 빼고 한편이 될 거다." 빅로이가 말했다. 다른 문제는 돈이었다. 미스터 폰티노가 지원해준다고 해도 내가 부담해야 할 경비가 750달러

---

* 제임스 볼드윈은 이십대 중반에 동성애와 흑인이라는 자신의 정체성을 핍박하는 미국을 떠나 프랑스로 이민하여 글을 쓰고 인권운동에 매진했다.

에 달했다. 그래서 여행을 가려는 흑인 아이가 아무도 없었던 것이다. 그리고 마지막 문제는 미스터 폰티노 자신이었다.

그는 내게 『산에 올라 고하라』에 대해 알려주면서 지미가 동성애자라는 사실은 언급하지 않았다. 미스터 폰티노는 그 작가에 대해 이야기할 때마다 서로 오래 알고 지낸 사이인 양 '지미'라고 불렀다. 미스터 폰티노의 말에 따르면, 지미는 겨우 열한 살 때부터 후세를 위해 자기 글을 모으기 시작했다. 나중에 자신이 중요한 인물이 될 것이며 '그의 궤적을 기록한 문서'가 필요하리라는 걸 알았기 때문이다. 미스터 폰티노가 내게 조그만 검은 공책을 주었다. "너도 미래 세대를 위해 일기를 써야 해." 그가 말했다. "네가 이 동네를 벗어나게 되면 어떻게 그걸 해냈는지 사람들이 알고 싶어할 거야." 내 모든 계획을 끝장낸 것은 돈보다도 바로 그 일기였다. 빅로이는 그 작은 일기장을 맘에 들어하지 않았고 어머니도 마찬가지였다. 일로는 숨막히도록 폐쇄적이고 때로는 심술궂기도 한 소도시였다. 부모님은 한두 군데 전화를 걸어보더니 미스터 폰티노가 '그런 식으로 이상한' 사람이라는 사실을 알아냈고, 그의 지원을 받는 나의 파리 여행은 있을 수 없는 일이 되었다.

"미스터 폰티노는 어떻게 됐지?"

"1990년대 초반에 돌아가셨어." 다비나가 대답했다.

"어쩌다?"

"무슨 말인지 알잖아." 그녀가 말했다. "어서 와, 넌 좀 먹어야 해."

나는 일어서서 내가 어렸을 때 집에서 사용하던 것과 같은 타원형 식탁으로 다가갔다. 족히 여섯 명은 앉을 수 있는 식탁이었다. 의자를 당겨 막 앉으려는데 다비나가 손을 씻지 않겠느냐고 물었다. 창피해진 나는 욕실이 어디냐고 물었다. 소녀 취향의 냄새가 나는 비누로 거품을 내는데 살짝 화가 치밀며 턱선이 찌릿해지는 느낌이 들었지만, 그 느낌이 잦아들 때까지 턱에 물을 끼얹었다. 고개를 모로 꺾어 수도꼭지 밑에 대고 입에 부드러운 물을 채워 삼켰다. 진짜 유리로 된 거울을 보는 건 오랜만이었지만, 거울 속 모습은 보지 않는 편이 좋았을 듯했다. 이마의 주름이 올리브가 핸드백에 넣어 다니던 부채 같았다. 하지만 면도도 했고, 어쨌든 깨끗하기는 했다. 금전적인 상황이 정리되면 곧바로 치과에 가서 의치를 다시 맞춰야겠다고 생각했다. 나는 고리에 걸어둔 보송보송한 갈색 수건으로 얼굴을 닦고, 다비나가 성대한 만찬을 차려놓은 식탁으로 돌아갔다.

성경에 나올 법한 식탁이었다. 그레이비소스를 듬뿍 뿌린 돼지갈비, 표면이 노릇노릇하고 버터가 녹아 반짝이는 마카로니앤드치즈. 파란 줄무늬 대접에 가득 담긴 매시트포테이토. 그 옆에는 올리브가 만들어주던 희고 동그란 빵이 쌓여 있었다. 그 빵을 잡아당기면 버터의 부드러운 질감으로 쭉 찢어졌다. 그리고 내가 그토록 갈망했던 동부콩이 적은 양이지만 반짝이는 은색 대접에 정갈하게 담겨 있었다.

"기도하고 싶어?" 다비나가 팔을 뻗어 내 손을 잡으며 물었다.

나는 눈을 감고 고개를 숙였지만 "주여" 하고 나니 목에 경련이 와 더 이어갈 수가 없었다. 숨을 두 번 쉬고는 말하기를 포기했다. 눈을 꽉 감고 침을 세게 삼키며 속에서 치올라 몸밖으로 나가려는 무언가를 내리눌렀다.

"주여," 다비나가 다시 시작했다. "우리 몸에 양분을 공급할 이 음식을 주셔서 감사합니다. 이 유대감을 허락하셔서 감사합니다. 예수그리스도의 이름으로, 아멘." 그녀는 아멘 하고 말하며 문장 끝에 마침표를 찍듯이 내 손을 꽉 쥐었다가 자기 손을 빼려고 했다. 하지만 내가 그 손을 계속 쥐고 있다가 "이 음식을 마련한 손에 축복을 내려주소서"라고 겨우 말하고 나서야 풀어주었다.

다비나가 갖가지 음식을 내 접시에 수북이 담을 때, 나는 나 자신의 처지를 생각했다. 감방에서 막 나와 이제 곧 돼지갈비를 집중 공격할 참인 남자. 나 자신이 어떤 농담의 결정적인 문구 같은 느낌이 들었고, 직장생활을 할 때보다 바로 여기 내 고향에서 남의 눈을 훨씬 더 의식하게 된 듯했다. 다비나가 음식을 내 앞에 놓아주었다. 나는 마지막 순간에야 식탁 예절을 떠올리고는 그녀가 포크를 들 때까지 내 포크에 손을 대지 않았다.

"본 아페티."* 그녀가 살짝 미소를 지으며 말했다.

나는 같은 말로 대답하며, 아침용 시리얼을 포함해 뭐든 먹기 전에 그 말을 하던 셀레스철을 생각했다.

음식을 두번째로 접시에 담아 먹고 달콤한 레모네이드를 세 잔째 마시고 있을 때, 다비나가 이미 두번째 하는 질문이라기엔 사뭇 경쾌한 어조로 물었다. "아직 유부남이야?"

나는 음식을 천천히 씹어 삼킨 다음 레모네이드로 입가심을 했다. "어떻게 대답했으면 좋겠어? 내 상황은 이래. 들어갈 때 유부남이었고, 아내는 아직 나와 이혼하지 않았다."

---

* '맛있게 먹어'라는 의미의 프랑스어.

"변호사처럼 그렇게 빙빙 돌려 말할 필요는 없잖아." 그녀는 마음이 상한 듯했다. 내가 거짓말로 둘러대고 여기 와서 자기가 차린 음식을 먹고 있다는 듯이.

나는 숨을 한 번 내쉬고 나서 있는 그대로의 진실을 전했다. "이 년 동안 아내를 못 봤어. 엄마가 돌아가신 뒤로 계속."

"전화 통화는 하고?"

"최근에는 안 했어." 내가 말했다. "넌 어때? 만나는 사람 있어?"

그녀가 실내를 둘러보았다. "여기에 누군가 있어 보여?"

우리는 피차 마땅한 주의의무를 다했으니 만족스럽다는 듯 그 얘기는 그만두었다.

식사를 마친 뒤 나는 잽싸게 나서서 식탁 정리를 도왔다. 접시에 남은 음식을 긁어내 개수대에 쌓았다. 다비나는 살짝 미소를 지었다. 아이가 어른의 일을 하려 할 때, 가령 피아노 연주 같은 것을 하려 할 때 지을 법한 미소였다. "부엌일은 걱정 마. 넌 손님이잖아."

하느님께 맹세코 나는 다비나와 섹스하기 위해 이곳에 오지 않았다. 하느님께 맹세코 그런 계획을 가지고 온 것이 아니었다. 여기 오면서 그런 희망을 품었던가? 월터는 여자에 굶주리면 안 된다고 주의를 주었지만, 그렇지 않았다고 하면 거짓말이다. 하지만 나는 전반적으로 모든 것에 굶주려 있었다. 엄마의 음식에 굶주렸고, 그건 대학에 다니려고 집을 떠난 그날부터 느낀 굶주림이었다. 다비나 하드릭은 나를 저녁식사에 초대했다. 그냥 음식만 먹었다 해도, 그곳을 떠날 때 나는 올 때보다 훨씬 충만해졌을 것이다.

"커피 마실래?" 다비나가 물었다.

나는 됐다는 의미로 고개를 저었다.

"술 한잔 더?"

"그래." 내가 대답하자 그녀가 이번에는 조금 더 연한색의 다른 술을 따라주었다.

"네가 음주운전으로 걸리는 건 원치 않아." 그녀가 말했다. 나를 벌써 보낼 생각을 하는 것 같아 실망감이 들었다.

"뭐 하나 물어도 돼?" 그녀가 말했다. "거기 있을 때에 대해?"

"알겠지만, 내가 그런 거 아니야."

"알아." 그녀가 말했다. "이곳 사람들은 누구도 네가 그랬다고 생각하지 않았어. 그저 잘못된 시간에 잘못된 인종이 거기 있었던 거지. 경찰이 얼마나 음침한 족속인데. 다들 그래서 감옥에 가잖아."

나는 경의를 표하는 뜻으로 잔을 꺾어 술을 한 모금에 뜨겁게 삼켰다. 그리고 술잔을 다비나에게 내밀었다.

"하나만 묻자." 그녀가 심각해지자 나는 또 한번 셀레스철에 대한 질문에 대비했다.

"그래."

"거기 있을 때 혹시 앤트완 길로리라는 사람을 알았니? 전체 이름은 앤트완 프레드릭 길로리야."

"왜?" 내가 물었다. "네 남자야?"

그녀가 고개를 저었다. "내 아들."

"아니," 나는 목소리에 위로를 담아 말했다. 그녀의 아들이라면 잘해야 열일곱이나 열여덟일 것이다. "만난 적 없어."

"별명이 호퍼인데? 아니면 그래스호퍼*?"

그 별명은 나도 알았다. 호퍼는 그곳에서 가장 어리지는 않았지만, 그래도 성인 교도소에 있기에는 너무 어리고 유약하고 예쁘장했다. 립스틱을 바른 그 아이의 입술과 사제 가성소다로 곧게 편 머리칼이 기억났다.

"모르겠어." 나는 다시 말했다.

"확실해?"

"확실해," 나는 말했다. "호퍼라는 애는 몰라." 나는 잔을 다시 내밀었다. "부탁해요, 부인."

다비나가 고개를 저었다. "거절할래. 널 위해서야."

"아가씨, 음주운전 걱정은 없어요. 걸어왔거든. 코딱지만한 동네잖아."

"로이," 그녀가 말했다. "많은 게 바뀌었어. 밤에 걸어서 돌아다니면 안 돼. 뭐가 더 나쁜지 모르겠어, 경찰인지 아니면 보통 사람들인지. 호퍼는 불법 무기 소지죄로 잡혔어. 호신용이었는데. 열여섯 살인 애를 성인으로 기소했지."

"장담하건대, 난 두렵지 않아. 지난 오 년간 내가 어디 있었는지 알잖아." 이번에 나는 목울대를 긁는 웃음을 터트리며 말했다. "내가 덤불 뒤에서 뛰쳐나와 씨불씨불 주절대는 시골 개새끼를 무서워할 것 같아?"

"그 시골 개새끼가 총을 가졌다면 그렇겠지." 그러더니 그녀는 내 팔을 찰싹 때리고 보조개가 쏙 들어가는 진짜 미소를 지었다. "씨불씨불이라니. 정말 웃긴다. 한 잔만 더 줄게. 하지만 독하게 타지는 않을 거야."

---

* '메뚜기'라는 뜻.

"네 것도 한 잔 더 만들어. 혼자 마시는 건 참을 수 없어."

다비나는 엄마가 오렌지주스를 따를 때 쓰던 것과 비슷한 작은 유리잔에 술 두 잔을 담아 가지고 돌아왔다. "얼음이 떨어졌네." 그녀가 말했다. 나는 유리잔을 들었고 우리는 건배사도 없이 잔을 부딪친 후 단숨에 넘겼다. 기분이 좋아지면서 첫번째 직장이 생각났다. 회사의 크리스마스 파티에서 백인 직원들이 최고급 술을 따랐고, 우리는 그것을 물처럼 마셨다. 마치 돈이 끝없이 생길 것처럼.

다비나가 일어나서 음악을 틀자 프랭키 베벌리가 "행복한 기분"을 노래했다. 그녀는 손가락을 몇 번 팅기며 돌아왔다. 이번에는 관절이란 관절은 죄다 과시하려는 듯이 의자의 쿠션에 기대어 몸을 뒤로 젖혔다. "헤이." 그녀가 장난기를 살짝 담아 나를 불렀다.

위스키 때문에 그녀가 아름다워 보였던 건 아니다. 내가 이제 기업체의 젊은 간부가 아니듯 다비나도 젊고 예쁜 아가씨는 아니었다. 하지만 예전의 나, 예전의 그녀는 그러했고, 그 과거의 일부가 우리 둘 다에게 조금은 남아 있었던 것 같다. 다비나는 내가 그리워했던 모든 것이 따뜻한 갈색 육체로 변신한 존재였다.

"괜찮아?"

나는 고개를 저었다. 그것밖에 할 수 없었다.

"왜 그래?"

나는 다시 고개를 저었다.

"괜찮아." 그녀가 말했다. "이제 막 집에 돌아왔잖아. 돌아오고 나면 항상 피로한 법이지." 그녀는 내가 군대에서 제대하거나 병원에서 퇴원한 것처럼 말했다.

다비나는 사서와 같은 동작으로 자기 입술에 손가락을 갖다댔고, 나는 고개를 숙여 그 손가락 뒤로 파고들었다. 셀레스철—그녀를 생각하지 않을 수 없었다—은 자그마한 여자가 아니다. 뼈가 굵고 풍만하지만 다비나처럼 부드럽지는 않다. 다비나는 사성급 호텔의 가운 같은 느낌이었다. 나는 야만인처럼 달려들고 싶지 않아서 스스로를 억제하려 애썼다. 옷을 다 입은 채로 흘러간 그 순간순간이 기적이었다고 말할 수 있다. 긴장을 풀고 나서는 깊은 키스를 나누며 그녀의 입에 혀를 넣어 뜨거운 위스키맛을 느끼고 즐겼다. 그녀는 손가락으로 내 몸 곳곳을 어루만졌다. 그 손길은 반딧불이처럼 조심스러웠지만 그 치유력은 상점교회*의 목사와 같았다. 그녀가 내 셔츠 밑으로 손을 집어넣었고 내 뜨거운 등에 닿은 차가운 손바닥의 느낌은 전기 자극처럼 짜릿했다.

침실에서 우리는 서로의 옷을 벗기지 않았다. 어두운 가운데 각자의 자리에서 스스로 옷을 벗었다. 다비나가 원피스를 벗어 옷걸이를 달그락거리며 옷장에 걸고는 침대에 누운 내 옆으로 들어왔다. 그녀가 위스키 냄새뿐 아니라 코코아버터 냄새를 풍기며 옆으로 돌아눕자 머리카락이 내 얼굴에 쏟아졌다. 나는 진짜가 아닌 것은 아무것도 만지고 싶지 않았기 때문에 그 인공적인 질감에서 뒤로 물러났다. 숨쉬는 것에 몸을 비비고 싶었다. 살아 숨쉬는 것을 갈망했다. 그녀가 허벅지를 들어 내 옆구리에 올렸다. "괜찮아?" 그녀가 속삭였다.

"그래," 나는 말했다. "너는?"

---

* 노예제가 폐지된 후 흑인 지역사회에서 교회를 세울 재정적 능력이 없어 상점을 임대해 교회로 개조했는데, 이후 흑인 사회의 구심점이 되었다.

"난 괜찮아."

"네 아들 일은 유감이야."

"네 어머니 일은 유감이야."

보통 사람들에게 상실의 슬픔은 불꽃을 꺼트리는 화제이겠지만 내게는 등유, 휘발유, 순純산소의 폭발 같은 효과를 가져왔다. 나는 다시 다비나에게 키스하고 몸을 일으켜 그녀의 위에 자리잡았다. 어둠 속에서 그녀의 윤곽을 내려다보며, 다시 설명하고 싶다고 생각했다. 하지만 감옥에서 막 나온 남자처럼 씹하고 싶지 않다는 말을 할 재간이 없었다. 나는 집에 와서 가족을 만나는 남자처럼 하고 싶었다. 이 동네에서 태어나 출세한 인물처럼 하고 싶었다. 아직도 돈이 있고 멋진 사무실이 있고 이탈리아제 구두와 스틸 시계가 있는 사람처럼 하고 싶었다. 제대로 된 인간처럼 씹하고 싶다는 이 마음을 여자에게 어떻게 설명할 수 있단 말인가?

겁을 먹었다고 표현하진 않겠다. 하지만 나는 아래팔로 무게를 지탱한 채 그대로 멈춰 있었고, 솔직히 그다음에 뭘 해야 할지 몰라 머뭇거렸다. 그녀를 기쁘게 해주고 싶었다. 그녀가 내 이름을 외치거나 다른 무식한 소리를 질러대게 하고 싶은 게 아니었다. 좋은 인상을 남기고 싶었다. 다비나는 내가 파이니 우즈 인에서 그 여자를 강간하지 않았다는 사실을 믿는다고 했지만, 언제나 작은 의심의 씨앗은 있기 마련 아닌가? 모든 이야기에는 이면이 있다는 생각이?

"베이비." 다비나가 날 부르며 팔을 뻗고 내 등을 감싸 바짝 당겨 안았다. 나는 근육의 기억에 의지해 무릎으로 그녀의 다리를 벌렸지만, 그녀는 나에게서 빠져나간 다음 옆으로 돌아누워 나를 바라보았다. 그녀가 집게손가락으로 내 가슴을 밀었고 나는 등을 대고 누웠다. 다시 몸을 일으켜 다가가려 하자 그녀는 손바닥으로 나를 내리누르며 말했다. "아직은 아니야."

다비나가 나를 보살폈다. 그렇게밖에 표현할 수가 없다. 그녀는 고작 이틀 전에 교도소에서 나온 나를 자신의 침대에 누이고 보살폈다. 손과 입으로 내 온몸을 어루만졌고, 피부의 한 구석도 남겨두지 않고 사랑을 주었다. 위로, 아래로, 어쩌면 나를 관통해 움직였다. 내 몸에서 그녀의 사랑이 닿지 않은 구석은 모두 불길에 타올랐고 어서 그녀의 주목을 받기를 소망했다. 우리는 필요한지 몰랐던 것을 누군가로부터 정확히 필요한 방식으로 받고 나서야 그것이 필요했음을 깨닫는다.

우리의 몸이 엉켜 그녀의 발이 내 얼굴 가까이에 왔을 때 나는 고개를 숙여 발바닥의 오목한 부분에 입을 맞췄다. 일로에서 자란 사람의 발이 어떻게 그토록 아기처럼 부드러울 수 있는지 알 수 없었다. 셀레스철도 발이 매끄러웠다. 아내 생각이 떠오르자 내 안의 무언가가 요동쳐 나는 악몽에서 깨어나는 사람처럼 벌떡 일어났다. 다비나가 멈칫했고 방안의 희미한 불빛이 그녀의 눈에 반사되었다. "괜찮아?"

"아니." 나는 말했다.

"이리 와." 그녀가 등을 대고 누워 팔을 뻗으며 말했다. 그러고는 나를 "베이비"라고 불렀다. 그 말을 자신만의 한 단어짜리 언어로 만들어 원하는 의미는 뭐든 담아 말하는 여자들의 방식으로. 이번에 그것은 초대였다. 마치 "제발"이라고 말하는 것과 같았다. 그녀가 다리로 내 허리를 감았고 나는 목숨이 거기에 달린 양 그녀에게 매달렸다. "베이비." 그녀가 다시 말했다.

"콘돔 있어?"

"그럴걸." 그녀가 말했다. "약장에."

"욕실에?"

"응."

"꼭 해야 해?"

어둠 속에서 다비나는 말이 없었다. 나는 팔꿈치로 몸을 일으켜 그녀를 보려 했지만 달빛은 그녀의 얼굴을 비추지 않았다. "네가 원하면 가서 가져올게." 나는 그렇게 장담하면서도 다시 그녀에게 키스하며 달콤한 아랫입술을 부드럽게 깨물었다. "그게 필요할까?" 그녀가 알든 모르든 나는 애원하고 있었다. 나는 간절히 원했다. 둘 사이를 가로막는 비닐 막 없이 다른 사람과 닿고 싶었다. 그녀의 두피 가까이에 꼬불꼬불하게 자라는 진짜 머리카락을 만질 때와 같은 느낌으로. 전화 통화와 숨결을 마주하는 대화의 차이였다. "제발," 내가 그렇게 말하는 소리가 들렸다. "제때 빠져나올게. 약속해. 제발." 우리는 여전히 서로 닿아 있었다. 그녀는 나를 떠밀거나 무릎을 오므리지 않았다. "베이비." 내가 말했고, 이번에 그 비밀의 언어를 쓴 쪽은 나였다.

"좋아." 마침내 그녀가 말했다. "괜찮아, 베이비. 지금은 안전해."

셀레스철

글로리아는 내가 세 살 때 기도하는 법을 가르쳐주었다. 내 옆에 무릎을 꿇고 앉아, 아기 천사처럼 손바닥을 턱밑에서 맞붙이는 법을 알려주었다. 엄마는 교회에 열성적이었으나 아빠는 아니었다. 여성 기독교도 중에는 하느님을 믿지 않는 남자에게 속수무책으로 끌리는 유형이 있다. 그의 영혼을 자신의 무릎에 앉혀 안전하게 지켜주려 하는 것이다. 때로는 나도 어머니 같기를, 남자를 구원할 운명을 타고났기를 바라곤 한다. 그러면 어머니가 남긴 빵부스러기를 따라 그 길을 갈 수 있을 테니까.

"이제 저는 잠자리에 들겠습니다." 글로리아는 마치 노래하듯 그렇게 기도했고, 나는 눈을 꼭 감은 채 아기 목소리로 따라 했다. 그러고는 "아멘"이라고 말하기 전에 눈을 뜨고 "주님, 제 영혼을 가져가세요"가 무슨 뜻인지 설명해달라고 했다. 글로리아는 다음 날 우리가 깨어나야 할지 판단하고 또 하루를 받게 될지 결정하는

244

것은 하느님의 권한이라고 말했다. 그래서 밤중에 죽는다면 주님과 함께 천국으로 돌아가게 해달라고 부탁드리는 거라고. 어쨌든 나는 그렇게 이해했다. 충격에 빠져 캐노피 침대에 누운 나는 영원한 잠에 빠져들까봐 두려워 눈을 깜빡이는 것조차 겁이 났다.

매일 밤 글로리아는 이런 식으로 나와 함께 기도를 낭송하며 나를 재웠다. 나는 엄마가 내 옆에 무릎을 꿇고 있는 동안에는 엄마가 기대하는 대로 기도했지만, 엄마가 가고 나면 기도를 취소하며 내 영혼은 내가 간직하겠다고 협상을 걸었다.

아이가 열두 살이 될 때까지 그 아이의 죄는 부모에게, 대개는 어머니에게 돌아간다는 말이 어딘가에 쓰여 있다. 그 이후에 그 사람의 죄는 자신만의 점수판에 기록된다. 그와 관련해 일단 선택권이 주어지자 나는 아버지와 함께 편히 있는 게 더 좋아서, 어머니와 교회에 가는 일은 드물어졌다. 그렇지만 기도는 항상 드렸다.

혼자 살 때는 소리 내어 기도했지만, 이제 침실을 안드레와 함께 쓰기 때문에 입술만 움직일 뿐 소리는 내지 않는다. 나는 로이를 위해 기도한다. 그의 안전을 간구한다. 그의 용서를 간구한다. 비록 아침의 깨끗한 빛을 받으면 내게 잘못이 없음을 알지만. 또한 안드레를 위해 기도하고, 용서를 구하는 나를 그가 용서해주기를 기원한다. 아빠를 위해 기도하고, 다시 그의 딸이 될 수 있는 방법을 알게 되기를 기원한다.

우리는 하느님께 아무런 비밀이 없다고 어머니는 내게 가르쳤다. 하느님은 우리를 만드신 분이므로 우리의 모든 감정을 아신다. 죄를 고백하면 그 용기를 축복하실 것이다. 그 겸양을 축복하실 것이다. 무릎을 꿇고 기도할 때 하느님은 기도하는 이를 축복하신다.

하느님은 아신다. 내 보석함 바닥에 있는 펠트 상자에 로이의 빠진 치아가 있다는 사실을. 뿌리요법 치유사*라면 이것으로 무엇을 할지 알 것이다. 보이지 않는 것에는 젬병인 나조차도 손바닥에 놓인 그것이 뜨겁게 뿜어내는 혜성과 같은 기운을 느낄 수 있다. 하지만 내게는 이 힘을 제어하거나 내 의지대로 부릴 능력이 없다.

---

* 남부 시골 지역 흑인들의 치료사로, 식물 뿌리나 기타 약재를 이용해 병을 치료하며 주술적인 힘이 있다고 여겨지기도 한다.

로이

예전에 미스 애니 메이의 집이었던 곳에서 나는 대략 서른여섯 시간을 다비나 하드릭과 함께 보냈다. 인생은 경이로 가득하다. 고등학교 때 잠깐 알았던 여자에게 그토록 완전히 사로잡혀 집으로 돌아가는 길도 가물가물해지게 되리라고 누가 예상이나 했겠는가? 다비나의 침대를 나온 유일한 이유는 그녀가 일하러 가야 한다며 나를 내보냈기 때문이었다. 그녀의 대단한 요리와 대단한 사랑 사이를 오가며 나는 그곳에서 영원히 머물 수도 있었다. 내가 지난 하루 반을 입은 (혹은 안 입은) 구겨진 옷차림으로 마침내 집 앞에 나타났을 때, 빅로이는 포치에서 기다리고 있었다. 휴이 뉴턴* 의 자 두 개는 비워둔 채 콘크리트 바닥에 앉은 빅로이는 다리를 옆으

---

* 1960년대에 흑인 운동 단체 블랙팬서를 조직한 정치활동가. 등받이가 넓고 둥근 고리버들 의자에 앉아 한 손에는 창을, 다른 손에는 장총을 든 사진이 널리 알려져 있다.

로 늘어뜨려 화단을 밟고 있었다. 왼손에는 엄마의 노란 커피잔을 감아쥐고 다른 손으로는 꿀빵을 포장지째 들고서 베어먹었다. "살아 있냐?"

"네, 아버지." 나는 계단을 껑충껑충 뛰어올라가며 말했다. "건강히 살아 있습니다."

빅로이가 눈썹을 몇 인치쯤 치켜세웠다. "그 여자 이름이 뭐냐?"

"무고한 사람을 보호하기 위해 비밀 서약을 했어요."

"유부녀만 아니면 돼. 그 갖은 일을 겪고 나서 여자 문제로 어느 젊은 놈의 총에 맞는 꼴은 보기 싫다."

"맞아요. 제 이야기는 이대로도 비극이죠."

"레인지에 커피 더 있다." 그가 현관문 쪽으로 고개를 획 젖히며 말했다.

나는 커피 한 잔을 따라 현관으로 돌아와 아버지 옆에 앉았다. 도로를 위아래로 훑어보며 나 자신을 생각했는데, 그것은 떠나 있는 동안 생긴 버릇이었다. 가만히 앉아 어디에 있고 싶은지, 누구와 함께 있고 싶은지 생각하는 것이다. 무엇을 먹고 싶은지도. 나는 그렇게 이십여 분간 가만히 앉아 칼라마타 올리브와 그것을 올려 먹을 음식을 생각하곤 했다. 이제는 다비나를 떠올리며 오늘밤 다시 가도 될지 생각했다.

나는 셀레스철을 배신했나, 아니면 그녀에 대한 내 추억을 배신했나? 나 같은 처지의 남자는 일종의 특별 배려를 받아도 될 것이다. 다비나 하드릭이 그 포근한 허벅지와 '베이비' 언어로 내 생명을 구원했다고 말하지는 않겠지만, 생명은 아니더라도 나의 어떤 것, 아마도 나의 정신을 구조한 건 사실이다.

빅로이가 노란 커피잔 테두리 너머로 말했다. "아들, 넌 전화기 사용법을 좀 배워야겠다. 그냥 그렇게 사라져버리면 안 되지. 그 모든 일을 겪고 난 지금은."

머리를 거의 가슴까지 조아렸더니 어깨가 둥글게 말리는 느낌이 들었다. "죄송해요, 아빠. 그런 생각은 못했어요."

"다른 사람을 배려하는 법을 기억해야 해."

"알아요." 커피를 조금 더 후루룩 마시는데, 아버지가 반쯤 먹은 빵을 내게 건넸다. 나는 그 달콤한 빵을 두 조각으로 나눠 입에 쑤셔넣었다. "저 자신이 되는 데 익숙해지려고 노력중이에요."

빅로이가 말했다. "오늘 네 처에게 연락해라. 그애에게 알려."

"뭘 알려요?"

"누군지 몰라도 널 지미니 크리켓*처럼 헤벌쭉거리며 돌아오게 한 그 사람에 대해선 아니고. 하지만 네가 집에 왔다는 건 알려야지. 내 말 믿어라, 아들. 네가 누구랑 있었든 지금 당장은 그 여자가 특별해 보이겠지만, 그래도 네 아내는 아니야."

나는 양손을 쳐들었다. "알아요, 알아." 나는 오 년 내내 한 조각의 행복도 누리지 못했는데, 아버지는 내가 한 시간도 햇빛을 쬐며 즐기게 놔두려 하지 않았다.

"하지만 일단 씻고 나서." 빅로이가 말했다.

아버지가 옳았다. 애틀랜타로 돌아가 셀레스철과 피부를 맞대고 인사를 나눈 뒤 우리가 아직 부부인지 묻기 위해서는 계획을 세울

---

* 애니메이션 〈피노키오〉에 나오는 귀뚜라미로, 피노키오에게 옳고 그름을 알려주는 양심 역할을 한다.

필요가 있었다. 그걸 굳이 물어야 한다면 대답은 '아니'인 거야, 하는 목소리가 마음 한구석에서 들렸다. 아마도 나는 제 발로 함정에 걸어들어가고 있었을 것이다. 이 년간 면회가 없었다는 사실 그 자체가 메시지다. 왜 그것을 그녀의 입으로 직접 들어야 하는가? 그녀가 자신의 입장에서 하는 말은 뭐든 피를 흘리게 할 테고, 그 상처는 매끈하지 않을 것이다. 진실은 개가 물어뜯은 자리처럼 너덜너덜한 상처를 남길 것이다.

하지만 그녀가 이혼을 하지 않았다는 단순하고 명백한 사실이 여전히 남아 있었다. 공식적으로 혼인 관계를 청산하지 않았다면, 그리고 싶지 않았다는 것 말고 다른 이유는 없었다. 그 점은 내 장부에서 상당한 영향력을 발휘했다. 게다가 개가 물어뜯은 상처라도 치유될 수 있다.

전화가 울리기 시작했을 때 나는 겨우 팬티만 입은 상태였다. 구식 전화기가 요란한 금속성 소음을 내며 울렸다. "위클리프에게 내가 포치에서 기다린다고 해." 빅로이가 밖에서 외쳤다.

나는 반쯤 알몸에 맨발로 부엌으로 살살 걸어가 전화기를 들고 말했다. "포치에서 기다리신대요."

건너편의 남자가 말했다. "뭐라고요?"

내가 말했다. "죄송해요. 여보세요? 해밀턴 가족입니다."

건너편의 남자가 말했다. "로이, 너니?"

"리틀로이예요. 빅로이를 찾으세요?"

"나 안드레야. 어떻게 네가 전화를 받는 거야? 수요일에나 나오는 줄 알았는데."

드레를 마지막으로 봤을 때, 그는 올리브의 경야에 참석하기 위해 회색 양복을 입고 있었다. 우리가 대화를 나누는 동안 면회실에 있던 사람들이 그를 쳐다보면서 우리의 사연을 추측하려 한다는 느낌이 들었다. 내가 어떻게 보이는지는 알았다. 그 안에 있는 다른 이들처럼 낡은 점프슈트에 검은 피부. 나에 관한 그 밖의 모든 것은 부차적인 세부 사항일 뿐이었다. 드레는 정장을 입었지만 변호사 같지는 않았다. 그보다는 '미국 놈들은 재즈를 몰라서' 유럽으로 이주한 음악가에 가까워 보였다.

그를 만나서 반가웠다. 드레는 내 친구였다. 처음에 셀레스철을 소개한 사람도 드레였다. 물론 한참 후에야 성과가 있었지만. 우리가 결혼할 때는 들러리가 되어주었고 증인 서명도 했다. 그리고 올리브가 땅 위에서 보낸 마지막 일요일에도 그는 여기에 있었다.

"나 대신 어머니 관을 옮겨줄래?" 나는 물었다.

드레는 깊은숨을 쉬며 고개를 끄덕였다.

돌이켜 생각하는 것조차 고통스럽지만, 그가 그러겠다고 했을 때 나는 감사와 분노를 동시에 느꼈다. "고맙다." 나는 말했다.

드레는 피아노 연주자 같은 손가락을 휘저어 내 말을 날려보냈다. "이 모든 상황이 정말 유감이다. 알다시피 뱅크스 변호사가 아직 애쓰고 있고……"

이번엔 내가 손을 저어 그의 말을 막을 차례였다. "빌어먹을 뱅크스. 내일 날 내보내준다 해도 너무 늦었어. 엄마는 이미 돌아가셨잖아."

이제 드레의 목소리를 들으니 그가 올리브의 관을 들겠다고 했을 때와 똑같이 수치심과 격분이 뒤섞인 감정이 일었다. 목울대가 간질거려 목청을 두 번 가다듬고 나서야 말을 할 수 있었다.

"무슨 일이야, 드레? 목소리를 들으니 반갑다."

"나도 그래, 친구." 그가 말했다. "그런데 일찍 나왔네. 우리는 며칠 더 있어야 나오는 줄 알았는데."

우리, 그는 그렇게 말했다. 우리는, 알았는데.

"서류상의 문제야." 나는 말했다. "관료주의. 교정국의 누군가가 이제 내가 나갈 때가 되었다고 했고, 그래서 나온 거지."

"알았어," 드레가 말했다. "셀레스철은 알아?"

"아직 몰라." 내가 말했다.

"그렇군," 드레가 한 박자 뒤에 말했다. "거기서 며칠만 더 기다려주면 좋겠는데."

"둘이 함께 차로 내려오려고?"

"나만." 드레가 말했다.

나는 전화를 끊고 포치로 나가 빅로이 뒤에 섰다. 그 각도에서는 아버지의 벗어진 정수리에 있는 작은 상처들이 다 보였다. 아버지가 식탁 위에 약간 낮게 달린 전등에 머리를 쾅 박을 때마다 상처에 입을 맞춰주던 어머니가 떠올랐다. 어머니는 그 보잘것없는 상들리에에 사족을 못 썼고, 아버지는 단 한 번도 그것을 떼버리라고 말하지 않았다.

"위클리프가 아니에요." 내가 말했다. "안드레예요."

"그애가 뭐라 했기에 그렇게 정신을 놓고 팬티 차림으로 밖에 서 있는 거나?"

나는 이미 잿빛으로 변한 내 맨다리를 내려다보았다. "날 데리러 내려온다네요. 혼자서만요."

"그게 옳은 얘기로 들리냐?"

"뭐가 옳은지 모르겠어요."

빅로이가 말했다. "네가 애틀랜타로 직접 가서 부부 사이에 뭐라도 남았는지 보는 게 좋겠다." 그는 잠시 말을 멈췄다. "네가 원한다면 말이다."

"젠장, 맞아요. 전 그러길 원해요."

"십 분 전만 해도 그다지 확신하는 것 같지 않아서 물어본 거야."

다시 전화가 울렸고 빅로이가 턱으로 집 쪽을 가리켰다. "받아라. 위클리프 아니면 셀레스철이겠지. 위클리프면 내가 전화한다고 말해. 셀레스철이면 네가 알아서 하고."

나는 그녀가 포기할 때까지 전화가 울리게 내버려두었다.

나는 월마트가 제공하는 가장 좋은 옷을 입고 부엌으로 돌아왔다. 카키 바지에 칼라가 달린 니트 셔츠. 적어도 신발은 괜찮은 거였다. 거울을 보니 싸구려 타이거 우즈처럼 보였지만 전과자 같지는 않았다. "집에 가고 싶어요."

빅로이가 냉장고 앞에 구부정하게 서서 안쪽을 뒤지고 있었다. "애틀랜타 말이냐?"

"네."

"마음을 빨리도 정했네." 그가 말했다. "안드레가 네 속에 불을 지폈구나."

"갈 거라고는 항상 생각했어요. 언제가 될지 몰랐을 뿐이죠. 그 언제가 '최대한 빨리'라는 걸 이제 알았어요."

"운전할 준비는 됐고?"

나는 뒷주머니에 손을 넣어 지갑을 꺼냈다. 교도소 창고에 몇 년을 놔두었는데도 가죽이 아직 부드럽고 탄력이 있었다. 카페라테 적립 쿠폰에 운전면허증이 들러붙어 있었다. 사진 속에는 잘나가던 시절의 거만하고 자신감 넘치는 내가, 버튼다운 셔츠와 암적색 넥타이 차림으로, 튼튼하고 네모난 치아 두 줄을 드러내며 활짝 웃고 있었다. 조지아주 정부에 따르면 나는 앞으로 육 개월 더 차량을 운전할 수 있었다. '복숭아의 주' 정부는 또한 내가 린밸리 로드 1104번지에 산다고 알고 있었다. 이 면허증은 예전의 삶에서 내게 남은 유일한 물건이었다. 나는 그것을 들어올려 주 정부 인장 위로 반사되는 빛을 바라보았다. "준비 완료. 하지만 차가 없네요."

"크라이슬러를 가져가도 돼." 빅로이가 달걀 상자를 열고 딱 하나 남은 달걀을 보며 말했다. "장 보러 가야겠다. 성인 남자 둘이 먹을 아침식사가 필요하니까."

"아빠, 차 없이 어떻게 일하러 가시려고요?"

"기름값을 보태주면 위클리프가 날 태우고 다닐 거야."

"생각해볼게요."

"갈 준비가 됐다고 한 것 같은데."

"생각중이라고 했어요."

"있지, 가끔 달걀이 부족할 때는 베이컨으로 보충할 수도 있어." 빅로이가 냉장고를 활짝 열고 허리를 더 낮게 숙여 서랍 속을 뒤적였다. "형편없는 베이컨이 한 줄 있네. 네가 달걀을 먹고 내가 베이컨을 먹으면 될 것 같은데." 아버지가 찬장으로 가서 문을 열자 깔끔하게 줄 맞춰 늘어놓은 양철 캔이 보였다. "됐다! 연어 크로켓.

그거 먹어라, 괜찮지?"

나는 낯선 사람을 만난 듯 빅로이를 바라보았다. 그는 어머니의 부엌에 비해 덩치가 너무 컸지만, 딱 하나 남은 달걀을 한 손으로 깨고 앙증맞은 포크로 휘저으며 잘해내고 있었다.

"왜?"

"아니에요, 아빠. 그냥 어릴 때부터 내내 아빠는 냄비나 팬을 잡을 사람이 아니라고 생각했거든요. 그런데 지금은 부엌에서 마사 스튜어트*처럼 돌아다니시네요."

"글쎄," 아버지가 내게 등을 돌린 채 달걀 한 개를 계속 휘저으며 말했다. "올리브를 잃고 내겐 두 가지 선택이 남았지. 요리를 배우거나 굶어죽거나."

"다른 사람과 결혼하실 수도 있죠." 그 말을 입 밖에 꺼내기는 쉽지 않았다. "합법적으로."

"다른 사람을 원하게 되면 다른 사람을 찾겠지." 빅로이가 말했다. "하지만 원하는 게 밥뿐이라면 요리를 할 거다." 그는 연어 캔을 들어올리며 미소를 지었다. "많이들 모르는데, 보통 캔 뒤편에 여러 가지 조리법이 적혀 있어서 그걸 보고 만들 수가 있어."

나는 한참 더 그를 바라보며 극복하고 살아간다는 것이 이런 건가, 함께하던 사람이 떠난 뒤에 새로운 방식으로 사는 법을 배운다는 것이 이런 건가 생각했다. 그는 작은 대접 위에서 바삐 손을 놀리며 고춧가루를 뿌려 넣었다. "문제는 맛 내는 법을 가르쳐주지

---

* 요리, 원예, 실내장식 등 가사 전반에 대한 정보와 노하우를 제공하는 다양한 사업을 통해 유명해진 기업인.

않는다는 거지. 캔에 쓰인 조리법대로 할 때는 고춧가루를 좀 넣으면 대충 괜찮더라고."

"엄마는 머리에 떠오르는 대로 요리를 하셨죠." 내가 말했다.

빅로이는 주철 팬에 기름을 넉넉히 부었다. "올리브가 없다는 사실이 아직도 믿어지지 않는다."

요리를 마친 그는 음식을 두 접시에 나눴다. 각 접시에 꽤 큰 크로켓 두 개와 베이컨 반 줄, 세모꼴로 자른 오렌지 한 개가 담겼다.

"본 아페티." 포크에 손을 뻗으며 내가 말했다.

"오 주여." 빅로이가 기도하기 시작했고 나는 포크를 내려놓았다.

음식은 나쁘지 않았다. 좋지도 않았지만 나쁘지도 않았다.

"맛있다, 그렇지?" 빅로이가 말했다. "캔의 조리법에는 빵가루를 쓰라고 되어 있는데, 난 대신 리츠 크래커를 부셔 넣었어. 견과류맛이 나네."

"그렇네요, 아버지." 나는 베이컨 반 줄을 한입에 먹으며 말했다.

부엌의 명인 올리브를 생각하지 않을 수 없었다. 어머니는 금요일 밤마다 케이크, 파이, 쿠키 등을 구워서 토요일 오후에 내다팔았고, 그 음식들은 타운 곳곳의 가정에서 일요일 저녁식사 후에 식탁에 올랐다. 같은 장사를 하는 다른 여자들도 있었지만, 올리브는 배짱 좋게 시가보다 2달러나 더 받았다. "내 디저트는 값을 조금 더 쳐줘야 마땅해." 올리브는 말하곤 했다.

우리는 각자 생각에 잠겨 천천히 음식을 먹었다.

"너 떠나기 전에 머리 좀 잘라야겠다." 빅로이가 말했다.

나는 양털같이 곱슬곱슬한 머리통을 손으로 쓸었다. "월요일에 어디에 가서 머리를 자르죠?"

"바로 여기." 빅로이가 말했다. "내가 군대에 있을 때 이발했던 거 알잖아. 지금껏 이발사 면허를 갱신해왔지. 상황이 더 나빠지면 언제든 이발로 돈을 벌 수 있으니까."

"그렇게 오랫동안요?"

"네가 열 살 때까지 토요일 밤마다 머리를 깎아줬잖아." 아버지는 고개를 저으며 오렌지 조각을 베어 물었다. "과일도 옛날 맛이 더 진했던 것 같아."

"저 안에 있을 때 가장 그리웠던 게 그거예요. 과일. 언젠가 배하나에 6달러를 낸 적도 있어요." 나는 그 말을 하자마자 고개를 세차게 저으며 기억을 떨쳐버리려 했지만, 기억은 더 깊이 파고들었다. "그 배를 잊을 수가 없어요." 나는 빅로이에게 말했다. "그것을 얻으려고 아주 빡빡한 흥정을 했죠. 어떤 녀석에게 쓰레기봉투를 팔았어요. 그놈은 4달러만 주려 했지만 제가 계속 밀어붙였죠."

"네가 그 안에 있을 때 우린 뒷바라지하려고 애썼다. 영치금을 네 처가만큼 많이 넣어주진 못했겠지만, 우리에게는 더 큰돈이었어."

"비교하려는 게 아니에요." 나는 말했다. "그냥 이런 얘기를 하려는 거예요. 들어보세요, 아빠. 저는 쓰레기봉투를 팔면서 누군가가 왜 그렇게 큰돈을 써가며 쓰레기봉투를 구하려고 하는지 자문하지 않았어요. 그냥 그 사람을 다그쳐서 동전까지 다 긁어냈죠. 과일 한 개를 살 돈이 필요해서요. 그 신선한 맛이 간절하게 그리웠거든요." 그 배는 가을 낙엽처럼 붉고 아이스크림처럼 달콤했다. 그것을 남김없이 다 먹었다. 씨, 속, 줄기까지 다. 그걸 누가 보고 빼앗아갈까봐 더러운 화장실에 들어가서 먹었다.

"아들아." 빅로이가 말했다. 나는 축 늘어지는 그 얼굴을 보고 심지어 아버지도 나머지 이야기를 안다는 사실을 깨달았다. 교도소에서 쓰레기봉투가 어떻게 쓰이는지 모르는 사람은 세상에 나뿐인 듯했다. 그때 나는 월터와 배를 나눠 먹으려 했지만 그것을 어떻게 구했는지 들은 월터는 손도 대지 않으려 했다.

"내가 어떻게 알았겠어요?" 나는 아버지에게 말했다.

교도소에서는 모든 것이 다른 사람이나 자신에게 무기로 사용될 수 있음을 재빨리 배운다. 칫솔이 단도가 되고 녹인 초콜릿바는 사제 네이팜*이 되고 쓰레기봉투는 완벽한 올가미가 된다. "몰랐어요. 알았다면 돈을 받기는커녕 그걸 넘겨주지도 않았을 거예요."

금속 변기에 엎드려 구역질을 하던 기억이 났다. 변기의 역한 냄새를 맡으면 배를 토해낼 수 있을 거라 생각했지만, 쓸쓸하고 톡 쏘는 위액 말고는 아무것도 올라오지 않았다.

"널 탓하지 않는다, 아들." 빅로이가 말했다. "무엇에 대해서든."

그때 전화가 다시 울리기 시작했다. 우리가 거기 앉아 있는 걸 알고는 외면당하지 않으려 버티는 것처럼.

"저건 위클리프가 아니야." 빅로이가 말했다.

"알아요."

그녀가 지쳤는지 마침내 울리던 전화가 끊겼다. 그러더니 다시 울리기 시작했다.

"할말이 생길 때까지 셀레스철과 얘기하고 싶지 않아요."

"나한테 방금 전에 거기 간다고 했잖아. 그것도 할말이지."

---

* 폭약 재료로 쓰이는 화합물.

이제 하고 싶지 않았던 말을 해야 할 때가 되었다. "돈이 없어요."

빅로이가 말했다. "내가 좀 보태줄 수 있어. 곧 봉급날이라 얼마 없지만 남은 돈이라도 가져가라. 어쩌면 위클리프가 좀 꿔줄 수도 있고."

"아빠, 이미 차까지 빌려주셨잖아요. 위클리프 아저씨에게 돈을 받을 수는 없어요."

"고집부릴 때가 아니야. 내가 융통해주는 돈이나마 들고 어서 차를 몰고 가거나, 아니면 안드레가 널 데리러 올 때까지 기다리거나 둘 중 하나야. 노인에게서 돈을 얻어 가는 게 자존심이 상할지도 모르겠다만 수요일까지 기다리면 그보다 더 상하게 될 거다."

바로 그때의 빅로이는 놀랄 만큼 월터와 닮았다는 생각이 들었다. 생부가 끔찍하게 그리웠다. 이런 상황을 두고 그가 어떤 말을 할지 궁금했다. 나는 항상 월터와 빅로이가 사람과 사람이 다를 수 있는 최대치만큼 다르다고 생각했다. 그건 단지 빅로이가 다른 남자의 아들을 자신의 주니어로 삼을 수 있는 사람인 반면, 월터는 낙오자의 경계선에 서 있는 사람이라서만은 아니었다. 하지만 두 사람을 다 알고 나니, 엄마가 특정한 유형에게 끌렸다는 걸 깨달았다. 사실 우리 모두 그렇지 않나? 엄마가 좋아한 유형은 자기 관점이 있는 남자다. 인생이라는 것이 어떻게 굴러가는지 알아냈다고 생각하는 사람.

"있지," 빅로이가 말했다. "네가 막 태어났을 때 네 어머니가 너를 위해 예금한 돈이 있다. 네 이름으로 몇백 달러쯤 있을 거야. 운전면허증과 출생증명서를 가지고 가면 그 돈을 찾을 수 있을 거다.

올리브는 네 서류를 모두 서랍장의 자기 칸에 보관했어."

침실은 올리브가 살아 있을 때와 똑같았다. 침대에 깔린 중첩된 원형 무늬 퀼트는 어머니가 중고품 시장에서 산 것이었다. 서쪽 벽에는 분홍색 원피스를 입고 줄넘기를 하는 소녀 세 명의 그림이 액자에 걸려 있었다. 내가 첫 월급으로 산 선물이었다. 원화는 아니지만 인쇄된 그림에 서명과 일련번호가 적혀 있었다. 서랍장 위에는 내 멜빵바지를 입은 푸페가 장난기 많은 천사 같은 모습으로 놓여 있었다.

빅로이가 은행 통장이 서랍장의 '엄마' 칸에 있다고 말했을 때, 그것은 오른쪽 맨 위 칸, 엄마가 가장 사적인 물건을 보관하던 그 서랍을 의미했다. 나는 청동으로 된 손잡이에 손을 올린 채 얼어붙었다.

"보이냐?"

"아직요." 나는 말했다. 그러고는 마치 반창고를 확 떼어내듯 서랍을 당겨 열었다. 깔끔하게 접힌 옷에 방안의 찬 공기가 부딪히자, 앞으로도 항상 내게 올리브를 떠올리게 할 냄새가 끼쳐왔다. 그게 무슨 냄새냐고 누가 묻는다면, 커피 향을 묘사해보라는 요구를 받았을 때 뭐라 해야 할지 모르는 것처럼 이 냄새도 마찬가지라고밖에 대답할 수 없을 것이다. 그것은 내 어머니의 냄새였고, 세분해 설명할 수 없는 냄새였다. 나는 꽃무늬 스카프를 들어 얼굴에 댔다. 눈 뒤편에서 점점 강한 압력이 느껴졌지만 아무것도 흘러나오지 않았다. 손에 든 스카프에 코를 대고 크게 숨을 들이마시자 압박이 더욱 심해져 흡사 두통처럼 느껴지는데도 울음은 나오지 않았다. 스카프를 다시 접으려 했지만 둘둘 뭉쳐놓은 것처럼 보였고, 깔끔하게 정돈된 서랍을 흐트러뜨리기는 싫었다.

초록색 고무줄로 한데 묶은 서류 뭉치가 서랍 뒤쪽 구석에 끼워져 있었다. 나는 그 작은 뭉치를 집어들고 빅로이가 기다리는 부엌으로 돌아갔다.

"엄마 물건을 안 치우셨어요?"

"그럴 필요를 못 느꼈어." 그가 말했다. "방이 하나 더 필요한 것도 아니잖아."

서류 뭉치에서 고무줄을 벗겨냈다. 맨 위에 내가 루이지애나주 알렉산드리아에서 무사히 태어난 니그로 남자임을 알려주는 출생증명서가 있었다. 내 원래 이름인 오새니얼 월터 젱킨스가 거기 적혀 있었다. 올리브의 서명은 조그맣고 오밀조밀해서 글자들이 제각기 서로의 뒤에 숨어 있는 것 같았다. 그 밑에 내 새 이름이 적힌 수정본 서류가 있었는데, 거기에는 파란색 잉크로 시원스럽게 쓴 빅로이의 서명이 있었고 어머니의 둥글둥글한 필체는 어린 여자애의 글씨 같았다. 통장 첫 페이지에 내가 태어난 해에 예금한 50달러가 찍혀 있고 그 이후 매년 50달러씩 예금한 기록이 이어졌다. 내가 열네 살이 되면서부터 매달 10달러씩 내 돈을 보태자 예금액이 부쩍 늘었다. 열여섯 살 때는 75달러를 찾아서 지금 내 손에 들린 여권을 만들었다. 그 작은 파란색 여권을 펼치고 알렉산드리아의 우체국에서 찍은 흑백사진을 가만히 들여다보았다. 다시 통장으로 시선을 돌리니 고등학교 이후에 인출한 금액이 보였다. 대학 갈 때 가져간 745달러를 제하고 남은 잔액은 187달러였다. 십 년 이상 이자가 붙었으니 그보다는 조금 더 남아 있을 것이었다. 어쩌면 아버지와 위클리프 노인의 주머니를 털지 않고도 애틀랜타까지

갈 수 있을 만큼.

곧바로 일어서지는 않았다. 서류 묶음에 물건이 하나 더 남아 있었다. 가죽이라고 확신했으나 시간이 지나며 비닐임이 드러난 작은 공책이었다. 내가 스스로 제임스 볼드윈처럼 될 거라고 생각했던 시절에 미스터 폰티노가 준 일기장이었다. 일기는 몇 편 되지 않았다. 주로 여권을 만들려고 했던 일, 우편환을 산 일, 사진을 찍으려고 빅로이와 함께 알렉산드리아에 간 일 등을 적어놓았다. 마지막 장에 이렇게 쓰여 있었다. "역사여, 세상은 로이 오새니얼 해밀턴 주니어의 출현에 대비해야 한다!"

*

세상에는 묶어줘야 할 풀린 매듭이 너무나 많다. 그 모든 것을 다 처리할 수는 없지만 시도는 해야 한다. 그 월요일 오후에 빅로이가 내 머리를 깎으며 한 말이다. 이발기가 없어서 옛날 방식대로 빗 위에 가위를 대고 잘랐다. 요란한 금속성 절단음이 내 귓가에 울렸고, 한 소년에게 아버지가 둘 이상 있을 수도 있다는 사실을 알지 못했던 시절이 생각났다. 성경 앞부분에 적힌 글로 모든 이야기를 알 수 있었던 시절, 우리 가족이 세 명이었던 시절이었다.

"나한테 하고 싶은 말 있나?"

"없습니다, 아버지." 내가 말하는데 목소리가 가늘게 갈라졌다.

"그게 뭐냐?" 빅로이가 웃음을 터뜨렸다. "네 살짜리 어린애 같은 목소리구나."

"가위 때문에 그래요." 나는 말했다. "어렸을 때가 생각나서요."

"내가 올리브를 만났을 때 네가 할 수 있는 말은 '안 돼'뿐이었어. 네 엄마랑 잘해보려고 왔는데, 내가 엄마한테 가까이 가기만 하면 너는 '안 돼'라고 소리지르며 조그만 주먹을 불끈 쥐었지. 하지만 올리브는 묶음 거래가 아니면 응하지 않겠다고 명확히 밝혔어. 너와 네 엄마는 한 묶음이라고. 내가 올리브를 놀리느라 '내가 아이만 원하면 어쩌려고?' 했더니 네 엄마 얼굴이 빨개졌고 심지어 너도 더이상 내게 대들지 않더라. 네가 허가 도장을 찍어주니까 올리브도 내 아내가 될 생각을 하기 시작했지. 봐라, 네 엄마가 말하기 전부터 난 알았어. 네 엄마의 손을 넘겨달라는 부탁은 너에게 해야 한다는 것을. 머리가 큰 아기에게.

나는 군대에서 막 제대한 참이었지. 돌아온 직후였지. 미트앤드스리에서 올리브를 만났어. 집주인 여자가 올리브를 가까이하지 말라고 채근하더라. 무엇보다 그 집주인은 여섯인가 되는 자기 딸들의 남편감을 구하고 있었어. 그래서 내게 수군거렸지. '있죠, 올리브에겐 아기가 있어요.' 마치 그녀가 발진티푸스를 앓고 있다고 알려주는 것처럼. 하지만 그러니까 더 만나고 싶어졌어. 난 사람들이 다른 누군가를 헐뜯는 게 싫거든. 육 개월 뒤에 우리는 법원 청사에서 결혼했고, 그때 너는 네 엄마 옆구리에 안겨 있었지. 내게 너는 이미 아들이었다. 앞으로도 항상 내 아들일 거고."

나는 그 사연을 알았기 때문에 고개를 끄덕였다. 심지어 월터에게도 해준 얘기였다. "제 이름을 바꾸셨을 때요," 내가 물었다. "제가 헷갈려했어요?"

"넌 그때 말도 거의 못했어."

"하지만 제 이름을 알아들을 정도는 됐잖아요. 제가 머릿속에서 바로잡기까지 얼마나 걸렸어요?"

"시간이 전혀 안 걸렸지. 우리 관계는 올리브에게 한 약속에서
시작되었지만, 너는 내 아들이다. 이제 내게 남은 유일한 가족이
야. 혹시 아버지가 없다고 느낀 적 있었냐? 내가 최선을 다하지 않
는다고 느낀 때가 있었어?"

가위가 짤깍거림을 멈췄고 나는 의자를 돌려 빅로이를 쳐다보았
다. 입술이 아래로 처지고 턱이 긴장된 모습이었다. "누가 말해줬
어요?" 내가 물었다.

"올리브."

"올리브에게는 누가?"

"셀레스철." 빅로이가 말했다.

"셀레스철?"

"네 엄마가 호스피스 간호를 받고 있을 때 그애가 여기 왔다. 서
재에 병원 침대를 설치해서 올리브가 텔레비전을 볼 수 있도록 했
었지. 셀레스철이 안드레 없이 혼자 왔더라. 올리브가 그렇게 갖고
싶어했던 널 닮은 인형을 그때 주었어. 올리브는 산소마스크를 썼
는데도 산소가 부족했어. 그런데도 네 엄마는 싸웠어. 굳세게 버텼
지. 보기에 얼마나 고통스럽던지. 이런 얘기를 네게 다 하고 싶지
는 않았다, 아들. '빨리 갔다'고 사람들이 그러더라. 검사받고 나서
두 달 만에 간 거야. 우리가 '잭 루비 암'*이라고 부르는 그거였어.
하지만 느린 두 달이었다. 셀레스철 얘기를 하자면, 그애는 두 번

---

* 텍사스주 댈러스의 나이트클럽 사장이었던 잭 루비는 케네디 대통령의 암살범 리
오즈월드를 살해한 죄로 재판을 받던 도중 폐암이 발병해 교도소에서 사망했다.

찾아왔어. 한 번은 소식을 처음 들었을 때였다. 밤새 차를 몰고 왔는데, 그때 올리브는 아프다기보다 피곤에 지쳐 침대에 앉아 있었지. 그러고 나서 마지막 무렵에 다시 한번 왔다.

그날 마지막에 셀레스철이 내게 나가 있어달라고 하더라. 올리브가 몸을 닦는 걸 돕거나 하려는 줄 알았지. 십오 분쯤 지나서 문이 열렸고 셀레스철은 돌아갈 것처럼 핸드백을 들고 있었어. 올리브가 너무 조용히 꼼짝 않고 누워 있어서 나는 벌써 가버린 줄 알고 겁을 먹었다. 그러다 숨을 쉬려고 안간힘을 쓰는 소리가 들렸어. 이마에는 셀레스철이 작별인사로 입을 맞춘 자국이 번들거렸고.

그후에 나는 올리브에게 제발 모르핀을 투약하자고 사정했다. 내가 혀 밑에 약을 짜넣었어. 그러고 난 뒤에 올리브가 말하더라. '오새니얼이 우리 애랑 저 안에 함께 있대.' 그게 마지막 말은 아니었어. 하지만 정말 중요한 말은 그게 마지막이었어. 그러더니 이틀 뒤에 가버렸어. 셀레스철이 찾아오기 전에는 싸우고 있었는데. 살고 싶어했는데. 그뒤엔 포기해버렸어."

"셀레스철이 자기만 알겠다고 약속했어요. 그런데 왜 그런 짓을 했을까요?"

빅로이가 말했다. "난들 알겠냐?"

안드레

열여섯 살에 나는 아버지에게 싸움을 걸었다. 이비가 죽을 거라고 생각했기 때문이다.

의사는 이제 끝이라고 말했다. 낭창이 마침내 엄마를 쓰러뜨렸다고. 그래서 우리는 슬픔의 단계를 두 배로 빨리 통과해, 시간이 다 가버리기 전에 반대편으로 빠져나오려 애썼다. 분노의 단계에 이른 나는 차를 몰고 아버지의 집으로 가서 앞뜰에서 관목을 둥글게 다듬고 있는 그의 턱에 주먹을 날렸다. 그의 아들—내 남동생이라고 부르는 게 맞겠지—이 끼어들어 도우려 했지만 몸집이 작은 그 아이를 나는 풀밭으로 밀어버렸다. "이비가 죽어가요." 나는 아버지에게 말했다. 그는 주먹을 들어 나를 맞받아치지 않았다. 나는 다시 아버지를, 이번에는 가슴을 쳤고, 내가 주먹을 다시 거둬들였을 때도 그는 자신을 방어할 뿐 나를 치지는 않았다. 대신 내 이름을 큰 소리로 불러 날 그 자리에 얼어붙게 했다.

어린 동생이 일어서더니 우리의 아버지와 나를 번갈아 보며 지시를 기다렸다. 한 번도 들어본 적 없는 다정한 말투로 아버지가 말했다. "집에 들어가렴, 타일러." 그러더니 내게 말했다. "공연히 여기 달려와 나랑 싸우는 대신 그 시간을 이비와 함께 보낼 수도 있었을 텐데."

나는 말했다. "할말이 그게 다예요?"

아버지가 '아이들을 막지 말라'*고 한 예수처럼 양손을 펼쳤다. 나는 그의 목에서 번쩍이는 사슬 목걸이를 알아보았다. 셔츠 안쪽에 25센트 동전만한 금 원반이 가려져 있었다. 아버지는 아주 오래전에 그의 어머니가 준 그 목걸이를 뺀 적이 없었다.

"내가 무슨 말을 하면 좋겠니?" 아버지가 정말로 알고 싶다는 듯 온화하게 물었다.

그리고 그건 합당한 질문이었다. 이만큼 세월이 지난 후에 그가 무슨 말을 할 수 있을까? 미안하다고?

"이비가 죽지 않았으면 좋겠다고 말하세요."

"세상에, 얘야. 맞아, 난 이비가 죽지 않았으면 좋겠어. 난 항상 우리가 언젠가는 화해할 거라고, 다시 어떤 식으로든 친구가 될 거라고 생각했다. 노력하다보면 우리 관계가 개선될 수 있을 거라고 말이야. 이비는 굉장한 여자야. 너를 봐라. 그녀가 너를 키웠잖아. 그 점에 대해서는 난 영원히 네 엄마에게 빚을 진 거야."

그게 아주 변변찮은 선언이라는 것을 알지만 그래도 내겐 선물

* 마태복음 19장 14절에서 예수가 아이들을 돌려보낸 제자들을 나무라며 "어린아이들을 용납하고 내게 오는 것을 금하지 말라"고 한 구절을 인용한 것이다.

처럼 느껴졌다.

일주일 후에 이비는 회복했고 중환자실을 나와 병원 3층의 일반 병실로 옮겼다. 분홍색 장미 여섯 송이에 푸른 잎을 조금 곁들인 화사한 꽃다발이 침대 옆 탁자에 놓여 있었다. 이비가 내게 와서 카드를 읽어보라고 했다. 건강을 회복하길. 마음을 담아, 칼로스. 그후로 아버지와 나의 관계는 약간 개선되었다. 이제 아버지는 나를 크리스마스 저녁식사에 초대하는 호의를 보이고, 나는 그 초대를 거절하는 호의를 보인다. 곧 크리스마스카드가 올 것이고 거기에는 아버지의 아내가 쓴 쾌활한 편지가 끼워져 있을 것이다. 나는 이 연례 소식지를 읽지 않는다. 그 여자의 아이들이 얼마나 건강하게 잘사는지 보고하는 그 글은 소화하기가 힘들다. 특별히 고까운 마음은 없지만, 나는 그들을 모른다.

로이가 부러운 점이 바로 그것이다. 그의 아버지. 책임감 있는 아버지를 둔 사람을 처음 봤다는 말은 아니다. 어쨌거나 나는 셀레스철과 미스터 대븐포트의 바로 옆집에서 자랐으니까. 하지만 딸을 둔 아버지는 아들을 둔 아버지와 달라서, 한쪽은 왼쪽 신발이고 다른 쪽은 오른쪽 신발이다. 똑같지만 서로 대체할 수는 없다.

내가 아빠 없이 자라 영영 비뚤어진 비극적인 흑인 남자라도 되는 양 시도 때도 없이 칼로스를 생각하는 건 아니다. 이비는 나를 존중하며 바르게 대했고 나는 기본적으로 건전한 사람이다. 하지만 트럭 운전석에 앉아 8차선 고속도로의 중간 차선에 발이 묶여 있던 그때, 나는 아버지와 얘기하고 싶었다. 로이 해밀턴이 칠 년 일찍 교도소에서 나왔다. 이로 인해 관계의 역학이 엄청나게 바뀐 건 아니지만, 나는 갑자기 빨라진 시계 때문에 뱃속이 울렁거리고 머리가 빙빙 돌았다.

멘토나 코치를 간절히 원했다. 어릴 때는 미스터 대븐포트가 간 간이 나서주었으나 지금은 내가 꼴도 보기 싫다는 듯 행동한다. 이 비는 혀를 끌끌 차며 자기 딸 옆에 누운 적갈색 사내놈을 좋아할 남자는 없다고 말했다. 내가 그보다 더 깊은 감정이라고 설명하려 하자 이비가 말했다. "로이가 잡혀가기 전에 프랭클린이 그애를 그 렇게 살뜰히 아껴주던?" 아니, 그렇지 않았다. 하지만 그건 무관한 얘기다. 이제 미스터 대븐포트는 자기 딸보다 로이에게 더 충실했 다. 어떤 면에서는 흑인 사회 전체가 로이에게, 이제 막 십자가에 서 내려온 남자에게 충실했다.

"언제든 들러라." 작년에 아버지가 무심히 말했다. 캐스케이드 로드의 크로거 슈퍼마켓에서 아내와 함께 있는 아버지와 마주쳤을 때였다. 그는 닭고기, 등갈비, 감자, 황설탕, 붉은색 탄산음료 등등 바비큐에 필요한 모든 것을 가득 실은 카트를 밀고 있었다. 아버지 가 먼저 나를 보았는데, 내가 먼저 아버지를 봤다면 우리는 얘기를 나눌 일이 없었을 것이다. 마침 그의 아내가 샐러드바 쪽으로 가자 칼로스는 내 팔을 잡으며 말했다. "너무 오래 못 봤구나."

가족에게 어떻게 이런 일이 일어나는가? 사진을 본 적이 있다. 꼬마 마이클 잭슨 같은 아프로헤어를 하고 그의 어깨에 올라탄 내 가 거기 있다. 그가 바닥에 튀지 않게 오줌 누는 법을 가르쳐주던 때와 같은 일상적인 기억도 있다. 그의 허리띠가 내 다리를 후려치 던 따끔한 감각을 떠올릴 때도, 자주는 아니지만 있었다. 그는 내 아버지였는데, 지금 우리는 말도 섞지 않는다. 어쩌면 남자는 아들 을 아들의 어머니를 사랑하는 만큼만 사랑할 수 있는지도 모른다

는 생각이 든다. 하지만 아니, 그게 진실일 수는 없다. 그는 내 아
버지였다. 나는 그의 이름을 딴 주니어는 아니지만 그의 성을 내
피부처럼 자연스럽게 받아들였다.

"언제든 우리집에 와도 돼." 그가 말했었다.

그래서 나는 그의 말을 곧이곧대로 믿기로 했다.

핏줄이 이어졌다고 가족이 되는 건 아니라고 생각한다. 서로 손
을 잡고 원을 이룰 때만 친족이 되는 것이다. 유전적 특질을 공유한
다는 점은 의미가 있지만, 그 의미라는 게 정확히 무엇인가? 내가
아버지 없이 자랐다는 사실은 중요하다. 그건 한쪽 다리가 다른 쪽
보다 반 인치 짧은 것과 비슷하다. 걸을 수는 있지만 절룩거린다.

브라운리 로드에 있는 칼로스의 집은 그가 어머니와 나와 함께
살던 집과 거의 똑같다. 예전과 똑같은 삶을 다른 사람들과 살고
싶었던 것처럼. 그의 아내 저넷조차 조금은 이비와 닮아서 피부색
이 밝고 체격이 제법 컸다. 그들이 막 결혼했을 때 저넷은 결혼식
등의 행사를 위한 얼음조각을 만들어 생계를 유지했다. 당시에 그
녀는 이비보다 훨씬 젊었지만, 세월이 지난 지금은 흘러가는 시간
의 기이한 조화로 둘의 나이 차가 그다지 느껴지지 않는다.

웃통을 벗은 칼로스가 민머리에 면도 크림 거품을 묻힌 채 현관
문을 열었다. 올이 굵고 두꺼운 수건으로 이마를 닦는 그의 까만
가슴털 위로 금으로 만든 성 크리스토포루스 메달이 밝게 빛났다.
"안드레구나. 별일 없나, 젊은이?"

"네." 나는 대답했다. "아주 잠깐만 얘기를 나눌 수 있을까 해서
요." 그가 멈칫하자 내가 덧붙였다. "언제든 와도 된다고 하셨잖

아요."

그는 문을 활짝 열어 나를 안으로 들였다. "물론이지. 들어와라. 난 옷을 좀 입을게." 그러더니 안에 있는 누군가에게 알렸다. "안드레가 왔어."

안으로 들어가니 아침식사 냄새가 풍겼다. 베이컨, 커피, 그리고 시나몬빵 같은 뭔가 달콤한 것. 현관 입구에 서 있는 내 앞으로 소나무 냄새가 나는 크리스마스트리가 세워져 있고, 빛나는 은색 공이 나무 여기저기에 매달려 있었다. 산타클로스의 옷처럼 빨간색 바탕에 흰 테두리를 두른 헝겊 위에는 반짝이는 선물 상자가 벌써 수십 개나 놓여 있었다. 나는 어린애처럼 거기에 나를 위한 선물이 없을까봐 걱정하다가, 이내 어른답게 내가 빈손으로 온 것을 걱정했다.

"멋진 트리지, 안 그러냐?" 그가 말했다. "장식은 저넷에게 맡겼다. 나는 나무를 안으로 들였지. 남자가 할 수 있는 건 그게 다야." 그가 허리를 숙여 초록색 전선을 벽면 콘센트에 연결하자 트리에 불이 켜졌다. 흰 전구 불빛이 어찌나 선명하고 환한지 햇살 가득한 실내에서도 번쩍거렸다.

바로 그때 저넷이 공작 빛깔의 기모노 스타일 가운을 걸치고 나타났다. 머리를 매만지며 그녀가 말했다. "안녕, 안드레. 만나서 반가워."

"저도 반갑습니다, 부인."

"부인이라니," 그녀가 말했다. "우리는 가족이잖아. 아침식사 같이할래?"

"아닙니다, 부인." 내가 말했다.

그녀가 아버지의 볼에 입을 맞췄다. 여기는 자기 집이고 그는 자기 남편이자 자기 아이들의 아버지임을 내게 일깨워주려는 듯이. 아니면 그저 긴 세월이 지났어도 여전히 피어나는 애정이었거나. 그게 무엇이든 나는 그 집에 있는 것만으로 이비를 배신하는 기분이 들었다. 비록 이제 진정한 사랑을 찾은 어머니는 그 문제를 훨씬 편안하게 받아들이게 되었지만.

"이 머리를 마저 해치우는 동안 내 옆에 있어라." 아버지가 둥근 머리통에 묻은 거품을 가리켰다. "젊은 시절에 여자들은 내 머리 때문에 나를 기억했어. 반은 흑인, 반은 푸에르토리코인이랄까? 새까맣고 온통 구불거리던 머리. 포마드 조금과 물에 적신 빗? 그거면 완벽했지. 하지만 지금은?" 한숨과 함께 그는 이렇게 말하는 듯했다. 영원한 건 없어.

나는 그의 뒤를 따라 집안 곳곳을 돌아다녔다. 부엌에서 짤그랑거리는 냄비와 팬 소리 말고는 집안이 조용했다.

"아이들은 어디 있어요?" 내가 물었다.

"대학에." 아버지가 말했다. "둘 다 오늘밤에 온다."

"어디에 갔어요?"

"타일러는 오벌린, 미케일라는 듀크에 다녀. 흑인 학교에 보내고 싶었지만……" 그는 고개를 저었다. 내게는 자신이 정한 학교에 가야만 학비를 대주겠다고 한 일을 기억하지 못하는 것처럼.

욕실에서 그는 거울 두 개 사이에 자리를 잡고 머리에서 조심스럽게 거품을 긁어냈다. "내 또래 흑인 남자에게 일어난 가장 멋진 일은 마이클 조던의 등장이었어. 대머리가 되어도 멋으로 머리를 밀었다고 말할 수 있거든."

나는 거울에 비친 우리의 모습을 유심히 보았다. 아버지는 덩치가 꽤 큰 남자였다. 신생아인 나를 가슴에 안고 있는 아버지의 사진이 있는데, 거기에서 나는 히커리 열매만큼 작아 보인다. 그는 이제 예순쯤 되었을 것이다. 근육질의 몸집은 어느 정도 물러졌다. 왼쪽 가슴팍에 남학생 사교회 가입을 기념하는 켈로이드 흉터가 있었다. 내가 쳐다보는 것을 느낀 아버지가 흉터를 손으로 가렸다.

　"지금은 이게 창피하다."

　"저는 가입하지 못한 게 창피해요." 내가 말했다.

　"그러지 마라. 내가 지난 삼십 년간 몇 가지 배운 게 있어."

　그는 다시 머리를 밀기 시작했고, 나는 거울 속 내 모습을 보았다. 이비가 나를 혼자 키우게 될 것을 하느님이 미리 아시고 나를 완전히 엄마의 모습대로 만드신 것 같았다. 넓적한 코, 혈색 좋은 입술, 색깔은 판지처럼 누렇지만 질감은 아프리카처럼 곱슬곱슬한 머리카락. 아버지에게서 받은 유일한 특징은 쇄골처럼 툭 불거진 광대뼈였다.

　"자," 그가 드럼 연타 소리처럼 길게 늘여 말했다. "하려던 말이 뭐냐?"

　"저 결혼해요." 내가 말했다.

　"그 운좋은 여성은 누구지?"

　나는 아버지가 모른다는 사실에 놀라 더듬거렸다. 아버지의 아이들이 어느 대학에 다니는지 내가 모른다는 사실에 아버지도 아마 같은 느낌을 받았을 것이다. "셀레스철. 셀레스철 대븐포트예요."

　"아하!" 아버지가 말했다. "너희가 아기였을 때 이미 알아봤지. 그애도 제 엄마처럼 멋지게 자랐니? 근데 잠깐. 그애는 결혼하지 않았나? 나중에 강간범이 된 놈이랑? 모어하우스 녀석 말이다. 그 애도 남학생 사교회 소속이었냐?"

"하지만 결백했어요."

"결백했다고 누가 그래? 셀레스철이? 그애가 아직도 그 녀석 짓이 아니라고 주장한다면, 네겐 진짜 문제인 거다." 거울 속에서 나와 눈이 마주치자 그의 말투가 사려 깊게 바뀌었다. "너무 곧이곧대로 말해서 미안하다. 요즘은 이런 사람을 직설적인 사람이라고 표현하지만 예전에 네 엄마는 재수없는 인간이라고 했지." 그가 킬킬거렸다. "난 이곳 남부에서 삼십팔 년을 살았는데 아직도 뉴요커처럼 입을 놀린다니까."

그는 뉴요커라고 말할 때 다른 언어로 말하는 것처럼 억양을 바꿨다.

"자세한 내막은 모르시잖아요." 나는 셀레스철과 로이 모두를 두둔하려는 마음에 그렇게 말했다. "여기에 온 이유도 그 문제를 얘기하고 싶어서예요. 로이 변호사가 판결을 뒤집는 데 성공했거든요. 지금 이미 나와 있어요. 로이를 만나려고 루이지애나에 가는 길이고요."

아버지는 면도기를 내려 세면대에다 헹궜다. 그러고는 변기 뚜껑을 닫고 왕좌에 앉듯 그 위에 앉았다. 그가 손짓하자 나도 맞은편의 넓은 욕조 가장자리에 앉았다. "그리고 넌 그 녀석의 전처와 결혼한다는 얘기지? 문제가 뭔지 알겠다."

"전처가 아니에요." 나는 말했다. "엄밀히 말하자면."

"후와, 이 자식." 칼로스가 말했다. "나랑 얘기하겠다고 여기 온 걸 보고 뭔가 있구나 싶긴 했다."

나는 처음부터 끝까지 모두 이야기했다. 다 마치자 아버지는 편두통이 온다는 듯 콧대를 꼬집었다.

"이건 내 잘못이다." 그는 눈을 감은 채 말했다. "네가 내 밑에서 자랐다면 이런 일은 절대로 일어나지 않았을 거야. 이런 뱀굴을 피해 가도록 가르쳤겠지. 지금 이 상황에서는 누구도 승자가 될 수 없어. 첫째로, 넌 분별력이 있다면 그 남자의 아내와 얽히지 말았어야 해. 하지만," 그는 정중히 고개를 까딱하고 말했다. "내가 무슨 자격으로 그런 판단을 하겠냐? 저넷과 가까워졌을 때, 난 해서는 안 되는 일을 한 거지. 이비가 날 내쫓았다. 내게 갈 곳이 있긴 했지. 그렇다 해도 그건 이비의 요구였어. 너도 알지, 그렇지? 난 이비를 버리지 않았어." 그는 축축한 머리를 손가락으로 더듬으며 면도가 덜 된 부분을 살폈다.

"그 얘기를 하려고 온 게 아니에요."

"그럼 어떤 얘기를 하려고 온 거냐?"

"무엇보다 조언이 필요해요. 가르침. 지혜의 말. 뭐 그런 거요."

"글쎄." 그가 말했다. "난 삼각관계의 한 축이었어, 너도 알다시피. 누구에게도 해피엔딩은 없다는 사실 역시 알겠지. 난 날마다 네 엄마를 그리워한다. 우리도 어려서부터 함께 자랐잖아. 하지만 이비는 저넷과 한시도 같이 있을 수 없고⋯⋯"

"아버지 혼자서 우리를 보러 오실 수도 있었어요."

"지금은 저넷이 내 아내야. 그리고 타일러와 미케일라도 있어. 내가 한 선택이라고 말하지 마라. 날 내쫓은 건 네 엄마니까. 그걸 잊지 마."

"그만," 나는 말했다. "그런 과거사 나부랭이는 집어치워요. 엄마가 아버지를 내쫓은 건 아버지가 누군가의 꽁무니를 쫓아다녔기 때문이에요. 엄마가 아버지를 내쫓자 그 누군가와 결혼해놓고 그 책임을 엄마에게 돌리려 하다니요. 나는 뭔데요? 난 아버지를 내쫓지 않았어요. 난 초등학교 2학년이었다고요."

환풍기가 시끄럽게 돌아가는데도 닫힌 욕실 안의 공기는 후덥지근했다. 아버지의 면도 크림에서 나는 정향냄새 때문에 속이 울렁거렸다. 난 도대체 여기에서 뭘 하고 있는 걸까? 아버지는 나를 모른다, 셀레스철을 모르고 로이도 모른다. 그런 그가 어떻게 이 폭풍우에서 내 길잡이가 되어준단 말인가?

우리의 침묵 반대편에서 저넷이 노래하듯 말했다. "아침식사 다 됐어요!"

"가자, 드레." 아버지가 말했다. "달걀과 베이컨을 좀 먹어."

"아버지 집의 식탁에 앉고 싶어서 온 게 아니에요."

아버지가 복도로 머리를 내밀었다. "곧 갈게, 저넷." 그러더니 시간이 얼마 없다는 듯 급박하게 내게로 휙 돌아섰다. "다시 시작해보자." 그가 말했다. "내 조언을 원한다는 거지. 이게 내 조언이다. 진실을 말해. 충격을 줄이려고 노력하지 마. 네가 그런 짓을 할 만큼 못된 놈이라면, 그런 말을 할 만큼 못된 놈이기도 한 거야. 네 엄마한테 물어봐라. 네 엄마는 내가 모닝커피에 거짓말을 적당히 타주는 배려조차 하지 않아서 너무 불행했다고 말할 거다. 하지만 이비는 자기가 어떤 사람과 결혼했는지 내내 정확히 알았어.

넌 가서 로이에게 네가 지금까지 무엇을 했고, 여전히 하고 있는지 알려. 그의 권리는 거기까지야. 턱을 가슴에 파묻고 말하지는 마. 그냥 알려주란 말이야. 네가 어떤 사람인지 알 수 있도록. 그가 그걸 어떻게 판단하든."

"그런 다음에는요?"

"그애가 어떻게 하느냐에 달렸지. 내 추측으로는 아마도 몸싸움을 하려 들 거다. 그 일로 널 죽이진 않을 거야. 다시 교도소에 가려고 애쓸 리는 없으니까. 하지만 아들, 넌 이제 엄청난 몰매를 맞게 될 거다. 그냥 받아들이고 그다음엔 네 인생을 살아."

"하지만……"

"'하지만'은 이거야." 아버지가 말했다. "좋은 소식은 그가 온 루이지애나주가 들썩이도록 네놈을 팰 수도 있겠지만 그래도 상관없다는 거다. 널 때린다고 셀레스철을 얻을 수 있는 건 아니니까. 이긴 사람이 갖는 경기는 아니잖아."

그러더니 아버지는 웃음을 터트렸다. 하지만 나는 웃지 않았다.

"좋다, 아들아. 진지하게 말하마. 넌 지금 루이지애나에 가면 곤경에 처할 테고, 그런 일을 당해도 싸다고 나는 생각하지만, 그렇다고 너와 셀레스트의 행복을 빌지 않는다는 뜻은 아니야. 모든 인간관계에는 어떤 엿같은 과정이 반드시 따른다." 그가 가슴에 난 흉터 자국을 손가락으로 만졌다. "이건 멍청한 짓이었어. 우리는 서로에게 가축처럼 낙인을 찍었지. 노예처럼. 서로를 죽도록 팼고. 하지만 그게 우리를 하나로 묶었다. 난 그들 하나하나를 사랑해. 정말이야, 우린 그런 과정을 겪었어. 어쩌면 나와 저넷이 지금껏 함께하는 것도 내가 많은 걸 겪고 포기하면서 이룬 관계이기 때문일 거야."

그 말과 함께 아버지는 욕실 문을 열었고 우리는 활기 있는 바깥으로 걸어나왔다. 나는 복도에서 12월의 추위에 대비해 재킷의 지퍼를 채우고 불빛이 깜빡이는 트리를 지나 현관을 향해 걸어갔다. 아직도 아이로 남아 있는 내 안의 무언가가 걸음을 머뭇거리게 했다. 혹시 나를 위해 마련해둔 선물이 있을지도 몰라서, 아버지가 명절을 맞아 나를 기억했을지도 몰라서.

"크리스마스에 다시 와라." 아버지가 말했다. "트리 아래에 널 위한 선물 상자가 있을 거야."

내 마음이 그렇게 투명하게 읽혔다고 생각하니 얼굴이 달아올랐고, 이비와 닮은 피부색 때문에 아버지도 그걸 알아챘다.

나는 뒤돌아섰지만 아버지가 내 어깨를 잡고 다시 돌려세웠다. "널 잊은 적은 없어." 그가 말했다. "일 년 내내, 그리고 크리스마스에는 더더욱. 그저 널 만날 거란 기대를 못했을 뿐이야." 그러더니 주머니에 뭐라도 있기를 바라는 것처럼 하나하나 더듬어보았다. 낙담한 그가 깔끔히 면도한 머리 위로 금목걸이를 빼냈다. "내가 고등학교를 마쳤을 때 우리 엄마가 차이나타운에서 사준 거야. 다른 녀석들은 대학에 가져갈 타자기나 서류 가방 같은 걸 받았는데, 우리 엄마는 성인聖人을 선물해주셨지. 성 크리스토포루스는 여행자를 안전하게 지켜주고 독신남에게는 부에나 수에르테*를 안겨주지." 아버지는 메달의 음각된 얼굴에 입을 맞추고 내게 목걸이를 내밀었다. "네가 우리 엄마를 만나지 못해 안타깝구나. 푸에르토리코인 할머니보다 더 좋은 건 없는데 말이야. 이스트할렘에서 여름을 한두 번만 보냈어도 마음이 풀렸을 텐데." 그는 금목걸이를 손바닥 위에서 주사위처럼 튕겼다. "자, 네 거다. 내 유언장에도 그

---

* '행운'을 의미하는 스페인어.

렇게 쓰여 있어. 하지만 뭐하러 그때까지 기다리겠냐."

아버지가 내 손목을 잡고 목걸이를 억지로 쥐여주는데 손가락을 어찌나 세게 누르는지 손이 아플 지경이었다.

로이

'안녕'은 내가 잘하는 말이 아니다. 난 그보다는 '다음에 보자'라고 말하는 부류다. 교도소를 떠날 때도 월터에게 작별인사조차 하지 않았다. 월터는 내 석방일 전날에 마당에서 싸움을 일으켜 독방에 갇혔다. 나는 내 소지품을 모두 챙겨 감방 안의 월터가 쓰는 공간에 쌓으면서 그에게도 작별인사는 특기가 아닌 것 같다고 생각했다. 아직 나가지도 않았는데 그가 보고 싶어서, 남기고 갈 공책 첫 장에 짧은 편지를 썼다.

월터에게,
문이 열려 있을 때 밖으로 달려나가야 해요. 연락드릴게요. 지난 몇 년간 당신은 제게 좋은 아버지였습니다.

당신의 아들,

그전까지는 스스로 그의 아들이라고 칭한 적이 없었다. 편지에 쓴 말은 진심이었지만, 빅로이가 알면 어떡하나, 심지어 무덤 속의 올리브가 알지 않을까 하는 어리석은 두려움이 솟았다. 하지만 편지는 그대로 두었다. 그의 베개 위에 셀레스철이 보내준 사진을 얹어놓았다. 힐턴헤드의 해변에서 둘이 같이 찍은 사진이었다. 다른 사람들도 자식 사진을 갖고 있는데 월터라고 왜 안 되겠는가? 당신의 아들 로이, 그게 나였다.

이제 올리브에게 예를 갖출 때가 되어, 나는 예전에 '유색인 묘지'라고 불리던 곳으로 갔다. 이 묘지의 기원은 1800년대, 노예제가 막 폐지된 때로 거슬러올라간다. 언젠가 미스터 폰티노가 나를 여기로 데려와 부스러져가는 묘비에 새겨진 글을 탁본으로 뜨게 했는데, 이제는 그 자신이 이 땅 아래에 묻혀 있었다. 여기 말고도 묘지는 있었다. 요즘엔 다른 모든 것과 마찬가지로 묘지도 흑백 통합이 되었지만, 내가 아는 사람 중에 그레이터 레스트 추모 공원 말고 다른 곳에 가족을 묻은 이는 없었다.

빅로이는 노란 꽃을 초록색 크리스마스 리본으로 묶은 커다란 꽃다발을 내게 들려 보냈다. 나는 울퉁불퉁한 도로를 따라 묘지 한가운데로 크라이슬러를 몰고 가다가 포장도로가 끝나는 곳에서 차를 세웠다. 차에서 내린 후에는 그날이 밸런타인데이라도 되는 양 꽃다발을 등뒤로 들고 동쪽으로 열 걸음, 그다음 남쪽으로 여섯 걸음을 걸었다.

땅에 묻힌 사람의 얼굴을 음각으로 새긴 최신식 표지석들을 지났다. 이 묘비들은 캐딜락처럼 번쩍거렸고 돌에 새겨진 얼굴은 거의 모두 젊은 남자였다. 나는 분홍색 립스틱 키스로 뒤덮인 어느 비석에서 걸음을 멈추고 암산을 해봤다. 열다섯 살. 다시 월터가 생각났다. "여섯 아니면 열둘." 월터가 가끔 우울할 때 하던 말이었다. 그는 늘 우울에 젖어 있지는 않았지만 나도 알아볼 만큼 울적해지는 때가 종종 있었다. "흑인 남자의 운명은 그런 거야. 여섯 명의 손에 운구되거나 아니면 열두 명에게 심판받거나.*"

빅로이의 약도를 마치 해적의 지도처럼 따르며 피칸나무에서 오른쪽으로 돌자 아버지가 말해준 바로 그 자리에 올리브의 안식처가 있었다.

탁한 회색 묘비를 보자 무릎이 푹 꺾였다. 나는 군데군데 다부지게 뭉쳐 자라는 풀 외에는 검은 흙뿐인 단단한 땅에 풀썩 주저앉았다. 비석 맨 위쪽에 우리 가족의 성이 음각되어 있었다. 그 아래에는 올리브 앤, 그 오른편에는 로이. 나는 벌써 내 무덤이 마련되어 있다는 생각에 숨이 턱 막혔지만, 어머니 옆의 안식처는 아버지의 것이라는 사실을 이내 깨달았다. 빅로이를 잘 아는 나는 그가 기왕 각인 비용을 지불하는 김에 자기 이름도 새겨놓는 편이 좋겠다고 판단했으리라 생각했다. 그를 묻을 때가 되면 나는 날짜를 새기는 값만 치르면 될 것이다. 두 사람의 이름을 손으로 어루만지며, 때가 오면 나는 어디에 묻히려나 생각했다. 묘지는 빽빽하게 차 있었다. 올리브는 사방에 이웃을 두고 있었다.

---

* 관을 옮기는 사람의 수는 일반적으로 여섯 명이고, 중범죄에 대한 형사재판의 배심원은 열두 명으로 구성된다.

무릎을 꿇은 채로 비석에 부착된 변색된 금속 화병에 꽃을 꽂고 나서도 나는 일어서지 않았다. "기도해," 빅로이가 말했었다. "올리브가 들어줬으면 하는 얘기를 해." 나는 어디에서 시작해야 할지조차 알 수 없었다.

"엄마." 부르고 나니 울음이 올라왔다. 판결을 받고 무관심한 판사 앞에서 망신을 자초했을 때 이후로 나는 운 적이 없었다. 그 끔찍한 날에 내 훌쩍이는 흐느낌은 첼레스철과 올리브의 애절한 반주와 어우러졌다. 이제 나는 반주 없이 혼자 울었다. 독한 술을 토해낼 때처럼 목이 타들어가는 울음이 나왔다. 엄마, 그 한마디를 유일한 기도삼아 성령을 접한 사람처럼 땅바닥에서 몸부림쳤으나 내가 겪은 것은 황홀경이 아니었다. 그 차갑고 검은 땅에서 고통으로, 신체적 고통으로 경련했다. 관절 마디마디가 아팠고 뒤통수를 곤봉으로 맞은 듯한 감각을 경험했다. 평생 당한 모든 상해를 하나하나 다시 체험하는 듯했다. 고통은 계속 이어지다 멈췄고, 나는 더럽고 기진맥진한 채로 일어나 앉았다.

"고마워요." 나는 허공을 향해, 그리고 올리브를 향해 속삭였다. "멈추게 해줘서 고마워요. 그리고 내 어머니가 되어주신 것도. 그렇게 사랑으로 보살펴주신 것도." 그러고 나서 뭔가 대답을 들을 수 있기를 바라며 가만히 있었다. 새의 노래에 담긴 메시지라도. 그 무엇이라도. 하지만 조용했다. 나는 정신을 차리고 일어서서 카키 바지의 흙을 최대한 털어냈다. 비석에 손을 올렸다. "안녕." 다른 말이 생각나지 않아 그냥 그렇게 중얼거렸다.

BP 주유소에서 아빠의 크라이슬러에 휘발유를 넣고 있을 때, 마침내 엄마의 목소리인 듯한 속삭임을 들었다. 어떤 바보라도 떨치고 나아갈 수 있어. 엄마는 '어떤 바보라도' 할 수 있는 것을 얘기하기 시작하면 그뒤에 '진짜 남자라면' 어떻게 문제를 해결할 것인지를 항상 덧붙였다. 엄마는 개가 뭘 할 수 있는지에 대해서도 즐겨 말했다. 가령 이런 식이었다. "새끼를 많이 낳는 건 개도 할 수 있는 일이야. 하지만 진짜 남자는 자기 아이를 키우지." 엄마가 하는 그런 논평은 수십 개가 넘었다. 그리고 그런 말을 내게 끊임없이 쏟아냈는데, 나는 엄마가 생각하는 진짜 남자가 되기 위해 최선을 다했다. 하지만 엄마는 작별인사에 대해서는 아무것도 말해주지 않았다. 엄마가 인정하는 진짜 남자는 작별인사를 할 필요가 없으니까. 진짜 남자는 떠나지 않으니까.

나는 손에 주유건을 들고 잠시 멈춰 어머니가 알려줄 지혜가 더 있는지 귀를 기울였지만 그것이 내가 들을 유일한 말인 듯했다.

"알겠습니다, 어머니." 나는 크게 외치고 나서 크라이슬러를 하드우드 방면으로 돌렸다.

다비나 하드릭에게 진짜 작별인사를 하고 어떤 식으로든 감사의 마음을 전해야 했다. 그녀에게 나 같은 하자품은 얼른 치워버리는 게 상책이라고 솔직하게 말해줘야 하지 않을까. 나는 사람들이 말하는 '연애하기 좋은 상대'가 아니다. 그게 다 맞는 말이니, 셀레스철은 언급할 필요도 없을 것이다. 하지만 머릿속으로 그런 생각을 하면서도 그렇게 쉬운 일은 아닐 것임을 알았다. 다비나와 나 사이에 벌어진 일은 성적인 것이었으나 그게 전부는 아니었다. 아기를 가지려 했을 때 나와 셀레스철이 행했던 것과는 다른 수준이었다. 그보다는 밤늦은 시간에 술에 취해 추는 춤과 같았다. 박자에 몸을 맡기고 여인의 눈을 그윽이 바라보며 상대와 같은 방식으로 음악에 따라 움직이는 춤. 한편으로는 그런 일이었고, 다른 한편으로 보면 그녀가 씹으로 날 다시 건강하게 해준 일이었다. 정확히 그렇게 말하는 일은 절대 없겠지만—어떤 말은 여자들이 듣기 싫어하니까—그게 실제로 일어난 일이었다. 때로 남자는 오로지 여자의 몸안에서만 상처를 치유할 수 있다. 그 일을 딱 맞게 해낼 수 있는 딱 맞는 여자의 몸안에서만. 그 점에 대해 나는 그녀에게 감사해야 한다.

다비나의 집에 도착해 초인종을 울린 뒤, 그녀가 집에 없다는 것을 알면서도 기다렸다. 월터에게 쓴 것과 같은 쪽지를 남길까도 생각했으나 왠지 옳은 일 같지 않았다. 여자가 남자에게 보내는 절연 편지도 나쁘지만, 남자가 여자에게 보내는 것은 더 나빴다. 상투적인 사람이 되기 싫었던 건 아니다. 인간이 되는 법을 기억하고 싶었던 거다. 자신이 교도소에서 막 나온 깜둥이가 아니라 남자라는 느낌을 일깨워준 사람에게 어떻게 보답할 수 있을까? 어떤 종류의 화폐를 사용해야 이 빚을 갚을 수 있을까? 내가 줄 수 있는 건 처량한 나 자신뿐이었다. 더 정확히 말하자면 처량하고 유부남인 나 자신.

차로 돌아가 시동을 켜고 히터를 틀었다. 그녀가 돌아올 때까지 거기 앉은 채로 촉박한 시간을 낭비하고 비싼 휘발유를 태울 수는 없었다. 앞자리 사물함을 뒤져보니 골프 연필*과 작은 메모장이 있었다. 편지를 남기려면 적어도 온전한 크기의 종이를 써야 했다.

---

* 쉽게 쓰고 버리는 용도로 제작된 값싸고 짧은 연필. 골프장에서 점수를 기록할 때 많이 쓰여서 붙은 이름이다.

차에서 내려 트렁크를 뒤졌으나 거기에는 내 더플백과 지도밖에 없었다. 나는 자동차 펜더에 앉아 손바닥을 책상삼아 메모장을 올려놓고 뭐라고 써야 할지 생각했다. 다비나에게, 원기를 회복시켜준 이틀간의 섹스에 감사해. 지금은 훨씬 기운이 나. 그렇게 쓰느니 연필을 종이에 대지도 않는 편이 낫다는 것을 알고도 남았다.

"일하러 갔어요." 내 뒤에서 목소리가 들렸다.

다섯 살이나 여섯 살쯤 될까 싶고 지능이 모자라 보이는 아이가 길쭉한 머리에 펠트 천으로 만든 산타 모자를 삐딱하게 쓰고 서 있었다.

"다비나 말이니?"

아이는 고개를 끄덕이며 비닐 포장된 피클에 지팡이 사탕을 억지로 밀어넣으려 했다.

"다비나가 언제 돌아오는지 말해줄래?"

아이는 고개를 저었다.

"왜?"

"아저씨가 알아도 되는지 모르니까요."

"저스틴!" 옆집 포치에서 여자가 소리쳤다. 예전에 프랑스어 선생이 살던 집이었다.

"내가 먼저 말 시킨 거 아니야." 저스틴이 말했다. "아저씨가 먼저 말을 걸었어."

미스터 폰티노의 집 포치에 있는 여자에게 내가 설명했다. "다비나를 찾고 있어요. 일하러 갔다고 저스틴이 그러던데, 다비나가 언제 집에 오는지 알고 싶었어요."

저스틴의 할머니로 보이는 그 여자는 키가 크고 피부가 까맸다.

관자놀이 부분이 하얗게 센 머리를 땋아 머리 꼭대기에 바구니처럼 얹었다. "댁이 알아도 되는지 내가 어떻게 알아요?"

저스틴이 나를 보고 히죽거렸다.

"다비나의 친구예요." 나는 말했다. "이곳을 떠나는데 작별인사를 하고 싶었어요."

"쪽지를 남기시구려." 그녀가 말했다. "내가 전해줄 테니."

"쪽지 하나 달랑 남기고 가면 안 될 사람이에요." 나는 말했다.

할머니는 내 말을 알아들었다는 듯 눈썹을 치켰다. 다시 보자는 연락이 아니라 진짜 작별인사. "곧 크리스마스잖아요. 자정이나 되어야 올 거요."

다비나를 직접 만나 실망시킬 기회를 기다리며 하루를 다 보낼 수는 없었다. 오후 네시 이십오분이나 되었으니 어서 길을 나서야 했다. 할머니와 저스틴에게 고맙다고 인사하고 차로 돌아가 월마트로 향했다.

매장에서 진열대를 하나하나 훑고 다니다 뒤편의 공예품 재료 매대 근처에서 다비나를 찾았다. 안경을 낀 깡마른 남자에게 파랗고 보송보송한 직물을 길게 잘라주고 있었다. "1야드 더 주세요." 남자가 말하자 그녀는 직물이 감긴 판을 두어 번 뒤집은 다음 커다란 가위로 잘랐다. 그녀는 자른 직물을 접고 가격표를 붙이다 나를 보았다. 그것을 남자에게 건네주며 그녀가 내게 미소를 짓자 나는 세상에서 가장 나쁜 사람이 된 기분이 들었다.

남자가 멀어졌을 때, 나도 치수를 재서 잘라 파는 무언가가 필요한 사람처럼 테이블로 다가갔다.

"뭘 도와드릴까요, 선생님?" 그녀가 무슨 크리스마스 게임을 하듯 미소를 지으며 내게 말했다.

"헤이, 다비나." 나는 말했다. "잠깐 이야기할 수 있을까?"

"괜찮은 거야?" 그녀가 내 더러워진 옷을 보며 물었다. "무슨 일 있어?"

"아니," 나는 말했다. "옷을 갈아입을 짬이 없었을 뿐이야. 하지만 너랑 잠깐 해야 할 얘기가 있어."

"휴식 시간이 되려면 멀었지만, 가서 직물을 들고 와. 그럼 여기에서 이야기할 수 있어."

색깔별로 진열된 직물을 보니 어머니와 함께 보낸 토요일이 떠올랐다. 알렉산드리아의 클로스월드 직물 가게에서 나를 끌고 돌아다니던 어머니. 금색 반점 무늬가 있는 빨간 천 한 필을 가지고 절단 테이블로 돌아가서 다비나에게 내밀자 그녀는 즉시 천을 풀기 시작했다.

"가끔 사람들이 남은 수량이 전부 얼마나 되냐고 물으면 이걸 다 풀어서 재야 하거든. 그러니까 네가 얘기하는 동안 난 이걸 잴 게. 무슨 일이야? 나 보고 싶어서 여기 온 거야?" 그녀가 다시 웃었다.

"앞으로 보고 싶을 거라고 말하려고 온 거야." 내가 말했다.

"어디 가는데?"

"다시 애틀랜타로."

"얼마나 오래?"

"모르겠어."

"그 여자에게 돌아가는 거야?"

나는 고개를 끄덕였다.

"처음부터 그럴 계획이었구나, 그렇지?"

다비나가 맨 안쪽 심지가 완전히 드러나도록 두루마리를 세게 당겨 풀어내자 천이 테이블 위에 확 펼쳐졌는데, 영화배우들이 밟는 레드 카펫처럼 보였다. 그녀는 테이블 가장자리에 자를 대고 길이를 재며 소리 죽여 숫자를 셌다.

"그런 건 아니야." 나는 말했다.

"아직 유부남이냐고 나는 확실히 물었어."

"그래서 모르겠다고 했잖아."

"넌 모르는 사람처럼 행동하지 않았어."

"고맙다는 말을 하고 싶어. 그래서 온 거야. 고맙다고, 잘 있으라고 말하려고."

다비나가 말했다. "난 지랄한다고 말하고 싶어. 그건 어때?"

"우리가 한 일은 특별했어." 나는 그렇게 말하며 멍청이가 된 느낌이었다. 비록 거짓말은 한마디도 하지 않았지만. "널 좋아해. 이러지 마."

"난 내가 원하는 대로 할 거야." 그녀는 화가 났지만 울지 않으려고 애쓰는 게 보였다. "그럼 어서 가, 로이. 어서 미스 애틀랜타에게 돌아가. 하지만 난 네게 두 가지를 원해."

"좋아." 나는 말했다. 뭐라도 기꺼이 하고 싶었고, 그녀에게 협조할 것이며 상처 주길 원치 않는다는 점을 알리고 싶었다.

"교도소에서 나온 뒤에 너무 절박해서 월마트의 어떤 여자를 넘어뜨렸다고 떠들어대면서 내 이름을 더럽히지 마. 네 친구들에게 그런 얘기 하지 말라고."

"그런 얘기 안 해. 그런 상황이 아니었잖아."

그녀가 손을 올렸다. "진심이야. 내 이름을 절대 입에 올리지 마. 그리고 로이 해밀턴, 다시는 내 집에 와서 문을 두드리지 않겠다고 약속해."

셀레스철

"사랑이야, 편리함이야?" 글로리아가 물었다. 그 추수감사절에 아버지가 쿵쾅거리며 위층으로 올라가고 안드레는 우리 둘의 코트를 가지러 간 뒤였다. 어머니는 편리함, 습관, 편안함, 의무, 이 모든 것이 때로는 사랑과 똑같은 옷을 입는다고 말했다. 안드레와 이렇게 되는 걸 내가 너무 쉽게 생각했나? 그는 말 그대로 이웃집 소년이다.

어머니가 지금 여기에 있다면 우리의 선택이 편리함과 얼마나 거리가 먼지 알 것이다. 지금은 크리스마스 무렵이고, 난 직원이 두 명인 사업체를 꾸리고 있으며, 억울하게 감옥에 간 남편이 석방되었고, 나는 그에게 다른 남자와 결혼을 약속했다고 말해야 한다. 이 상황을 묘사할 말은 많으나—비극적인, 불합리한, 있을 법하지 않은, 아마도 심지어 비윤리적인—편리함이라는 말은 틀렸다.

안드레가 로이에게 할 말을 연습하고 있을 때—그에게 우리 관계를 최대한 부드럽게 알릴 수 있을 거라고 우리 둘 다 동의한 설명이었다—나는 고개를 들어 앙상한 가지를 쳐다보며 올드히키가 여기에 얼마나 오래 있었을까, 하고 혼잣말을 했다. 우리집과 안드레의 집은 1967년에 지어졌다. 마지막 벽돌을 놓자마자 우리 부모님들은 각자의 집으로 이사해 아기 만들기에 착수했지만, 올드히키는 그전부터 여기에 있었다. 인부들이 집을 짓기 위해 땅을 고를 때 소나무 수십 그루를 잘라내고 그루터기를 땅에서 파냈다. 올드히키만이 그런 상황을 모면했다.

안드레가 거칠거칠한 나무껍질을 손으로 찰싹 쳤다. "알아낼 수 있는 유일한 방법은 나무를 잘라 나이테를 세보는 거지. 그렇게까지 해서 알고 싶진 않아. 답은 오래되었다야. 히키는 모든 것을 지켜보았지."

"준비됐어?" 내가 물었다.

"준비되고 말고가 어디 있어." 드레가 나무에 등을 기대고 나를 끌어당기며 말했다. 나는 저항하지 않고 그의 빽빽한 머리칼 속으로 손가락을 넣었다. 그의 목에 입을 맞추려고 몸을 숙였지만 안드레는 내 어깨를 붙잡고 얼굴을 마주볼 수 있도록 뒤로 밀었다. 겨울의 회색과 갈색이 그의 눈에 비쳤다. "두렵구나," 그가 말했다. "네 피부 아래에서 떨림이 느껴져. 말해봐, 셀레스철."

"이건 진짜야," 나는 말했다. "우리 사이는 진짜라고. 단지 편리함이 아니라."

"베이비," 드레가 말했다. "사랑은 편리한 거야. 쉬운 거라고. 고린도전서에 그렇게 쓰여 있지 않아?" 그는 다시 나를 당겨 안았다. "이건 진짜야. 편리해. 완벽해."

"로이가 너랑 함께 올까?"

"그럴 수도 있고, 아닐 수도 있지." 안드레가 말했다.

"네가 로이라면 어떻게 하겠어?"

안드레는 나를 놓고 불룩 튀어나온 나무뿌리에 올라섰다. 공기는 차갑지만 깨끗했다. "로이가 되는 걸 상상할 수 없으니 말할 수가 없네. 시도는 해봤는데, 난 로이의 신발을 신고 1마일은 고사하고 저 길모퉁이까지도 걸어갈 수 없을 것 같아. 때로는 내가 로이라면 신사적으로 네 행복을 빌며 위엄 있게 보내주겠다고 생각하기도 하지만."

나는 고개를 저었다. 로이는 그런 유형의 남자가 아니었다. 비록 위엄은 차고 넘치지만. 로이 같은 사람에게 포기는 자신을 존중하는 선택이 아니었다. 언젠가 글로리아는 우리가 가진 최고의 자질이 때로는 최악의 자질이기도 하다고 말했다. 그러면서 자신에게는 적응하는 능력이 그런 자질이라고 했다. "나는 얻어맞아도 받아치지 않고 그냥 피하며 살아온 것 같아." 엄마가 말했다. "하지만 내가 사랑하는 삶으로 피해 왔지." 또 나는 아주 어릴 때부터 자기 욕구를 적극적으로 받아들였다고 했다. "넌 항상 원하는 것을 향해 달려갔어. 네 아버지는 너의 그런 성향을 꺾으려고 했지만, 너도 그이랑 똑같아서 명석하지만 충동적이고 약간은 이기적이지. 하지만 더 많은 여자가 이기적으로 살 필요가 있어." 엄마는 말했다. "그렇지 않으면 세상에 짓밟힐 테니까." 내 머릿속의 로이는 투사였고, 그 성향은 빛나고 날카로운 양날의 검이었다.

"하지만 잘 모르겠어." 안드레가 생각을 입 밖에 냈다. "로이는 직장, 집, 아내를 비롯해 모든 것을 빼앗겼다고 느끼고, 모두 돌려

받고 싶어해. 직장은 돌려받을 수 없겠지. 미국 회사는 누구도 기다려주지 않으니까. 흑인은 말할 것도 없고. 하지만 결혼은 돌려받으려 할 거야. 마치 네가 그동안 냉동 보관되어 있었다는 듯이. 그러니 그 환상을 없애주는 게 내 일이야." 그는 우리의 집을, 몸을, 어쩌면 우리의 도시까지 모두 아우르는 손짓을 하며 내게 가리켜 보였다. "죄책감 때문에 미치겠어. 거짓말은 못해."

"나도 그래." 내가 말했다.

"무엇 때문에?" 드레가 내 허리에 팔을 감으며 물었다.

"기억나는 가장 어린 시절부터 아버지는 내가 굉장한 행운을 타고났다고 말씀하셨어. 안간힘을 쓰지 않아도 된다고. 날마다 배를 채울 수 있다고. 아무도 내 면전에서 '깜둥이'라 부르지 않는다고. '출생의 우연은 행복의 첫번째 예측 변수다'라고 늘 말씀하셨지. 언젠가 아빠가 날 그레이디병원 응급실에 데려갔는데, 그때 난 가난한 흑인이 아프면 어떤 대접을 받는지 볼 수 있었어. 여덟 살의 내가 뼛속까지 충격을 받아서 집에 돌아오자 글로리아가 화를 냈어. 하지만 아빠는 말했지. '캐스케이드하이츠에 사는 것까진 괜찮아. 그래도 세상이 어떤지는 알아야지.' 글로리아가 불같이 화를 냈어. '저애는 사회학 실험 대상이 아니야. 우리 딸이라고.' 그러자 아빠가 말했어. '우리 딸도 알아야 해. 자기가 얼마나 운이 좋은지 알아야 한다고. 내가 저애 나이였을 때는……' 어머니가 말을 잘랐지. '그만해, 프랭클린. 진보는 그런 식으로 이루어지는 거야. 당신은 당신 아버지보다 나은 삶을 살고 나는 내 아버지보다 나은 삶을 사는 거라고. 저애가 뭐라도 훔친 것처럼 대하지 말란 말이야.' 그 말에 아빠가 말했어. '저애가 뭘 훔쳤다는 말이 아니야. 자기가 뭘 가졌는지 알기를 바랄 뿐이지.'"

드레는 내 기억이 자신의 것인 양 고개를 설레설레 저었다. "넌 네 인생을 누릴 자격이 있어. 우연은 없어, 출생이든 뭐든."

그리고 나는 진한 입맞춤과 함께 그를 전쟁터에 내보내듯 루이지애나로 보냈다.

로이

사서함 973

일로, 루이지애나 98562

월터에게,

바깥세상에서 인사드립니다. 여기 적힌 반송 주소는 무시하세요. 이 편지를 받으실 무렵에 제가 어디에 있을지 저도 모르거든요. 지금은 미시시피주 걸프포트 외곽의 휴게소에 있는데 오늘밤에는 걸프포트에서 숙소를 잡을 겁니다. 내일 아침에는 애틀랜타로 가서 셀레스철을 만나 거기에 제 삶이 조금이라도 남아 있는지 확인해볼 거예요. 있을 수도, 없을 수도 있겠죠. 셀레스철이 이혼을 청구하지 않았다는 사실에 과도한 의미 부여는 하지 않아요. 그리고 내일 이맘때면 알게 되겠죠.

수중에 돈이 좀 있어서 참 다행입니다. 제가 어렸을 때 만든

296

예금계좌가 있어요. 지난 화요일에 잔액을 모두 찾으려고 은행에 갔다 작은 기적을 경험했습니다. 셀레스철이 제게 영치금을 보내고 있다는 걸 확인한 올리브가 교도소에는 돈을 보내지 않고 제 미래를 위해 예금하기 시작했더라고요. 일요일마다 케이크를 팔아 번 돈을 저를 위해 저축하셨고, 그래서 지금 제겐 거의 3,500달러나 있어요. 덕분에 셀레스철의 집에 노숙자 같은 몰골로 찾아가지 않아도 된답니다. 하지만 결국 저는 집 없는 노숙자가 맞는 것 같아요. 그래도 최소한 빈털터리 노숙자는 아니겠죠.

셀레스철은 제가 가는 걸 몰라요. 그 문제로 월터의 지혜를 구하지 않아도 되니 다행입니다! 좀 복잡한 상황인데, 셀레스철이 저를 데려오라고 안드레를 보냈어요. 제 계산대로라면 안드레는 내일 일찍 고속도로를 탈 겁니다. 제가 간다고 셀레스철에게 알리지 않은 것도 그래서죠. 옆에서 어슬렁거리는 드레 없이 단둘이 만나야 하니까. 그 둘 사이에 뭔가 있다는 뜻은 아니지만, 그래도 둘 사이엔 항상 뭔가가 있었거든요. 무슨 뜻인지 아시겠어요? 아니면 이제는 제가 주니어 요다 행세를 하고 있는 걸까요? 어쨌든 요점은 끼어드는 사람 없이 그녀와 얘기해야 한다는 겁니다. 안드레가 자동차로 루이지애나에 오면 다시 돌아가는 데또 하루가 걸리겠죠. 그러면 제가 해야 할 일을 하기까지 이틀이 생기는 거예요.

인정하세요. 영리한 계획이잖아요.

결국 저는 당신 자식인가봅니다.

어쨌거나 이 돈으로 영치금을 좀 넣을게요. 한 번에 다 쓰지는 마세요(하하!). 건강 살피시고요. 그리고 할 수 있다면 아들을 위해 기도해주세요.

로이 O.

| 3부 |

관용

안드레

우리는 그를 내팽개치려는 게 아니었다. 그를 반기지 않는다고 말하려는 게 아니었다. 내가 일로로 가서 로이와 단둘이 앉아 얘기를 하기로 했다. 지난 이 년간 셀레스철과 나는 연인이었다고, 결혼을 약속했다고 설명하기로 했다. 그렇다고 그가 돌아갈 집이 없다는 의미는 아니었다. 애틀랜타에 정착하고 싶다면 우리가 아파트를 구해주고 자립에 필요한 모든 지원을 해줄 생각이었다. 나는 그가 출소해서 우리가 얼마나 기쁜지, 마침내 정의가 실현되어 얼마나 감사한지 힘주어 말할 생각이었다. 셀레스철은 용서라는 단어를 제안했지만 나는 따를 수 없었다. 이해를 구할 수는 있었다. 참아달라고 부탁할 수도 있었다. 하지만 나를 용서하라는 말은 하지 않을 참이었다. 셀레스철과 나는 잘못한 일이 없었다. 복잡한 상황이었지만, 우리가 그의 앞에 무릎을 꿇고 용서를 구할 일은 아니었다.

잠들기 직전에 셀레스철이 중얼거렸다. "그냥 내가 가서 말해야 할 것 같아."

"내가 하게 해줘." 내가 말했다.

별로 대단한 계획도 아니었지만 내겐 그것밖에 없었다. 그것과 화학물질이 녹아 나오는 스티로폼 컵에 담긴, 트럭 휴게소에서 산 커피 한 잔.

주간州間 고속도로에서 빠져나온 뒤로는 운전면허 시험을 볼 때처럼 차를 조심스럽게 몰았다. 특히 루이지애나의 시골길에서 경찰의 주의를 끄는 일은 절대로 피해야 했다. 로이에게 일어날 수 있는 일이라면 내게도 일어날 수 있었다. 눈에 잘 띄는 피부색도 그렇지만 내 차 역시 깜짝 놀랄 만큼 특이했다. 나는 거의 모든 면에서 수수한 사람이다. 나는 신발에 전혀 관심이 없고, 셀레스철은 가끔 내가 안 보는 사이에 내가 좋아하는 낡은 셔츠를 내다버리기도 한다. 하지만 난 멋진 차를 정말로 좋아한다. 이 트럭—메르세데스 M 클래스—때문에 지난 삼 년간 대여섯 번이나 정차 명령을 받았고, 한 번은 차 보닛 위로 세게 떠밀린 적도 있었다. 분명 '고급 브랜드 더하기 차종 더하기 인종'은 마약상이라는 공식이 있는 듯했다. 심지어 애틀랜타에서도. 하지만 그런 일은 대개 완전히 혹은 상당히 불량스러운 동네를 운전할 때 일어났다. 물론 벅헤드 같은 멋진 교외 동네에서도 안전하진 않았지만. 사람들이 그러지 않나. 애틀랜타에서 5마일만 나가면 조지아라고. 또 이렇게도 말하지 않는가. 박사학위를 딴 흑인 남자를 뭐라고 부를까? 고급 SUV를 모는 흑인 남자를 부르는 말과 같지.

마당에 주차된 크라이슬러가 없어서 로이의 집을 못 알아볼 뻔했다. 그 블록을 두 번이나 돌며 헤매다, 현관 바깥에 놓인 휴이 뉴턴 의자를 보고서야 집을 제대로 찾았다고 확신했다. 집에 바짝 다가가 포치에 범퍼가 닿을 듯 주차하는데 환한 투광조명등이 나를 비추었고, 나는 해를 똑바로 바라볼 때처럼 손으로 눈을 가렸다.

"안녕하세요." 내가 외쳤다. "저예요. 안드레 터커. 로이 주니어를 만나러 왔습니다." 이웃에서 요란하고 경쾌한 자이데코* 음악을 틀어놓았다. 나는 갑작스럽게 움직이면 누가 총을 쏠까봐 겁내는 사람처럼 천천히 걸었다.

로이 시니어가 긴 줄무늬 앞치마를 입고 방충문 너머에 서 있었다. "들어와, 안드레." 그가 말했다. "밥 먹었나? 연어 크로켓을 만들려고 준비중인데."

악수를 나눈 뒤 그는 나를 지난번에 들어와본 기억이 있는 증축 거실로 안내했다. 병원 침대는 사라졌고 초록색 안락의자는 새것처럼 보였다.

"아시겠지만, 로이를 데리러 왔습니다."

빅로이가 집의 중심부로 걸어갔고 나는 그 뒤를 바짝 따랐다. 부엌에서 그는 앞치마 끈을 다시 매만져 둥그런 몸통 주위로 둘러맸다. "리틀로이는 갔어."

"어딜 가요?"

"애틀랜타."

나는 부엌 식탁에 앉았다. "뭐라고요?"

"배고픈가?" 빅로이가 물었다. "연어 크로켓을 좀 만들어줄 수 있는데."

---

* 루이지애나에서 유래한 흑인 음악.

"애틀랜타에 갔다고요? 언제 떠났습니까?"

"한참 전에. 우선 먹을 것을 좀 주지. 자세한 얘기는 그다음에 해." 그가 보라색 쿨에이드가 든 유리잔을 내밀었다. 여름날의 맛이 났다.

"감사합니다, 아버님. 환대는 감사드려요. 하지만 간략하게라도 설명해주시겠어요? 로이가 애틀랜타에 갔다고요? 뭘 타고요? 비행기? 기차? 자동차?"

그는 선다형 문제를 풀듯 곰곰이 생각하며 캔 뚜껑을 돌려 땄다. 마침내 그가 말했다. "자동차."

"누구 차요?"

"내 차."

나는 손바닥 아래쪽으로 눈을 지그시 눌렀다. "장난하시는 거죠?"

"아니."

나는 주머니에서 휴대폰을 꺼냈다. 아마도 가장 가까운 기지국이 100마일 이상 떨어져 있겠지만 그래도 시도는 해봐야 했다.

"여기선 휴대폰이 잘 안 터져. 모든 아이들이 크리스마스 선물로 그걸 받고 싶어하는데 다 돈 낭비지."

나는 액정화면을 들여다보았다. 배터리는 충분한데 신호 막대가 하나도 안 떴다. 함정에 빠졌다는 느낌을 떨칠 수 없었다. 벽에 다이얼 방식의 초록색 전화기가 걸려 있어서 그쪽으로 고갯짓을 했다. "써도 돼요?"

그는 리츠 크래커를 부수다 어깨를 축 늘어뜨리며 말했다. "어제부터 전화가 끊겼어. 올리브가 없으니 생활비가 빠듯해졌거든."

그가 작은 대접에 달걀을 깬 다음 재료를 섞고, 그것들이 다칠까 걱정하는 것처럼 조심스럽게 천천히 휘젓는 동안 나는 조용히 있었다.

"그런 얘기를 들으니 마음이 안 좋군요." 나는 말했다. 괜히 전화기에 대해 물었나 싶어 난처했다. "그렇게 힘드셨다니 유감입니다."

그가 다시 한숨을 쉬었다. "그럭저럭 살고 있어, 대개는."

나는 식탁에 앉아 빅로이가 요리하는 모습을 지켜보았다. 세월이 그의 목을 틀어쥔 게 분명했다. 아버지와 대략 비슷한 나이인데도 등이 많이 굽었고 입꼬리에도 주름이 깊었다. 너무 열심히 사랑한 남자의 얼굴이다.

나는 허영심 많고 준수하고 얼굴이 유리처럼 매끈한 아버지와 그를 비교해봤다. 칼로스의 트레이드마크인 금목걸이는 영화 〈토요일 밤의 열기〉와 같은 분위기를 냈다. 어쨌든 나는 늘 그렇게 생각했다. 하지만 아버지가 목걸이를 소중히 여긴 건 자기 어머니가 보호의 의미로 준 선물이라서인지도 모른다. 그 물건이 내게 어떤 의미인지는 아직 확신이 서지 않았다.

빅로이가 기름을 두른 뜨거운 팬에 생선 패티를 툭 내려놓고 나서 말했다. "오늘밤은 자고 가야 할 거야. 겨울에는 아주 일찍 어두워지거든. 다시 길을 나서기엔 너무 늦었어. 게다가 자네 모습을 보니 또다시 일곱 시간을 운전할 여력이 없겠어."

나는 식탁에 팔을 겹쳐 올리고 무거운 머리를 내려놓았다. "이게 무슨 일일까요?" 나는 물었지만 대답을 기대하지는 않았다.

마침내 간단한 식사가 차려졌다. 연어 크로켓과 곁들인 당근 조각. 크로켓은 맛있다고까지는 못해도 꽤 먹을 만했지만, 나는 식욕이 별로 없었다. 빅로이는 짧은 포크로 당근 한 조각 남기지 않고 음식을 다 먹었다. 이따금 나를 보고 미소를 지었지만 반기는 느낌은 들지 않았다. 저녁을 다 먹고 내가 설거지를 하는 동안 그는 요리에 쓴 기름을 양철 단지에 조심스럽게 담았다. 우리는 한 팀을 이루어 그릇의 물기를 닦아 제자리에 정리했고, 나는 그러는 동안에도 몇 분에 한 번씩 일손을 멈추고 휴대폰 신호가 뜨는지 살펴보았다.

"로이가 몇시에 떠났습니까?" 내가 물었다.

"지난밤에."

"그러면……" 나는 숫자를 세며 말했다.

"자네가 출발할 때쯤 애틀랜타에 도착했겠지."

모든 것을 씻고 말리고 정리하고 닦고 나서, 빅로이가 내게 조니 워커를 마시겠느냐고 물었다.

"네, 아버님." 내가 말했다. "그러면 좋겠네요."

마침내 우리는 잔을 들고 서재에 자리를 잡았다. 나는 단단한 소파에 앉았고 그는 커다란 가죽 안락의자를 택했다.

"올리브가 막 죽었을 때, 난 도저히 침대에 누울 수가 없었어. 한 달간 이 의자에서 등받이를 젖히고 발걸이를 올린 채로 드러누워 잤지. 베개와 담요도 가져오고. 그렇게 온밤을 보냈어."

나는 그 모습을 머릿속에 그리며 고개를 끄덕였다. 장례식에서 상심했지만 단호했던 그의 모습이 떠올랐다. "그분 옆에 있으니," 셀레스철이 말했다. "난 가짜 같은 기분이 들었어." 그녀에게 말하지 않았지만 빅로이가 내게 일으킨 반응은 그 반대였다. 나는 무덤보다 깊은 그의 감정에 공감했다. 그의 절망도, 이제는 절대로 안을 수 없는 여자에 대한 갈망도 이해했다.

"올리브 없이 잘 수 있게 되기까지 일 년이 걸렸지. 내가 밤을 보내는 그 상태를 잠이라고 부를 수 있다면 말이지만."

나는 다시 고개를 끄덕이고 술을 마셨다. 어두운색 패널 벽에 걸린 사진 속에서 다양한 나이의 로이가 나를 지켜보았다. "로이는 어떻습니까?" 내가 물었다. "어떻게 지내고 있어요?"

빅로이가 어깨를 으쓱했다. "짓지도 않은 죄 때문에 오 년을 갇혀 지낸 사람에게 가능한 만큼은 잘 지내지. 그애는 올리브뿐 아니라 너무 많은 걸 잃었어. 이런 일이 있기 전에 로이는 성공가도를 달리고 있었잖아. 해야 할 일은 모두 해냈고, 나보다 훨씬 멀리 나아갔지. 그러다……"

나는 의자 뒤로 털썩 기댔다. "로이는 제가 오는 걸 알았어요. 그런데 왜 혼자 떠났죠?"

빅로이는 신중하게 술을 한 모금 마셨고, 그의 표정에 미소와 비슷하지만 딱히 그것은 아닌 무언가가 떠올랐다. "먼저 아내의 귀향길을 거들어줘서 고맙다는 말부터 하고 싶네. 자네가 다른 삽을 집어들었을 때 진실한 마음이었다는 거 알아. 그것도 고마워. 지금 난 솔직하게 고마움을 전하는 거야."

"그런 말씀은 안 하셔도 됩니다." 나는 말했다. "저는 그냥……"

하지만 그가 내 말을 잘랐다. "하지만, 이봐, 난 자네가 뭘 하려는지 다 알아. 리틀로이에게 무슨 말을 하러 왔는지 안다고. 셀레스철과 자네 사이에 뭔가 있는 거잖아."

"아버님, 저는……"

"부인하려고 하지 마."

"부인하려던 게 아닙니다. 단지 그 얘기를 아버님과 하고 싶진 않다고 말씀드리려고 했어요. 이건 저와 로이의 문제입니다."

"셀레스철과 로이의 문제지. 결혼은 그 둘이 했잖아."

"로이는 오 년 동안 옆에 없었어요." 내가 말했다. "게다가 우리는 앞으로도 칠 년이나 더 남았다고 생각했고요."

"하지만 이젠 나왔잖아." 빅로이가 말했다. "그 둘은 법적인 부부야. 젊은 사람들은 그 제도를 존중하지 않지. 그런데 말이야, 내가 올리브와 결혼했을 때는 결혼이 워낙 신성해서 모두가 자기 아버지 집에서 막 나온 여자를 아내로 삼고 싶어했어. 사람들은 올리브에게 아이가 있으니 가까이하지 말라고 충고했지만 난 내 마음에만 귀를 기울였지."

"아버님," 나는 말했다. "제가 일반적인 결혼제도에 대해 어떻게 생각하는지는 저도 잘 모르겠지만, 현재 저와 셀레스철의 관계가 어떤지는 압니다."

"하지만 현재 로이와 셀레스철의 관계가 어떤지는 모르잖아. 내가 신경쓰는 건 오직 그것뿐이야. 자네와 자네 감정에는 눈곱만큼도 관심이 없어. 내게 중요한 건 내 아들뿐이니까." 빅로이가 몸을 숙였다. 나를 때리려 한다고 생각했지만, 그는 리모컨을 집더니 텔레비전을 켰다. 화면에서 요리사가 어떤 기적적인 블렌더의 사용법을 시연하고 있었다.

아무 말 없이 일 분 정도 흘렀을 때 전화기가 화재경보기처럼 길고 요란하게 울렸다.

"전화가 끊겼다고 하지 않았어요?"

"거짓말한 거야." 그가 눈썹을 치키며 말했다.

"이러실 줄은 정말 몰랐어요." 나는 배신감을 느끼며 말했다. 아버지들의 기분에 놀아나는 일에 진력이 났다. 로이의 아버지, 셀레스철의 아버지, 그리고 내 아버지. "명예를 중시하는 분이라고 생각했습니다. 말이 곧 보증수표다, 그런 말처럼요."

"있잖아"—이번에 그는 정말로 미소를 짓고 있었다—"거짓말할 때는 좀 미안했는데, 자네가 정말 믿어버리니까 마음이 달라졌어." 이제 그의 미소는 히죽거림으로 바뀌었다. "말해봐, 내가 공과금도 못 내는 사람처럼 보이나?"

낮고 느리게 킬킬거리던 그의 웃음소리가 숨을 한 번 쉴 때마다 커졌다. 나는 어디에 숨겨진 카메라라도 있나 이리저리 둘러보았다. 하루가 마치 로맨틱코미디처럼 흘러갔다. 거기에서 나는 여자를 놓치는 인물이고.

"이봐," 빅로이가 말했다. "가끔은 그냥 웃을 수밖에 없을 때도 있어." 그래서 나는 웃었다. 처음에는 예의를 차리고 노인의 기분에 맞춰주려는 충동이 컸지만, 곧 가슴속의 무언가가 탁 풀리면서 미친 사람처럼 키득키득 웃었다. 신이 나와 함께 웃는 게 아니라 나를 비웃는다는 의심이 들 때 그렇듯, 될 대로 되라는 심정으로.

"하지만 한 가지만 더 말하지." 그가 수도꼭지를 잠그듯 웃음을 뚝 그치며 말했다. "여기에서 하룻밤 자고 가는 건 좋아. 하지만 전화는 쓰지 말았으면 해. 자넨 셀레스철과 단둘이서 한 오 년은 함께 지냈잖아? 그 시간 내내 자네 입장은 충분히 전달했을 테고. 오늘 하룻밤은 로이에게 줘. 그애를 얻기 위해 싸워야 한다고 느끼는 건 알겠는데, 싸우더라도 공정하게 싸워."

"셀레스철이 괜찮은지만 확인하고 싶어요."

"그애는 괜찮아. 알잖아, 로이 주니어가 그애를 다치게 할 리 없다는 걸. 게다가 셀레스철도 이 번호를 알고. 할말이 있었다면 자네에게 전화했을 거야."

"하지만 방금 전에 전화한 사람이 셀레스철이었을 수도 있잖아요."

연장자 로이가 의사봉을 들듯 리모컨을 다시 집어들었다. 그가 텔레비전을 끄자 실내가 너무 조용해져서 바깥의 귀뚜라미 소리까지 들렸다. "들어봐, 난 지금 자네 아버지가 자넬 위해 할 만한 일을 로이를 위해 하는 거야."

셀레스철

나는 가끔 그의 모습을 보곤 했기 때문에, 숨이 턱턱 막히고 팔과 목이 갑자기 차가워지면서 솜털이 곤두서는 그 느낌에 익숙했다. 우리는 유령과도 함께 살 수 있다. 글로리아는 돌아가신 어머니가 일 년 넘게 일요일마다 찾아왔다고 얘기한다. 거울을 보며 립스틱을 바르고 있으면 왼쪽 어깨 너머로 바로 얼마 전에 땅에 묻힌 어머니가 되살아나 거울에 비치곤 했다고. 때로 엄마는 나를 들어올려 옆구리에 안았다. "할머니 보이니?" 내 눈에는 리본을 묶고 주일학교에 갈 준비를 마친 내 모습만 보였다. "괜찮아," 글로리아는 말했다. "할머니는 너를 볼 수 있으니까." 아버지는 그게 터무니없는 얘기라 생각하며, 자신의 교파는 경험주의라고 주장한다. 수를 세고, 치수를 재고, 과학적으로 측정할 수 없다면 아무 일도 일어나지 않은 것이다. 글로리아는 아버지가 믿지 않아도 괜찮았다. 거울 속 어머니를 독차지해서 좋았으니까.

나는 로이의 얼굴이 팬에 담긴 물에 얼핏 비치거나 토스트 표면의 그을린 자국으로 나타나는 경험을 한 적은 없다. 남편의 유령은 다른 남자의 모습으로 변장하고 나타났다. 거의 항상 젊었고 머리 모양은 일 년 내내 부활절을 대비해 막 자른 듯 깔끔했다. 그들이 모두 로이의 신체적 특성을 지닌 건 아니었다. 아니, 오히려 인류 전체만큼이나 다양했다. 내가 그들을 알아본 것은 알싸한 향수처럼 그들의 피부에 달라붙은 야망, 공기를 흔들며 미세하게 전해오는 힘, 그리고 마지막에 내 입안에 재의 맛을 남기는 상실감 때문이었다.

크리스마스이브 전날 저녁에 안드레는 내 의무를 대신하기 위해 주간 고속도로를 서쪽으로, 그다음에는 남쪽으로 맹렬히 달렸다. 남자를 보내 여자의 일을 대신하게 하는 어리석은 짓은 하지 말았어야 했다. 하지만 그는 "너 대신 내가 하게 해줘"라며 우겼고 나는 안도했다. 내게 무슨 일이 일어난 건지 모르겠다. 예전에 나는 용감했는데.

결혼식 피로연에서 함께 춤출 때 아버지가 말했다. "때로는 남자가 남자일 수 있게 해줘야 한다."

사랑과 샴페인에 취한 나는 비웃었다. "그게 도대체 무슨 뜻인데요? 서서 오줌 눌 수 있게 해주라고요?"

아빠가 말했다. "언젠가는 너도 네 한계를 인정하게 될 거야."

"아빠는 아빠의 한계를 인정하세요?" 나는 도전적인 목소리로 물었다.

"물론이지, 레이디버그, 결혼생활을 하다보면 배우게 돼."

아빠가 나를 어지럽게 빙글빙글 돌릴 때 나는 그 말 또한 비웃었다. "내 결혼생활은 안 그래요. 다를 거예요."

크리스마스이브 전전날 저녁에 나는 안드레의 여행가방을 싸주었다. 깨끗한 옷과 혹시 모를 두통, 불면증, 독감 등에 대비해 갖가지 약도 챙겨넣었다. 다음날 이른 아침에 안드레가 차를 몰고 나갈 때 나는 진입로에 서 있었다. 12월이라 잔디가 갈색이지만 땅 밑에서는 살아 있을 터라 그는 풀밭이 상하지 않도록 바퀴를 살살 돌리며 조심히 운전했다. 내 두 다리는 그를 쫓아가 따뜻한 부엌으로 다시 데려가고 싶은 듯 경직되었지만, 내 팔은 손인사를 보냈고 입술은 잘 다녀오라고 말했다.

잠시 후 나는 일하러 나갔다.

푸페는 버지니아 애비뉴와 하일랜드 애비뉴가 교차하는 최대 번화가에 있었다. 이곳은 개조한 저택과 예쁜 단층집, 귀여운 카페, 값비싼 부티크 등이 모여 있는 캔디랜드* 같은 동네였다. 아이스크림 가게에서는 대학 입학을 앞둔 십대 아이들이 색색의 치아교정기를 끼고 말을 건네며 아이스크림을 푸짐하게 퍼주었다. 유일하게 불편한 게 주차인데, 나머지 좋은 점을 감사히 여기며 넘길 정도의 불편일 뿐이었다.

애틀랜타 남서부는 내 고향이고 나중에 어떤 우연으로 어디에 살더라도 그 사실을 바꿀 수는 없었지만, 때로 나는 안드레와 함께

---

* 보드게임의 일종으로, 사탕과 과자로 만든 집과 건물이 그려진 길을 따라 출발점에서 결승점까지 이동한다.

이 도시 북동부나 심지어 디케이터에서 사는 것도 괜찮지 않을까 생각했다. 새 출발을 원하지는 않았으나 숨쉴 공간이 좀 생기면 좋을 것 같았다. 올드히키를 두고 떠나야 하겠지만 하일랜드 지역에는 오래된 목련나무가 많았다. 다른 에너지이긴 해도 적응할 수 있을 것이다.

가게에 도착하니 점원 타마가 이미 와 있었다. 내가 컴퓨터를 켜는 동안 타마가 진열창에 있는 푸페들에게 작은 사슴뿔과 빨간 코를 끼웠다. 차분히 집중하고 세심히 주의를 기울이는 그 모습을 보며, 나의 단점을 최대한 개선한다면 타마와 같은 인간형이 되지 않을까 생각했다. 나보다 예쁘고 열 살이 어린 그녀는 내 인생을 재현한 영화에서 나를 연기할 수도 있을 것이다. 푸페를 덮어줄 정교한 미니 퀼트 이불을 만드는 타마에게 나는 모든 작품에 서명을 넣으라고 했다. 인형만큼이나 비싼 이불이라 거의 팔리지 않았지만, 내가 가격을 내리지 못하게 했다. 네 가치를 알아야 해. 나는 그녀에게 말했다. 에머리대학교에서 석사학위를 따기 일주일 전에 아들을 낳은 타마는 점잖으면서도 조금은 급진적인 성향을 보였는데, 그게 그녀의 취향이기도 했다.

크리스마스가 임박한 시점이라 가게에 남아 있는 인형은 킥볼 경기에 선발되지 못한 아이들 같았다. 일부 인형은 의도적으로 결점을 섞어 만들었는데, 눈썹을 지나치게 두껍게 표현하거나 긴 상체에 짧고 뭉툭한 다리를 달았다. 세상 어딘가에는 그다지 완벽하지 않은 자질도 소중히 여겨야 하는 아이들이 있었다. 진짜 아이처럼 어딘가 비뚤어진 이 인형들은 간절한 고아처럼 진열대에 늘어서 있었다. 딱 하나 남은 아름다운 푸페는 완벽한 대칭을 이루고 볼이 통통하며 눈이 반짝거렸다. 타마가 그 남자 인형에 날개와 후광을 붙여 낚싯줄로 천장에 매달았다.

진열을 마친 타마가 말했다. "싸울 준비 됐나요?"

나는 시계를 확인했다. 안드레가 준 선물이었다. 나는 아침마다 그 구식 시계의 태엽을 감았다. 아기처럼 어여쁜 시계지만 무겁고 시끄러운데다 초침이 째깍거릴 때마다 미세하게 멈칫거렸다. 나는 고개를 끄덕이고 잠겨 있던 유리문을 열었다. 영업이 시작되었다.

가게가 붐비는데도 매상은 부진했다. 사람들은 종종 인형을 들어올렸다 왠지 모를 마음의 동요를 느끼며 진열대에 도로 내려놓고 눈길을 돌렸다. 하지만 이 정도로도 충분히 만족스러웠다. 25일이 되면 인형은 모두 누군가의 트리 아래에 포근히 놓여 있을 것이다.

오후가 되자 타마가 왠지 불안해하며 인형들을 베개처럼 부풀리고 탁탁 두드렸다.

"무슨 문제 있어?" 내가 마침내 물었다.

그녀는 손으로 자신의 거대한 가슴을 가리켰다. "짜내야 돼요. 긴급 상황이에요. 오 분만 더 지나면 단추가 뜯겨 나갈 거예요."

"아기는 어디 있어?"

"우리 어머니랑 있어요. 정말이지 손주를 보는 짜릿한 재미는 아무리 세련된 어머니라도 혼전 임신한 딸을 용서해줄 정도랍니다." 좋은 패를 손에 쥐어서 즐거운지 그녀가 깔깔 웃었다.

"좋아," 나는 말했다. "집에 가서 젖을 먹여. 여긴 문 닫을 때까지 혼자서도 괜찮을 거야. 근데 하나만 부탁할게. 모슬린 천을 떠다 우리집으로 좀 가져와줘. 둘이서 크리스마스 건배도 하자."

내가 말을 다 마치기도 전에 타마는 코트 단추를 채우느라 낑낑거렸다.

"아기에게 300달러짜리 운동화를 사주진 마." 나는 명절 보너스를 건네며 말했다. 타마는 크리스마스 분위기가 가득한 경쾌한 웃음을 터트리며 그러지 않겠다고 장담했다. "하지만 가죽 재킷을 사주지 않겠다는 약속은 못하겠네요!" 나는 명랑하게 문을 나서는 그녀를 보며 나도 저 나이 때 저렇게 살 수도 있었는데, 하고 생각했다.

몇 시간 후, 막 문 닫을 준비를 하려는데 황갈색 모직 코트를 입은 잘생긴 남자가 문에 달린 종을 울리며 가게로 들어왔다. 애틀랜타 사람이 틀림없어 보이는 그는 하루 일과가 끝난 시간인데도 셔츠가 아주 깨끗했다. 피곤하지만 활기차 보였다.

"딸에게 줄 선물이 필요해요." 그가 말했다. "오늘이 생일이거든요. 일곱 살이에요. 근사한 선물을 빨리 구해야 해요."

반지를 끼지 않은 걸로 보아 이혼한 아빠 같았다. 함께 가게 안을 둘러보는 동안 그의 눈길이 아직 남아 있는 발랄한 못난이 인형들을 빠르게 스치고 지나갔다.

"이곳 출신이에요?" 갑자기 남자가 물었다. "토박이예요?"

나는 내 가슴팍을 가리키며 대답했다. "애틀랜타 남서부에서 태어나고 자라고 어른이 되었죠."

"나도 그래요. 더글러스고등학교." 그가 말했다. "근데 이 인형들은 어딘가 살짝 맛이 간 느낌인데. 예전에 쓰던 표현인데 기억하죠? 딱 집어 말할 수는 없지만 얘들 모두 약간 이상해요. 인형이 이것뿐인가요?"

"모두 유일하고 독특한 애들이에요." 나는 내 창작물을 두둔하며 말했다. "앞으로 이 인형들을 바탕으로 다양하게 변형된……"

그가 작은 소리로 웃었다. "그런 거짓말은 백인을 위해 아껴두시고. 그런데 정말로……" 그때 적당한 말을 생각해내려는 듯 시선을 올리던 그가 머리 위에 떠 있는 남자아이 인형을 보았다. "저 위에 있는 건 어때요? 천사 옷을 입은 인형?" 그가 말했다. "저것도 판매합니까?"

막 대답하려는데 도로 건너편의 어떤 움직임이 내 시선을 끌었다. 거기, 붐비는 버지니아 애비뉴 건너편에 로이의 유령이 서 있었다. 놀라움을 억누르는 법을 여태 연습했는데도, 이번엔 정말로 로이처럼 생긴 유령의 모습에 기습당하고 말았다. 젊었을 때의 로이가 아니었다. 미래의 로이도 아니었다. 이번 유령은 그가 일로를 떠나지 않았다면 되었을 법한 모습이었다. 그 '떠나지 않은' 로이 유령이 보초병처럼 가슴 위로 팔짱을 꼈다. 나는 시선을 돌리면 그가 사라질 것을 알기에 최대한 오래 그를 주시했다.

"사다리가 있나요?" 남자가 물었다. "판매용이라면 제가 내릴게요."

"판매용이에요." 나는 말했다.

갑자기 그가 농구선수처럼 튀어올라 천사를 땅으로 내렸다. "아직 죽지 않았군." 그가 말했다. "포장도 해주죠?"

다른 많은 인형이 그렇듯 그 인형도 로이를 닮았다. 물론 나처럼 생긴 인형, 안드레처럼 생긴 인형, 글로리아와 아빠처럼 생긴 인형도 있다. 그 키 큰 남자가 지켜보는 동안 나는 상자 바닥에 부드러운 박엽지를 깔고 인형을 넣었다. 잠시 멈칫했지만, 남자가 열쇠로 카운터를 조급하게 두드리는 소리에 숨을 한 번 들이쉬고 서둘러 뚜껑을 닫았다. 증상은 단계별로 찾아왔다. 몸 한가운데에서 시작해 나머지 부분으로 퍼져나가는 공황. 깨끗한 강물 색깔의 리본을 길게 잘랐을 때 나는 더이상 견딜 수가 없었다. 손톱으로 테이프를 뜯어내고 상자를 열어 종이에 싼 천사 아이를 낚아채 그 단단한 몸을 가슴에 끌어안았다.

"괜찮아요?" 키 큰 남자가 물었다.

"아니요." 나는 인정했다.

그가 시계를 확인했다. "이런 젠장." 그가 한숨을 쉬며 말했다. "이미 늦었네. 왜 이러는 거예요? 내 전처는 나보고 감정 불감이라던데." 그가 전처를 흉내내며 꽥꽥거렸다. "'감정을 느끼는 법을 내가 가르쳐줄 순 없다고!' 그러니 미리 경고할게요. 어쩌면 내가 냉정한 말을 할지도 모르는데 나쁜 의도는 아니에요."

"남편이 교도소에서 나올 거예요."

그가 고개를 갸웃했다. "좋은 소식이에요, 나쁜 소식이에요?"

"좋죠," 나는 재빨리 말했다. "좋아요."

"중간에 걸쳐 있는 느낌인데." 그가 말했다. "하지만 공감해요. 우리 형제가 한 명이라도 더 풀려나는 건 언제나 긍정적인 현상이죠." 그러더니 자기가 좋아하는 래퍼의 가사를 인용했다. "'애티카의 감방을 모두 열어! 아프리카로 그들을 모두 보내!' 이거 기억해요?"

나는 천사 인형을 꼭 안고 고개를 끄덕였다.

"나 같은 사람을 봐요." 그가 말했다. "멍청한 사촌 한두 명을 빼면 교도소에 간 사람에 대해 난 아무것도 몰라요. 하지만 결혼생활에 대해서는 알죠. 이혼한 사람, 결혼생활은 그런 사람들이 잘 압니다. 행복한 사람들은 무시해요. 그들은 아무것도 모르니까. 남편은 얼마나 오래 들어가 있었어요?"

"오 년요." 나는 말했다.

"젠장. 긴 세월이네요. 난 싱가포르에 육 개월 갔다 왔어요. 일 때문에. 먹고살기 위해 애쓰느라. 전처는 주택담보대출이 가만있어도 저절로 갚아지는 줄 알더군요. 집에 돌아왔더니 결혼이 끝장났더라고요. 겨우 육 개월인데." 그가 고개를 저었다. "내 말은 너무 대단한 걸 바라지 말라는 거예요. 교도소에 갇혔건 아니건, 결정적인 요인은 시간이죠." 그러더니 그가 양손을 내밀었다. "인형 줄래요? 남은 인형 중에 유일하게 온전한 거잖아요."

나는 남자를 밖으로 안내하며 이 사람도 유령은 아닌가 생각했다. 이렇게 될 수 있었지만 그러지 못한 어떤 삶의 유령. 그는 그날 저녁의 마지막 손님이었다. 가게 앞에는 사람들의 발걸음이 분주했지만 안으로 들어오는 사람은 없었고 환상적인 진열창 앞에서 걸음을 멈추는 사람도 없었다. 나는 타마에게 메시지를 남긴 뒤 일찍 가게를 닫고 조명을 껐다. 손목시계가 멈칫거리며 시간을 알렸다.

방범 셔터를 내리면서 도로 건너편을 흘깃 보았다. 그곳에는 모자를 깊숙이 눌러쓴 주차요원 말고는 아무도 없었다.

로이

어렸을 때 나는 열쇠를 모았다. 열쇠를 찾는 눈을 기르고 나면 그것이 얼마나 많이 널려 있는지 깨닫고 깜짝 놀랄 것이다. 나는 열쇠를 잼 병에 담아 옷장 위쪽 선반에 보관했다. 얼마 후부터 올리브와 로이도 열쇠를 주워다 주기 시작했다. 내 수집품은 여행가방용 양철 열쇠나 철물점에서 1달러 미만에 바로 깎아주는 복제 열쇠가 대부분이었다. 한번은 벼룩시장에서 막대가 길고 끝부분에 돌출 마디가 두세 개 있는 벤 프랭클린 열쇠를 샀다. 하지만 나는 열쇠 종류에 차별을 두지 않았고 수많은 문을 열 수단을 지녔다는 생각을 즐겼다. 영화나 만화책 속에 들어간 나 자신을 상상했다. 그런 공상 속에서 나는 대문을 열어야만 하는 상황에 처해, 가진 열쇠를 모두 끼워보다가 간발의 차로 맞는 열쇠를 찾아내기도 했다. 열쇠 수집은 아마도 여덟 살쯤에 시작해 열두 살 무렵에 멍청한 짓이라는 걸 깨닫고 그만두었을 것이다. 교도소에 있을 때 나는 날마다 그 열쇠들을 떠올렸다.

애틀랜타를 향해 달려갔을 때, 나는 주간 고속도로 I-75와 I-85가 겹치는 구간을 따라 시내로 들어갔다. 약속의 땅처럼 내 앞에 펼쳐진 스카이라인을 보기 위해서였다. 뉴욕의 엠파이어스테이트빌딩이나 시카고의 시어스타워를 보는 느낌만 못하다는 건 안다. 내가 아는 한 애틀랜타에는 유명한 건물이 없다. 변변한 초고층 건물도 없다고 할 수 있다. 고층 건물은 몰라도 초고층 건물은 없다. 그런데도 이 도시는 어머니의 얼굴처럼 매혹적이다. I-20 고가도로 아래를 달리며 나는 롤러코스터를 타는 용감한 아이처럼 양손을 운전대에서 떼어 위로 쳐들었다. 나는 셀레스철처럼 이 도시 출신은 아니었지만 이 도시 소속이었다. 그래서 집에 돌아오는 기분이 짜릿했다.

셀레스철은 푸페가 버지니아-하일랜드 교차로에 있다고 말했다. 우리가 꿈만 꾸고 있을 당시에 내가 가게를 열자고 제안했던 바로 그곳이었다. 완벽한 위치였다. 흑인이 쉽게 갈 수 있는 도심에 있지만 행정구역상 백인도 편하게 느낄 만한 곳이었다. 도로 건너에서 가게의 판유리창이 보이는 주차장에 10달러를 내고 차를 댔다. 셀레스철이 혼자서 잘해내고 있다는 점만은 인정해줘야 했다. 아버지의 돈 덕분에 가게를 열 수 있었겠지만 운영은 그녀의 몫이었다. 창문에 진열된 인형들은 피부색이 다양했고—이 또한 내 아이디어였다. 베네통처럼 해봐, 내가 말했었다—모두 크리스마스를 즐기는 듯한 분위기였다. 나는 십오 분 동안, 아니 그보다 더 길거나 더 짧게 진열창을 응시했다. 심장이 가슴속에서 핀볼처럼 달그락거릴 때는 시간을 가늠하기가 어렵다.

사다리 위에 서서 날개 달린 인형을 천장에 걸고 있는 사람이 셀레스철인 줄 알았는데, 그 아가씨는 너무 어렸다. 그녀는 우리가 처음 만났을 때, 나를 거들떠보지도 않던 그때의 셀레스철과 닮았다. 나는 그 닮은꼴이 사다리를 접어 뒤편으로 사라질 때까지 잠시 더 바라보았다. 그때 셀레스철이 무대로 걸어나오는 사람처럼 진분홍색 커튼 뒤에서 나타났다.

그녀의 머리가 짧아져 있었다. 끝만 다듬거나 스타일이 살짝 달라진 정도가 아니었다. 이 새로운 셀레스철은 머리칼을 거의 남기지 않고 나만큼이나 짧게 자른 시저 스타일을 하고 있었다. 나는 내 머리통을 만지며 그녀의 머리 느낌을 상상했다. 머리가 짧아도 남자처럼 보이지는 않았고, 도로 건너편에서도 커다란 은색 귀걸이와 빨간 립스틱을 볼 수 있었다. 하지만 더 단호해 보이기는 했다. 나는 눈이 마주치기를 바라며 계속 응시했지만 그녀는 내 시선을 느끼지 못했다. 그녀는 가게 안을 돌아다니며 물건을 가리키고 사람들이 선물을 고를 때 웃으며 도와주었다. 나는 너무 추워질 때까지 바라보다 차로 돌아가 뒷자리에 몸을 뻗고 죽은 듯이 잠을 잤다.

잠에서 깼을 때 그녀는 다시 보였지만 닮은꼴은 가고 없었다. 셀레스철이 혼자 있을 때 〈바이브〉와 〈GQ〉*를 섞어놓은 스타일의 훤칠한 흑인 형제가 가게로 들어갔다. 둘이 이야기를 나누는 모습을 보고 있는데 그녀가 내 쪽으로 시선을 돌렸고 곧이어 입가의 미소가 스르르 미끄러지듯 사라졌다. 난 텔레파시를 완전히 믿지는

---

* 〈바이브〉는 힙합과 R&B 음악을 주로 다루는 잡지, 〈GQ〉는 남성 패션 잡지다.

않지만 예전에는 그녀와 말하지 않고도 대화할 수 있었음을 알기에 그녀에게 밖으로 나오라고, 도로를 건너라고, 인도에서 만나자고 속으로 말했다. 그러나 몇 초간 내 쪽을 보던 셀레스철은 눈길을 거두었다. 연결이 다시 복구되기를 바라며 기다렸지만 그녀는 다시 원래 하던 일로 관심을 돌렸고, 그러다 갑자기 인형을 가슴에 끌어안았다. 그 형제가 미소를 지었다. 멀어서 보이지는 않았지만 나는 그가 흠 없이 가지런한 치아를 번쩍이며 드러냈을 거라고 생각했다. 내 혀가 허락도 없이 아래턱의 빈 공간을 더듬었다. 하지만 손은, 역시나 허락 없이, 바지 앞주머니의 열쇠고리를 만지작거렸다.

그 열쇠고리는 교도소에서 종이봉투에 담아 들고 나온 물건 중 하나였다. 손잡이에 고무를 덧댄 자동차 열쇠는 아이가 생길 때를 대비해 장만한 가족용 세단에 맞았을 것이다. 셀레스철이 아직 그 차를 갖고 있는지는 모르지만, 그게 어디에 있든 이 열쇠로 시동을 걸 수 있을 것이었다. 돌출 마디가 없는 두꺼운 열쇠는 내 사무실 열쇠였지만, '기소대로 유죄'라는 말이 나오기도 전에 열쇠공이 이미 조치를 취했을 게 틀림없었다. 마지막 열쇠는 복사한 것을 복사하고 또 복사한 것으로 린밸리 로드에 있는 쾌적한 집의 현관 열쇠였다. 나는 그 열쇠에 대해 지나치게 자주 궁금해했다. 한두 번은 입을 벌리고 그 우둘투둘한 가장자리를 혀로 더듬기도 했다.

서류상으로 그곳은 내 집이었던 적이 없다. 미스터 D가 그 부동산의 소유권을 셀레스철에게 이전하면서 내건 유일한 조건은 올드 히키를 베면 안 된다는 것이었다. 영화배우가 죽으면서 재산을 프렌치푸들에게 남기는 경우와 비슷했다. 두툼한 소유권 이전 서류에 그 나무의 이름은 언급되었지만 '로이 해밀턴'은 어디에도 없었다. 셀레스철은 그 '집'이 우리 둘 모두에게 주는 결혼 선물이라고 장담했다. "열쇠가 네 주머니에 있잖아." 그녀는 말했다.

지금 그 열쇠가 내 주머니에 있지만, 과연 문이 열릴까?

셀레스철은 이혼을 청구하지 않았다. 그녀가 면회를 오지 않은 첫해가 지나고 나서, 셀레스철이 내게 알리지 않고 혼인관계를 끝낼 수도 있는지 묻자 뱅크스는 말했다. "엄밀히 말해 불가능하지." 그녀가 절연 편지를 보내긴 했지만 그건 복역 기간이 많이 남아 있던 이 년 전이었다. 하지만 그뒤로 이 년 동안 그녀가 원했다면 이혼할 기회는 충분히 있었다. 열쇠공을 불러 자물쇠를 바꾸기에도 충분한 시간이었고.

나는 주머니 속의 열쇠를 썰매 방울처럼 짤랑거리며 크라이슬러로 돌아가 엔진을 켜고 서쪽을 향해 출발했다. 가속페달을 밟으면서도 그 닳아빠진 황동 열쇠, 10센트짜리 동전처럼 가볍고 '집'이라는 라벨이 달린 그 열쇠만 생각했다.

셀레스철

나는 이 집을 내 몸처럼 잘 안다. 문을 열기도 전에 벽 안쪽에 있는 어떤 존재를 느꼈다. 마치 자궁에서 미세한 경련이 느껴지면 지난번 이후로 삼 주밖에 지나지 않았는데도 대비해야 한다는 사실을 아는 것과 비슷하다. 현관으로 들어서는데 팔의 피부가 쪼글쪼글 뭉치는 느낌이 들면서 혈관의 경로를 따라 사방으로 불꽃이 일어났다.

"저기요?" 나는 외쳤다. 무엇을 예상해야 하는지는 몰랐지만 누군가가 있다는 것만은 알았다. "거기 누구 있어요?" 나는 유령을 보기는 해도 귀신은 믿지 않는다. 유령은 추억이 구체화된 형상이지만, 귀신은 육체에서 빠져나와서도 여전히 세상을 떠도는 인간의 혼이다. "이봐요." 나는 다시 외쳤다. 이제 내가 무엇을 믿는지 판단이 서지 않았다.

"식사실에 있어." 이 세상의 것이 분명한 남자의 목소리가 울려

퍼졌다. 익숙하면서도 낯선 목소리.

로이가 깍지 낀 손을 턱 아래에 깊숙이 받치고 식탁 상석에 앉아 있었다. 나는 타마와 저녁시간을 함께 보내기 위해 사온 시답잖은 먹거리를 양팔 가득 들고 있었다. 라임 셔벗, 프로세코 와인, 카이엔페퍼를 혼합한 초콜릿, 그리고 아기를 위한 골드피시 크래커.

"자물쇠를 바꾸지 않았더라." 로이가 경이에 찬 환한 표정으로 자리에서 일어섰다. "그 모든 일을 겪고 나서도 내 열쇠를 여전히 쓸 수 있게 해놓은 거야."

그는 세상에서 가장 자연스러운 일이라는 듯 내 팔에서 쇼핑 봉지를 받아들었고, 나는 빈손으로 거기 서 있었다.

"드레가 널 데리러 갔어." 나는 로이를 따라 부엌으로 가며 말했다. "오늘 떠났어."

"알아." 그가 말했다. 식료품 봉지를 휴전의 상징처럼 우리 둘 사이에 들고서. "내가 얘기하고 싶은 상대는 드레가 아니야."

내가 오싹함을 진정시키려고 팔을 문지르는데, 그가 봉지를 싱크대에 올려놓고 내 쪽으로 돌아서서 활짝 웃으며 팔을 벌렸다. 그의 함박웃음 아래로 검은 틈새가 보였다. "형제에도 없는 거야? 꽤 힘들게 여기까지 왔어. 기독교인처럼 옆으로 안지 말고. 난 진짜를 원해."

나는 내 것처럼 느껴지지 않는 다리로 그에게 다가갔다. 그가 나를 안았고 나는 이 사람이 정신이 만들어낸 환영이 아니라 내 남편이라는 것을 알았다. 이 사람은 로이 오새니얼 해밀턴이었다. 그는 예전에 이 집에서 살던 때보다 덩치가 커지고 탄탄한 근육질로 바뀌었지만, 나는 당장이라도 행동으로 터져나올 것 같은 그의 활력을 알아봤다. 그가 자신의 힘을 의식하지 못하고 너무 꽉 껴안아서 나는 약간 어지러웠다.

"나 집에 왔어, 셀레스철. 집에 왔다고."

그에게서 놓여난 나는 탐욕스럽게 공기를 들이마셨다.

로이의 얼굴은 이 년 전에 마지막으로 봤을 때보다 더 넓적해졌고 주름도 늘었다. 화장을 해 매끈한 내 얼굴로 손을 올리던 나는 바짝 밀어버린 머리를 퍼뜩 떠올렸다. 로이에게 사과라도 해야 할 것 같은 기분이 들었다. 그가 내 머리를 한 가닥 잡고 손가락으로 빙빙 돌리곤 하던 때가 생각났기 때문이다. 예전에 그는 로이 3세가 자기 눈과 내 머리칼을 물려받아야 한다고 떠들곤 했다.

그는 이 만남에 대비한 기색이었다. 풀 먹인 새 셔츠의 냄새가 이발소 면도 크림 냄새와 뒤섞였다. 완전히 무방비 상태인 나는 매무새도 기분도 긴 하루를 보낸 사람다웠다.

"이렇게 불쑥 나타날 계획은 아니었어." 그가 말했다.

이런 경험, 깜짝 놀라면서도 동시에 그 순간이 완전히 불가피하게 느껴지는 경험을 표현하는 말이 있을 텐데, 나는 생각했다. 가끔 1960년대 급진주의자들에 대한 글을 보면, 어떤 사람이 우발적으로 경찰을 살해하고, 아니 어쩌면 의도적이었는지도 모르지만, 하여간 그런 뒤에 도망쳐 새 이름을 얻고 다른 전과 없이 지루한 삶을 살아간다. 살도 찌고 메이시백화점에서 쇼핑도 한다. 그런데 어느 날 집에 오니 FBI가 있다. 신문에 실린 맥빠진 그들의 얼굴은 항상 충격은 받았으나 놀라지는 않은 표정이다.

"보고 싶었어." 로이가 말했다. "물어볼 게 아주 많지만, 우선 네가 그립다는 말부터 해야겠어."

나는 안드레가 준비한 연설을 희곡의 대사처럼 낭송할 수도 있었다. 그와 내가 결정한 꼭 해야 할 말. 글로리아는 이런 진실을 전하는 건 여자의 일이라고 했는데, 그 말이 맞지 않았을까? 하지만 나는 귀향한 남편의 그림자 안에 서서 필요한 말을 한마디도 꺼내지 못했다.

로이는 여기가 아직도 자기 집인 양 나를 거실로 이끌었다. 그가 주위를 둘러보았다. "이 방 원래는 청록색이 아니었잖아, 안 그래? 노란색이었어, 맞지?"

"진황색." 내가 말했다.

"이런 아프리카 물건은 다 새로운 거로군. 그래도 좋네."

사방 벽에 가면이 여러 개 걸려 있고 평평한 곳은 거의 남김없이 조각상의 차지가 되었는데, 모두 부모님이 여행지에서 사온 기념품이었다. 로이는 종을 울리는 여자를 묘사한 작은 상아 조각상을 집어들었다. "이거 진짜구나, 그렇지? 불쌍한 코끼리."

"골동품이야." 나는 약간 방어적으로 말했다. "코끼리가 멸종 위기에 처하기 전에 만든 거라고."

"문제의 코끼리에게는 아무런 차이가 없지." 그가 말했다. "하지만 요지는 알아들었어."

우리는 가죽 소파에 앉아 서로를 바라보았다. 침묵이 깊어지게 내버려두며 상대가 평화를 깨뜨리길 기다렸다. 마침내 로이가 엉덩이가 서로 닿을 정도로 내게 바싹 붙어앉았다. "말해봐, 셀레스철. 할말이 무엇이든 어서 해봐."

나는 고개를 저었다. 그는 방심한 내 손가락을 제 입술로 가져가 두 번 키스하더니 내 손을 막 면도한 얼굴에 비볐다. "날 사랑해?

그 외에는 모두 사소한 문제야."

나는 금붕어처럼 소리 없이 입술만 달싹였다.

"사랑하는 거야." 그가 말했다. "나와 이혼하지 않았잖아. 자물쇠도 바꾸지 않았고. 의심하긴 했어. 너도 알겠지. 하지만 이 집 포치에 섰을 때 열쇠를 넣어보기로 했어. 열쇠가 쑥 들어가더니 WD-40*를 뿌린 것처럼 매끄럽게 돌아가더라. 그래서 알게 됐어, 셀레스철. 바로 그래서 알게 된 거야.

집안 곳곳을 돌아보진 않았어. 다른 방들은 쓰지 않는 것 같아 여기에서 기다렸지. 무슨 얘기든 네게서 듣고 싶어."

내가 아무 말도 하지 않자 그가 대신 말했다. "안드레지, 그렇지?"

"그렇다, 아니다로 말할 수 있는 문제가 아니야." 나는 말했다.

그러자 놀랍게도 그가 내 무릎을 베고 눕더니 내 팔을 끌어당겨 담요처럼 자기 몸을 감쌌다.

---

* 기계 접합부에 분사하는 스프레이형 윤활유.

로이

그녀는 내가 기억하던 그대로가 아니었다. 남자처럼 짧은 머리나 펑퍼짐해진 엉덩이가 눈에 띄기는 했지만 그 때문만은 아니었다. 그녀는 이제 달라졌다, 더 우울해 보였다. 냄새마저도 바뀌었다. 라벤더 향은 그대로였지만 그 뒤에 흙이나 나무 같은 냄새가 깔려 있었다. 라벤더 향은 셀레스철이 크리스털 병에 담아 서랍장 위에 두는 오일에서 나는 것이었다. 나뭇조각 냄새는 그녀의 피부 밑에서 퍼져나왔다.

다비나가 생각났다. 그녀는 팔 벌려 나를 받아들이고 전쟁터에서 돌아온 남자에게 어울릴 만한 만찬으로 환대해주었다. 셀레스철은 내가 오는지 몰랐지만, 나는 그녀가 미리 감지하고 식탁을 차려놓았기를 바랐다. 그녀는 자기 무릎을 베고 잠든 내가 스스로 눈을 뜰 때까지 쉬게 놔두었다. 겨울에는 밤이 일찍 찾아온다. 여덟 시 즈음이 되었고, 바깥은 자정처럼 어두웠다.

"그래서," 셀레스철이 말했다. "기분이 어때?" 그러더니 겸연쩍은 표정을 지었다. "시시한 질문인 건 알지만, 무슨 말을 해야 할지 모르겠어서."

"날 보니 기쁘다고 말하면 돼. 내가 나와서 기쁘다고."

"정말 그래." 그녀가 말했다. "네가 나와서 너무 행복해. 우리 모두 기도하던 일이고, 뱅크스 아저씨에게 계속 노력해달라고 한 것도 그 때문이잖아."

그녀가 믿어달라고 간청하듯 말해서 나는 손을 들어올렸다. "제발 그러지 마." 이번엔 내가 무릎 꿇고 비는 사람처럼 말했다. "이런 식으로 이야기하긴 싫어. 부엌에 가서 앉을까? 부엌에 앉아 남편과 아내처럼 대화하면 안 될까?" 부드러운 표정이 사라지고 주위를 빠르게 훑어보는 그녀는 의심스럽고 어쩌면 두려운 눈빛이었다. "너에게 손대지 않을 거야." 나는 말했지만 그 말은 제과용 초콜릿처럼 씁쓸했다. "약속해."

셀레스철이 총살형 집행장으로 행진하는 사람처럼 부엌으로 걸어갔다. "밥은 먹었어?"

부엌은 기억하던 그대로였다. 바다색 벽과 받침대 위에 어두운 색 유리를 얹은 원형 식탁. 가죽 의자 네 개가 일정한 간격으로 놓여 있었다. 거기에 우리의 아이들이 앉으리라 생각했던 때가 기억났다. 여기가 내 집이었던 때가 기억났다. 그녀가 내 아내였던 때가 기억났다. 인생 전체가 내 앞에 펼쳐져 있고 그래서 좋았던 때가 기억났다.

"요리 재료가 하나도 없어." 그녀가 말했다. "여기엔 없어. 식사는 보통……" 그녀가 말끝을 흐렸다.

"옆집에서?" 내가 물었다. "이 얘기는 끝을 내자. 안드레지? 그렇다고 말해. 그래야 거기서부터 시작할 수 있으니까."

나는 예전에 내 자리라고 생각했던 의자에 앉았고, 셀레스철은 싱크대에 걸터앉았다. "로이," 그녀가 대본을 읽듯 말했다. "난 지금 안드레와 함께하고 있어. 사실이야."

"알아." 나는 말했다. "알고, 개의치 않아. 내가 네 옆에 없었잖아. 넌 취약한 상태였어. 오 년은 긴 시간이야. 오 년이 얼마나 긴 시간인지 아는 사람이 있다면 그건 바로 나야."

나는 그녀가 앉아 있는 싱크대로 다가가 벌어진 다리 사이에 섰다. 얼굴에 손을 뻗었다. 그녀는 눈을 감았지만 몸을 뒤로 빼지는 않았다. "내가 없을 때 네가 한 일은 상관 안 해. 난 우리의 미래에만 관심이 있어." 나는 몸을 기울여 가볍게 키스했다.

"그건 사실이 아니야." 그녀가 말하자 메마른 입술이 나를 살짝 스쳤다. "사실이 아니야. 넌 상관해. 중요한 일이야. 누구나 상관한다고."

"아니야," 나는 말했다. "널 용서할게. 모든 걸 다 용서할게."

"그건 사실이 아니야." 그녀가 다시 말했다.

"제발," 나는 말했다. "용서하게 해줘."

나는 다시 셀레스철 쪽으로 살짝 몸을 기울였고, 이번에도 그녀는 움직이지 않았다. 그녀의 무방비한 머리에 손을 얹었는데도 날 저지하지 않았다. 나는 생각할 수 있는 모든 방식으로 키스했다. 그녀가 내 딸인 양 이마에 키스했다. 내 죽은 어머니인 양 떨리는 눈꺼풀에 키스했다. 누군가를 죽이기 전에 그러는 것처럼 볼에 세게 키스했다. 더한 것을 원할 때처럼 쇄골에 키스했다. 상대가 좋아한다는 것을 알고 하듯 이로 그녀의 귓불을 당겼다. 나는 전부 다 했고 셀레스철은 인형처럼 고분고분하게 앉아 있었다. "용서하게 해준다면," 내가 말했다. "널 용서할 수 있어." 나는 다시 이곳저곳에 키스하며 목으로 옮겨갔다. 그녀가 머리를 살짝 움직이자 피부 가까이에서 맥박이 뛰는 곳에 코가 닿았다. 하지만 흥분은 사제 마약의 짜릿함처럼 금방 사라졌다. 싸구려 약의 효과가 강하게 올라왔다 이내 갈증만 남기고 사라지듯이. 나는 반대쪽으로 옮겨가 그녀가 머리를 반대로 젖혀주기를, 그녀의 전부와 닿을 수 있게 허락해주기를 바랐다. "그냥 부탁만 해." 나는 말했다. 내 목소리는 가슴이 울렁이는 소리보다도 크지 않았다. "부탁하면 용서해줄게." 이제 그녀를 안았다. 그녀는 축 늘어졌으나 저항하지는 않았다. "부탁해, 조지아." 나는 말했다. "부탁하라고, 내가 그러겠다고 말할 수 있게."

*

　초인종이 쉴새없이 일곱 번을 연달아 울렸다. 나는 첫번째 소리에 몸을 벌떡 일으켰는데 셀레스철도 마찬가지였다. 그녀는 나쁜 짓을 하다 들킨 사람처럼 재빨리 자세를 바로잡았다. 그리고 싱크대에서 내려와 현관으로 뛰어갔고, 누군지 모르지만 거기에 있는 사람에게 문을 활짝 열어주었다. 가게에서 본 젊은 여자, 과거의 모습을 한 여자였다. 그녀가 안은 아기가 신나게 초인종을 두드려대고 있었다. 통통하고 조그만 그 녀석은 눈을 반짝이며 즐거워했다.
　"타마," 셀레스철이 말했다. "왔네."

"도매점에 가서 모슬린을 사오라고 하지 않았어요?" 가게 여자가 현관으로 들어섰고 아기는 그녀의 고리 모양 귀걸이에 손을 뻗었다. 옛날에 재닛 잭슨이 했던 귀고리처럼 왼쪽 고리에만 열쇠가 달려 있었다. "젤라니, 셀레스철 이모에게 인사해야지?" 그녀가 품안의 아기를 고쳐 안았다. "아이를 데려와서 귀찮은 건 아닌지 모르겠어요."

"아니야." 셀레스철이 급히 말했다. "이 조그만 녀석을 볼 때마다 얼마나 좋은데."

"아기가 드레 삼촌을 찾아요." 타마가 꼼지락거리는 아이와 씨름하며 말했다. "괜찮아요, 셀레스철? 긴장한 것 같아요. 무슨 인질극이라도 벌어졌나." 그녀는 명랑하게 웃음을 터트리다 복도에 서 있는 나를 발견했다. "후와," 그녀가 말했다. "안녕하세요?"

셀레스철이 잠시 멈칫하더니 내 팔을 잡고 거실로 데려갔다. "타마, 로이야. 로이, 타마. 그리고 젤라니. 아기가 젤라니야."

"로이?" 타마가 예쁜 얼굴을 찡그렸다. "로이!" 상황을 파악한 그녀가 다시 말했다.

"바로 접니다." 내가 영업사원 같은 미소를 지으며 말했다. 그러다 타마의 눈썹이 살짝 올라가는 것을 보고 내게 이가 하나 없다는 사실을 기억했다. 나는 기침이 나는 척하며 얼굴을 가렸다.

"만나서 반가워요." 그녀가 손을 내밀었다. 손톱에 청록색 매니큐어를 발랐고 눈두덩이에도 같은 색깔이 희미하게 빛났다. 타마는 셀레스철 자신보다 더 셀레스철 같았다. 더러운 교도소 매트리스에서 잠들며 마음에 떠올렸던 그 여자의 모습이었다.

"앉아," 셀레스철이 말했다. "뭐 좀 갖다줄게." 그러고 나서 그녀가 부엌으로 사라지자 거실에는 나와 이 여자와 그녀의 어린 아들만 남았다.

타마가 바닥에 여러 색조의 주황색이 섞인 퀼트 이불을 펴고 그 위에 아기를 앉혔다. 젤라니는 네 발로 엎드려 몸을 앞뒤로 흔들었다. "기어다니는 법을 익혔어요."

"아기가 남편을 닮았나요?" 내가 대화를 트기 위해 물었다.

"여기에 고학력 싱글맘이 한 명 있네요." 그녀가 한 손을 들어올리며 말했다. "하지만 맞아요. 젤라니는 아빠와 똑같이 생겼어요. 둘이 함께 있으면 사람들이 복제 인간 어쩌고 하며 농담을 해요."

그녀는 바닥의 아들 옆에 앉더니 종이꾸러미를 펼쳐 자기 피부색과 같은 갈색 직물을 내놓았다. 다른 꾸러미를 펼치니 몇 단계 더 어두운 색의 직물이 나왔고, 세번째 꾸러미에서는 예전에 크레용 회사에서 '살색'이라 부르던 복숭앗빛 흰색 직물이 나왔다.

"세계는 하나." 그녀가 말했다. "이 정도면 새로운 한 해를 시작할 수 있을 거예요. 가게에 재고가 별로 없거든요. 재고를 다시 채우려면 셀레스철은 검소하고 인색한 바느질 기계가 되어야 할 거예요. 제가 같이 일하면서 돕게 해달라고 말해도, 셀레스철은 자신이 직접 바느질하고 엉덩이에 서명하지 않으면 그건 푸페가 아니래요."

나도 타마와 함께 바닥에 앉아 아기의 관심을 끌려고 열쇠고리를 흔들었다. 아기가 웃으며 잡으려 했다. "아기를 안아봐도 될까요?"

"얼마든지요." 그녀가 말했다.

젤라니를 끌어당겨 무릎에 앉혔다. 아기는 나를 밀치며 버둥대더니 곧 긴장을 풀었다. 아기를 다뤄본 경험이 별로 없는 나는 어색하고 우스꽝스러운 기분이 들었다. 그러고 있자니 올리브의 거울에 붙어 있던 사진이 떠올랐다. 이 아이만큼 어린 나를 안고 있던 빅로이. 아버지는 째깍거리는 시한폭탄을 안은 사람처럼 걱정스러운 표정이었다. 빅로이가 나를 주니어로 삼았을 때 나도 이 정도 나이였나 생각하며 젤라니를 살살 흔들었다.

셀레스철이 긴 샴페인 잔 두 개를 들고 부엌에서 돌아왔다. 작은 아이스크림 덩어리를 올린 샴페인이었다. 한 모금을 마시자 올리브가 생각났다. 내 생일에 올리브는 펀치 그릇을 꺼내 진저에일 펀치를 만들고 거기에 오렌지 셔벗 덩어리를 둥둥 띄웠다. 그 추억을 갈망하며 다시 한번 잔을 기울였다. 셀레스철이 자기 잔을 들고 돌아왔을 때 내 잔에는 술이 거의 남아 있지 않았다.

우리 세 사람, 아기까지 네 사람은 거기 앉아 있었다. 셀레스철과 타마가 직물에 관해 이야기하는 동안 나는 젤라니와 계속 놀았다. 턱 아래를 간지럽혔더니, 유압펌프 소리를 살짝 닮은 아기 웃음소리를 냈다. 이렇게 내 팔에 완전한 인간이 안겨 있다고 생각하니 경이로웠다.

셀레스철과 내가 포기한 아들이 태어났다면 네 살이나 다섯 살쯤 되었을 것이다. 뒷방에 유치원생이 잠들어 있다면, 그녀가 지금 안드레와 함께하고 있다는 말을 했을 리 없다. "남자아이에겐 아버지가 있어야 해." 나는 말했을 것이다. 그건 과학적 사실이다. 다른 얘기는 할 필요도 없을 것이다.

하지만 실제로는 해야 할 이야기가 많았다. 내 입에 다 담기지 않을 정도로 많은 말을 해야 했다.

셀레스철

마침내 타마가 아기를 받아 우주인이 입을 법하게 생긴 **빵빵한** 외투 안에 넣고 지퍼를 잠갔다. 로이도 나도 타마를 보내기가 아쉬웠다. 마치 우리가 타마의 부모 같았다. 그녀는 집에 올 시간도 잠깐밖에 내지 못할 만큼 바쁘고 성공한 딸, 우리는 딸과 함께 있는 매초가 감사한 부모. 우리가 문간에 서서 손을 흔드는 동안 그녀는 차 안에서 어깨 너머로 뒤를 보며 진입로를 빠져나갔다. 타마가 멀어지면서 그 차의 전조등이 명절 분위기에 휩싸인 동네에 반짝이는 불빛 두 개를 더했다. 내 집은 어두웠다. 한 달 전에 사놓은 가문비나무 화환조차 걸지 않았다. 하지만 올드히키는 축제 분위기였다. 줄전구가 지팡이 사탕 같은 무늬를 그리며 두꺼운 몸통을 타고 올라갔다. 안드레의 작품, 모든 것이 괜찮을 거라고 자신을 다독이기 위한 노력이었다.

타마가 떠난 후에도 나는 조용한 거리를 응시하며 안드레를 걱정했다. 그는 지금 루이지애나에서 의미 있는 일을 해내려 애쓰는 중이었다. 가게에서 전화했을 때 안드레는 남쪽을 향해 달리고 있었다. 우리 사이는 이럴 만한 가치가 있어. 나는 그에게 말했다. 단 몇 시간 만에 어떻게 상황이 이토록 많이 변했을까? 나는 무심코 주머니에 있는 휴대폰에 손을 뻗었지만 로이가 내 손을 옆으로 밀었다. "아직 전화하지 마. 나에게 먼저 말할 기회를 줘."

하지만 그는 아무 말도 하지 않았다. 대신 내 손을 끌어다 자신의 부러진 콧대를 스치고 이마 선에 있는 흉터를 훑었다. 작은 흉터 양끝에 점처럼 부푼 상처 자국이 있었다. 단단하고 익숙한 그의 얼굴 전체가 내 양 손바닥에 놓였다. "나 기억해?" 그가 물었다. "날 알아보는 거야?"

나는 고개를 끄덕였고 로이가 내 이목구비를 탐사하는 동안 팔을 양옆으로 늘어뜨렸다. 그가 자기 눈을 믿을 수 없다는 듯 눈을 감았다. 그의 엄지손가락이 내 입술을 지날 때 나는 입술을 살짝 오므려 손가락을 잡았다. 로이가 안심한 듯 한숨을 쉬었다. 그가 나를 집안으로 이끌었고, 손의 느낌만으로 길을 찾을 수 있는지 알고 싶은 듯 불을 켜지 않았다. 여자에게 항상 선택권이 있는 건 아니다. 유의미한 방식으로는 선택권이 없을 때가 많다. 가끔은 빚을 갚아야 할 때도 있고, 안락함을 마련해주어야 할 때도 있고, 안전하게 지나갈 길을 확보해주어야 할 때도 있다. 우리 모두 사랑이 아닌 이유로 잠자리를 가진 적이 있다. 로이를, 내 남편을 거부할 수 있을까? 그의 아버지와 아버지의 아버지보다 더 오래된 전투에서 집으로 돌아온 그를? 대답은 '그럴 수 없다'이다. 좁은 복도에서 로이의 뒤를 따르며 나는 안드레가 처음부터 이렇게 될 줄 알았음을 깨달았다. 그래서 고속도로를 달려 내려간 것이다. 우리 모두 두려워한 이 일을 내가 할 수밖에 없는 상황이 생기지 않게 하려고.

그러면 남편이 교도소에서 나와 내게 돌아온 날 밤에 우리 사이에 일어난 일을 어떻게 분류해야 할까? 우리는 부엌에 있었고, 화강암 싱크대에 등을 기댄 내 옷에 녹은 셔벗이 축축하게 스며들었다.

로이의 손이 내 블라우스 아래로 미끄러져들어왔다. "넌 날 사랑해. 그렇다는 걸 너도 알아."

그가 분노 섞인 욕망의 맛이 나는 키스로 내 숨을 막아버리지 않았더라도 나는 대답하지 않았을 것이다. 긍정은 긍정을 의미하고 부정은 부정을 의미하지만, 침묵은 무엇을 의미하는가? 로이의 몸은 그가 마지막으로 이 집에서 잤던 오 년 전보다 더 힘이 넘쳤다. 힘으로 제압하는 낯선 사람이 된 그가 내 목덜미에 뜨거운 숨을 내뿜었다.

그는 나를 이끌고 부부 침실 쪽으로 움직였다. 모퉁이에 자리한 그 방은 원래 내 부모님의 방이었고 로이와 내가 남편과 아내로 잠들던 공간이었다. 나는 말했다. "저기는 안 돼." 그는 내 말을 무시하고 함께 춤추는 파트너처럼 나를 이끌었다. 바다의 조류만큼이나 피할 수 없는 어떤 일들이 일어났다.

오렌지 껍질을 벗기듯 쉽게 내 옷을 벗긴 그가 몸을 숙여 밝은 전등을 켰다. 내 몸이 부끄러웠다. 그가 이런 모습의 나를 마지막으로 봤던 때보다 오 년 더 늙은 내 몸이. 시간은 여자에게 특히 가혹할 수 있다. 나는 무릎을 가슴팍까지 올렸다.

"부끄러워하지 마, 조지아." 로이가 말했다. "넌 완벽해." 그가 내 정강이를 부드럽게 잡아당겨 다리를 폈다. "내게서 숨지 마. 팔을 풀어봐, 내가 볼 수 있게."

내 영혼의 은밀한 서재에는 존재하지 않는 단어들의 사전이 있다. 그 사전에는 자유의지가 있으면서도 없는 상태를 가리키는 신비한 글자가 적혀 있다. 살다보면 한두 번쯤 벌거벗겨진 채 남자의 무게에 눌리게 될 테지만, 그때 가장 범속한 단어가 자신을 구해줄 거라는 설명 또한 같은 페이지에 쓰여 있다.

"보호 수단이 있어?" 내가 물었다.

"뭐라고?" 로이가 말했다.

"보호 수단."

"그런 말 하지 마, 조지아." 그가 말했다. "제발 그런 말 하지 마."

그는 내게서 떨어졌고 우리는 나란히 누웠다. 나는 몸을 돌리고, 창문을 통해 몇 세대가 지나도록 고요히 서 있는 올드히키를 바라보았다. 로이가 묵직한 손으로 내 허리께를 잡았을 때도 나는 돌아보지 않았다. "내 아내가 되어줘." 그가 말했다.

대답이 없자 그는 나를 통나무처럼 홱 뒤집고 내 목 아래에 얼굴을 들이밀며 양손을 내 허벅지 사이에 끼웠다. "어서, 셀레스철." 그가 말했다. "몇 년이나 흘렀잖아."

"보호 수단이 있어야 해." 나는 말했다. 그 말로 입안을 채우고 그 말의 무게를 혀에 느끼면서.

로이가 내 손을 가져가 갈비뼈 아래, 피부가 고무처럼 뭉친 부분에 댔다. "칼에 찔렸어." 그는 말했다. "난 그 자식한테 아무 짓도 안 했어. 심지어 쳐다보지도 않았는데, 그놈은 빌어먹을 칫솔을 날카롭게 갈아서 날 죽이려고 했어."

나는 엄지손가락으로 상처를 만졌다.

"내가 어떤 일을 겪었는지 알겠어?" 그가 말했다. "넌 나한테 어떤 일이 일어나는지 몰랐어. 알았다면 내게 그러지 않았을 거야, 난 알아."

그가 내 어깨에 키스하고 점점 목으로 올라왔다. "제발."

"보호 수단을 써야 해." 나는 말했다.

"왜?" 로이가 말했다. "내가 교도소에 있었기 때문에? 난 무고했어. 내가 무고했다는 걸 너도 알잖아. 그 여자가 강간당했을 때 난 너와 함께 있었어. 그러니 내가 그러지 않았다는 걸 알잖아. 날 범죄자처럼 대하지 마, 셀레스철. 확실히 아는 사람은 너뿐이야. 제발 내게 무슨 병이라도 있는 것처럼 대하지 마."

"그럴 수 없어." 나는 말했다.

"그럼 최소한 내 얘기라도 들어줄래?" 그가 기억의 상자에서 이야기를 차례로 꺼냈다. 각각의 이야기마다, 우리 사이에 장벽을 세우라고 자신에게 강요해서는 안 된다는 주장이 담겨 있었다.

"난 뜻하지 않게 사람을 죽였어." 그가 말했다. "많은 일을 겪었어, 셀레스철. 아무 죄 없이 들어간 사람이라도 나올 때는 그렇게 돼. 그러니 제발."

"내게 애원하지 마." 나는 말했다. "제발 그러지 마."

그가 바짝 다가와 나를 꼼짝 못하게 눌렀다.

"안 돼." 나는 말했다. "이러지 마."

"제발." 그가 말했다.

부부 침대에 누운 우리를 그려보라. 매트리스에 붙들린 채 완전히 그의 처분에 맡겨진 나. 하지만 사랑이 진실하고 순수할 때, 시간과 배신으로 더럽혀지지 않은 때라고 해서 다른 방법이 있을까?

어쩌면 사랑이란 그런 것인지도 모른다. 다른 사람의 처분에 기꺼이 따르는 것. 나는 눈을 감고 그의 무게를 느끼며 어릴 때 하던 방식대로 기도를 했다. 제가 잠에서 깨기 전에 죽는다면. "보호 수단." 나는 보호 수단 따위는 없다는 걸 알면서도 속삭였다.

"나는 고통스러워, 셀레스철. 모르겠어?"

그래서 나는 로이가 지금까지 얼마나 고통받았는지, 베개에 머리를 묻고 있는 바로 지금 얼마나 고통받고 있는지 보고, 다시 똑바로 누웠다. "알아," 나는 로이에게 말했다. "알아."

그가 나를 돌아보았다. "내 몸에 뭔가 있을 것 같아서 그래? 그 안에 있을 때 내가 무슨 짓을 했다고 생각해서? 아니면 다시 임신하기 싫어서 그러는 거야? 내 아기를 갖는 게 싫어서?"

이 질문에는 만족스러운 대답이 있을 수 없었다. 이런 방식을 반기는 남자는 없다. 하면서도 하지 않는, 가까이 다가가되 딱 거기까지인 이런 방식을.

"말해봐," 그가 말했다. "어느 쪽이야?"

나는 입술을 꼭 다물고 내 안에 진실을 밀봉했다. 고개를 저었다.

로이가 몸을 돌려 가슴으로 내 가슴을 내리눌렀다. "있지," 그가 위협적으로 말했다. "내가 원하면 가질 수도 있어."

나는 몸부림치지 않았다. 애원하지도 않았다. 내 집에 들어서서 여기가 더는 내 집이 아니라고 느낀 순간 결정된 듯했던 운명에 대비해 마음을 단단히 먹었다.

"할 수 있어." 로이가 다시 말했다. 하지만 그는 침대에서 몸을 일으켜 이불을 수의처럼 몸에 감았다. 내 몸이 싸늘하게 드러났다. "할 수 있어, 하지만 안 할 거야."

로이

다비나는 내게 그러지 않았다. 내가 찾아갔을 때 자기 집을 열어주었다. 그녀 자신을 열어주었다. 법적인 아내 셀레스철은 내게 포트녹스*처럼 굴었다. 월터가 거듭 경고한 대로 그간 다른 남자가, 심지어 여러 남자가 있었다 해도 나는 받아들일 준비가 되어 있었다. 여자도 사람일 뿐이다. 나는 순진하지 않다. 교도소에서 귀엽게 살아남는 사람은 없다. 하지만 여자가 이혼을 청구하지 않고, 영치금을 계속 넣어주고, 살던 집의 자물쇠도 바꾸지 않는다면—이런 상황이라면 남자는 기회가 있다고 생각할 것이다. 그리고 다가가 키스하려는데 거부하지 않는다면, 손을 잡고 침실로 따라온다면, 그 모든 게 착각은 아니었음을 알게 된다. 나는 오 년간 떠나 있었지만 세상이 어떻게 작동하는지 기억하지 못할 만큼 오래는 아니

---

* 미국 연방 정부의 금괴 저장소가 있는 켄터키주의 군용지로, 최고 보안을 자랑한다.

었다.

보호 수단이 있어?

내게 그런 게 없다는 걸 그녀는 알았다. 그녀에게 기꺼이 왔지만 대비를 하고 온 건 아니었다. 셀레스철은 내 아내다. 내가 갑자기 콘돔을 꺼낸다면 그녀가 어떻게 느끼겠는가? 그걸 배려라고 받아들이진 않을 것이다. 여러 남자와 자고 다닌 건 아닌지 의심한다고 받아들일 것이다. 우리가 서로 모르는 사람이나 다름없었던 뉴욕에서처럼 하면 왜 안 되는가? 교도소에 있을 때 그 첫 밤을 얼마나 많이 추억했는지. 나는 머릿속에서 무성영화를 돌리며 장면 장면을 샅샅이 훑었고, 단언컨대 그 영화에는 라텍스가 없었다. 브루클린에서 그날 밤 나는 캡틴아메리카가 된 기분이었다. 그녀의 명예를 지키느라 치아를 잃었어도 개의치 않았다. 그렇게 영웅이 될 기회가 자주 오진 않는다. 그런데 이제 그녀는 그런 일이 전혀 없었던 척하고 싶어한다.

나는 이불을 바닥에 던져놓고 알몸으로 집안을 천천히 돌아다니며 내 꼬불꼬불한 머리통을 누일 곳을 찾았다. 부부 침실은 당연히 불가능했으므로 바느질 방에 가서 소파베드에 털썩 누웠다. 나 정도 체격의 남자에게는 길이가 좀 짧았지만. 방안에는 다양한 제작 단계에 있는 푸페가 널려 있었다. 재봉틀 옆에 연갈색 헝겊으로 만든 머리가 하나 있고 인사하는 손이 달린 팔도 몇 쌍 있었다. 보기에 불편하지 않았다고 거짓말하진 않겠다. 하지만 그 방에 뛰쳐 들어가기 전 난 이미 마음이 불편했다.

완성된 인형들은 참을성 있고 다정한 모습으로 선반에 놓여 있었다. 셀레스철의 점원을 생각했다. 이름이 타마라였던가? 그녀의

344

우람하고 건강한 아들을 생각했다. 셀레스철이 둘의 코트를 가지러 나갔을 때 그 여자가 청록색 손톱으로 내 팔을 잡았다. "셀레스철을 보내줘야 할 거예요." 그녀가 말했다. "혼자 상처받고 끝내세요. 안 그러면 그들이 상처를 줄 테니까요." 진하고 숨막히는 분노가 연기처럼 올라왔다. 할말은 딱 하나뿐이었지만 정중히 대해야 할 손님에게 쓰면 안 되는 말이었다. "제가 이런 얘기를 하는 이유는," 그녀가 말했다. "당신이 모르는 걸 제가 알기 때문이에요. 마음의 상처를 입을 거예요. 누구의 고의도 아니겠지만." 이 어린 여자가 무슨 수작을 부리는 건가 생각하는데, 셀레스철이 코트를 가지고 돌아와 아기가 자기 아들이라도 되는 양 뽀뽀를 했다.

아마도 새벽 세시쯤 되었을 것이다. 그런 취중 상념 같은 생각이 술도 마시지 않았는데 떠올랐다. 선반 위로 손을 뻗어 인형 하나를 내려 얼굴을 한 대 때렸다. 부드러운 머리가 움푹 들어갔다가 여전히 미소를 띤 채 다시 부풀어올랐다. 소파베드에서 발을 밖으로 늘어뜨리고 몸을 쭉 펴봐도 편안해지지 않았다. 일어나서 복도를 슬금슬금 걸어가 셀레스철이 자는 방 밖에 섰지만 문고리를 돌릴 엄두가 나지 않았다. 내가 들어가지 못하게 문을 잠갔더라도 확인하고 싶지 않았다.

바느질 방으로 돌아와 다비나에게 전화를 걸었다. 이런 시간이면 누구라도 그렇겠지만, 다비나가 겁먹은 목소리로 전화를 받았다.

"헤이, 다비나, 로이야." 내가 말했다.

"그런데?"

"그냥 인사를 하고 싶었어." 나는 말했다.

"음, 방금 했네." 그녀가 대답했다. "이제 만족해?"

"끊지 마. 제발 그대로 있어. 그때 나랑 함께 있어줘서, 그렇게 잘해줘서 얼마나 고마운지 말하고 싶어."

"로이," 조금 누그러진 목소리로 그녀가 말했다. "괜찮은 거야? 목소리가 좋지 않아. 어디야?"

"애틀랜타." 그 말 뒤에 나온 것은 말이라 할 수 없었다. 다 큰 남자가 다른 여자 때문에 우는 소리를 전화기를 붙잡고 들어주는 여자는 많지 않겠지만, 다비나 하드릭은 내가 다시 이름을 부를 때까지 기다려주었다. "다비나?"

"여기 있어."

그녀가 용서할게, 라고 말하지는 않았다. 하지만 나는 다비나의 입에서 나온 그 두 마디가 그 말처럼 고마웠다.

"뭘 어떡해야 할지 모르겠어." 나는 말했다.

"어서 자. 그런 말도 있잖아, 저녁에는 울음이 깃들일지라도."

"아침에는 기쁨이 오리로다."* 내가 끝을 맺었다. 침례교 장례식에 가면 항상 언급되는 구절이었다. 엄마 생각이 나서 다비나에게 엄마의 귀향길에 참석했는지 물었다.

"셀레스철과 안드레를 봤어? 그때도 둘이 연인이었어?"

다비나가 물었다. "왜 그렇게 신경써?"

"신경이 쓰이니까."

"이건 말해줄게. 장례식 후에 우리 얼 삼촌 대신 새터데이 나이터에서 몇 시간 일할 때 그들을 봤어. 둘이 들어오더니 한낮부터 엄청 마셔대기 시작했지, 특히 그 여자가. 그때는 연인 같지 않았

---

* 구약성서 시편 30장 5절.

지만 곧 그렇게 될 것 같긴 하더라. 비가 오려 할 때처럼 그런 건 바람결에서 느껴지잖아. 남자가 화장실에 갔을 때 여자가 바 위로 몸을 숙이더니 내게 그랬어. '난 끔찍한 사람이에요.'"

"그렇게 말했어? 내 아내가?"

"그래. 정확히 그렇게 말했어. 그러더니 남자가 돌아왔고 여자는 정신을 좀 차렸지. 오 분 뒤에 함께 나갔고."

"다른 건 없어?"

"그게 다야. 나중에 네 아빠가 오셨어. 머리부터 발끝까지 검은 흙을 뒤집어쓰고. 사람들이 그러는데 네 아버지가 자기 손으로 어머니를 묻으셨대."

나는 수화기를 꽉 잡고, 그렇게 하면 외로움을 덜 느낄 것처럼 귀에 밀착했다. 교도소에서 나온 지 일주일도 안 되었는데 벌써 다시 갇힌 느낌이었다. 어떤 여자가 긴 빨랫줄로 나를 의자에 동여맨 듯한 느낌. 교도소로 다시 돌아가려고 방범카메라 바로 앞에서 맥주를 훔치는 남자들이 있다고 한다. 무엇을 기대할 수 있는지 아는 곳으로 되돌아가려고. 나는 그런 짓은 하지 않겠지만 그 선택이 이해되지 않는 건 아니다. 부드러운 무릎 담요를 끌어다 옆구리를 덮으며 내 아버지 월터, 게토의 요다를 생각했고, 이런 상황에 대해 그는 무슨 말을 할지 궁금했다.

다비나가 말했다. "거기 있어?"

"그래." 나는 대답했다.

"좀 쉬어. 처음에는 누구나 힘들어. 몸조심하고." 그녀가 자장가를 부르듯 고요한 목소리로 말했다.

"다비나, 해야겠다고 생각하던 말이 있어. 다시 생각해봤거든."

"그런데?"

"호퍼라는 아이 기억나."

"잘 있어?" 그녀의 목소리가 너무 낮아서 내가 정말로 들었는지 확실하지 않았지만, 그럼에도 그녀가 뭐라고 했는지 알았다.

"잘 지내고 있었어. 그래서 기억을 못했던 거야. 기억에 남을 만한 게 별로 없었으니까."

전화를 끊었을 때, 재봉틀 위의 커다란 주황색 시계가 세시 삼십분을 알렸다. 완벽한 직각을 이루는 시각. 안드레는 아버지의 집에 머물며 아마도 내 침대에서 자고 있을 것이다. 내가 애틀랜타로 갔다고 빅로이가 말했을 때 안드레가 지었을 표정을 상상하며 어둠 속에서 잠깐 웃었다. 아마도 평범한 사람처럼 청바지에 티셔츠를 입었을 테지만, 내 머릿속에서 그는 항상 내 어머니의 장례식 때 입었던 몸에 붙는 회색 정장 차림이었다. 아, 엄마. 나는 생각했다. 엄마가 지금 내 모습을 본다면 무슨 생각을 할까? 다른 곳도 아닌 내 집에서, 셀레스철이 개당 150달러에 파는 행복한 아기 인형들에 둘러싸인 채 소파에 웅크려 자는 나를 본다면?

"오직 애틀랜타에서만." 나는 그렇게 외치고 나서 마침내 잠들 수 있었다.

안드레

로이의 아버지와 나는 거실에서 잤다. 나는 카우치에서, 그는 안락의자에서. 언제라도 내가 문으로 돌진할까봐 의심스럽다는 듯. 그는 걱정할 필요가 없었다. 빳빳한 시트와 부드러운 담요를 덮고 누울 무렵에 나는 너무 피곤해서 이 미친 하루의 책장을 얼른 덮고 싶었다. 구석에서 파랗게 빛나며 뜨거운 열을 뿜는 가스히터의 쉭쉭 소리만 빼면 실내는 조용했다. 그런데도 우리는 밤중에 여러 번 깨어 몇 마디 말을 나누었다.

"아이를 갖고 싶나?" 내가 막 잠들려 할 때 빅로이가 물었다.

"네, 그래요." 나는 꿈속으로 돌아가기를 바라며 대답했다.

"로이도 그래. 그애에겐 그런 새로운 시작이 필요해."

유난히 답답하게 느껴지는 이불 속에서 나는 자신이 할아버지가 될 뻔했다는 사실을 빅로이가 알까 생각했다. 비참하고 기진맥진한 셀레스철을 차에 태워 집으로 돌아가던 날이 떠올랐다. "하지만 셀레스철은 어떤지 모르겠어요. 아이를 원하지 않을지도 몰라요."

빅로이가 말했다. "원하지 않는다고 생각할 뿐이지. 아기는 사랑을 함께 가지고 오는 법이야."

"아버님과 미즈 올리브는 로이 말고는 아이를 갖지 않기로 하셨나요?"

"나라면 계속 낳았겠지." 빅로이가 하품을 하며 말했다. "집을 꽉 채우려고. 하지만 올리브가 날 믿지 못했어. 내 자식이 생기면 리틀로이에게 무관심해질까봐 두려워했는데, 난 그러지 않았을 거야. 그애는 내 주니어였어. 그런데도 올리브는 내가 그런 말을 할 틈도 안 주고 병원에 가서 처리해버렸지."

그뒤로 그는 다시 잠이 들었는지 어쨌는지 더는 말을 하지 않았다. 나는 그대로 누워 아침까지 몇 시간이 남았나 헤아렸고, 아버지가 준 사슬 목걸이를 만지작거렸고, 집으로 가는 로이를 생각하지 않으려 최선을 다했다.

빅로이가 안락의자에서 일어났을 때 바깥은 아직 어두웠다. 그가 내게 욕실 방향을 가리켰고 거기에 나를 위해 준비해둔 새 수건과 칫솔이 있었다. 길을 떠나기 전에 우리는 아침을 먹었다. 커피와 매끈하게 버터를 바른 빵. 날씨는 서늘했지만 춥지는 않았다. 우리는 포치에서 다리를 늘어뜨리고 앉았다.

"자네는 그애를 원하지." 빅로이가 운동복 상의의 모자에 달린 끈을 만지작거리며 말했다. "하지만 그애가 필요하진 않아. 내 말 알아들어? 리틀로이는 제 여자가 필요해. 예전의 삶에서 남은 거라곤 그애밖에 없어. 로이가 노력해서 이뤘던 삶 말이야."

치커리가 가미된 커피가 달콤한 담배 연기 향을 풍겼다. 나는 보통 블랙커피를 마시지만 빅로이는 우유와 설탕을 넣어 연하고 달게 만들어주었다. 나는 커피를 다 마시고 컵을 내 옆의 콘크리트 바닥에 내려놓았다. 그리고 일어서서 손을 내밀었다. "아버님." 나는 말했다.

빅로이는 형식적이면서도 진실하게 느껴지는 태도로 나와 악수했다.

"물러나줘, 안드레. 자넨 좋은 남자야. 내가 알아. 올리브를 옮기던 자네 모습을 기억하고 있어. 점잖게 일 년 정도만 떨어져 지내. 일 년 후에도 그애가 자넬 원하고, 자네도 계속 그애를 원한다면 나도 반대하지 않을 거야."

"미스터 해밀턴, 저도 정말 셀레스철이 필요해요."

그는 고개를 저었다. "자넨 아직 필요가 뭔지도 몰라."

그는 날 내치듯 손을 흔들었다. 나는 아무 생각 없이 차가 있는 쪽으로 걸어가다 문득 뒤돌아섰다. "다 허튼소리입니다, 아버님."

빅로이가 혼란스러운 표정으로 나를 바라보았다. 마치 길고양이가 갑자기 무하마드 알리의 말을 읊어대기라도 한 것처럼.

"제가 어떤 사람들보다 더 편하게 살았다는 건 인정합니다. 하지만 저보다 훨씬 나은 사람도 있고, 세상 어딘가에는 로이보다 더 힘들게 사는 사람도 있어요. 솔직해지세요. 제 입장도 좀 이해해주셔야죠. 그날 오후에 뜨거운 햇볕 아래에서 삽을 들고 애쓰시던 모습을 봤습니다. 그런 분이니 제가 어떤 감정인지도 정확히 아실 겁니다."

"올리브와 나는 삼십 년도 넘게 함께 산 부부였어. 많은 것을 함께 겪었다고."

"그렇다고 제게 이런 식으로 말씀하시면서 옥좌에 앉은 하느님처럼 행동하실 권리가 생기는 건 아닙니다. 제가 교도소에 갔다 와야만 행복해지려고 노력할 권리가 생기는 겁니까?"

빅로이는 흰머리가 뽀글뽀글한 목덜미를 긁적이더니 눈에 고인 눈물을 슬쩍 훔쳤다. "자네가 이해하게, 안드레. 그 녀석은 내 아들이야."

로이

아침은 부드럽게 찾아왔다. 나는 깊은 잠에 빠졌다가 베이컨을 굽는 소리에 깨어났다. 아침에 막 일어나면 항상 몸이 쑤셨다. 교도소 침대에서 오 년을 자고 나면 몸이 망가진다. 날이 밝은 후에 봐도 인형은 불편했지만 간밤처럼 조롱하는 느낌은 덜했다.

"좋은 아침." 나는 부엌 쪽에 대고 외쳤다.

한 박자 뒤에 그녀가 말했다. "좋은 아침. 배고파?"

"목욕하고 나면 그럴 거야."

"노란색 욕실에 수건을 갖다놨어." 그녀가 말했다.

아래를 내려다보고 나서야, 내가 신생아처럼 벌거벗고 있다는 걸 떠올렸다. "다른 사람 있어?"

"우리뿐이야." 그녀가 말했다.

복도를 따라 걸어가는데 내 몸에 신경이 쓰였다. 갈비뼈 아래에 쭈글쭈글한 상처, 교도소에서 생긴 근육, 그리고 아침이라 힘차지만 아직 충족되지 않은 성기. 셀레스철은 부엌에서 냄비며 그릇을 달그락거리며 바빴지만 나는 지나가면서 감시의 기운 같은 것을 느꼈다. 안전하게 욕실에 들어가니, 옷을 꺼내 입으라고 그녀가 선반에 가져다놓은 내 더플백이 보였다. 희망이 주린 배의 꼬르륵 소리처럼 깨어났다.

물이 데워지기를 기다리며 개수대 아래를 살피다가 남성용인 듯한 샤워젤을 발견했다. 드레의 것이 분명해 보였고, 숲처럼 초목의 냄새가 났다. 욕실장을 계속 뒤지며 그의 다른 물건이 있는지 살폈지만 아무것도 찾을 수 없었다. 면도기도 칫솔도 발에 뿌리는 파우더도. 그러자 희망이 다시 한번, 이번에는 로트바일러 강아지처럼 그르렁거렸다. 안드레도 여기에 사는 건 아니었다. 자기 집을 따로 유지하고 있었다. 비록 바로 옆집이기는 해도.

뜨거운 물이 나오는 샤워기 아래에 섰을 때 드레의 샤워젤은 쓰고 싶지 않았지만, 그것 말고는 꽃과 복숭아 향기가 나는 샤워젤밖에 없었다. 천천히 여유롭게 온몸을 씻고, 욕조 가장자리에 앉아 발바닥과 발가락 사이도 닦았다. 젤을 조금 더 짜내 머리를 감고 피부가 아플 정도로 뜨거운 물로 헹궜다. 그런 다음 내 돈을 주고 산 내 옷을 입었다.

부엌으로 갔더니 셀레스철이 우리가 예전에 쓰지 않던 의자 앞에 접시와 유리잔을 차려놓았다.

"좋은 아침." 와플팬에 반죽을 붓는 그녀를 보며 나는 다시 인사했다.

"잘 잤어?" 셀레스철은 화장은 하지 않았지만 스웨터 소재로 된 원피스를 입어서 외출하려는 사람처럼 보였다.

"사실, 잘 잤어." 그러자 희망을 품은 로트바일러가 다시 나부댔다. "물어봐줘서 고마워."

그녀는 와플과 바삭하게 구운 베이컨, 컵에 담은 과일을 내놓았다. 그리고 설탕 세 숟가락을 탄 블랙커피를 주었다. 평범하게 살던 시절에 우리는 유행하는 레스토랑에 가서 브런치를 먹기도 했다, 특히 여름에. 셀레스철은 몸에 꽉 끼는 여름 원피스를 입고 땋은 머리에 꽃을 꽂았다. 나는 아내에게 시선을 고정한 채로 웨이트리스에게 커피를 내 여자처럼 만들어달라고 말했다. "달콤한 블랙." 그 말로 항상 웃음을 얻었다. 그러면 셀레스철은 말하곤 했다. "미모사 칵테일은 내 남자처럼 해주세요, 투명하게."

음식을 먹기 전에 나는 손을 펼쳤다. "기도 먼저 해야겠지."

"좋아."

고개를 숙이고 눈을 감은 채로 나는 말했다. "아버지 하느님, 오늘 이 음식을 축복해주소서. 음식을 마련한 손을 축복해주시고, 이 결혼을 축복해주소서. 성자의 이름으로 비나이다. 아멘."

셀레스철은 "아멘"이라고 답하지 않았다. 대신 "본 아페티"라고 했다.

음식을 먹었지만 아무 맛도 느낄 수 없었다. 판결이 선고되던 날 아침이 생각났다. 카운티 교도소는 아침으로 분말 달걀로 만든 요리와 차가운 볼로냐소시지, 부드러운 토스트를 주었다. 보석이 거부된 이후 처음으로 접시를 깨끗이 비웠다. 처음으로 음식맛을 전혀 느끼지 못한 날이었기 때문이다.

"자, 그러면?" 마침내 내가 말했다.

"일하러 가야 해," 그녀가 말했다. "크리스마스이브잖아."

"네 쌍둥이한테 가게를 보라고 해."

"이미 타마가 나 대신 가게문을 열기로 했지만, 온종일 혼자 일하게 할 수는 없어."

"셀레스철," 나는 말했다. "우린 얘기를 좀 해야 해, 먼저……"

"먼저?"

"안드레가 여기 오기 전에 먼저. 지금 오고 있는 거 알아."

"로이," 셀레스철이 말했다. "일이 이렇게 되어서 안타까워."

"들어봐." 나는 분별 있게 들리기를 바라며 말했다. "나는 대화를 원할 뿐이야. 이 문제를 타작마당*으로 가져가야 한다는 말이 아니야. 난 우리 문제를 차분하게 해결하고 싶어. 차근차근 대화하면서 서로에게 진실을 말한다면 안드레가…… 오기 전에 떠날 수도 있어." 난 잠시 머뭇거렸다. 그가 집에 온다고 말하고 싶지 않았다. "안드레가 돌아오기 전에 난 떠나고 없을 거야."

셀레스철은 내가 깨끗하게 비운 접시를 반쯤 남긴 제 접시에 겹쳐 쌓았다. "할말이 뭐가 있어." 그녀가 피곤한 목소리로 말했다. "알아야 할 건 모두 알잖아."

"아니야." 나는 말했다. "네가 무슨 일을 해왔는지는 알지만 앞으로 어떻게 해나가고 싶은지는 몰라."

그녀가 입술을 잘근잘근 씹었다. 생각을 하면서 머릿속에서 모든 시나리오를 돌려보는 듯했다. 마침내 그녀가 말할 준비를 마쳤을 때는 내가 들을 준비가 안 되어 있었다. "우선 내 물건을 챙겨야겠어." 나는 말했다. "내 물건을 찾아올게."

---

* 성경에서 타작마당은 재판과 심판의 장소를 상징하는 경우가 많다.

그녀가 깜짝 놀라 말했다. "옷은 구호단체에 보냈어. 구직자에게 면접에 입고 갈 옷을 지원해주는 기관이야. 다른 건 모두 상자에 담아두었고. 개인적인 물건은 하나도 버리지 않았어." 셀레스철은 기가 죽은 듯 보였다. 구름처럼 반항적으로 솟던 예전의 머리가 그리웠다. 우리가 처음 만났을 때처럼 예쁘고 조금은 별난 그녀를 되찾고 싶었다. 나는 웃으며 아직도 그녀에게서 예전의 그 젊은 여자가 보인다고 말하려다, 활짝 웃으면 핼러윈 호박처럼 보이는 내 입을 상기했다.

잃어버린 내 이는 나와 영원히 함께했어야 하는 내 몸의 일부였다. 이도 결국 뼈나 마찬가지다. 그리고 누구나 자기 뼈를 간직할 권리가 있다.

"특별히 필요한 게 있어? 내가 물품 목록을 만들어 컴퓨터에 저장해두었는데."

가져가고 싶은 건 내 빠진 이뿐이었다. 몇 년간 그것을 반지를 넣는 것과 같은 벨벳 상자에 보관해두었는데, 그녀에게는 말할 수 없었다. 내가 너무 감상적이라고, 입안에서 민트를 굴리듯 첫 데이트의 추억을 되새기고 있다고 생각할 테니까. 내 몸의 일부를 챙기지 않고는 떠날 수 없는 이 마음을 그녀는 이해하지 못할 것이었다.

그녀는 이미 선택을 끝냈다. 내가 쓴 접시와 컵을 씻는 그녀의 단호하게 각진 어깨를 보고 알 수 있었다. 앞으로 우리가 어떻게 될 것인지 그녀는 이미 결정했고 그로써 끝이었다. 조립식 건물로 된 법정에서 배심원단이 내가 강간범이라고 판단했고 그로써 끝이었던 것처럼. 또다른 누추한 법정에서 판사가 날 교도소에 보내기로 결정했고 그로써 끝이었던 것처럼. 그러다 DC의 동정적인 판사가, 담당 검사에 의해 내가 누명을 썼다는 사실에 동의하면서 나는 석방되었고, 그 또한 그로써 끝이었다. 지난 오 년간 사람들은 계속 내 인생을 두고 이래라저래라 하고 있다. 하지만 내가 어떤 대응을 할 수 있겠는가? 판사에게 교도소에 가지 않겠다고 말한다? 지방검사에게 원래대로 살기로 결정했다고 말한다? 셀레스철에게는 뭐라고 말할 수 있을까? 날 다시 사랑하라고 요구할 수 있을까? 지난밤에 함께 침대에 누워 그녀가 "보호 수단, 보호 수단" 하고 부르짖었을 때 한순간, 아니 그보다 짧은 순간, 마이크로적인 순간, 나노적인 순간, 나는 그게 그녀한테 달린 문제가 아니라는 걸 알려줄까 생각했다. 오 년 전, 배심원단에게 나는 어떤 여자도 범한 적이 없다고 맹세했다. 대학 시절에도 분위기가 무르익기 전에는 데이트 상대에게 억지로 달려들지 않았다. 내 친구 중에 어떤 녀석들은 여자가 자기한테 잘못한 일을 알게 되면 한번 더 침대로 데려가 마지막으로 분노의 씹질을 한다고 말했다. 나는 내 물건으로 누군가를 패는 짓은 절대 하고 싶지 않았지만, 지난밤에는 찰나의 순간에 그런 생각도 해봤다. 교도소가 내게 한 짓이 그런 건가보다. 나를 그런 생각까지 하는 사람으로 바꾸어놓았다.

차고로 가려면 아래층으로 내려가 세탁실을 지나야 했다. 세탁실에서는 현대적이고 효율적인 스테인리스스틸 세탁기와 건조기가 웅웅 돌아갔다. 차고에 들어가 스위치를 누르자 커다란 패널 문이 올라갔다. 금속과 금속이 마찰하는 소음에 나는 마른침을 꿀꺽 삼켰다. 신혼 시절에 셀레스철은 차고 문이 끼익 소리를 내면 내가 퇴근해서 돌아왔다는 뜻이기에 절로 웃음이 난다고 했다. 그 시절에 우리는 서로에게 온 마음을 다했고, 정신과 영혼, 그리고 맞다, 육체까지 모든 수준에서 함께였다. 하지만 지금 그녀는 나를 알지도 못하는 것 같다. 아니 더 심하게는 나를 안 적도 없는 것 같다. 월터, 이건 어떻게 생각해요? 아무도 날 이런 상황에 대비시켜주지 않았다.

아침 빛에 실내가 약간 더 밝아졌다. 크리스마스이브였다. 내게 무슨 일이 일어나고 있거나 말거나. 길 건너에서 잘 차려입은 여자가 포인세티아 화분 여남은 개를 포치로 옮겼다. 대각선 방향에서 나뭇가지 모양 촛대 전등이 깜빡거렸다. 날이 환해서 전구는 잘 보이지 않았지만 실눈을 뜨고 보면 나타났다. 정면에는 셀레스철이 반려동물처럼 보살피는 나무가 있었다. 난 식물의 진가를 알지 못하는 사람은 아니었다. 어렸을 때는 피칸나무를 유달리 좋아했는데 다 이유가 있었다. 한 봉지에 1달러씩 받을 수 있는 최고의 피칸이 그 나무에서 떨어졌다. 올리브는 뒷마당에 무리 지어 자라는 배롱나무를 아꼈는데, 나비와 꽃을 보는 게 좋아서였다. 그건 다른 얘기였다.

다시 멋진 실내로 눈길을 돌리자 잘 관리되어 있는 차고가 보였고 나는 그것이 드레의 작품임을 알았다. 그는 항상 정리를 잘했다. 차고는 마치 전시장 같은 분위기였는데, 뭐든 너무 깨끗해서 실제로 사용한 것 같지 않았다. 내가 여기 살던 때는 삽에 묻은 흙 냄새, 잔디깎이에서 나는 연료 냄새, 전지가위에 묻은 잔가지 냄새까지 맡을 수 있었다. 그런데 이제는 모든 연장이 판매용 상품처럼 광이 나게 닦여 고리에 걸려 있었다. 모든 것에 이름표가 붙어 있었다.

마치 그 작은 딱지가 없으면 도끼가 무엇인지도 모를 것처럼.

남쪽에 면한 벽에 판지상자가 쌓여 있었다. 또렷한 블록체로 로이 H. 소품이라고 쓰여 있었다. 로이라고 내 이름만 쓰여 있었다면 좋았을 것이다. 아니면 로이의 물건. 심지어 로이의 잡동사니라고 했더라도 조금 더 사적으로 느껴졌을 것이다. 교도소를 나올 때 건네받은 종이봉투에는 이렇게 적혀 있었다. 해밀턴, 로이 O. 개인 물품. 그 봉투에는 내가 들어갈 때 지니고 있던 모든 물건이 있었는데, 딱 하나 빠진 것이 빅로이의 동명 삼촌, 즉 최초의 로이가 준 묵직한 주머니칼이었다. 차고에서 나는 그다지 크지 않은 상자 예닐곱 개를 살펴보았다. 모두 크라이슬러에 쉽게 실을 수 있을 것이다. 나보다 현명한 빅로이나 월터 같은 사람이라면 상자를 모두 차에 싣고 고속도로에 오르겠지. 하지만 아니, 난 아니다. 나는 쌓여 있는 상자를 밖으로 꺼내 올드히키의 밑동을 둘러싼 반원형 벤치에 올려놓았다.

차고로 돌아가 포장 테이프를 자를 만한 도구를 찾아봤으나 양날 도끼라도 기꺼이 쓰겠다면 모를까 다른 도구는 없었다. 그래서 아쉬운 대로 열쇠를 썼다. 잠긴 현관문을 열어 뱃속 가득 잘못된 희망을 심어주었던 바로 그 열쇠를.

첫번째 상자에는 서랍장 맨 위 칸에 있던 모든 물건이 들어 있었다. 거기에는 어떤 종류의 질서도 없어서, 셀레스철과 안드레가 서랍을 꺼내 상자를 열고 내용물을 모두 쏟아부은 것 같았다. 작은 병에 든 쿨워터 향수 옆에는 구겨진 어린 시절 스냅사진 몇 장과 초기에 셀레스철과 함께 찍은 사진 몇 장이 있었다. 왜 그녀는 그 사진들이라도 남겨둘 생각을 하지 않은 걸까? 상자 바닥에는 10달러어치씩 봉지에 넣어 파는 마리화나의 찌꺼기가 지저분하게 깔려 있었다. 다른 상자에서는 대학 졸업장을 찾았는데 다행히도 가죽 케이스에 안전하게 보관되어 있었다. 하지만 에그 타이머와 반쯤 빈 처방용 항생제라니? 거기에 무슨 논리가 있는지 이해할 수 없었다. 깨지지 않도록 자주색과 금색이 섞인 스웨터로 감싸놓은 유리 문진도 있었다. 그 스웨터를 꺼내 입었더니 중고품 할인점 냄새가 나긴 했어도 추위를 막을 옷이 생겨 기뻤다.

이제 모두 내겐 아무런 의미가 없는 물건들이었지만, 상자를 하나하나 찢어 열고 내용물을 풀밭에 쏟아놓은 다음 샅샅이 살펴보며 작은 뼛조각을 찾는 일은 멈출 수 없었다. 집 쪽을 보니 창문에서 어떤 형체가 어른거렸다. 셀레스철이 내다보는 모양이라고 생각했다. 어깨 너머로 길 건너에 사는 여자의 시선이 느껴졌다. 그 여자의 이름을 알던 때가 있었다. 나는 그녀가 경찰에 신고해야 하나 생각하며 불안해하지 않도록 손을 흔들었다. 법 집행기관과 접촉하는 일만큼은 절대로 없어야 했기 때문이다. 여자는 손을 흔들어 답하고 우편물 뭉치를 우편함에 넣은 뒤 붉은 깃발*을 올렸다. 도로 경계석 위에 걸쳐져 있는 빅로이의 크라이슬러와 여기에서 상자를 뜯고 있는 나, 그리고 사방에 흩어진 쓰레기가 린밸리 로드 사람들의 눈에는 익숙하지 않은 빈민가의 한 장면처럼 보일 게 분명했다. "메리 크리스마스." 나는 다시 한번 손을 흔들며 외쳤다. 이로써 여자는 좀 안심한 듯했으나, 집으로 들어갈 만큼은 아닌 모양이었다.

---

* 집배원에게 부칠 우편물이 있으니 수거해 가라고 알리는 표시.

마지막 상자의 백미는 내가 여섯 살 때부터 간직한 미국독립혁명 이백 주년 기념 25센트짜리 동전과 굴러다니던 열쇠 몇 개가 담긴 유리 용기였다. 하지만 내 진짜 치아는 찾을 수 없었다. 혹시 상자 덮개 아래에 끼었나 해서 손으로 더듬어봤지만 치아 대신 연분홍색 편지 봉투가 나왔다. 봉투에 어머니의 여학생 같은 글씨가 하늘색 잉크로 쓰여 있었다. 나는 차가운 나무 벤치에 앉아 편지를 꺼내 펼쳤다.

로이에게,

지금 이 얘기를 글로 적는 것은 내 말이 듣기 싫더라도 부디 마음에 새기고 말대꾸로 정신없게 하지 말라는 뜻에서다. 자, 이제 말하마.

첫째로, 난 네가 아주 자랑스럽다는 말부터 하고 싶구나. 어쩌면 너무 자랑스러워하는지도 모르지. 우리 그리스도왕교회에서는 내가 네 얘기를 하면 지겨워하는 사람이 많아. 자식이 잘살지 못하는 집이 너무 많으니까. 남자애들은 교도소에 있거나 그 길이 멀지 않고 여자애들은 다들 아이를 가졌지. 모두가 그렇다는 건 아니지만, 나와 내 자식을 질투하고 부러워할 만큼 충분히 많단다. 그래서 나는 매일 밤 너를 보호해달라고 기도를 드린다.

네가 결혼하고 싶은 사람을 만났다는 얘기를 들으니 엄마도 행복하다. 엄마는 항상 손주를 얻고 싶어했잖니(물론 '할머니'가 되기엔 너무 젊어 보이기를 바란다만). 혹시라도 네 아버지와 나를 돌볼 걱정은 하지 마라. 처음부터 우린 노후에 생활비를 감당할 수 있도록 돈을 따로 모아왔어. 그러니 내가 하는 얘기가 어떤 식으로든 돈 문제와 관련 있다고 생각하지는 마라.

나는 단지 그애가 네게 맞는 여자라는 확신이 있는지 묻고 싶을 뿐이야. 그애가 진정한 너 자신을 위한 아내가 맞니? 일로에 데려와 네 아버지와 나에게 소개해준 적도 없는데 어떻게 알 수 있니? 네가 그애 가족과 자주 함께 지내고 그 사람들에게서 강한 인상을 받은 것도 안다만, 우리도 그애를 만나봐야지. 그러니 우리에게도 좀 데려오길 바란다. 우리가 모든 게 근사해 보이도록 잘 준비하고, 엄마도 점잖게 행동하겠다고 약속할게.

로이, 만난 적도 없는 여자에 대해 나쁜 말을 할 순 없지만 내 영혼이 어지럽구나. 네 아버지는 네가 어른이 되는 걸 내가 바라지 않는다는구나. 자기와 내가 '빗자루를 뛰어넘었을 때'*도 여러 사람의 영혼이 어지러웠다고 꼬집어 말하면서. 하지만 내 꿈이 다시 찾아왔다는 말을 하지 않는다면, 난 널 아끼는 어머니가 아닐 거야. 네가 징조를 믿지 않는다는 걸 아니까 자세한 얘기는 하지 않으마. 하지만 네가 너무 걱정된다, 아들.

네 아버지 말이 맞을지도 몰라. 내가 널 품안에 너무 끼고 있으려 한다는 건 인정한다. 셀레스트를 만나고 나면 다시 마음을 놓을 수 있을지도 모르겠다. 네 말을 듣자니 착한 아이 같더라. 그애 부모님이 네 아버지와 나를 하찮은 시골 쥐라고 생각하지 않으면 좋겠구나.

---

* 노예제가 실시되던 당시에 법적으로 결혼할 수 없는 흑인 노예들은 빗자루를 뛰어넘는 의식으로 결혼식을 대신했다.

이 편지를 세 번 읽고 나서 네 생각을 말해주길 바란다. 기도문 카드도 같이 보내마. 이걸로 매일 밤 기도하면 네게 도움이 될 거야. 기도할 때는 무릎을 꿇거라. 침대에 누워 생각을 하면서 그게 기도라고 우기지 말고. 이렇게 중요한 문제에는 기도가 필요하단다.

사랑하는 네 어머니,
올리브

나는 편지를 접어 바지 주머니에 넣었다. 바람이 매서웠지만 내 몸에는 땀이 흘렀다. 엄마는 내게 경고하려 했다. 날 구하려 했다. 하지만 무엇으로부터? 처음에 어머니는 나를 항상 두 가지로부터, 교도소와 꼬리치는 여자애들로부터 구하려 했다. 내가 범죄를 저지르지도, 여자애를 임신시키지도 않고 고등학교를 마쳤을 때 어머니는 자신의 일이 끝났다고 느꼈다. 새 여행가방 세 개를 끌고 애틀랜타행 트레일웨이스 버스에 타는 나를 배웅하며 어머니는 주먹을 치켜들고 외쳤다. "우린 해냈어!" 내가 결혼하겠다고 말하기 전까지 어머니가 나를 다시 걱정했는지는 잘 모르겠다.

나는 벤치에 앉은 채 편지를 다시 읽었다. 올리브의 '예지몽'은 믿지 않았다. 게다가 내 몰락의 원인은 셀레스철이 아니라 루이지애나주였다. 그럼에도 나는 엄마의 말에 담긴 애정에서 어느 정도 위안을 얻었다. 하지만 이내 그 옛날 내가 어떻게 반응했는지가 떠올랐다. 그때 나는 애매하게 얼버무리고 지나갔지만 사실은 아픈 데를 찔린 느낌이었다. 우리를 창피해하지 마, 어머니의 말 없는 말의 의미는 그것이었다. 그 편지를 읽고 또 읽는데 단어 하나하나가 나를 채찍처럼 후려쳤다. 더는 견딜 수 없어 편지를 다시 주머니에 넣고 엉망으로 풀어헤쳐놓은 상자 더미를 바라보았다. 저런 잡동 사니 사이에서 아랫니같이 작은 물건은 쉽게 사라지거나 풀잎 사 이에 숨어버릴 수 있다. 아마도 그것 없이 이 불확실한 미래를 향 해 나아가는 게 옳을 것이다. 다음 밀레니엄의 도굴꾼이 내 턱에 새겨진 삶의 이야기를 본다면 나를 영원히 불완전한 인간이라 여 기겠지.

하느님께 맹세코 나는 곧바로 그곳을 떠날 계획이었다. 엄마의 편지 외에는 모두 거기 남겨두고 빅로이의 차에 휘발유를 채운 후 고속도로로 다시 나갈 작정이었다.

그런데 차고에서 테니스 라켓을 봤다는 생각이 났다. 비싼 라켓 이기도 했지만, 그보다는 내 것이라는 점이 중요했다. 빅로이에게 주면 어떨까. 내가 어렸을 때 우리는 시내의 레크리에이션 센터에 서 테니스를 치곤 했으니까. 나는 흰모래가 깔린 진입로를 걸어올 라가며 다비나를, 그리고 올리브의 장례식 후에 셀레스철이 그녀 에게 했다는 말을 생각했다. "조지아," 나는 허공에 대고 외쳤다. "끔찍한 사람은 너만이 아니야."

차고 벽을 훑어보았다. 역시나 작은 고리에 테니스 라켓이 걸려 있었다. 그것을 내려서 보니 오래된데다 쓰지 않고 두어서 휘어 있 었다. 처음 샀을 때는 힐턴헤드 전역에서 가장 좋은 라켓이었는데, 이제는 부식된 금속과 장선陽線에 지나지 않았다. 끈적끈적해진 손 잡이를 잡고 백핸드를 흉내내다 셀레스철의 차 범퍼를 후려쳤다. 첫번째 타격은 실수였다. 두번째와 세번째, 그리고 네번째는 더 의도적이었다. 자동차 경보가 저항하듯 빽빽 울렸지만 나는 멈추지 않았다. 어깨에 가방을 멘 셀레스철이 열쇠를 들고 차고로 들어올 때까지.

"자기야, 뭐하는 거야?" 그녀는 작은 리모컨으로 경보를 해제했다. "괜찮아?"

그 목소리에 섞인 연민이 내 피부를 긁고 지나갔다.

"안 괜찮아. 어떻게 괜찮겠어?"

셀레스철은 고개를 저었고 다시 그 부드러운 슬픔이 배어났다. 나는 한 번도 여자를 때려본 적이 없다. 그러고 싶었던 적도 없다. 하지만 그 순간, 손이 근질거리면서 그 사랑스러운 얼굴에 어린 근심을 후려쳐 날려버리고 싶었다.

"로이," 그녀가 말했다. "내가 어떻게 했으면 좋겠어?"

내가 뭘 원하는지 그녀는 너무나 잘 알았다. 그렇게 복잡하지 않았다. 나는 그녀가 올바른 아내가 되어 내 집에 내 자리를 마련해주기를 원했다. 예수시대 이전부터 여자들이 그래왔듯 그녀가 나를 기다려주기를 원했다. 셀레스철은 계속 말했지만 나는 그 눈물 젖은 볼도, 자기가 얼마나 노력했는지 말하는 소리도 참아낼 인내심이 없었다.

"루이지애나주의 특별 손님으로 한번 살아보시지. 그렇게 한번 살아보라고. 오 년간 벌렁 드러눕지 않는 게 뭐 그리 어려워? 지친 남자를 환대해주는 게 뭐 그리 어렵냐고! 교도소에 있을 때 난 콩을 땄어. 모어하우스대학을 졸업했는데도 내 고조할아버지처럼 땅을 일궜다고. 그러니 네가 얼마나 노력했는지 따윈 말하지 마."

내가 다시 차를 공격하기 시작하자 그녀는 훌쩍거렸다. 테니스 라켓은 볼보 자동차에 상대가 되지 않았다. 창문을 깰 수조차 없었다. 경보는 울릴 수 있었지만 셀레스철이 즉시 해제했다.

"로이, 그만해." 그녀가 아이와 씨름하느라 지친 어머니처럼 한숨을 쉬며 말했다. "그 테니스 라켓 내려놔."

"난 네 아이가 아니야." 나는 말했다. "성인이라고. 왜 나를 어엿한 남자로 대하지 않고 그렇게 말하는 거야?" 자꾸만 그녀의 시선으로 나 자신을 보게 되었다. 월마트에서 산 옷 위에 고등학교 때 입던 스웨터를 덧입고 헐어빠진 테니스 라켓을 무슨 무기처럼 휘두르는 멋지고 세련된 남자. 테니스 라켓을 바닥에 떨어뜨렸다.

"제발 좀 진정하면 안 될까?"

나는 깔끔하게 이름표를 달고 줄줄이 걸린 공구를 훑어보았다. 그 차의 창문을 모조리 깨부술 수 있는 무거운 렌치나 망치를 찾고 싶었다. 하지만 거기, 팔만 뻗으면 닿을 거리에 양날 도끼가 있었고 그 생김새가 마음에 들었다. 하, 이런. 그 두꺼운 나무 손잡이를 잡자마자 차고가 다른 방향으로 기울었다. 셀레스철이 숨을 들이마셨고 얼굴에 원초적인 두려움이 서렸다. 그 역시 거슬렸지만 연민보다는 나았다. 볼보와 차고 벽 사이 좁은 공간에서 도끼를 최대한 힘껏 들어올렸다. 창문이 박살나면서 안전유리가 사방에 튀었다. 하지만 셀레스철은 공포에 질렸으면서도 침착하게 다시 경보를 해제해 소음을 차단했다.

여전히 도끼를 쥔 채로 다가가자, 그녀가 몸을 사리며 뒤로 물러섰다.

나는 웃음을 터트렸다. "이젠 내가 위험하다고 생각하는 거야? 나를 알기나 해?" 폴 버니언*처럼 도끼를 어깨에 걸치고 진짜 남자가 된 기분으로 차고 밖으로 걸어나갔다. 그 춥고 화창한 날에 밖으로 나가며 나는 도끼와 엄마의 편지, 그리고 아내의 눈에 담긴 두려움만 간직한 채 일로로 돌아갈 계획이었다.

뒤를 돌아보지 말라는 얘기가 창세기에 나오던가? 멍청하게도 어깨 너머로 돌아보니 셀레스철이 안심한 표정을 짓고 있었다. 내가 대체할 수 없는 것은 아무것도 가져가지 않아서, 수리할 수 없는 것은 아무것도 망가뜨리지 않아서 다행이라는 듯이.

"날 좋아해, 조지아?" 내가 물었다. "아니라고 하면 네 인생에서 영원히 사라질게."

그녀는 추워 죽겠다는 듯 팔로 몸을 감싸고 진입로에 서 있었다. "안드레가 오고 있어."

"안드레 얘길 물은 게 아니잖아."

"금방 도착할 거야."

머리가 아팠지만 그녀를 계속 압박했다. "그렇다, 아니다로 대답하면 돼."

"안드레가 돌아온 다음에 얘기하면 안 될까? 우린……"

"그 자식 얘긴 그만해. 난 네가 날 사랑하는지 알고 싶은 거야."

"안드레가……"

마지막 한 번은 그 이름을 부르지 말았어야 했다. 그다음에 일어난 일에 대해서는 셀레스철에게도 얼마간 책임이 있다. 나는 단순한 질문을 했는데 그녀는 단순한 대답을 거부했다.

나는 그녀를 등지고 돌아서서 왼쪽으로 급히 방향을 틀어 마당

---

* 미국 민담에 나오는 전설적인 거인 벌목꾼.

을 가로질렀다. 신발 아래에서 버석거리는 마른풀이 느껴졌다. 성큼성큼 여섯 걸음을 걷자 그 거대한 나무의 밑동에 도달했다. 거친 나무껍질을 만지며 올드히키에게 무죄 추정의 원칙을 적용해야 할지 잠시 생각했다. 하지만 현실에서 히커리나무는 쓸모없는 나무덩어리에 지나지 않았다. 큰 나무, 그게 전부다. 히커리의 견과 껍질을 깨려면 망치와 의회 법이 필요하지만, 그러고 나서도 드라이버가 있어야 속살을 파낼 수 있는데 그 맛은 석회석덩어리나 마찬가지였다. 히커리나무를 잃고 애도할 사람은 셀레스철뿐일 것이다. 그리고 어쩌면 안드레도.

내가 기껏해야 조지 워싱턴의 손도끼* 정도나 감당할 수 있을 만큼 어렸을 때, 빅로이가 나무를 쓰러뜨리는 법을 가르쳐주었다. 무릎을 구부리고 도끼를 낮게 휘둘러 힘껏 내리친 다음 다시 수평으로 찍어. 셀레스철은 우리가 낳은 적 없는 아기처럼 울면서 내가 도끼를 내리칠 때마다 비명을 지르고 신음했다. 어깨가 화끈거리고 팔이 뻣뻣해져 후들거리는데도 속도를 늦추지 않았다는 내 말을 믿어주기를. 도끼를 한 번 찍을 때마다 상처 입은 몸통에서 튄 생나무 조각이 내 얼굴 여기저기를 얼얼하게 찔렀다.

"말해, 조지아." 나는 소리쳤다. 두꺼운 회색 나무껍질을 난도질하며 도끼를 휘두를 때마다 쾌감과 힘을 느꼈다. "날 사랑하느냐고 물었잖아."

---

* 미국 초대 대통령인 조지 워싱턴이 어렸을 때 아버지에게 선물 받은 손도끼로 아버지가 아끼는 체리나무를 쓰러뜨린 일화가 전해 내려온다.

안드레

집에 돌아오면 심리적 혼란상이 벌어져 있을 거라고 예상했지만, 린밸리 로드 끝에 트럭을 세웠을 때 내가 맞닥뜨린 상황은 감정적이라기보다는 물리적이었다. 마당에는 판지를 비롯한 잡동사니 쓰레기가 널려 있었고, 로이 해밀턴이 내 양날 도끼로 올드히키를 난도질하는 동안 셀레스철은 출근하는 차림새로 진입로에 서서 주먹으로 입을 막고 흐느끼고 있었다. 내가 보고 있는 장면이 환영이기를 바랐다. 어쨌거나 난 오랜 시간 운전을 하고 왔으니까. 하지만 금속이 생나무에 쩍쩍 꽂히는 날카로운 소리를 들으니 실제 상황이라는 확신이 들었다.

셀레스철과 로이가 동시에 내 이름을 불렀는데, 그 소리가 기묘한 화음을 이루었다. 나는 누구에게 대답해야 할지 망설이다 두 사람 모두를 향한 질문을 했다. "이게 도대체 무슨 일이야?"

셀레스철이 올드히키를 가리킬 때 로이가 도끼를 다시 한번 세차게 휘둘러 나무에 박았다. 바위에 꽂힌 칼처럼.

진입로에서 나는 두 사람 사이 중간쯤에 서 있었다. 그들은 중력과 궤도가 각기 다른 별개의 두 행성이었다. 머리 위에서 태양이 번쩍이며 빛을 비추었지만 열기는 없었다.

"이게 누구신가." 로이가 말했다. "세상에서 세번째로 끔찍한 사람." 그는 셔츠 자락을 올려 땀이 맺힌 이마를 닦았다. "화제의 인물." 그가 활짝 웃자 삐뚤빼뚤한 치아가 드러나며 정신 나간 사람처럼 보였다. 도끼는 나무에 박힌 채 미동도 없었다.

거리에서 마주쳤다면 로이를 알아볼 수 있었을지 잘 모르겠다. 그래, 그는 똑같은 로이였지만 교도소에 있는 동안 덩치가 커졌고 이마에는 깊은 주름이 파였으며 어깨는 과도하게 발달한 가슴 쪽으로 살짝 굽었다. 우리는 거의 비슷한 나이인데도 그가 나보다 훨씬 나이들어 보였다. 그렇다고 빅로이처럼 중견 정치인 같은 분위기는 아니었다. 그보다는 노후해가는 강력한 기계에 가까워 보였다.

"무슨 일이야, 로이?"

"음……" 그가 눈을 가리지도 않고 태양을 올려다보았다. "저지르지도 않은 범죄 때문에 갇혀 있었지. 그런데 집에 돌아와보니 아내가 내 친구놈이랑 바람이 났네."

셀레스철이 내게로 걸어왔다. 여느 날과 다를 바 없는 날에, 내가 그저 일터에서 돌아온 것처럼. 나는 습관처럼 그녀의 허리에 팔을 감고 볼에 키스했다. 그 접촉에 마음이 든든해졌다. 내가 없을 때 어떤 일이 일어났든 지금 그녀를 안고 있는 사람은 나였다.

"괜찮아, 셀레스철?"

"그럼, 괜찮지." 로이가 말했다. "내가 셀레스철을 다치게 할 리가 없잖아. 난 여전히 로이야. 셀레스철은 내 아내가 아닐지 몰라도 난 여전히 그녀의 남편이라고. 그걸 모르겠어?" 그가 무기가 없다는 것을 보여주듯 양손을 올렸다. "이리 와서 나랑 얘기하자, 드레. 남자답게 함께 앉자."

"로이," 내가 말했다. "모두가 알다시피 우리 사이엔 갈등이 있어. 어떻게 하면 그 갈등을 해소할 수 있을까?" 셀레스철을 풀어주고 나니 내 팔이 쓸모없게 느껴졌다. "괜찮아." 그녀에게 말했지만 사실은 나 자신을 다독이려는 말이었다. 나도 로이처럼 '공격 중지'를 의미하는 손짓을 하며 올드히키를 향해 걸어갔다. 속이 드러난 나무의 향이 묘하게 달콤해서 흡사 사탕수수 같았다. 잘려나간 나무 파편들이 기묘한 색종이 조각처럼 풀밭에 흩어져 있었다.

"대화를 하자." 로이가 말했다. "너희 나무에 이런 짓을 한 건 미안해. 너무 흥분했어. 사람에겐 감정이란 게 있잖아. 나도 감정이 아주 많거든." 그가 벤치 위에 흩어진 나뭇조각을 쓸어냈다.

"우리 아버지가 이 벤치를 만들었어." 나는 말했다. "내가 어렸을 때."

"드레," 로이가 말했다. "할말이 그것밖에 없냐?" 그가 불쑥 일어나더니 나를 와락 끌어당겨 등을 툭툭 치며 사내들의 포옹을 했고, 나는 그의 손길에 멈칫했다가 머쓱해졌다.

"그래," 그가 나를 놓고 벤치에 털썩 앉으며 말했다. "요즘 별일 없냐?"

"이런저런 일이 있지." 내가 대답했다.

"그럼 우리 이런 일부터 얘기해볼까?"

"그러든가." 나는 말했다.

로이가 자기 옆자리를 툭툭 치더니 나무에 등을 기대고 다리를 쭉 뻗었다. "우리가 널 어떻게 함정에 빠뜨렸는지 아버지가 얘기하시던?"

"말씀하셨지." 내가 대답했다.

"그래, 이유가 뭐였냐? 난 그걸 알아야겠어. 그럼 내가 비켜주겠다고 약속하지. '로이 자식 엿이나 먹으라지. 교도소에 있는 건 안 됐지만 그 녀석 여자는 내가 가져야겠어'라고 생각하게 된 이유가 뭐였냐고."

"그건 잘못된 표현이야." 나는 말했다. "그렇게 된 일이 아니란 걸 너도 알잖아." 대화 내용이 안 들리는 진입로에 셀레스철을 세워두자니 기분이 안 좋아서, 나는 그녀에게 오라고 손짓했다.

"셀레스철은 부르지 마." 로이가 말했다. "이건 나와 너의 문제야."

"우리 모두의 문제지." 내가 말했다.

도로 건너편에서 우리 이웃이 포인세티아 화분을 일렬로 늘어놓고 정돈했다. 로이가 손을 흔들자 그쪽에서도 손을 흔들어 답했다. "차라리 이웃 사람을 모두 불러서 모두의 문제로 삼아야겠군."

셀레스철이 벤치로 와서 비처럼 말끔한 모습으로 우리 사이에 앉았다. 나는 그녀의 어깨에 팔을 둘렀다.

"손대지 마." 로이가 말했다. "영역 표시하는 개처럼 셀레스철한테 오줌 묻힐 필요 없어. 예의를 좀 지켜."

"난 영역이 아니야." 셀레스철이 말했다.

로이가 일어서더니 불안하게 서성거렸다. "난 품위를 지키려 애쓰고 있어. 하느님께 맹세코 노력하고 있다고. 난 무고했어." 그가 말했다. "무고했단 말이야. 내 볼일을 보고 있었는데 난데없이 끌려간 거야. 네게도 일어날 수 있는 일이야, 드레. 누가 이랬네 저랬네 몇 마디만 하면 순식간에 일이 이상하게 꼬여버린다고. 네가 집이 있고 저 메르세데스 SUV를 몬다고 해서 경찰이 신경이나 쓸 것 같아? 내게 일어난 일은 누구에게도 일어날 수 있어."

"내가 모를 것 같아?" 나는 말했다. "나도 평생 흑인으로 살았어."

셀레스철이 말했다. "로이, 우리가 네 얘기나 네 생각을 하지 않은 날은 단 하루도 없었어. 우리가 신경쓰지 않는다고 생각하겠지만 그렇지 않아. 네가 영영 돌아오지 않을 줄 알았어."

셀레스철이 말하는 동안 나는 가만히 있었다. 우리가 함께 미리 생각해둔 말이었지만, 지금 들으니 사실이 아닌 것 같았다. 우리 관계가 상황이 만든 우연이라는 말인가? 단지 로이가 곁에 없어서 서로 사랑하게 되었다고? 그건 거짓말이었다. 우리는 항상 사랑해왔기 때문에 서로 사랑했던 것이다. 그 밖에 다른 주장은 하고 싶지 않았다.

"셀레스철," 로이가 불렀다. "그만해."

"이봐." 내가 말했다. "로이, 이제 우리가 연인이라는 사실을 직시해야 해. 그걸로 끝이야. 세부는 중요하지 않아. 그걸로 끝."

"그걸로 끝?" 그가 말했다.

"그걸로 끝." 내가 반복했다.

"들어봐." 셀레스철이 사정했다. "둘 다."

"집안으로 들어가." 로이가 말했다. "드레하고 둘이 얘기할 테니까."

나는 그녀의 등을 밀며 안으로 들어가라고 했지만 셀레스철은 완

강했다. "안 들어갈 거야." 그녀가 말했다. "이건 내 인생이기도 해."

우리 둘 다 그녀를 돌아보았다. 내가 그녀에게 느끼는 감탄이 로이의 우락부락한 얼굴에도 얼핏 떠올랐다. "원하면 들어." 그가 말했다. "너를 위해서 들어가라고 한 거야. 나와 안드레가 해야 하는 얘기를 넌 들을 필요가 없으니까. 난 신사적으로 행동하려는 거야."

"셀레스철이 선택할 문제야." 나는 말했다. "우리에게 비밀은 없어."

"아, 그러시겠지." 로이가 비웃었다. "어젯밤에 대해 한번 물어보시지."

나는 눈빛으로 질문했지만, 햇빛을 받은 그녀의 얼굴은 차단막을 내린 듯 텅 빈 표정이었다.

"여기 있어봐야 좋을 게 없다는 얘기야." 로이가 셀레스철에게 말했다. "남자끼리는 예쁜 말로 도란도란 대화하지 않아. 그건 정말 교도소생활의 주요한 특징이지. 너무 많은 남자가 한곳에 모여 있어. 세상에는 꽃을 피우고, 분위기를 풀어주고, 온 행성을 고상하게 밝혀주는 여자가 가득하다는 걸 알지만 다들 거기 그렇게 갇혀 있는 거지. 그렇게 나도 동물처럼 다른 동물 무리와 함께 그 우리 안에 갇혀 있었어. 그러니 한번 더 기회를 주겠어, 셀레스철. 곱게 안으로 들어가. 가서 아기 인형이라도 꿰매든가."

"안 들어가." 그녀가 말했다. "정신이 말짱한 사람이 여기 하나라도 있어야 해."

"어서 들어가, 베이비." 나는 말했다. "넌 어제 종일 로이와 둘이서 얘기할 기회가 있었잖아." 나는 얘기라는 단어가 중립적으로 들리도록, 그들이 대화 말고 무엇을 했는지 궁금해하는 것처럼 들리지 않도록 말하려 애썼다.

"십 분이면 충분해." 로이가 말했다. "오래 걸리지 않을 거야."

셀레스철이 일어섰다. 나는 멀어지는 그녀의 매끄러운 근육질 등을 바라보았다. 로이는 길 건너 이웃을 쳐다보았다. 그녀는 이제 꽃을 만지작거리는 시늉조차 없이 대놓고 지켜보았다.

마침내 셀레스철이 사라지자 로이가 말했다. "내 말 들어봐. 세상에는, 특히 애틀랜타에는 여자가 아주 많아. 넌 흑인이고 직업이 있고 이성애자이고 전과도 없고 여자를 좋아해. 뭐든 꼴리는 대로 할 수 있어. 그런데도 굳이 내 아내를 노리다니. 그건 인간으로서 날 무시하는 짓이었어. 내가 겪고 있던 고난, 이 나라에서 우리 모두가 겪는 고난을 무시하는 짓이었다고. 셀레스철은 내 여자였어. 너도 알았잖아. 젠장, 우릴 소개한 사람도 너잖아." 이제 그는 내 앞에 섰고, 목소리가 커지진 않았지만 더욱 깊어졌다. "뭐야, 그냥 편리해서 그런 거냐? 귀찮게 차를 몰고 나갈 필요 없이 바로 옆집에 있는 보지가 필요했어?"

이제 내가 일어섰다. 남자가 가만히 앉아서 들을 수 없는 말이 있기 때문이다. 내가 일어서자 로이가 기다리고 있다가 가슴으로 나를 밀쳤다. "저리 비켜, 로이."

"말해." 그가 말했다. "왜 그랬는지 말해."

"뭘 왜 그래?"

"왜 내 아내를 훔쳤느냐고. 넌 셀레스철을 가만 놔둬야 했어. 그녀는 외로웠지. 좋아, 하지만 넌 아니었잖아. 셀레스철이 네게 몸을 던지더라도 돌아설 수 있었잖아."

"이 상황의 어떤 점이 그렇게 이해하기 힘든 거야?"

"헛소리 마." 로이가 말했다. "넌 사랑이네 뭐네 난리치기 전부터 그녀가 내 아내라는 걸 알았어. 기회다 싶으니까 냉큼 잡은 거지. 네놈 자지를 담글 수만 있다면 어떻든 다 상관없었던 거야."

다른 수가 없어서 그를 떠밀었다. "셀레스철에 대해 그렇게 말하지 마."

"그러면 어쩔 건데? 내 말씨가 맘에 안 드냐? 교도소에선 정치적 올바름 따위는 따지지 않아. 그냥 생각나는 대로 말할 뿐."

"그래서 무슨 뜻이야? 내가 무슨 말을 하길 바라는 거야? 내가 셀레스철을 그냥 살덩어리로 봤다고 하면 넌 나랑 싸우려 들겠지. 내가 그녀랑 결혼하겠다고 해도 나을 건 없을 거야. 그냥 날 때리고 잡담은 집어치우는 게 어때? 요점은 셀레스철은 네 것이 아니라는 거야. 네 것이었던 적도 없고. 네 아내이긴 했지, 맞아. 하지만 네 소유는 아니었어. 그걸 이해할 수 없다면 내 엉덩이를 걷어차고 그냥 끝내."

로이가 잠시 멈칫했다. "그게 네가 하려는 말이냐? 그녀가 내 소유가 아니라고?" 그는 예전에 이가 있던 틈으로 침을 길게 내뱉었다. "하지만 네 소유도 아니지, 친구."

"공평하네." 나는 돌아섰다. 가시 돋친 넝쿨처럼 다리를 감고 올라오는 질문들이 싫었다. 등뒤를 조심하지 않고 나 자신을 무방비로 노출한 것은 의심 때문이었다. 로이의 웃음이 나를 뒤흔들어, 내가 내 눈을 믿듯이 그녀를 믿는다는 사실을 잊고 말았다.

한 발짝을 내딛기도 전에 로이가 뒤에서 나를 쳤다. "그냥 가버리지 마."

아버지가 불가피하다고 장담했던 폭력이 이것이구나. 받아들여.

그는 말했다. 받아들이고 네 인생을 살아. 나는 고개를 돌렸고 내가 주먹을 제대로 쥐기도 전에 로이가 내 코를 정통으로 때렸다. 맨 처음엔 충격을, 그다음엔 입술 위로 솟구치는 뜨거운 기운을 느꼈고, 그뒤로 통증이 이어졌다. 두어 번의 강한 타격과 콩팥 부근으로 들어오는 낮은 훅을 맞고 나서 머리로 그의 가슴을 밀치자, 그가 나를 붙잡고 땅으로 뒹굴었다. 로이가 교도소에서 부대끼던 지난 오 년간 나는 컴퓨터 코드나 짜면서 살았다. 바로 이 순간까지 나는 전과가 없고 폭력에 연루된 적도 없는 삶을 자랑스럽게 여겼다. 하지만 올드히키 아래 풀밭에서 로이의 화강암 주먹을 막아내는 동안 내가 다른 유형의 남자였으면 좋겠다고 생각했다.

"다들 참 담담해. 이게 무슨 과속방지턱 하나 쿨렁 넘어가는 일인 것처럼." 그가 숨을 헐떡였다. "이건 내 인생이야, 이 좆같은 놈아. 내 인생. 난 셀레스철과 결혼했다고."

맹렬한 분노를 직시한 적이 있는가? 그런 분노에 사로잡힌 남자에게서 자신을 구하는 건 불가능하다. 로이의 얼굴은 귀신이 들린 듯 사나웠다. 목 근육의 인대는 전깃줄 같았고 입술은 깊게 베인 상처처럼 보였다. 그치지 않는 주먹질에 동력을 공급하는 것은 나를 상처 입히겠다는 욕구였고, 그것은 숨쉬거나 심지어 자유에 대한 욕구보다 더 컸다. 나를 상처 입히려는 그 욕구는 심지어 살고자 하는 내 욕망보다도 컸다. 스스로를 보호하려는 내 노력은 형식적이고 부자연스럽고 상징적이었던 반면, 그의 주먹과 발과 욕구는 잔혹한 코드에 따라 작동했다.

이런 짓, 이런 방식의 몰매질은 교도소에서 배운 걸까? 학창 시절 운동장 싸움에서 터득한 '가격 후 피하기' 같은 건 찾아볼 수도 없었다. 이건 아무것도 잃을 것이 없는 남자의 험악한 몸싸움이었다. 풀밭에 그대로 있으면 저 자식이 내 머리를 짓밟겠구나. 몸을 일으켰지만 다리에 힘이 풀렸다. 나는 무릎을 먼저 꺾고 허물어지는 건물처럼 풀밭에 쓰러졌다. 풀냄새와 콧속의 축축한 피 냄새가 났다.

"미안하다고 말해." 그가 발로 걷어찰 태세를 취하며 말했다.

이것은 기회였다. 백기를 흔들 기회. 입속의 피와 함께 그 말을 뱉어내기만 하면 될 테니 어려울 것 없겠지. 까짓것, 그런 말쯤이야 해줄 수도 있지만 안 하겠다. "뭐가 미안해?"

"뭐가 미안한지 알잖아."

햇빛 때문에 찌푸린 그의 눈을 들여다보았지만, 내가 아는 사람은 거기에 없었다. 굴복해서 목숨을 구할 수 있다고 생각했다면, 그가 나를 기어이 죽일 생각은 아니라고 믿었다면 나는 굴복했을까? 모르겠다. 하지만 내 앞마당에서 죽을 거라면 자긍심을 맛보며 죽을 생각이었다. "미안하지 않아."

하지만 나는 미안했다. 셀레스철과 나의 관계 때문은 아니었다. 그건 결코 후회하지 않을 테니까. 나는 많은 일에 대해 마음이 아팠다. 낭창 때문에 그토록 오래 고생했던 이비 때문에. 상아 때문에 살해당하는 코끼리 때문에. 한 가족을 버리고 다른 가족을 택한 칼로스 때문에. 이 세상 모든 사람이 결국엔 죽어야 하고 그뒤에 어떻게 되는지 모르기 때문에. 아마도 창문에서 바라보고 있을 셀레스철 때문에. 무엇보다도 로이 때문에 마음이 아팠다. 그의 어머니가 돌아가시고 경야를 치르던 날 아침에 마지막으로 로이를 봤을 때 그는 말했다. "내겐 한 번도 기회가 없었어, 안 그래? 기회를 얻었다고 생각했을 뿐이야."

　고통은 있었다, 맞다. 하지만 나는 고통을 느끼지 않는 법을 알아냈다. 고통을 느끼는 대신 셀레스철과 나를, 이 재앙을 무사히 견뎌낼 수 있을 거라고 생각했던 우리를 생각했다. 우리는 대화로 풀 수 있다고, 이성적으로 해결할 수 있다고 믿었다. 하지만 로이가 겪은 일에 대해 누군가는 보상을 해야 했다. 그 여자가 겪은 일에 대해 로이가 보상했던 것처럼. 누군가는 항상 보상을 한다. 총알에는 맞을 사람 이름이 쓰여 있지 않다, 라고 사람들은 말한다. 복수도 마찬가지라고 생각한다. 아마 사랑도 마찬가지일 것이다. 그것은 저 어딘가에서 무작위적이고 치명적으로 생겨난다. 마치 토네이도처럼.

셀레스철

때로 내가 왜 그랬는지 궁금하다. 로이와 안드레는 서로의 주위를 돌며 체육관 탈의실 같은 에너지를 발산했다. 폭력과 경쟁. 그들은 내게 들어가라고 했고, 나는 그렇게 했다. 왜? 증인이 되기가 두려웠나? 나는 순종적인 사람이 아니지만 크리스마스이브였던 그날은 시키는 대로 따랐다.

그들은 내가 문을 닫자마자 서로에게 달려들었을 것이다. 창가로 다가갔을 때―나는 철없는 남부 미녀처럼 커튼 사이로 밖을 엿보았다―로이와 안드레는 팔과 다리가 서로 엉킨 채 메마른 풀밭에 뒹굴고 있었다. 겨우 몇 초 동안 보았을 뿐일 텐데, 실제 시간과는 관계없이 너무나도 길게 느껴졌다. 로이가 우위를 차지해 안드레를 바닥에 누른 뒤 그 위에 올라타 풍차처럼 돌아가는 주먹과 분노로 그를 벌주었다. 나는 창문을 열었다. 가느다란 봉에 달린 레이스 커튼이 흩날리며 베일처럼 얼굴을 덮었다. 바람에 대고 둘의 이름을 외쳤지만 그들은 내 목소리를 들으려 하지 않았다, 아니면 들을 수 없었거나. 힘을 쓰고 흡족해하며 끙끙대는 소리가 고통과 모멸감으로 신음하는 소리 위에 겹쳐졌다. 그 모든 소음이 창문으로 흘러들자 나는 두 사람을 구해야겠다는 생각에 밖으로 달려나갔다.

덜덜 떨고 휘청거리며 풀밭으로 갔다. "11월 17일!" 나는 그 정지 구호가 로이에게 닿기를 바라며 소리쳤다.

그는 멈추긴 했지만 이내 역겹다는 듯 고개를 저었다. "그런 걸로 어떻게 해보기엔 너무 늦었어, 조지아. 더이상 그건 우리에게 마법의 말이 아니야."

이제 내게는 선택의 여지가 없었다. 주머니에서 휴대폰을 꺼내 총처럼 겨누었다. 나는 최대한 크게 숨을 들이쉰 후 소리쳤다. "경찰을 부를 거야!"

그 경고에 로이는 얼어붙은 듯 멈칫했다. "경찰을 부른다고? 정말로 그럴 생각이구나, 그렇지?"

"네가 그럴 수밖에 없게 하잖아." 떨림을 가라앉히려 애쓰며 내가 말했다. "안드레에게서 떨어져."

"상관없어." 로이가 말했다. "경찰 불러. 씨발 다들 좆까. 너도, 안드레도, 경찰도." 안드레가 빠져나오려고 안간힘을 썼지만 로이는 의사를 명확히 밝히려는 듯 주먹을 단단히 움켜쥐고 한 방을 더 날렸다. 안드레는 눈을 감았지만 소리를 지르진 않았다.

"제발, 로이." 나는 말했다. "제발, 제발 경찰을 부르게 하지 마."

"불러." 로이가 말했다. "내가 상관이나 할 것 같아? 부르라고. 날 다시 처넣어. 여기엔 내 것이 아무것도 없어. 날 다시 처넣으란 말이야."

"안 돼." 안드레가 안간힘을 쓰며 말했다. 그의 까만 동공이 크게 확장되며 밝은 홍채를 밀어냈다. "셀레스철, 다시 교도소에 보내면 안 돼. 그런 일을 다 겪었는데."

"불러." 로이가 말했다.

"셀레스철." 안드레의 목소리는 단호했지만 국제전화 통화처럼 멀게 느껴졌다. "전화기 내려놔. 당장."

나는 무릎을 꿇고 무기를 넘겨주는 사람처럼 휴대폰을 풀밭에 조심스럽게 내려놓았다. 로이가 안드레를 놓아주자 안드레는 무릎을 꿇은 채로 몸을 반쯤 일으켰다. 내가 달려갔지만 안드레는 다가오지 말라며 나를 물리쳤다. "난 괜찮아, 셀레스철." 말은 그렇게 했지만 사실은 괜찮지 않았다. 나뭇조각이 그의 옷에 진드기처럼 달라붙어 있었다.

"눈 좀 보자."

"물러나 있어, 셀레스철." 부드럽게 말하는 그의 치아가 분홍색으로 얼룩져 있었다.

몇 야드 옆에서 로이가 제자리걸음을 하며 손을 풀었다. "난 차지 않았어. 땅에 쓰러진 그 자식을 차지 않았다고. 그럴 수 있었지만 안 그랬어."

"하지만 네가 한 짓을 봐." 나는 말했다.

"넌 어떻고?" 로이는 이제 서성거렸다. 좁은 감방에서 움직이는 것처럼 짧은 거리를 오락가락했다. "이럴 생각은 아니었어." 그가 말했다. "난 그냥 집에 돌아오려고 했을 뿐이야. 내 아내와 잠시 얘기를 나누면서 뭐가 어떻게 된 건지 파악하고 싶었어. 드레가 끼어들 일이 아니었다고."

나는 경찰을 부르지 않았지만 어쨌든 경찰이 왔다. 파란 경광등을 켰으나 사이렌은 울리지 않았다. 흑인 여자 한 명과 백인 남자한 명이 조를 이룬 경찰관들은 크리스마스이브에 근무하며 시달리고 있다는 듯이 행동했다. 나는 그들이 우리를 보며 무슨 생각을 할지 궁금했다. 두 남자는 하나같이 멍들고 피범벅이 되었는데 나는한껏 명절 분위기를 낸 옷차림에 털끝 하나 다치지 않은 모습이었다. 두 남자 사이를 급히 오가며, 둘 다 방치되지 않도록 관심을 나눠주면서, 나는 쌍둥이 아기를 기르는 어머니가 된 기분이 들었다.

"부인," 여자 경찰이 말했다. "무슨 일입니까?"

파이니 우즈에서 침대에 누워 있다가 끌려나갔던 밤 이후로 경찰을 그렇게 가까이에서 본 것은 처음이었다. 몸의 기억이 따끔한 감각을 일으키면서 나는 손가락으로 턱밑 상처를 만졌다. 12월의한기에도 불구하고 8월 그날 밤의 열기를 환각처럼 느꼈다. 로이와 나는 총구의 위협과 함께 말하지도 움직이지도 말라는 명령을받았다. 그래도 남편은 내게 손을 뻗어 잠시나마 절박하게 손가락을 얽었으나, 경찰관이 검은 장홧발로 우리를 곧바로 갈라놓았다.

"제발 저 사람 다치게 하지 마세요." 내가 여자 경찰관에게 말했다. "힘든 일을 겪은 사람이에요."

"이 남자들은 누굽니까?" 백인 경찰관이 내게 물었다. 걸쭉하고끈적이는 억양으로 보아, 빅치킨에서 왼쪽으로 돌아 들어가는* 매

---

* 애틀랜타 외곽 도시 매리에타에서 거대한 닭 모양 간판을 세운 KFC가 모든 길안

리에타 사람이었다. 나는 여자 경찰관의 관심을 얻으려 했지만 그녀는 남자들만 주시했다.

나는 전화할 때 쓰는 목소리로 말했다. "제 남편과 이웃이에요. 사고가 좀 있었는데 지금은 다 괜찮아요."

여자 경찰관이 안드레를 보았다. "선생님이 남편입니까?"

그가 대답하지 않자 로이가 말했다. "내가 남편이에요. 나예요."

경찰관은 안드레에게 고갯짓하며 확인했다. "그럼 선생님은 이웃인가요?"

안드레는 이 말에 대답하지 않고 자기 집 현관을 가리키며 주소를 불렀다.

만족한 경찰관들이 떠나며 외친 크리스마스 인사가 암울한 징조처럼 울려퍼졌다. 그들은 파란 경광등을 켜지 않고 그저 매캐한 배기가스만 뿜으며 사라졌다. 경찰관이 가고 나자 로이가 반원형 벤치에 털썩 앉았다. 그가 옆자리를 가리켰지만 나는 그에게 갈 수 없었다. 눈이 퍼렇게 멍들고 입술이 찢어져 벌건 살이 드러난 안드레가 가까이에 서 있는데, 내가 그럴 수는 없었다.

"조지아," 로이가 말했다. 그러더니 머리를 무릎 사이로 숙이고 마른 숨을 내쉬며 몸을 들썩였다. 나는 그에게 다가가 움찔거리는 등을 문질렀다. "아파," 그가 말했다. "온몸이 다 아파."

"병원에 가야겠어?"

"내 침대에서 자고 싶어." 그는 가야 할 곳이 있는 사람처럼 일어섰다. 하지만 그냥 올드히키 쪽으로 돌아섰다. "이건 정말 너무

_____

내의 중심점이 되면서 굳어진 표현.

해." 그러더니 재빨리―분명히 재빨리였는데 어쩐 일인지 나는 움직임 하나하나를 알아차렸다―입을 앙다물고 형제를 만난 듯 나무를 붙잡더니 머리를 뒤로 젖혀 하늘을 향해 얼굴을 들었다가 그 오래된 나무껍질에 이마를 박았다. 부엌바닥에 떨어진 계란의 축축한 파열음처럼 먹먹한 소리가 났다. 그가 다시, 이번에는 더 세게 머리를 박았다. 나는 일어섰고 생각할 겨를도 없이 남편과 나무 사이에 끼어들었다. 로이가 다시 목을 길게 빼고 머리를 젖혔지만, 이제 두개골을 앞으로 처박으려면 대신 나를 쳐야 했다.

그는 결린 어깨를 살짝 씰룩거렸다. 그러더니 올드히키와 풀밭에 널린 나뭇조각, 안드레, 나, 그리고 마지막으로 자신을 찬찬히 보았다. "어쩌다 이렇게 됐지?" 로이가 이마를 만졌고 작은 상처에서 배어나온 피가 눈썹 위로 흘렀다.

그가 차분하게, 하지만 목적의식을 띠고 풀밭에 앉았다. "내가 어떻게 했으면 좋겠어?" 그는 물었다. 그리고 드레를 향해서도 똑같이 궁금한 어조로 물었다. "진심이야. 내가 어떻게 해야 한다고 생각해?"

안드레가 다친 데를 신경쓰느라 긴장하며 조심스럽게 둥근 벤치에 앉았다. "네가 정착할 수 있도록 우리가 도울게. 원한다면 내 집에서 지내도 돼."

"난 네 집에서 지내고, 넌 내 아내와 내 집에서 지내고? 그게 도대체 말이 돼?" 로이가 나를 보았다. "셀레스철, 그런 식으로는 안 된다는 걸 넌 알았어. 넌 날 알아. 내가 어떻게 그런 제안을 받아들이겠어? 뭘 기대한 거야?"

나는 뭘 기대했을까? 진실을 말하자면, 로이가 거실에 불쑥 나타나기 전까지 나는 그가 실재한다는 사실을 잊고 있었다. 지난 이 년간 그는 내게 관념에 불과했다. 있으나 마나 한 남편. 그는 우리가 함께한 시간보다 더 오래 내 곁에 없었다. 그런 경우에 책임의 범위를 제한하는 법률이 있을 거라고 확신했다. 안드레를 루이지애나에 보냈을 때, 로이가 애틀랜타에 아예 오지 않겠다고 하기를 바랐다. 자기 물건을 보내달라고 하기를, 그가 내게 지나간 추억인 것처럼 나도 그에게 추억이기를 바랐다.

"로이," 나는 궁금했던 사실을 물었다. "진실을 말해봐. 너라면 나를 오 년간 기다렸을까?"

로이가 아까처럼 어깨를 실룩했다. "셀레스철," 그는 어린아이를 대하듯 말했다. "너에겐 이런 엿같은 일이 애초에 일어나지도 않았을 거야."

안드레가 마른 풀밭에 앉아 있는 우리에게로 올 것처럼 움직였지만 나는 고개를 저었다. 그의 숨이 흰 연기처럼 입에서 빠져나왔다.

"모든 걸 뜻대로 결정하는 기분이 어때?" 로이가 물었다. "지난 오 년간 모든 걸 네가 결정했지. 우리가 데이트할 때는 내가 그런 역할을 했는데. 네 손가락엔 반지가 필요했어. 혹시 기억해? 내가 보석을 탐조등처럼 들이대는 자랑스러운 약혼자였던 때 말이야. 그러면서 나도 짜릿하지 않았다고 거짓말하진 않겠어. 하지만 지금 난 네게 줄 수 있는 게 나 자신 말고는 아무것도 없어. 그래도 작년보다는 낫지. 작년엔 그마저도 줄 수 없었으니까. 그런데 지금은 여기 있잖아." 그가 왼쪽을 돌아보았다. "네 차례야, 드레. 넌 너에 대해 무슨 말을 할래?"

안드레는 로이에게 말하면서도 눈으로는 나를 보았다. "나는 셀레스철에게 내 감정을 말할 필요가 없어. 이미 다 아니까."

"그래도 나한테 말해." 로이가 말했다. "어쩌다 내 베개를 네놈이 베게 되었는지."

"야, 로이." 드레가 말했다. "너한테 일어난 일은 유감이야. 너도 그런 내 마음을 알잖아. 그러니 무시한다고 생각하지 마. 하지만 너와는 이런 얘기 안 할 거야." 그가 터진 입술에 혀를 댔다. "넌 나와 대화할 수 있는 시간이 있었는데도 싸우기를 원했어. 지금 난 네게 할 말이 전혀 없다."

"넌 어때, 조지아? 할말이 있어? 어쩌다 나 대신 안드레를 택하게 되었는지?"

진짜 대답은 올리브가 그 길로 이끌었다는 것이었다. 올리브가 관에 누워 있는 동안 빅로이가 진짜 교감이란 어떤 모습인지, 어떤 소리가 나고, 심지어 어떤 냄새를 풍기는지—막 파낸 흙과 슬픔의 냄새—보여준 탓이라는 것이었다. 그의 부모님과 견주어봤을 때 우리 관계는 오래 지속될 유대가 아니었다고 로이에게 말할 수는 없었다. 우리의 결혼은 시간이 부족해 접목에 실패한 묘목이었다.

마치 내 생각의 중얼거림을 들은 것처럼 그가 말했다. "드레가 딱 맞는 시간에 딱 맞는 장소에 있었던 거야? 이게 열정의 범죄인지, 기회의 범죄인지 난 알아야겠어."

욕망은 내가 더 어렸을 때 생각하던 방식으로 작동하지 않는다는 것, 고개가 저절로 돌아가게 하는 열띤 끌림이 아니라는 것을 그에게 어떻게 말할 수 있을까? 안드레와 나는 일상을 함께했다. 우리는 평생 그랬던 것처럼 서로를 움직였다. 실제로 평생 그래왔기 때문에.

내가 대답하지 않자 로이가 더 밀어붙였다. "우리가 어쩌다 이렇게 된 걸까? 내 열쇠로 문은 열리는데, 넌 날 들여보내주지 않는구나."

그가 몸을 일으키더니 멍든 눈에 비참한 모습으로 벤치에 털썩 앉았다. 안드레를 돌아봤지만 그는 내 시선을 외면했다. 대신 낙담해서 떨고 있는 로이를 유심히 바라보았다.

"네가 로이를 이렇게 만든 게 아니야." 안드레가 말했다. "네게 책임을 전가하게 두지 마."

그의 말이 맞았다. 로이 주변에는 부서진 마음만이 아니라 부서진 삶의 파편이 널려 있었다. 하지만 로이가 치유될 수 있다면 그를 낫게 해줄 수 있는 유일한 사람이 나라는 사실을 누가 부인할 수 있을까? 여자의 일은 절대로 쉽지 않다. 절대로 깨끗하지 않다.

"내가 어디 있을지는 알 거야." 안드레가 자기 집 쪽으로 돌아섰다.

안드레는 그의 길을 갔고 로이와 나는 우리의 길을 갔다. 나는 총상을 입은 사람이나 시력을 잃은 사람을 부축하듯 로이를 이끌었다. 현관 앞 마당길로 통하는 계단을 올라가는데 안드레의 차분한 목소리가 들렸다. "그 녀석 머리를 아주 심하게 부딪혔어. 뇌진탕일지도 몰라. 바로 잠들지 못하게 해."

"고마워." 나는 말했다.

"뭐가 고마워?" 안드레가 말했다.

욕실에서 로이는 상처를 닦아주는 내 손길을 막지 않았지만 응급실에 가는 건 거부했다. "네가 날 돌봐주면 되잖아."

하지만 소독약을 바르는 것 말고는 할 수 있는 게 별로 없었다. 밤이 깊어가는 동안 우리는 잠을 쫓기 위해 서로에게 이런저런 질문을 했지만, 둘 다 눈꺼풀이 동전을 매단 것처럼 아래로 처졌다.

"뭘 찾으려 한 거야?" 나는 로이에게 물었다. "그 상자를 모두 뒤지면서?"

로이가 웃으며 새끼손가락 끝을 입안의 틈에 쏙 넣었다. "내 이빨. 그건 쓰레기가 아니었어. 근데 왜 버린 거야?"

"아니야," 나는 말했다. "가지고 있어."

"네가 날 사랑하기 때문이지." 혀가 풀린 소리로 그가 말했다.

"깨어 있어야 해." 나는 그를 흔들며 말했다. "뇌진탕을 일으킨 사람은 자다 죽기도 해."

"그러면 진짜 엿같지 않겠어?" 그가 말했다. "교도소에서 나온다. 집에 와서 아내가 다른 남자한테 가버린 걸 알게 된다. 아내를 다시 찾는다. 그러다 나무와 싸움을 벌이고 자다 죽는다." 그는 그 어두침침한 불빛 아래에서도 내 안의 변화를 본 듯했다. "내가 너무 빨리 말한 건가? 널 다시 찾은 게 아니야?"

그의 눈이 아래로 처질 때마다 나는 그를 흔들어 되살렸다. "자지 마." 나는 속삭이며 그에게 나를 열고 녹슨 걸쇠를 풀었다. "이렇게 널 잃을 순 없어."

안드레

이렇게 난 혼자가 되었다.

셀레스철이 갖고 있던 열쇠로 내 집 현관문을 열고 거실로 들어왔을 때, 그녀는 옷을 갈아입은 모습이었지만 나는 그 끔찍한 오후의 싸움에서 더러워진 청바지를 그대로 입고 있었다. 그녀가 그 퉁퉁 부은 눈이 보일 만큼 가까이 다가오기 전부터 나는 그녀에게서 소금기를 감지했다. 해변에 가면 저절로 짠내가 맡아지듯이. 새벽 한시가 안 된, 아직 밤이지만 이미 다음날로 넘어간 시간이었다.

"헤이," 그녀가 내 다리를 들어올리고 소파에 앉으며 말했다. 내 종아리를 다시 자기 무릎 위에 내린 뒤에는 이렇게 덧붙였다. "메리 크리스마스."

"아마도." 나는 대답하며 마지막 남은 아버지의 스카치가 담긴 네모난 유리잔을 건넸다. 그녀가 술을 마실 때 언뜻 칼로스의 냄새가 났다.

나는 소파 등받이 쪽으로 바짝 붙어 자리를 만들었다. "누워." 내가 말했다. "널 바로 옆에서 느끼지 못하는 상태로 이런 얘기를 하고 싶진 않아."

셀레스철은 고개를 젓고 일어섰다. "난 좀 걸어야겠어." 그녀가 한곳에 갇혀 목적 없이 떠도는 유령처럼 방안을 돌아다녔다.

나는 힘겹게 일어나 앉았다. 갈비뼈에 압박붕대를 감았는데도 숨을 쉴 때마다 아팠다. "로이는 아직 살아 있다는 뜻이군?"

"드레," 셀레스철이 말했다. 그녀는 내게서 가장 먼 곳을 찾아 흰 카펫 위에서 다리를 접고 앉았다. 맨발이 헐벗고 추워 보였다. "로이는 망가졌어."

"우리와는 상관없는 일이야."

"네가 모르는 게 너무 많아. 우리 같은 사람은 상상도 할 수 없는 것이."

"그래서 그렇게 귀퉁이에 숨어 있는 거야? 셀레스철, 뭐하는 거야?" 나는 그녀를 손짓해 불렀다. "이리 와, 아가씨. 나한테 얘기해."

그녀가 소파로 돌아왔고 우리는 함께 누웠다. 셀레스철이 내게 몸을 붙이고 이마를 맞댔다.

"로이와 결혼한 이유가 있었어." 그녀가 말했다. "사랑은 없던 일이 되지 않아. 모양이 바뀔지는 몰라도 계속 남아 있어."

"정말로 그렇게 믿어?"

"드레, 우린 많은 걸 가졌어." 그녀가 말했다. "그런데 로이에 겐 아무것도 없어. 어머니까지도. 로이가 얘기하는 내내 얼굴이 화끈거렸어. 올리브의 장례식에서처럼. 볼에서 따끔거리는 올리브의 손자국이 내게 잊지 말라고 했어. 지금도 볼이 화끈거려." 셀레스철이 내 손을 잡았다. "만져봐."

나는 그녀를 살짝 밀쳐냈다. 갑자기 그 손길이, 숨결에서 풍기는 스카치 냄새가, 심지어 목에서 나는 라벤더 향까지 거슬렸다. 뺨을 때리는 유령의 손, 죽은 어머니, 어떤 것이 옳은 길인지에 대한 그녀의 말을 받아들이기 싫었다.

"그냥 가." 나는 말했다. "날 떠나고 싶으면 그냥 그렇게 해. 그게 무슨 초자연적인 일이라는 듯이 왜곡하지 말고. 이 선택을 하는 사람은 너야, 셀레스철. 너라고."

"내 말 무슨 뜻인지 알잖아, 드레. 우린 운이 좋았어. 좋은 운을 타고난 거야. 로이는 바닥부터 다시 시작해야 해. 바닥보다 더 낮은 곳이지. 나무 아래에서 죽으려고 하던 모습 봤잖아. 자기 머리를 깨트리려고 했어."

"사실 그 자식이 죽이려던 건 나야."

"드레," 그녀가 말했다. "너와 나, 우리는 가슴만 아플 거야. 그게 전부야. 가슴만 아플 뿐이야."

"너한테나 그게 전부겠지." 나는 말했다.

"베이비," 그녀가 말했다. "모르겠어? 내가 네게 무슨 짓을 하든 나 자신에게도 같은 짓을 하는 거야."

"그러면 하지 마. 안 해도 돼."

셀레스철이 몸을 떨며 말했다. "넌 로이를 못 봤어. 봤다면 내가 하는 말에 모두 동의할 거야."

"난 네가 필요해, 셀레스철." 나는 속삭였다. "평생."

그녀가 몸을 움직이자 우리는 다시 서로 맞닿았다. 그녀가 눈을 감을 때 속눈썹이 내 얼굴을 간질였다.

"이렇게 해야만 해." 그녀는 말했다.

셀레스철은 내게 아무것도 빚지지 않았다. 몇 달 전에는 그 때문에 우리 관계가 아름다웠다. 부채도 침범도 없는 관계. 그녀는 사랑이 모양을 바꿀 수 있다고 말했지만, 적어도 내게 그건 거짓말이다. 나는 그녀를 계속 안고 있었다. 몸이 아프고 욱신거렸지만, 근육에서 힘이 빠질 때까지 안았다. 팔을 풀면 그녀가 영영 사라질 테니까.

로이

열한시 십오분에 잠에서 깼을 때 깨끗한 공기에서 나무 냄새가
났다. 머리카락만 빼면 셀레스철은 다시 나의 조지아 아가씨였다.
내가 몸을 일으키자 그녀가 내 어깨 위로 손가락을 펼쳐 나를 안았
다. 그녀의 피부는 코코아처럼 따뜻했다.

"메리 크리스마스, 베이비." 나는 말했다. 오티스 레딩*처럼.

"메리 크리스마스." 그녀가 미소 지으며 대답했다.

"사정이 이래서 크리스마스도 잊을 뻔했어." 나는 말했다. 올리
브의 돈을 좀 써서 셀레스철에게 완벽한 선물, 작은 포장에 든 굉
장한 선물을 사줄 걸 그랬다고 뒤늦게 후회했다.

"어리석은 소리 마." 그녀는 말했다. "넌 이제 무사해. 이렇게
멀쩡하잖아."

---

* 미국 가수로 〈메리 크리스마스, 베이비〉라는 노래를 불렀다.

그 말은 완전히 진실이 아니었고, 그녀도 그것을 알았다. 나는 크리스마스이브를 떠올리기가 쑥스러웠다. 폭행 때문이 아니라 그녀가 내 목숨을 구하려고 계속 잠을 깨우는 동안 내가 늘어놓았던 절박한 고백 때문이었다. 배를 사 먹은 얘기를 했을 때 그녀는 찬송가로 날 위로했다. 올리브를 위해 부른 그 노래였다. 그녀의 목소리가 지닌 힘을, 듣는 이를 살살 긁어 매끈하게 다듬는 그 힘을 잊고 있었다. 다비나와 남자를 되살리는 그녀의 힘이 생각났다. 내가 이렇게 집에 돌아오기 위해 착한 여자의 마음을 아프게 했다는 사실을 셀레스철이 안다면 어떻게 생각할까? 사람들을 아프게 하면 대가를 치르게 된다. 하지만 그건 셀레스철도 이미 알 거라고 생각했다.

"크리스마스에 내가 뭘 받고 싶은지 알아?" 내가 물었다. "내 앞니 두 개. 농담이고, 예전의 아랫니 하나면 돼."

그녀가 내 품을 빠져나가 서랍장으로 가는데, 슬립을 입은 모습이 처녀 같았다. 흰 속옷 차림의 그녀를 처음 본 것은 결혼식 날이었고, 마지막은 호텔 방문이 발길질로 열렸던 그 밤이었다.

서랍장 위에는 그 서랍장과 똑같이 생긴 보석함이 놓여 있었다. 그녀가 보석함을 열고 작은 상자를 꺼냈다. 그것을 건네받아 흔들자 잃어버린 뼛조각이 달그락거리는 반가운 소리가 났다.

"그날 밤 생각나? 너 때문에 내가 슈퍼맨 흉내를 냈잖아."

"네가 위기에 맞서 일어났지." 그녀가 말했다. "일어난 정도가 아니라 높이 솟아올랐지."

"내 말이 이상하게 들리지 않으면 좋겠다. 네가 독립적인 여자라는 거나 뭐나 다 알아. 게다가 네겐 돈이 있고 아버님의 돈까지 있지. 하지만 난 널 구해줄 수 있다는 사실이 좋았어. 그 어린 녀석을 쫓아 거리를 달려갈 때 난 영웅이었어. 그놈이 내 머리를 걷어차 이를 부러뜨렸을 때도."

"널 죽일 수도 있었어." 셀레스철이 말했다. "네가 그를 따라잡고 나서야 그 생각이 났어."

"그럴 수 있었지만 그러지 않았지. 일어나지도 않은 일을 뭐하러 걱정해." 나는 그녀의 손을 잡았다. "진짜 일어난 일도 난 걱정 안 해. 오늘은 새로운 날이야. 새로운 출발."

우리는 잠옷 차림으로 늦은 아침을 만들었다. 내가 연어 크로켓을 만들겠다고 나섰다. 그녀는 옥수수죽을 맡았다. 팬을 젓는 그녀의 오른손에서 루비가 짙고 뜨겁게 빛났다.

전화가 울렸고 셀레스철은 "행복한 크리스마스입니다" 하며 마치 상점 이름을 말하듯 인사했다. 그녀가 하는 말로 보아 상대방이 그녀의 부모님임을 알 수 있었다. 미스터 대븐포트와 미시즈 대븐포트, 유령이 나오는 집에서 무탈하게 살아가는 괴짜 천재 아빠와 학교 선생 엄마. 그들이, 그 모든 안락함과 안정감이 그리웠다. 나는 수화기를 건네주길 바라며 손을 내밀었지만 셀레스철은 고개를 저으며 입 모양으로만 쉿 하고 말했다.

"우리 저녁엔 거기 가서 식사하는 거야?" 그녀가 전화를 끊자 내가 물었다.

"요즘에 부모님이랑 사이가 별로 좋지 않아." 그녀가 말했다. "게다가 난 우리 얘기를 세상에 알릴 준비가 아직 안 됐어."

"크리스마스는 내가 제일 좋아하는 명절이야." 나는 추억을 떠올리며 말했다. "처음 이가 난 뒤로 늘 크리스마스에는 빅로이가 잘라주는 사과를 함께 먹었어. 아버지가 어렸을 때는 트리 아래에 선물이라곤 달랑 사과 한 개뿐이었대. 다른 아이들은 장난감 자동차나 학교에 입고 갈 옷 같은 선물을 받는다는 걸 몰랐대. 그래서 자기가 받은 것, 혼자 다 먹을 수 있는 사과 한 개에 그렇게 신이 났다는 거야."

"그런 얘기 해준 적 없잖아." 셀레스철이 말했다.

"네가 우리를 불쌍히 여기는 게 싫어서 그랬겠지. 사실 나에겐 가장 행복한 추억 중 하나인데. 우리가 결혼한 후에도 난 크리스마스 아침이면 여기로 슬쩍 내려와 사과를 먹었어."

그녀는 뭔가 골똘히 생각하는 표정이었다. "내게 말해도 괜찮았는데. 난 네가 생각하는 그런 사람이 아니야."

"조지아," 나는 말했다. "이젠 알아. 화내지 마. 다 오래전 일이야. 나도 실수를 저질렀고 너도 실수를 저질렀지. 다 괜찮아. 누구도 다른 누구를 원망하지 않아."

그 말을 곰곰이 생각하는 표정으로 그녀는 오븐을 열고 토스트가 담긴 팬을 꺼냈다. 올리브가 해주던 대로, 바닥은 부드럽고 윗면은 버터가 녹은 다섯 군데만 빼고 바삭했다. 그녀가 확인해보라는 듯이 빵을 내밀었다. 그녀의 얼굴이 말했다. 난 노력하고 있어. 정말 열심히 노력하고 있어.

냉장고를 뒤져 크고 빨간 '선생님 사과'*를 찾았다. 칼꽂이에서 꺼낸 칼은 작지만 예리했다. 나는 한 조각을 두껍게 잘라내 셀레스

---

* 미국 개척시대에 가난한 학생들이 선생님에게 학비 대신 사과를 주던 풍습이 남아, 사과는 선생님에게 주는 흔하고 상징적인 선물이 되었다.

철에게 건네고 한 조각을 더 잘라 내가 먹었다. "메리 크리스마스."

그녀가 사과를 높이 들었다. "건배. 본 아페티."

그 순간 처음으로 이제는 괜찮다는 느낌, 진정한 화해가 가능하겠다는 느낌이 들었다.

첫맛은 달콤하고 뒷맛은 새콤한 사과를 먹으니 빅로이가 생각났다. 이 명절에 홀로 있을 그를 떠올렸다. 위클리프는 딸이랑 손주들과 있을 테고, 그 외에 빅로이가 가까이 지내는 사람은 많지 않았다.

"셀레스철," 나는 말했다. "과거에 연연하지 말자고 내가 말했지. 하지만 딱 한 가지만 더 얘기할게."

사과를 씹던 그녀가 고개를 끄덕였지만 눈에는 두려움이 떠올랐다.

"싸우려는 거 아니야." 나는 말했다. "맹세코 아니야. 안드레 얘기도 아니고 아기를 갖자는 얘기도 아니야. 어머니 얘기야."

그녀는 고개를 끄덕이며 사과즙으로 끈적이는 손을 내밀어 내 손을 잡았다.

나는 숨을 들이쉬었다. "셀레스철, 빅로이 말로는 네가 올리브에게 월터 얘기를 했다던데. 빅로이는 그 때문에 엄마가 죽었다고 했어. 정말로 그것 때문이라고. 엄마는 나아지고 있었는데 월터 얘기를 듣고 포기해버렸다고. 살아야 할 이유를 잃어버린 거라고."

"아니야." 그녀가 손을 빼며 말했다. "아니, 아니, 아니야. 그렇지 않아."

"그러면 어떻게 된 거야?" 나는 화나지 않았다고 장담했지만 어쩌면 화가 났는지도 모른다. 입안의 사과가 흙처럼 느껴졌다.

"마지막에 어머님을 뵈러 간 건 사실이야. 돌아가시는 과정이 편안하진 않았어, 로이. 아주 힘들었어. 호스피스 간호사가 진통제를 드리려고 해도 어머님은 진통제를 드시면 더 빨리 돌아가실까 봐 거부하셨어. 널 위해 살아 있으려고 애쓰신 거야. 내가 갔을 때는 폐에 암덩이가 꽉 차서 가슴이 꽉 막힌 소리가 마치 빨대로 우유잔에 거품을 부는 소리처럼 들렸어. 어머님은 치열하게 싸우셨지만 이길 수 없는 싸움이었어. 손톱도 입술도 푸르스름했고. 난 아버님께 좀 나가 계시라고 하고 어머님께 다 얘기했어."

"왜? 어떻게 그럴 수가 있어? 그러고 나서 하루도 안 돼 돌아가셨잖아." 올리브는 빅로이가 사과소스를 사다주려고 세븐일레븐에 간 사이에 혼자 죽었다. 임종도 놓쳤어. 빅로이가 내게 말했다. 돌아왔더니 그새 가버렸더라. "엄마가 뭘 잘못했다고 그렇게 가셔야 해?"

"아니야." 셀레스철이 고개를 저었다. "어떤 비난이든 해도 되지만 그것만은 아니야. 내가 그 얘기를 했을 때 어머님은 고개를 가로저으며 천장을 보시고는 말씀하셨어. '하느님은 정말이지 재미난 분이로구나. 오새니얼을 구조원으로 보내시다니.' 아버님은 어머님이 포기했다고 생각하시지만 그건 사실이 아니야. 네가 혼자가 아니라는 걸 아셨을 때, 어머님은 마침내 짐을 내려놓을 수 있었던 거야."

셀레스철은 자신을 다잡으려는 듯 가슴 앞에 팔짱을 끼었다. "네가 말하지 말라고 했었던 거 알아. 하지만 네가 거기에 있었다면……"

이제는 내가 같은 몸짓으로 나를 다잡으며 팔짱을 끼고 옆구리를 꽉 붙들었다. "내가 거기 없었던 건 내 잘못이 아니야. 보내줬다면 갔을 거라고."

우리는 서로를 위로하지 못한 채 식탁에 앉아 있었다. 그녀는 어머니의 고통을 지켜볼 수밖에 없었던 때를 떠올렸고 나는 그 경험조차 부정당했기에 고통스러웠다.

그녀가 먼저 마음을 가다듬고 식탁에서 사과를 집어, 나와 자신을 위해 한 조각씩 더 잘랐다. "먹어." 그녀가 말했다.

밤이 지나면 늘 그렇듯 낮이 왔고, 매일의 밤은 곧 다가올 낮을 기약했다. 고통스러웠던 지난 몇 년간 그 사실이 내게 위안을 주었다. 셀레스철이 샤워하는 동안 빅로이에게 전화했다. 우리가 공유하는 이름을 부르는 그의 목소리에서 우울함이 느껴졌다.

"괜찮아요, 아빠?"

"그래, 로이. 난 괜찮다. 소화불량이 좀 있어서. 프랭클린 자매님이 음식을 갖다줬는데 너무 많이, 너무 빨리 먹었나봐. 자매님은 요리 솜씨가 네 엄마만큼은 아니어도 꽤 괜찮거든."

"즐기셔도 돼요, 아빠. 그냥 맘놓고 그분을 좋아하세요."

아버지는 웃었지만 평소와 목소리가 달랐다. "네가 집으로 돌아와 날 보살필 필요가 없게 얼른 결혼시키려는 거냐?"

"아빠가 행복하기를 바라는 거예요."

"넌 이제 자유롭다, 아들. 그것만으로도 난 남은 평생 행복할 거야."

다음으로 다비나에게 전화했다. 셀레스철이 샤워중인 욕실에서 수증기가 침실로 흘러나왔다.

"메리 크리스마스." 나는 다비나에게 말했다. 수화기 너머로 음악과 웃음 소리가 들렸다. "전화하기 곤란한 시간인가?"

그녀는 망설이다 말했다. "전화기를 밖으로 가지고 나갈게." 기다리는 동안, 머리에 빛나는 장식용 반짝이를 꽂고 옆구리에 손을 올린 그녀의 모습을 상상했다. 다시 다비나의 목소리가 들렸을 때 나는 태연하게 말하려고 노력했다.

"그냥 크리스마스 인사를 전하고 싶어." 나는 누가 채갈까봐 걱정하는 사람처럼 전화기를 양손으로 잡았다.

"로이 해밀턴, 질문 하나만 할게. 준비됐어? 우리 사이에 뭔가 있다 아니면 아무것도 없다. 이게 질문이야. 에그노그를 많이 마셔서 하는 소리인지도 모르지만, 난 알아야겠어. 우리에게 무슨 일이 있었던 거야? 뭔가 있었던 거야, 아무것도 없었던 거야?"

여자와는 꼭 이렇게 된다. 정답이 없는 깜짝 시험. "뭔가 있다?" 나는 말끝을 돼지 꼬리처럼 살짝 올려 질문으로 답했다.

"확신이 없는 거야? 들어봐. 내겐 말이야, 로이 해밀턴, 뭔가 있어. 내겐 중요한 사건이야."

"다비나, 거짓말하게 하지 마. 난 유부남이야. 지금도 결혼이 유효하다는 걸 알게 됐어."

그녀가 내 말을 끊었다. "그딴 걸 물은 게 아니야. 내가 물은 건 뭔가 있는지 아니면 아무것도 없는지야."

손가락으로 전화기 선을 꼬며 우리가 함께한 시간을 다시 떠올렸다. 겨우 이틀 밤이었다는 게 정말일까? 하지만 그 이틀 밤은 내 남은 인생의 출발점이었다. 나는 다비나의 집에 기어서 갔지만, 두 발로 든든히 걸어서 나왔다. "뭔가 있어," 나는 몸을 숙이며 말했다. "절대적으로 있어. 그 뭔가가 뭔지 알 수 있다면 좋겠어."

셀레스철이 욕실에서 나오는 것을 보고 전화를 끊었다. 내가 예전에 사 준 기억이 나는 짧은 원피스형 레이스 잠옷을 입은 그녀는 그 자체로 크리스마스 선물 같았다. 그녀는 잠옷이 살에 닿으면 간지러울 것 같다고 불평했었는데, 그건 싸구려처럼 보인다는 뜻이었다. 돈을 꽤 주고 샀지만 실제로 입은 모습을 보니 무슨 뜻인지 알 것 같았다. 그녀가 빙그르르 돌았다. "마음에 들어?"

"그래." 나는 말했다. "마음에 들어. 정말로."

베개에 기대고 누운 셀레스철은 휴일을 보내는 여신처럼 보였고 가슴에 미세한 금가루가 반짝거렸다. "이리 와." 그녀가 말했다. 현실 속 실제 인물이 아니라 텔레비전에 나오는 사람 같은 말투였다.

나는 그녀에게 갔지만 불은 끄지 않았다.

"한 가지만 더." 내가 말했다. "오해하지 않게 한 가지만 더 얘기하자. 괜찮아? 이걸 시작하기 전에 말이야. 괜찮아?"

"그럴 필요 없어. 우린 새롭게 시작할 거라고 네가 그랬잖아?"

나는 새롭게라는 말에 움찔했다. 일로에 있을 때, 새롭게 시작한다는 말은 너무 앞서나가지 않고 눈앞의 일을 차근차근 해결하겠다는 의미였다. 하지만 그녀가 무슨 의도로 한 말인지는 알았다. 새로운 시작이란 깨끗하게 정돈된 방에 들어가 등뒤로 문을 닫는 환상이었다. "난 새롭게 시작하고 싶지 않아. 진짜로 시작하고 싶어."

"그럼 말해봐."

"좋아." 나는 시작했다. "일로에서 지내던 지난 며칠 동안 내 처지가 참 곤란했어. 대응하기 버거운 상황이었지. 여자가 한 명 있어. 고등학교 때 알던 사람. 그녀가 자기 집으로 저녁을 먹으러 오라고 초대했고 어쩌다보니 일이 예기치 않게 흘러갔어." 좀 이상하게 들릴 수도 있겠지만, 그런 고백이 좋아하는 청바지를 입을 때처럼 익숙하게 느껴졌다. 둘 사이의 이런 역학은 우리가 연인들만의 방식으로 싸우곤 했던 지난 시절의 유물이었다. 이번에는 셀레스철에게 질투할 권리가 없었지만, 어떤 감정을 느끼는 일에 언제부터 권리가 필요했던가? 그녀가 내 몫의 웨딩케이크를 던지고 남은 샴페인을 혼자서 다 마시던 때가 생각나 나는 살짝 웃었다. 어쩌면 나는 사랑만큼이나 싸움을 그리워했는지도 모른다. 셀레스철과는 그 두 가지가 따로였던 적이 없었기 때문이다. 우리의 열정은 불안정한 원자처럼 강력하고 위험했다. 우리가 키스로 화해하던 때, 셀레스철이 내 가슴을 자주색 고리 모양 상처가 나도록 세게 깨물어 하루 반나절 동안 꽤 아팠던 일을 난 절대로 잊지 못할 것이다. 그런 여자와 함께할 때는 의미 있는 무언가를 경험하고 있음을 알 수 있었다.

셀레스철이 말했다. "내가 어떻게 화를 내겠어? 난 위선자가 아니야."

그녀의 얼굴을 유심히 보았지만 지친 기색뿐이었다. 어깨를 한번 으쓱한 거나 다름없었다. 나는 오래 떠나 있었지만 여전히 그녀를 조금은 알았다. 사람의 본질에는 변하지 않는 부분이 있다. 셀레스철은 치열한 사람이었다. 어제 나무 아래에서 그녀는 평정을 유지하고 불길을 억제하려 안간힘을 썼지만, 나는 그녀가 타오르는 것을 느낄 수 있었다. "조지아, 내가 무슨 말을 하려는 건지 알겠어?"

"알아." 그녀가 말을 이었다. "넌 많은 일을 겪었어. 아무 의미 없었다는 거 알아. 그런 말을 하려는 거잖아, 안 그래?"

"셀레스철." 나는 그녀를 안으며 말했다. 나는 바지에 양말까지 신었는데 그녀는 알몸이나 마찬가지였다. 그녀에게서 반짝이 파우더와 비누 냄새가 났다. "상관하지 않지, 그렇지?"

"상관하지 않는 건 아니야. 어른스럽게 받아들이려고 노력할 뿐이지."

"바로 전에 네가 샤워하고 있을 때 그 여자에게 전화했어." 나는 단어 하나하나가 또박또박 전달되도록 천천히 말했다. 세세히 설명하는 게 즐거운 건 아니었다. 맹세코 셀레스철에게 상처를 주고 싶진 않았지만, 내가 그럴 수 있는지 알아야 했다. 아직도 내게 그런 종류의 힘, 그런 종류의 영향력이 있는지 알아야 했다. "둘이 함께 있을 때, 다시 나 자신이 되는 법을 그 여자가 알려주었어. 아니 어쩌면 나를 새로운 자아에게, 이제부터 내가 되어야 할 사람에게 소개해준 건지도 모르겠다. 순전히 성적인 것만은 아니었어. 아무 의미 없었다고 거짓말을 할 수는 없어. 그녀는 나를 남자로, 아니 어쩌면 그냥 인간으로 대해준 거야."

셀레스철의 표정이 달걀처럼 멍했다. "그래, 그 여자 이름은 뭐야?"

"다비나 하드릭. 다비나가 우리는 뭐였냐고 묻더라. 그 여자와 나 말이야, 너랑 나 말고."

"뭐라고 말했어?" 셀레스철은 그저 궁금할 뿐인 듯했다.

"난 유부남이라고 했어."

셀레스철은 고개를 끄덕이고 불을 끈 후 나를 침대로 끌어당겼다. "맞아, 넌 유부남이야."

나는 어둠 속에 누웠다. 마치 내 이름을 잊은 듯 확신이 없었다.

다비나는 뭔가 있는지 아니면 아무것도 없는지가 유일한 질문이라고 했지만, 그것은 새로운 출발 못지않은 환상이다. 남은 인생 내내 셀레스철과 나 사이에는 뭔가가 있을 것이다. 우리 둘 다 아무것도 없음이 주는 완벽한 평화를 즐기지 못할 것이다. 침대 옆의 시계가 깜빡이며 자정을 알리고 크리스마스가 끝났을 때, 어깨에 아내의 사뿐한 입맞춤이 느껴졌다. 그녀의 숨결에서 불행의 냄새가 나는데도 그녀는 계속 나를 어루만지며 내 이름을 애절하게 속삭였다. 나는 돌아누워 그녀를 마주보았다. 손에 잡힌 셀레스철의 머리가 전구처럼 파삭 부서져버릴 것 같았다. "그럴 필요 없어, 조지아."

그녀는 키스로 내 말을 막았지만 내가 그 키스를 원하는지 아닌지 확신이 없었다. 협탁 위의 시계 불빛에 그녀의 긴장한 눈썹과 떨리는 눈꺼풀이 보였다. "우리 이럴 필요 없어." 나는 말했다. "그냥 자도 돼."

셀레스철의 잠옷 레이스 테두리를 만지작거리는데 내 허벅지에 닿은 그녀의 살이 뜨거웠다. 내 손이 그녀의 나머지 부분을 찾아 저절로 움직였지만 손가락이 지나가면 근육이 긴장하는 것이 느껴졌다. 내가 그녀를, 세포 하나하나를 돌로 변화시키는 것 같았다.

"이게 내가 널 사랑하는 방법이야." 그녀가 베개 위로 몸을 눕히며 말했다. 어둠 속에서도 빠르게 들썩이는 그녀의 가슴을, 손안의 새 같은 그녀의 호흡을 알아챌 수 있었다. "제발 로이. 바로잡게 해줘."

교도소에 있을 때, 올리브는 더는 올 수 없는 상태가 될 때까지 매주 면회를 왔다. 엄마를 보면 항상 반가우면서도 그런 내 모습을 봐야 하는 엄마 때문에 항상 굴욕감을 느끼기도 했다. 어느 일요일에 엄마가 달라 보였지만 어디가 어떻게 다른지는 알 수 없었다. 그즈음엔 암에 걸렸다는 사실을 알았을 텐데도 내게 말하지 않았다. 내가 주목한 건 호흡이었다. 올리브는 그것을 의식했고 엄마가 신경을 쓰자 나도 전염된 듯 계속 신경이 쓰였다. 그때 올리브는 지금 셀레스철처럼 겁먹은 듯 빠른 템포로 숨을 들이마셨다.

"리틀로이," 올리브가 말했다. "내 마음엔 어떤 의심도 없다. 단지 네가 한 짓이 아니라고 네 입으로 직접 들어야겠어."

나는 엄마가 내 얼굴에 침을 뱉은 것처럼 움찔하며 뒤로 물러났다. 올리브가 테이블에서 굴러떨어지는 유리컵을 향해 손을 뻗듯 내게로 손을 뻗었다. "네가 그러지 않은 거 알아." 그녀가 부드럽게 속삭였다. "네가 그러지 않은 거 알아. 제발 네 목소리로 내게 말해줘."

"그때 내내 셀레스철과 함께 있었어요. 셀레스철에게 물어봐요."

"그애에게 묻기 싫다." 어머니가 말했다. "너한테 듣고 싶어."

그날을 떠올리면 지금도 엄마의 말에 섞여들던 공기 소리가 들리고, 곱으로 불어나며 엄마의 몸을 갉아먹던 종양을 상상하게 된다. 올리브는 죽어가고 있었는데 나는 그녀에게 신랄하게 쏘아붙였다. 내가 몰랐다고 해도 달라지는 건 아무것도 없다.

"엄마." 나는 지능이 낮거나 영어를 할 줄 모르는 사람과 대화하듯 말했다. "나는 강간범이 아닙니다."

"리틀로이," 엄마가 입을 열었지만 내가 잘랐다.

"더 얘기하기 싫어요."

엄마가 떠나면서 말했다. "난 널 믿는다."

멀어지는 엄마의 뒷모습을 보며 내가 높이 사지 않았던 엄마의 모든 것을 떠올려봤다. 그녀가 망토처럼 두른 헌신을 무시했고, 그 강함이나 근면한 아름다움을 존중하지 않았다. 그렇게 거기 앉아 내가 사랑하지 않았던 엄마의 모든 면을 생각하며 너무 화가 나서 작별인사도 하지 않았다.

조용한 방에서 아내가 사랑스러운 팔을 올려 내 목을 감고 그녀에게 있는지도 몰랐던 힘으로 나를 끌어당겼다. "네가 괜찮으면 좋겠어." 그녀의 목소리는 용감하고 단호했다.

"내가 그러지 않았어." 나는 말했다. "그 여자한테 손도 대지 않았어. 그녀는 나였다고 생각했지. 그 방에 침입해 자기를 찍어누른 게 내가 아니라고 설명할 방법이 없었어. 그 여자가 법정에 섰을 때 난 그 얼굴을 쳐다보지도 못했지. 그 여자의 눈에 난 개보다 못한 야만인이었으니까. 나를 보는 그녀를 봤을 때, 난 그녀가 생각하는 바로 그것이 되고 말았어. 한 남자에 대해 할 수 있는 말 중에 이보다 더 나쁜 건 없을 거야."

"쉬," 셀레스철이 말했다. "다 끝난 일이야."

"아무것도 끝나지 않았어." 나는 어깨에서 그녀의 팔을 풀며 말했다. 그녀 옆에 누워 아스팔트 위에서 접촉을 금지당한 채 널브러져 있던 우리를 떠올렸다. "셀레스철," 나는 말했다. 가슴속에서 저음으로 울리는 내 목소리에 나도 깜짝 놀랐다. "난 강간범이 아니야. 내가 하려는 말을 알아듣겠어?"

"그래." 그녀는 대답했지만 혼란에 빠진 것 같았다. "네가 그랬다고 생각한 적 없어. 내가 결혼한 사람이 어떤 사람인지 알아."

"조지아," 나는 말했다. "나도 내가 결혼한 사람이 어떤 사람인지 알아. 넌 내 안에 있어. 널 만질 때 네 살은 내 뼈와 소통해. 네가 얼마나 슬픈지 내가 느끼지 못할 것 같아?"

"두려워." 그녀가 말했다. 그녀의 손가락이 비참한 열의를 전달했다. "새로 시작하기가 참 힘드네."

여자의 드넓은 관용은 신비한 터널이고 그것이 어디로 통하는지는 아무도 모른다. 벽에 쓰인 글은 대답하기 힘든 질문을 던지고, 이성만으로는 거기에서 빠져나올 수 없음을 남자는 알아야 한다. 셀레스철이 나를 사랑하지 않는 징후를 읽어냄으로써 날 사랑한다는 사실을 알게 되다니 이 얼마나 가혹한가! 셀레스철은 적 앞에 마련한 성찬처럼, 흠집 하나 없는 빨간 배pear처럼 자신을 내게 바치고 있었다. 나를 위한 배려의 한계를 이해함으로써 그녀가 나를 배려한다는 사실을 깨닫다니 이 얼마나 잔인한가!

"들어봐." 나는 마지막 숨인 듯 위태롭게 숨을 내쉬며 말했다. "들어봐, 조지아. 내가 하려는 말을 들으라고." 거칠게 튀어나온 그 말에 그녀는 바짝 긴장했다. 이를 만회하고자, 나는 다시 나비를 대하듯 부드럽게 말했다. "셀레스철, 난 절대로 여자에게 날 받아들이라고 강요하지 않을 거야." 나는 그녀의 겁먹은 두 손을 내 몸에서 떼어내 감싸쥐었다. "내 말 듣고 있어? 난 강요하지 않아. 네가 허락한다 해도, 내가 그러기를 네가 원한다 해도 안 할 거야."

한때 내 반지가 있던 그녀의 손가락에 키스했다. "조지아," 나는 차마 끝맺지 못할 문장의 첫마디를 내뱉었다.

"난 노력했어." 그녀가 말했다.

"쉬이…… 그냥 자, 조지아. 그냥 자."

하지만 우리 둘 다 고요한 밤의 한없는 어둠을 응시하며 눈을 감지 못했다.

에필로그

셀레스철에게,

　여기 사람들은 내가 교도소에서 구원받았다고 생각해. 하지만 교도소는 거울로 된 유령의 집이야. 그 안에서는 진실에 도달하기가 불가능했지. 이런 사정을 설명하려 하면 그들은 말을 돌려서 내게 무슬림이냐고 묻지. 내가 교회에 다니지 않으니까. 하지만 난 스스로 하느님의 사람이라고 생각하고 그들도 그걸 알아. 사람들에게 구체적으로 설명하지 못하겠어. 나 자신에게도 구체적으로 설명할 수 없으니까. 내게 일어난 일이 우리 침실의 신성한 어둠 속에서 이루어졌다고 한다면 누가 믿겠어?

　안드레에게 한 짓을 생각하면 부끄럽다. 맹세코 그 이전에는 다른 사람을 그렇게까지 다치게 한 적이 없어. 심지어 교도소에 있을 때도 사람을 심하게 팬 적은 한 번도 없었어. 하마터면 그 녀석을 죽일 뻔했다고 생각하면 눈 뒤쪽이 찌릿하게 아파. 드레는 열심히 맞서 싸우지도 않았지. 그때는 나를 맞서 싸울 가치도 없는 놈으로 여긴다고 느꼈어. 아마도 난 드레가 고통받는 모습을 네게 보여주고 싶었나봐. 내 고통은 아랑곳하지 않는 것 같던 네가 그 녀석은 걱정한다는 걸 알 수 있었으니까. 다 말도 안 되는 소리라는 건 알지만, 그때의 내 감정을 표현해보려는 거야. 난 제정신이 아니었어. 심지어 그 나무까지 질투했어. 버림받은 기분이었지. 그 말로밖엔 설명이 안 된다. 네가 경찰을 부르겠다고 했을 때 차라리 반가웠어. 네 손의 휴대폰은 권총이었고 난 네가 발사하기를 바랐어. 그러면 넌 그 결과를 감당하며 살아야 할 테고, 난 아예 살지 않아도 될 테니까. 내 정신이 그렇게 작동했어. 내 가슴이 그렇게 고동쳤어. 죽을 각오가 되어 있었고 드레를 데려갈 생각이었지. 하느님이 내게 주신 손만으로 그 녀석을 죽여버릴 작정이었어.

바로 그 손으로 뱅크스 아저씨가 작성한 문서에 서명했어. 다비나가 공증인이라 그 이름도 보게 될 거야. 이게 옳은 길이라는 건 알지만 점선 위의 내 이름을 보니 마음이 안 좋더라. 우리는 노력했어. 우리가 말할 수 있는 것, 할 수 있는 것은 그게 전부겠지.

그럼 이만,
로이

추신: 나무는? 살아났어?

로이에게,

네 필체를 보고 다시는 못 볼 거라고 생각한 친구랑 잠깐 만난 듯한 기분이 들었어. 네가 떠나 있을 때는 편지 때문에 가까이 있는 느낌이었는데, 이제는 우리가 서로에게서 얼마나 멀어졌는지 편지 때문에 깨닫게 되네. 언젠가는 너와 내가 다시 서로를 알게 되는 때가 오길 바라.

이제 서류도 갖춰졌으니 안드레와 내가 곧장 치안판사에게 달려갈 거라고 생각하겠지. 그런데 우린 결혼할 필요를 느끼지 않아. 내 어머니와 안드레의 어머니, 심지어 모르는 사람들까지 다들 흰 드레스를 입은 내 모습을 보고 싶어하지만, 드레와 나는 지금 이대로 우리가 가진 것에 만족해.

결국 난 누구의 아내도 되고 싶지 않은 거야. 심지어 드레의 아내도. 드레는 아내가 되고 싶지 않은 아내는 원하지 않는대. 우린 함께 꾸려나가는 삶, 교감을 나누는 삶을 살고 있어.

올드히키의 안부를 물어줘서 고마워. 지난주에 나무 전문가를 불렀는데, 나무의 나이는 줄자와 계산기만 있으면 알 수 있대. 그 전문가가 측정한 올드히키의 나이는 약 백이십팔 세야. 앞으로도 백이십팔 년은 더 살 수 있대. 물론 도끼를 들고 달려드는 사람이 다시는 없어야겠지.

그리고 소식 하나. 나 아기를 가졌어. 안드레를 위해, 그리고 나를 위해 네가 기뻐해주었으면 좋겠다. 네겐 괴로운 일이기도 할 거야. 오래전에 우리가 겪은 일을 내가 잊었다고 생각하진 말아줘. 이런 부탁이 말도 안 되는 거 알지만, 우리를 위해 기도해줄래? 내 딸이 태어날 때까지 날마다 기도해줄래?

언제까지나,

조지아

셀레스철에게,

웃지 마. 치안판사에게 달려가는 사람은 바로 나야. 다비나와 나는 아이를 갖지 않을 생각이지만, 나는 결혼생활을 다시 한번 해보고 싶어. 넌 네가 누군가의 아내가 되기에 적합하지 않다고 하는데, 나는 동의하지 않아. 상황이 좋았을 때, 그리고 좋지 않았을 때도 오랫동안 넌 내게 좋은 아내였어. 너는 내가 인정한 것보다, 그리고 스스로 인정하는 것보다 더 큰 존중을 받을 자격이 있어.

내 얘기를 하자면, 난 아버지가 되고 싶은데 다비나에겐 이미 아들이 하나 있고 아주 불행한 상황에 처해 있어. 다비나는 다시 부모가 되기 싫대. 나는 내 작은 '트레이'에 대해 큰 환상을 품었지만, 솔직히 이젠 더이상 내게 맞지 않을지도 모르는 꿈을 위해 다비나와 함께하는 삶을 위태롭게 하고 싶진 않아. 나도 빅로이처럼 다비나의 아들을 내 아들로 삼고 싶지만 그 아이는 이미 성인이야. 다비나와 나만으로도 가족이 되기에 충분하지. 두 사람의 결속을 위해 아이가 필요하다면 그런 결속은 얼마나 하찮은 거겠어? 다비나가 한 말인데 아마도 그 말이 맞을 거야.

당연히 난 네 가족을 위해 기도하겠지만, 내가 무슨 목사라도 되는 것 같은 그 말투는 뭐야! 난 나 자신 말고는 누구에게도 그런 역할을 자처하지 않는 사람인데. 최근에 강가에서 나만의 자그마한 성역을 찾았어. 그곳 기억나? 아침 일찍 거기로 가서 생각에 잠기거나 기도를 하면서 바람이 연주하는 다리의 음악을 들어. 그게 내 아침 의식이라는 걸 모두가 알지. 가끔은 한두 사람 초대해서 같이 가기도 해. 빅로이가 함께 갈 때도 있고 때로는 다비나와 함께 가. 하지만 대개는 내 머리와 추억만이 함께하는 혼자만의 시간이야.

머리 얘기가 나왔으니 말인데, 빅로이와 함께 사업을 시작했어. 록스 앤드 라인업스라는 이발소를 열었지. 예전부터 내게 사업가 기질이 있었다는 거 알지? 원통형 회전 간판이 달린 전통 이발소에 최신식 시설과 서비스를 갖췄다고 상상해봐. 돈을 꽤 잘 벌고 있어. 푸페 수준은 (아직) 아니지만 이대로도 만족해.

너를 위해 기도하며 평온을 빌어. 그건 적극적으로 만들어야지 그냥 생기는 게 아니야(생부가 해준 지혜의 말씀. 거의 매주 일요일 생부를 면회하는데, 그 안에서 늙어가는 모습을 보기가 안타까워).

하지만 대체로 내 삶은 훌륭해. 다만 원래 계획과는 다른 형태의 훌륭함일 뿐. 가끔은 안달이 나서 다비나에게 당장 여기를 떠나자고, 휴스턴이나 뉴올리언스, 심지어 포틀랜드 같은 곳에서 다시 시작하자고 말할 때도 있어. 그녀는 내 말에 장단을 맞춰주지만, 얘기가 다 끝나면 빙긋 웃지. 내가 아무데도 가지 않으리라는 걸 우리 둘 다 알기 때문이야. 그리고 그녀가 웃으면 나도 함께 웃을 수밖에 없어. 집은 이런 곳이지. 여기가 내가 있는 곳이야.

그럼 이만,
로이

이 작품을 쓰면서, 인물들을 결속하기도 하고 헤어지게도 하는 복잡한 갈등을 해결할 수 없으리라는 두려움에 빠진 적이 한두 번이 아니다. 나 자신을 믿으려고 안간힘을 쓰던 그 캄캄한 시기에 나를 믿어준 여러 사람과 기관에 무한한 감사의 마음을 전한다.

특히, 옆에서 나를 도와준 친구와 가족에게 감사를 드려야겠다. 그들은 초고를 읽어주었고, 자기도 모르게 중요한 대화의 힌트를 주었으며, 더 폭넓게 생각하라고 나를 자극했고, 나아갈 방향을 바로잡을 수 있게 도와주었다. 바로 다음 분들이다. 바버라 존스와 맥 존스, 러네이 심스, 캐밀 던지, 수헤어 하마드, 셰이 에어하트, 맥신 클레어, 데니스 너크스, 맥신 케네디, 닐 J. 아프, 윌리엄 리더, 앤 B. 워너, 미첼 더글러스, 자파리 S. 앨런, 윌리 퍼도모, 론 칼슨, 지니 파울러, 리처드 파워스, 펄 클리지, 리사 콜먼, 코즈비 카브레라, 준 M. 앨드리지, 앨리시아 파커, 엘머즈 애비네이더, 세리나 린, 세라 슐먼, 저스틴 헤인스, 뷰티 브래그, 트레저 실즈 레드먼드, 앨리슨 클라크, 그리고 실비아 젱킨스.

근래에 우리는 예술에 대한 재정 지원이 대폭 감소하는 현상을 목격하고 있다. 그러기에 다음 기관들의 후한 지원에 감사드린다. 국립예술기금, 유크로스재단, 맥다월콜로니, 럿거스대학교 뉴어크 캠퍼스, 하버드대학교의 래드클리프 고등연구소.

나의 뛰어난 대리인 제인 디스털은 처음부터 나와 함께했다. 심지어 단테도 이토록 매력적이고 유능한 베르길리우스와 함께하는 축복을 받지 못했다. 로런 세런드는 내 홍보 담당자이자 비밀을 터놓는 친구다. 브리짓 데이비스는 내가 수년간 이 이야기와 씨름하는 동안 끈기 있고 자애롭게 내 말에 귀를 기울여주었다. 제이미 해틀리는 신의를 지켰다. 터레인 베일리, 로널드 설리번, 제임스 티어니는 글쓰기와 법률 모두에 풍부한 지식을 지녔다. 세부적인 내용을 바로잡도록 도와준 그들에게 감사드린다. 나의 편집자 척 애덤스는 예리한 협력자이자 훌륭한 남성이다. 앨곤퀸북스 출판사는 예술의 진정한 친구다. 저리 웨이드는 답을 구하는 길을 안다. 톰 퍼리어는 세계 최고의 타자기 의사이며 대단한 신사이다. 내 절친 에이미 블룸은 고맙게도 어둠 속에 빛을 비춰주었다. 클로디아 랭킨과 니키 조반니는 내가 그들의 시구를 인용하게 허락해주었고, 나는 그들의 빛나는 본보기를 따르려 애쓰고 있다. 닥터 조네타 B. 콜은 내게 계속 나아가라고 말해주었고 내게는 그 말을 거스를 힘이 없었다. 앤드라 밀러는 어서 책을 끝내라고 밀어붙였고 엘리자베스 샬랫은 "때가 되기 전에 책을 내지 마"라고 속삭였다. 두 사람 다 옳았고, 그들에게 깊은 감사를 드린다.

다정하고, 또 다정한 린디 헤스는 나의 소중한 친구이자 멘토이자 옹호자였다. 이 책이 인쇄되어 나온 것을 그녀가 살아서 보지 못했다는 생각을 하면 마음이 형편없이 무너진다.

흑인, 미국인, 사람

『미국식 결혼』은 미국의 인종차별적 법집행이 한 흑인 남자와 그의 가정에 미치는 파괴적 영향을 그린 소설이다. 각각 사업가와 예술가로 성공할 밝은 미래를 꿈꾸며 활기차게 살아가던 젊은 부부는 남편이 부당한 폭행 누명을 쓰고 편파적인 재판을 거쳐 교도소에 갇히면서 하루아침에 소중한 일상을 잃게 된다. 가난하지만 성실한 부모 외에는 아무런 사회적 자산이 없는 남편 로이는 아내 셀레스철의 부유하고 능력 있는 가족의 지원에 기댈 수밖에 없다. 로이는 아내의 성공적인 자립을 교도소 안에서 소식으로만 들으며 열패감과 억울함으로 괴로워하고, 셀레스철은 로이를 위해 물심양면으로 노력하면서도 자신의 인생이 사회적 불의의 희생양이 된 남자의 아내로만 규정되는 것을 거부한다. 결국, 두 사람의 관계는 끝내 그 돌연한 불행의 무게를 감당하지 못하고 무너진다.

이 소설은 그런 상황이 초래한 갈등과 고통, 그리고 폭력적인 충돌을 거친 후 도달한 공감과 화해의 과정을 등장인물 세 명의 시점으로 묘사한 이야기와 그들이 주고받는 편지글을 통해 촘촘하고 섬세하게 그리고 있다. 각 인물의 입장과 감정은 어느 한쪽의 편을 들며 읽기 어려울 만큼 정교하게 묘사되어 있다. 모두가 그 자리에서 최선을 다하는 사람들이고 저마다의 진심, 갈망, 이기심을 지닌 불완전한 사람들이다.

이 부부의 파국은 어디에서 비롯되었을까? 우선은 흑인 남자라는 이유만으로도 잠재적 범죄자로 취급되는 미국의 사회적 분위기와 불공정한 법집행이 문제의 시작이었음은 두말할 필요도 없다. 그리고 이런 부조리하고 비상한 상황은 부부관계를 바라보는 두 사람 각자의 가치관뿐만 아니라 그들이 속한 집단의 윤리관을 적나라하게 드러낸다. 부당하게 구금된 남자는 핍박받는 인종을 대표하는 희생양이 되고 그의 아내는 그런 남편을 돌보고 기다리고 석방시키기 위해 모든 것을 바쳐야 하는 존재가 된다.

미국의 흑인들이 겪는 인종차별은 어제오늘의 일이 아니다. 특히 남자들은 폭력에 연루되어 목숨을 잃거나 부당하게 체포 및 구금되는 사례가 터무니없을 정도로 많다. 이 소설에서도 죽거나 교도소에 갇히지 않고 남아 있는 '좋은' 흑인 남자가 얼마나 드문지 한탄하는 장면이 나온다. 젊은 남자들이 걸핏하면 죽거나 감옥에 갇히는 일을 일상적으로 겪는 흑인 사회에서는 아이들이 그런 길로 가지 않도록 가르치고 통제하는 책임이 오롯이 어머니에게 떠맡겨진다. 그래서 흑인 엄마는 막강하다는 이미지가 생기는 것이다. 마찬가지로 아내들은 교도소에 갇힌 남편을 위한 희생을 대의를 위한 의무로 떠안는다.

하지만 셀레스철은 그런 역할을 거부한다. 일상을 나누고 함께 하는 시간을 쌓으며 관계를 다져가는 결혼생활이 아니라면, 남편이 부당하게 갇혀 있는데 아내가 홀로 사회적 성취를 이루는 것이 변명해야 할 수치가 된다면, 그 관계는 받아들일 수가 없다. 그래서 그녀는 그 관계를 끝냄으로써 로이에게 크나큰 상처를 주고 심지어 자신의 아버지에게서도 비난을 받는다.

이렇게 이 소설은 미국의 인종차별과 부당한 법집행을 고발하는 이야기에 머물지 않는다. 두 사람이 고통과 갈등을 겪고 마침내 서로를 이해하며 제자리를 찾아갈 때까지 그들이 맞닥뜨리는 문제는 단지 인종의 문제만이 아니라 남녀의 역할에 대한 가치관의 충돌이나 계층 간 경험과 사고의 차이까지 포괄한다.

이 소설을 쓴 타야리 존스는 제목을 정하면서 농담삼아 '미국식 결혼An American Marriage'이 어떠냐고 말했다가 편집자가 그 제목이 좋겠다고 하자 갑자기 자신이 없어졌다고 한다. 그 이유를 곰곰이 생각하던 작가는 자신이 여태 '미국인' 앞에 아무런 수식어 없이 지칭된 적이 없었음을 깨달았다. '아프리카계' 미국인이라는, 인종을 특정하는 말이 항상 앞에 붙었기 때문이다. 그래서 자신이 속한 공동체의 이야기가 보편적인 미국인의 이야기로 지칭된다는 사실이 어색했을 것이다. 하지만 이 흑인 부부를 둘러싼 결혼과 가족의 이야기는 더할 나위 없이 미국적이다. 미국이라서 생길 수밖에 없는 고난을 그렸다는 점에서도 그렇고, 흑인의 삶이 미국을 이루는 주된 이야기로 다루어져야 한다는 점에서도 그렇다. 하지만 사람 사는 곳이라면 어디에서나 일어날 수 있는 삶과 관계를 포착하는 『미국식 결혼』은 흑인과 미국을 넘어 보편적인 인간의 이야기이며, 여기에서 그려지는 다양한 소수의 목소리는 이 넓은 틀 안에서 더욱 입체적으로 들을 수 있다.

민은영

옮긴이 **민은영**

고려대학교 영어교육과를 졸업하고 이화여자대학교 통역번역대학원에서 석사학위를 받았다. 현재 전문 번역가로 활동중이며 『어두운 숲』『사랑의 역사』『거지 소녀』『프라이데이 블랙』『곰』『아일린』『내 휴식과 이완의 해』『마블러스 웨이즈의 일 년』『안데르센 교수의 밤』『에논』『친구 사이』『불륜』『존 치버의 편지』『어떤 날들』『그의 옛 연인』『여름의 끝』『칠드런 액트』『차일드 인 타임』 등을 우리말로 옮겼다.

문학동네 세계문학

미국식 결혼

초판 인쇄 2020년 10월 5일 | 초판 발행 2020년 10월 12일

지은이 타야리 존스 | 옮긴이 민은영 | 펴낸이 염현숙

기획 이현자 | 책임편집 이봄이랑 | 편집 윤정민 류현영 이희연 이현자
디자인 윤종윤 이원경 | 저작권 한문숙 김지영 이영은
마케팅 정민호 정진아 함유지 김혜연 김수현 | 홍보 김희숙 김상만 지문희 김현지
제작 강신은 김동욱 임현식 | 제작처 한영문화사

펴낸곳 (주)문학동네
출판등록 1993년 10월 22일 제406-2003-000045호
주소 10881 경기도 파주시 회동길 210
전자우편 editor@munhak.com | 대표전화 031) 955-8888 | 팩스 031) 955-8855
문의전화 031) 955-8896(마케팅) 031) 955-1929(편집)
문학동네카페 http://cafe.naver.com/mhdn | 트위터 @munhakdongne
북클럽문학동네 http://bookclubmunhak.com

ISBN 978-89-546-7494-2 03840

www.munhak.com